Le Vent
sur la vallée

Marie de Palet

LE VENT SUR LA VALLÉE

ÉDITIONS FRANCE LOISIRS

Édition du Club France Loisirs,
avec l'autorisation des Éditions De Borée.

Éditions France Loisirs,
123, boulevard de Grenelle, Paris.
www.franceloisirs.com

ISBN : 978-2-298-09121-2

I

Nuit de Noël

La nuit était d'un noir d'encre et de gros nuages laissaient, par instants, tomber quelques gouttelettes qui se perdaient dans l'obscurité et s'y noyaient. Ils marchaient d'un bon pas car il ne fallait pas arriver en retard à la messe de minuit. Le père tenait fermement la main de Marion et tentait d'éclairer le chemin avec une lanterne tempête. Ils avançaient, presque courbés en deux pour donner moins de prise à la pluie et au vent. La mauvaise cape dont il avait recouvert sa tête et ses épaules le protégeait à peine. La fillette était enveloppée d'un long manteau qui descendait jusqu'à ses sabots fourrés de paille fraîche. Du haut de ses huit ans, elle écarquillait les yeux dans cette sombre nuit pour apercevoir le chemin que pourtant elle connaissait bien, mais elle n'y voyait goutte…

Cette route, elle la prenait souvent pour aller de Nojaret, où elle habitait, jusqu'à Badaroux, la capitale à ses yeux d'enfant. Devant eux, son frère Pierre, un grand garçon de treize ans, marchait avec Casimir et Théophile, les domestiques ; Louise, la servante, les suivait. Tous portaient un sac de jute sur la tête. La pluie n'avait pas l'air de gêner les trois jeunes hommes qui allaient à l'avant. On entendait, malgré le vent, les éclats de rire de Casimir qui ne pouvait se retenir à l'écoute des blagues éculées que Théophile racontait à longueur de journée. Ils avaient quitté la chaleur de la cuisine vers 10 heures où veillait la mère avec Eugénie qui pourtant avec ses onze ans n'avait pu les accompagner à cause de sa santé précaire. Le petit François de quatre ans dormait dans son lit.

Le chemin était long. Après avoir franchi le pont qui enjambait le Lot, avoir gravi une forte montée, descendu une pente rendue glissante par la pluie, ils arrivaient en vue du village serré autour de son clocher. Des lumières brillaient dans toute la campagne et se dirigeaient vers Badaroux d'où montait le joyeux tintement des cloches qui réveillait toute la nature endormie. De Pelgeire et de plus haut encore, de faibles lumières marchaient vers l'église et cette manifestation de vie rassura l'enfant qui serra un peu plus la main de son père en disant :

— Ils viennent aussi à la messe de minuit ?

La phrase se perdit dans le vent et le père occupé à lutter contre les éléments ne répondit pas. La petite fille se tut et regarda les lueurs qui tremblotaient dans le paysage alors qu'ils entraient dans le village. De part et d'autre de la route qu'ils suivaient, les maisons formaient un mur chaleureux et quelques fenêtres éclairaient un instant leur passage. À côté de l'église, l'auberge se vidait de ses occupants qui avaient passé la veillée auprès de Gustine et de son mari

Octave, l'oncle et la tante de Marion. Gustine venait de mettre tout le monde dehors pour se préparer pour la messe.

À l'entrée de l'église, les deux domestiques et Pierre s'effacèrent pour laisser entrer le père le premier. Ils se débarrassèrent tous de leurs capes ou de leurs sacs et pénétrèrent dans le lieu saint illuminé par une profusion de bougies. Vincent Roman et sa fille se dirigèrent vers le milieu de l'église où se trouvaient les places de la famille, les autres se tassèrent dans une des chapelles vers le fond. On y voyait comme en plein jour. Vincent sentait l'humidité peser sur ses épaules, elle faisait passer des frissons dans son dos.

Les messes n'en finissaient pas… Après la première chantée par les chantres et les chanteuses, le curé avait recommencé une messe dite basse puis une autre encore. Un parfum d'encens inondait l'église et de l'humidité s'élevait de tous les habits mouillés qui séchaient. Enfin, l'*Ite missa est* libéra la foule qui s'égailla sur la place. Certains tentèrent quelques mots, mais la plupart partirent rapidement vers leurs villages plus ou moins éloignés.

La pluie était maintenant renforcée par d'énormes flocons qui tombaient sur le sol avec un « plof » mouillé. Vincent, son fils, sa fille, domestiques et servante reprirent en hâte le chemin du retour. Par moments, la pluie cédait la place à la neige et ralentissait leur marche. Le père avançait avec peine et se sentait une fatigue insurmontable :

— Prenez Marion, fit-il en abandonnant la main de la petite fille, et marchez devant, je vous suis.

— Pas question, répondit Casimir, on reste tous ensemble. Ce serait le coup que cette neige devienne de plus en plus épaisse et que vous ne puissiez pas rentrer !

Le patron fit un geste vague et ne répondit pas. Théophile empoigna la fillette et la haussa sur ses épaules. Pierre et Casimir prirent Vincent chacun par un bras et le traînèrent, le tirèrent plus exactement, tandis que Louise les suivait.

Il neigeait maintenant à gros flocons qui aveuglaient les marcheurs. Tant bien que mal, ils parvinrent à la maison et Vincent s'affala, sur une chaise, face au feu que Martine avait entretenu en attendant leur arrivée.

— Je vous ai préparé une soupe blanche, leur dit-elle, mais auparavant, vous feriez bien de quitter vos habits trempés.

— C'est sûr, dit Casimir.

Ils se débarrassèrent tous de leurs sacs et de leurs capes et les jetèrent dans un coin. Marion les imita mais elle avait eu le temps de jeter un coup d'œil à ses sabots posés près de l'âtre et y avait aperçu ainsi que dans ceux de sa sœur une poupée de chiffons. Dans ceux du petit François, un char en bois tiré par des bœufs assez rustiques allait ravir l'enfant à son réveil.

— Maman, maman, ne put-elle s'empêcher de crier, regardez, le Petit Jésus est passé ! Vous avez dû le voir !...

— Ah ! J'avais pas vu. Il a dû passer quand je suis montée à la chambre parce que François pleurait !... J'ai rien vu.

La fillette avait saisi sa poupée de chiffons et la serrait contre son cœur suivie du regard amusé de son frère et des domestiques. Le père, débarrassé de sa cape, tendait ses mains vers le feu. Il refusa la soupe que lui proposait sa femme, quitta ses sabots et, les pieds sur les landiers, tentait de se réchauffer. Il ne tremblait plus mais paraissait fort mal en point. Marion tombait de sommeil. Sa mère la déshabilla et la porta au lit où elle avait glissé la bassinoire avant leur arrivée. La petite, serrant toujours la poupée sur son cœur, s'endormit tout de suite dans la douce chaleur. La mère ranima les braises de la bassinoire et la posa dans le grand lit qu'elle partageait avec le père. Quand elle descendit, les domestiques avaient gagné leur chambre à droite de la cuisine et Pierre s'apprêtait à monter.

— Tu vas te coucher, dit la mère. J'ai mis le moine dans ton lit. Pose-le au milieu de la chambre.

— Bien, répondit l'adolescent. Je crois que papa s'est endormi.

Il monta l'escalier et la femme se dirigea vers son mari. Il fermait les yeux et respirait bruyamment.

— Ça ne va pas, Vincent ? demanda-t-elle.

L'homme ouvrit les yeux.

— Tiens, je crois que je m'étais endormi… Si, ça va, ça va ! Je vais aller au lit.

— Attends un peu, je viens juste d'y glisser la bassinoire. Il ne sera pas chaud. Tu ne veux pas goûter à la soupe ? J'y ai mis de la crème.

— Non, j'ai pas faim. Je suis fatigué. J'ai trouvé le chemin long ce soir, comme jamais…

Il remit ses sabots en titubant, puis les quitta au pied des marches de l'escalier pour monter dans sa chambre. Il était tout rouge et demanda avant d'attaquer la montée :

— Tu ne viens pas te coucher ?

— Si, j'arrive. Je range un peu ce qui traîne.

Le père jeta un coup d'œil aux petits sabots avec leurs jouets et un sourire illumina sa face blafarde.

— Elles sont belles tes poupées. Tu es une artiste.

— Ton petit char n'est pas mal non plus. Les bœufs sont un peu gros, mais va, il sera content.

Vincent se sentit ragaillardi et monta lentement les marches. La mère rangea sacs et capes et les plaça devant le feu qu'elle couvrit de cendres ; après, elle monta retrouver son homme.

Il s'était glissé dans le lit et avait posé la bassinoire tout près. Martine la rangea dans un coin en jetant un œil sur les deux petites filles qui dormaient à poings fermés. On ne voyait de Marion qu'une touffe de cheveux blonds qui dépassaient de la couverture. Eugénie, elle, laissait apparaître un visage émacié et un teint maladif. La mère soupira : cette enfant lui donnait bien des soucis. Sa mauvaise santé lui faisait attraper tous les maux et grippes qui passaient et la laissaient toujours un peu plus fragile… « Ça passera en grandissant », disaient les bonnes âmes, mais Eugénie grandissait et devenait encore plus fragile, si c'était possible… Le moindre courant d'air lui était fatal et la chaleur de l'été lui donnait des vertiges. Du haut de ses huit ans, Marion était presque aussi grande qu'elle. Martine contempla longtemps ses filles endormies, puis se déshabilla et entra dans le lit.

Elle sentit tout de suite que quelque chose n'allait pas. Vincent était brûlant de fièvre et murmurait des paroles sans suite. « Allons bon, pensa-t-elle, il aura pris froid, lui aussi !... »

— Tu veux de la tisane ? lui demanda-t-elle.

Il ne répondit pas. Il paraissait assoupi, alors elle ne tarda pas à sombrer dans le sommeil.

Elle se réveilla en sursaut, consciente qu'il se passait quelque chose ; pourtant, tout était silencieux. Elle toucha la place près d'elle : elle était vide. Elle craqua une allumette et, une fois la lampe allumée, regarda le lit vide. Elle se leva à la hâte. Vincent était au pied du lit, allongé sur le côté ; il était tombé pendant son sommeil... Elle le secoua, il gémit.

— Vincent, lève-toi !

— Heu...

Elle le tira, il soupira, gémit encore. Elle continua à tirer, il finit par se réveiller et se mettre debout. Elle le mit au lit, le borda et descendit lui préparer une tisane. Quand elle remonta, il était toujours dans la même position. Elle le secoua :

— Tiens, bois ta tisane...

Il se réveilla enfin, la regarda, engloutit la mixture et se recoucha. Il était toujours brûlant et la pauvre femme se demandait si elle ne devrait pas lui poser des ventouses.

Le froid était vif. Martine regarda par la fenêtre, la neige tombait toujours. Elle pensa qu'il y en aurait une bonne couche, ce matin, et qu'elle ne pourrait se rendre à la messe en ce jour de Noël. Elle regarda ses enfants et sourit en pensant à leur joie de découvrir les poupées qu'elle avait confectionnées elle-même avec du son et des bouts de chiffons tandis que Vincent travaillait en cachette sur le petit char de François. Pierre était trop grand maintenant pour avoir des cadeaux...

Elle revint vers son mari. Il ne gémissait plus et paraissait s'être endormi. « Ça ne sera rien, pensa-t-elle, il a pris froid. Demain, il restera au lit et ce sera passé... » Elle sombra dans le sommeil sans s'en apercevoir.

Quand elle se réveilla, Eugénie était debout au pied du lit et l'appelait :

— Maman, maman, j'ai mal au ventre.

Elle s'assit sur le lit. La fillette la regardait :

— Maman, j'ai mal.

— Où as-tu mal ? Montre-moi.

— Ici, fit Eugénie en montrant la partie gauche de l'abdomen.

Martine frictionna le petit ventre. Réconfortée, la fillette entra, tremblante de froid, dans le grand lit de ses parents. Martine, dans la lueur incertaine de l'aube, aperçut des flocons qui paraissaient encore plus nombreux que la nuit.

— Qu'est-ce que tu as, petite ? murmura Vincent.

— J'ai mal au ventre.

— Tu ne dors pas ? s'étonna Martine.

— Non. J'ai mal à la tête et j'ai un point dans le côté.

— Je vais aller te faire une tisane...

— Oh non, il fait trop froid, reste dans la chaleur. Il est trop tôt pour se lever.

La jeune femme tâta son front et le trouva aussi chaud que la nuit. Mais la fatigue l'emporta, elle s'endormit, Eugénie entre eux deux.

Quand elle ouvrit les yeux, elle comprit qu'il était tard. Son mari s'était levé et une lueur blafarde pointait à la fenêtre. Eugénie dormait comme une bienheureuse… Il ne neigeait plus. Une couche épaisse recouvrait le village et l'ensevelissait dans sa blancheur. Martine enfila son jupon et son caraco et descendit à la cuisine pour ranimer le feu.

II

Mauvais jour

Et puis la vie continua avec le père qui se plaignait de douleurs dans le côté alors qu'il toussait à fendre l'âme. Depuis la nuit de Noël, une hauteur de neige impressionnante interdisait toute communication avec les villages environnants. Un vent du nord l'avait tassée mais, devenue dure comme un rocher, elle narguait bêtes et gens en les cloîtrant qui dans les étables, qui dans les maisons. Les chemins du village, qui ressemblaient à des tranchées, allaient de maison en maison, au four, à la fontaine et jusqu'à la rivière où les plus aventureux conduisaient les bêtes pour aller s'abreuver. Les enfants, ravis, couraient par ces chemins improvisés, mais, après les vacances de Noël, les pères avaient, en hâte, prolongé la tranchée jusqu'à l'école où l'institutrice se faisait une joie de les accueillir. La trentaine d'enfants qui peinaient sur des problèmes ou des dates d'histoire en avait beaucoup de regrets.

Depuis un an maintenant, l'école était obligatoire et même les récalcitrants y envoyaient leurs enfants pendant les mois d'hiver. Vincent et Martine Roman, eux, avaient voulu que leurs enfants soient instruits. Martine regrettait de ne pas savoir lire et Vincent, qui savait lire, lisait tout haut les rares journaux qui tombaient entre leurs mains. Pierre avait quitté l'école au mois de juin précédent. Il avait passé et réussi le certificat d'études primaires : un examen qui venait de faire son apparition et qui sanctionnait la fin de l'école. Il avait tout juste treize ans et, cette année, allait aider son père et les deux domestiques dans les champs.

Vincent et Martine Roman étaient fermiers de la plus grosse ferme du village de Nojaret où ils étaient nés l'un et l'autre. Vincent avait pris la suite de son père quand les forces de ce dernier l'avaient abandonné et qu'il était mort d'épuisement quelques années après... Ses deux frères l'avaient aidé un temps, puis Ernest, le plus jeune, s'était engagé à l'armée et le second, Marius, avait épousé une veuve et se trouvait actuellement sur le causse de Mende. Lui avait marié Martine malgré l'opposition de sa mère qui la trouvait trop jeune pour lui. En effet, la jeune fille, aînée d'une famille de trois enfants, avait été embauchée comme servante à la ferme. Elle était avenante, agréable à regarder et éveillée pour ses dix-huit ans. Vincent l'eut vite remarquée et n'eut aucun mal à la séduire. Bientôt, Martine se retrouva enceinte... La mère Roman entra dans une violente colère et conseilla à son fils de s'en débarrasser même s'il fallait, pour cela, débourser un peu d'argent... Mais Vincent tenait à sa jolie Martine et refusa tout net : lui la voulait pour épouse sinon il quittait la ferme. La mère fut obligée d'en passer par la volonté de son fils mais lui en garda rancune. Et, quand six mois après le mariage, Pierre naquit, la mère quitta définitivement la ferme pour s'installer chez une de ses filles à Badaroux, prétextant une grossesse qui se passait mal. Une petite fille était née au foyer de sa fille quelques mois après Pierre mais la mère n'était pas revenue.

Au fil des ans, on ne l'avait aperçue que deux ou trois fois à la ferme. Elle expliquait que sa fille avait beaucoup de travail : elle tenait un bistrot et était constamment dérangée à toute heure du jour. Il y avait deux ans, sa fille, Gustine, étonnée de ne pas la voir debout aux aurores comme elle en avait l'habitude, était montée dans sa chambre et l'avait trouvée morte dans son lit.

La ferme où vivait la famille Roman appartenait à M. du Rocher, un homme qui avait conservé les principes et les méthodes de l'Ancien Régime. Il se montrait exigeant et avait droit, en plus de son loyer, à certaines compensations matérielles : une douzaine d'œufs et une livre de beurre par semaine ; quatre poulets, en été, quand il résidait dans sa maison qui dominait le village et d'où il surveillait les travaux des champs avec une longue-vue qui ne le quittait jamais. Il avait droit aussi à la moitié des fruits qui étaient récoltés sur sa propriété : pommes, poires, prunes, noix... On le voyait arriver, en automne, pour le partage qu'il faisait respecter scrupuleusement.

Malgré l'avènement tout récent de la République et les dix-huit ans de l'Empire, il espérait toujours la venue d'un roi et ne jurait que par le duc de Chambord. Il n'aimait pas ceux qu'il appelait les rouges ou les régicides qui avaient envoyé son grand-père à l'échafaud et avaient brûlé leur château parisien. Il regrettait le passé et en entretenait Vincent chaque fois qu'il le rencontrait. Il l'avait blâmé d'avoir envoyé Pierre à l'école républicaine et sans Dieu qui, selon lui, ne pouvait qu'avoir une mauvaise influence sur les enfants. Il avait même dit à Vincent :

— Pourquoi vous obstinez-vous à vouloir que Pierre ait son certificat d'études ? Vous voulez en faire un savant ? Il sera toujours assez instruit pour faire un paysan.

Vincent n'avait pu s'empêcher de répliquer :

— Pour être paysan, il vaut mieux savoir lire, écrire et compter.

— Peuh, votre père ne savait pas lire et je n'ai jamais eu à me plaindre de lui, ni lui de moi… C'était un homme honnête et droit. J'ai peur que cette école ne donne pas aux enfants le même sens de l'honneur…

Vincent n'avait pas répondu mais avait serré les dents et s'était bien juré d'envoyer ses enfants à l'école, garçons ou filles…

Comme s'il avait deviné ses pensées, le vieux avait ajouté :

— J'espère que vous n'enverrez pas vos filles dans cette école, au milieu des garçons !…

Le fermier n'avait pas pu se retenir et, malgré la peur que lui inspirait le patron, avait rétorqué :

— Si, ma femme et moi voulons qu'ils sachent tous écrire, garçons et filles.

— Et pourquoi ? Je vous le demande... Les garçons encore, passe, mais les filles, pourquoi voulez-vous qu'elles apprennent à lire ? Pour se bourrer la tête de romans ?

— Non, pour se débrouiller dans la vie.

— Prenez garde ! Vous vous laissez contaminer par le modernisme.

— Le modernisme a du bon. C'est agréable de pouvoir lire le journal et de se tenir au courant de ce qui se passe dans le monde.

— Mon pauvre Vincent, je ne vous croyais pas aussi naïf : vous voulez que vos enfants soient instruits pour lire le journal ! Mais des journaux, vous n'en achetez jamais !...

Sur ces mots, il était parti, laissant son fermier dans un état de rage impuissante qui l'avait hanté toute la journée.

Quand, le soir, il avait raconté cette conversation à sa femme, elle avait réagi violemment :

— Pourquoi ne veut-il pas que nos enfants s'instruisent ? Pour nous maintenir toujours dans le servage... Moi, je ne sais pas lire et j'en souffre ; je ne veux pas que mes enfants connaissent cette souffrance et l'humiliation de signer les documents d'une croix. Ils ont la chance d'aller à l'école et ils iront !

Cependant, en cet hiver qui s'installait, Martine et Pierre avaient pris la part de travail de Vincent qui ne se sentait pas bien du tout. Eugénie et Marion étaient à l'école et le petit François se traînait sur les pavés de la grande cuisine. Le père gardait le lit. Il toussait à fendre l'âme, crachait sans arrêt et affolait sa femme avec sa respiration sifflante.

— Il doit faire une « pulmonie », disait sans arrêt la pauvre femme en lui posant ventouses et cataplasmes sur le dos.

Mais le mal ne régressait pas, au contraire. Le malade grelottait de fièvre, ne prenait aucune nourriture et restait immobile, au fond de son lit, tantôt couvert de sueur, tantôt se plaignant d'avoir froid...

Ne sachant plus que faire, Martine envoya Casimir chercher le médecin, à Mende. Le docteur arriva dans l'après-midi dans son tilbury tiré par un cheval bai. Il dut laisser son attelage sur la route nationale, à quelques dizaines de mètres du village, le cheval ne pouvant circuler dans les tranchées étroites. Il choisissait avec soin les endroits où poser le pied sur la neige glissante. Dès son entrée, Martine le mena tout droit au chevet du malade. Il respirait difficilement et était rouge de fièvre. Le docteur posa son oreille devant et derrière la poitrine du malade en utilisant la serviette que lui avait tendue Martine. « Respirez », disait-il, puis « Toussez, toussez encore ». À la fin, il se releva et déclara :

— Il a une pneumonie carabinée. Allez, mon brave, ajouta-t-il à l'adresse de Vincent, on va vous tirer de là.

Il descendit à la cuisine, refusa la boisson chaude que lui proposait Martine, écrivit une prescription sur une feuille et conseilla :

— Allez chercher cette potion à la pharmacie de l'hôpital, faites-le boire et tenez-le bien au chaud. Vous lui avez placé des ventouses, je crois ?

— Oui, et des cataplasmes.

— C'est bien, ça ne peut lui faire du mal.

— Vous croyez qu'il va guérir ?

— Ça, ma bonne dame, je ne suis pas Dieu ! Vous êtes venue me chercher bien tard. Il est jeune, il peut s'en tirer...

Il empocha le billet que Martine lui donna et repartit sur sa carriole, aussi énigmatique qu'un sphinx. Quand il eut tourné sur la route, Rosa, la sœur de Martine, vint aux nouvelles.

— Ma pauvre, il a une « pleurésie », il a pas voulu m'en dire plus.

Rosa ne répondit pas : « la pleurésie », comme disait Martine, était redoutée dans les campagnes. Quelques-uns guérissaient, mais beaucoup en mouraient. Elle regarda François qui jouait à empiler des bûches près de la cheminée.

— Il est sage, fit-elle en souriant.

— Oui. Je n'ai pas à me plaindre. Heureusement que j'ai Pierre avec Casimir et Théophile, ils font le travail.

— Comment va Eugénie ?

— En ce moment, elle ne va pas mal. J'ai peur qu'avec ce temps froid elle ne prenne une pleurésie, elle aussi.

Rosa sortit persuadée que son beau-frère était perdu. Avant de sortir, elle lui avait fait une visite et l'avait trouvé très abattu : il ne lui avait presque rien dit. Quand elle franchit la porte, le petit François s'approcha :

— Tata Rosa, venir avec toi...

— François, il faut dire vous à ta tante. Elle ne peut pas te prendre, elle en a assez avec Suzon et Abel.

— Laisse-le venir, ils s'amuseront tous les trois. Louis te le ramènera.

Martine laissa partir son fils et retourna au chevet de son homme.

— Alors, comment tu te sens ?

Il tourna vers elle son visage baigné de sueur où ne vivaient que ses yeux brillants de fièvre.

— Ça ira mieux quand j'aurai pris cette potion. Tu as envoyé quelqu'un la chercher ?

— Oui, c'est Casimir qui y est allé. Il sera bientôt de retour.

Elle lui proposa à boire, mais il ne voulait rien.

Quand Casimir arriva avec la fiole attendue, le malade en but une gorgée et trouva la préparation amère. Dans la nuit, il fut pris de délire. Il se dressait sur le lit et prononçait des mots sans suite. Martine essaya de lui faire boire la potion ; il refusa, retomba dans un sommeil coupé de soupirs et de cris puis finit par s'endormir sur le petit matin.

Le lendemain, il était dans un semi-coma, ne parlant que par monosyllabes et ne répondant pas aux questions posées. Martine, affolée, fit chercher le curé qui vint accompagné d'un enfant de chœur. Il donna l'absolution et administra l'extrême-onction à Vincent, mais ne réussit pas à le faire parler.

Il expliqua à Martine et à Pierre qu'ils devaient se préparer au pire et repartit les assurant de ses prières…

Restée seule, la femme s'assit devant l'âtre et se mit à pleurer : elle pensait à son mariage, à la naissance des enfants et au travail qu'elle avait accompli avec Vincent dans cette ferme. Ils en avaient tiré le meilleur et la réussite avait été au rendez-vous. Malgré le lourd loyer qu'exigeait M. du Rocher et la surveillance tatillonne qu'il exerçait à leur égard, ils étaient parvenus à acquérir une petite aisance qui leur permettrait, en temps voulu, d'acheter une petite ferme et d'être chez eux... Et voilà que cette pleurésie venait tout détruire !... Et puis son homme, son Vincent, elle l'aimait toujours comme au premier jour ; même si le manque de temps, les travaux, les enfants, les empêchaient souvent de penser l'un à l'autre, elle savait bien que leur amour était aussi brûlant que celui qui les avait poussés vers cette aventure, voilà plus de quinze ans... Elle sentait les larmes couler sur ses joues et ne songeait pas à les essuyer... François grimpa sur ses genoux, la regarda étonné et demanda naïvement :

— Pourquoi pleure maman ?

Courageusement, Martine saisit son enfant et le serra contre elle...

Huit jours après, Vincent était mort.

III

Monsieur du Rocher

La neige recouvrait toujours la campagne. Pour l'enterrement de Vincent, les porteurs avaient dû emprunter la route sans prendre les raccourcis, de crainte de ne pouvoir avancer.

Il y avait huit jours de cela, on marchait vers la fin janvier et la situation n'avait guère évolué. Dans la grande cuisine de la ferme, la lumière blafarde de la neige entrait par les fenêtres et donnait une clarté étrange dans laquelle baignaient les meubles et les objets. Les chiens s'approchaient de la cheminée, oubliant la campagne enneigée. Ils se couchaient en rond, n'ouvrant un œil qu'au moment des repas pour guetter le morceau de pain ou la croûte de fromage qui tomberait de la table. Ils étaient en rivalité avec les chats qui entraient en catimini par la chatière pour se réfugier derrière la chaise de la mère ou d'Eugénie, les protectrices des attaques des chiens ou de ceux qui estimaient qu'ils n'étaient tolérés que pour la chasse aux souris, leur place étant à la grange ou au grenier.

Pierre et les domestiques, après les soins aux animaux, se retrouvaient dans la pièce qu'ils surnommaient l'atelier où atterrissaient tous les outils ou machines en mauvais état et dont il était impossible de s'occuper pendant la période des travaux.

Quand le froid n'était pas trop vif, ils remettaient des dents aux râteaux, des manches aux faux et aux fourches ou refaisaient divers objets en bois. Les socs et les outils en fer étaient portés chez le forgeron. Ils rempaillaient aussi les chaises, mais cette tâche difficile était réservée à Vincent qui en avait fait sa spécialité. Maintenant qu'il n'était plus là, Casimir s'y était attelé, sans succès. Il avait jeté au loin paille et bois en avouant à Pierre :

— Tu devrais le faire, toi, tu es jeune, tu y arriveras plus vite que moi.

— Mais, je ne l'ai jamais fait !

— Tu as vu comme faisait ton père, et moi, je te guiderai…

Par ces temps de neige, le jeune garçon avait donc commencé, sur les conseils de Casimir, à pailler une vieille chaise reléguée dans un coin et, selon le domestique, il ne s'en tirait pas trop mal.

— Si ce temps dure, prédisait Casimir, à la fin de l'hiver, tu rempailleras comme un chef.

Théophile, quant à lui, était un spécialiste de la vannerie : il réparait les paniers, les corbeilles et les paillassons de la maison. Quelquefois, il fabriquait de petits bijoux : berceaux, corbeilles, paniers fermés qu'il vendait quelques sous à ceux qui lui en faisaient la demande.

Martine, reléguée à la cuisine, se trouvait bien seule avec François dont les quatre ans aventureux le poussaient à sortir dans la neige chaque fois que sa mère tournait le dos. Eugénie et Marion partaient pour l'école car leur mère tenait à ce qu'elles passent le certificat comme l'avait fait leur frère. Cela paraissait difficile pour Eugénie. Sa mauvaise santé la retenait souvent à la maison et la maîtresse disait que si elle l'obtenait à quatorze ans ce ne serait pas mal. Marion était encore bien jeune : elle en était encore aux apprentissages. Et la vie à la ferme continuait comme elle le pouvait, depuis la disparition de Vincent.

Janvier s'était terminé dans le froid et la neige mais février s'annonçait plus clément. Au début du mois, le redoux revint avec la pluie et la neige fondit comme par enchantement. Elle ne subsista que sur les hauteurs et aux endroits où elle avait fait d'énormes congères. Les ruisseaux fonçaient à travers les prés et dévalaient vers le Lot où ils se jetaient en bouillonnements rageurs en grondant de toute leur colère.

Le soir, au souper, Martine commença à parler des labours de printemps avec les domestiques ; Pierre qui voulait remplacer son père entrait dans la conversation. Ils formaient des projets pour les jours à venir : choisissant les champs qu'ils devraient labourer, ceux qu'on laisserait en jachère et les endroits où semer le sainfoin pour les vaches. Soir après soir, autour de la lampe, pendant que Marion et Eugénie révisaient leurs leçons ou faisaient leurs devoirs, Martine, un ouvrage de raccommodage à la main, discutait avec Théophile qui tressait ses paniers, Pierre qui rempaillait sa chaise et Casimir qui fignolait une fourche ou un râteau. Ces veillées studieuses resserraient les liens entre eux et faisaient oublier à Martine qu'il y avait eu un temps où elle ne prenait pas les décisions, se bornant à donner son point de vue dont Vincent tenait toujours compte... Bref, famille et domestiques étaient tous prêts pour attaquer le travail quand l'hiver aurait complètement dénoué son emprise et que le printemps arriverait doucement pour pousser la neige et le froid hors du pays.

Pourtant, tout ne se déroula pas comme prévu. Un matin de février, alors que le givre était revenu prendre possession de la campagne, alors que les arbres scintillaient au soleil, ceints de l'habit féerique donné par le givre, on frappa à la porte de la ferme.

— Entrez ! cria Martine occupée à éplucher des pommes de terre pour la soupe de midi.

M. du Rocher entra avec sa canne à pommeau, son chapeau, sa redingote et ses souliers vernis.

— Bonjour, Martine, fit-il en s'inclinant.

La femme se leva bien vite et, dans sa précipitation, éparpilla les épluchures sur le sol. Elle devint toute rouge et tenta de s'excuser :

— Oh, monsieur, je ne vous attendais pas, je...

— Ne vous tracassez pas, ma bonne Martine, je ne resterai pas longtemps, mais il faut que nous ayons une conversation, tous les deux.

— Asseyez-vous, monsieur, je vous prie. Que puis-je vous offrir ?

— Rien, Martine, rien. Je voudrais simplement vous parler.

Il s'assit toutefois, posa sa canne à plat sur ses genoux et commença après s'être raclé la gorge :

— Voilà ce qui m'amène : j'ai beaucoup compati à la mort de ce cher Vincent et je le regrette beaucoup... C'était un bon fermier, loyal, fidèle, honnête... Bref, un homme comme on n'en rencontre pas beaucoup.

Martine, émue, approuva de la tête et sortit son mouchoir pour essuyer ses larmes.

— ... Malheureusement, continua M. du Rocher, il nous a quittés et il ne m'est pas possible de vous garder à la ferme.

— Et pourquoi donc ? demanda Martine en se levant.

— Parce que Vincent est mort tout simplement.

— Mais il y a Pierre qui va le remplacer. Je l'aiderai et on a deux domestiques.

— Pierre est bien jeune... Je ne peux pas avoir pour fermier un garçon de quatorze ans !

— Mais moi, je peux prendre la suite de mon mari en attendant que Pierre grandisse.

— Vous, ma chère, vous êtes une femme. Je ne veux pas voir ma ferme tomber en quenouille !

— Monsieur, faites le bail au nom de mon fils. Je m'en porterai garante, et je vous assure que vous n'aurez pas à le regretter. Nous pouvons travailler comme quand il y avait le pauvre Vincent et vous n'aurez pas à vous plaindre de nous.

— Ma bonne Martine, ce n'est pas que je doute de vous, mais vous êtes une femme et votre fils est à peine sorti de l'enfance. Je ne peux vous confier une ferme de cette importance !...

— Nous la cultiverons comme avant, n'ayez crainte.

— Je serais la risée de mes amis, répliqua-t-il sans prendre garde à son interruption, j'ai un statut à respecter que vous ne connaissez pas. C'est pourquoi je viens vous avertir que vous devrez avoir quitté les lieux, au plus tard, le 25 mars.

— Mais c'est impossible ! Rendez-vous compte… Nous n'avons aucun endroit où aller. J'ai quatre enfants et…

— Cela c'est votre affaire. Vous avez un mois et demi pour trouver une maison, c'est plus que suffisant. De toute façon, vous devez être partis avant le 25 mars, car la ferme est louée.

— Vous ne pouvez pas nous mettre dehors comme ça !… Que voulez-vous que nous fassions ?

— Faites ce que vous voudrez. La ferme est à moi, j'en fais ce que je veux. Tant qu'il y a eu votre mari, ça allait ; il n'y est plus, vous devez partir.

— Vous ne pouvez pas nous mettre dehors !… Que voulez-vous que je fasse de mes enfants ?

— Il y en a trois qui sont en âge de se louer. Le plus petit, vous le prendrez avec vous si vous trouvez une place.

— Sinon je serai obligée d'aller mendier… Monsieur, vous ne permettrez pas ça ?

— Bien sûr que non. J'espère de tout cœur que vous allez trouver du travail. Pierre pourra rester comme domestique à la ferme, quant à vos deux filles, elles sont en âge de faire des servantes.

— Marion n'a que huit ans !

— Et alors ? Elle n'en sera que plus malléable... J'ai souvent dit à votre mari qu'il avait tort d'envoyer ses filles à l'école. Les garçons, passe encore, mais la place d'une fille est à la maison à être la servante de son mari. Il vaut mieux qu'elle élève ses enfants et s'occupe du bien-être de la maison que de savoir lire... La lecture des romans corrompt le cœur des femmes. Ce sera un bien pour vos deux petites de quitter cette école impie qui finirait par leur donner des goûts au-dessus de leur condition... Enfin, conclut-il en se levant, je vous demande de quitter la ferme, au plus tard, le 24 au soir. Le lendemain, le nouveau fermier arrivera.

— Et notre mobilier, nos bêtes ? Qu'allons-nous en faire ?

— Vous pouvez vendre vos bêtes ; quant à vos meubles, apportez-les chez votre sœur, ce n'est pas bien loin... Il me semble que vous avez la réputation d'une femme active, vous devriez pouvoir vous en tirer.

M. du Rocher se leva et, appuyé sur sa canne, s'en alla, le front penché, laissant la jeune femme anéantie.

Elle ne songeait pas à ramasser les épluchures qui jonchaient le sol, elle ne pleurait pas non plus, seule subsistait au fond d'elle-même une amertume qu'elle n'avait jamais ressentie auparavant, même le jour où le pauvre Vincent l'avait quittée... Une immense lassitude la saisit. Elle se rassit, se prit la tête entre les mains et resta là, sans réaction, sans un cri, sans une larme...

Le petit François, conscient que quelque chose de grave se passait, était demeuré silencieux, près de l'âtre. Quand le patron se fut éloigné, il s'approcha de sa mère, grimpa sur ses genoux et essaya maladroitement d'écarter les doigts de sa mère.

— Maman, maman, c'est François ! cria-t-il.

La jeune femme sortit de son chagrin, saisit son fils dans ses bras et lui dit :

— Oui, mon mignon, allons vite trouver ton frère pour lui demander conseil.

IV

Déménagement

— Qu'est-ce que nous allons faire ? Mais qu'est-ce que nous allons faire ?

Pour la centième fois, Martine posait la question, allant d'un bout à l'autre de la grande cuisine. Les deux domestiques et Pierre la suivaient des yeux sans oser l'interrompre.

— C'est injuste, injuste, criait la jeune femme. Il n'a jamais eu à se plaindre de nous. On a toujours été corrects, payé le loyer dans le temps et il nous met dehors comme si on était des voleurs ! Toi, Pierre, tu aurais remplacé ton père, je t'aurais aidé comme je l'ai toujours fait... Et vous aussi, fit-elle en se tournant vers les domestiques, vous nous auriez aidés... Mais il n'a rien voulu entendre ! C'est injuste...

— Vous savez, les grands, quand ça les arrange, ils ne se soucient pas de nous, les petits !

— C'est vrai que c'est injuste, renchérit Théophile, mais ils font tous la même chose...

— Et pourquoi, parce que je suis une femme, je ne pourrais pas faire marcher une ferme ?

Personne ne répondit. Les deux domestiques songeaient déjà à se mettre à la recherche d'un autre patron et Pierre ne savait que dire. Martine se tut. Elle pensait que, si elle le pouvait, elle prouverait à M. du Rocher qu'il avait eu tort de ne pas la garder. Pour se consoler, elle se disait qu'elle montrerait à ce sans-cœur qu'elle était capable de bien des choses... Et, pour commencer, elle allait se débrouiller pour que ses filles passent le précieux certificat d'études à la barbe du vieil aristocrate. Au début, l'école était une idée de Vincent ; maintenant, c'était devenu la sienne. Elle se saignerait aux quatre veines mais ses filles seraient instruites ! N'en déplaise à M. du Rocher...

Le plus important, pour l'instant, était de chercher une maison. Depuis l'annonce du patron, la jeune femme se creusait la tête pour chercher un toit si petit fût-il, où ils pourraient vivre tous les cinq, mais elle ne trouvait rien. Sa sœur, Rosa, avait proposé qu'elle vienne habiter chez elle mais elle connaissait les difficultés du couple dont les quelques champs suffisaient à peine à couvrir leurs besoins. L'idée d'aller trouver le maire ou le curé lui traversa la tête, mais elle ne s'y arrêta pas : le curé disait que les enfants de Nojaret manquaient trop souvent le catéchisme et que les filles suivaient les cours de l'école sans Dieu au lieu de venir au couvent. Ne pouvait-il comprendre, pensait-elle, que faire plus de quatre kilomètres était trop pour de petites jambes !... Quant au maire, Vincent ne l'aimait pas. Il disait que c'était un vendu qui en tenait pour les gens du chef-lieu et ignorait ceux des alentours.

Elle était seule, bien seule...

Casimir lança :

— Vous devriez aller voir votre tante Reine. Le bruit court qu'elle veut louer sa propriété.

Martine arrêta son manège et regarda le domestique.

— Mais elle n'a pas grand-chose, juste deux vaches...

— C'est mieux que rien pour commencer.

— Et où logerons-nous ?

Le domestique ne répondit pas ; lui, ce qu'il en disait !

Martine réfléchit... Pourquoi pas après tout. Comme disait Casimir, c'était mieux que rien...

Dès l'après-midi, elle prit son courage à deux mains et s'en fut trouver la tante Reine. Reine Palhers était la sœur de sa mère. Elle était veuve depuis des années et continuait, seule, d'exploiter les quelques champs que son mari lui avait laissés à sa mort. Elle approchait de quatre-vingts ans et, bon gré mal gré, cultivait ces quelques arpents de terre avec l'ardeur qu'elle y avait apportée toute sa vie. Cela surprenait même Martine qu'elle songe à les louer. Reine vivait dans une maison en haut du village avec son chien aussi hargneux qu'elle...

Les gens la traitaient de sorcière et la fuyaient autant que faire se pouvait. Des sorcières elle avait l'aspect et s'efforçait d'en prendre les façons : toujours vêtue de noir, elle serrait sur son torse maigre un châle qui avait connu des jours meilleurs. Ses cheveux grisonnants s'échappaient d'une coiffe tuyautée et tombaient de chaque côté de sa figure ridée. Son menton allongé sous son nez pointu achevait de la faire ressembler à une de ces mauvaises fées grimaçantes qui décorent les livres de contes... Elle faisait peur aux enfants qui s'égaillaient sur son passage comme une volée de moineaux.

Elle n'avait jamais beaucoup aimé ses neveux et nièces, critiquant sa sœur à chaque nouvelle naissance. Elle n'aimait pas les enfants, n'en ayant jamais eu... Martine savait tout cela mais elle n'avait pas le choix : plutôt supporter la tante Reine que de mendier dans les villages.

Quand elle parvint devant la maison de sa tante, un cabot noir aux oreilles dressées bondit vers elle et faillit la faire chuter. Elle saisit François qui l'accompagnait et le serra contre sa poitrine croyant que ce chien allait le dévorer. Reine, attirée par le bruit, sortit sur le pas de la porte et cria au chien :

— Tais-toi, sale bête, allez, couché !

L'autre ne se le fit pas dire deux fois, il regarda la canne de la vieille femme et partit la queue basse. La tante Reine observa sa nièce sans un mot. Elle s'écarta pour la laisser entrer et referma la porte après son passage. Elle se dirigea vers l'âtre, s'assit dans le *cantou* et fit signe à Martine de s'asseoir face à elle.

— Quel vent t'amène ? Il y a bien longtemps que je ne t'avais pas vue dans cette maison ! Si je comprends bien, tu as besoin de quelque chose.

— Vous avez appris notre malheur...

— Oui et ça ne m'étonne pas. Ton mari était de consistance fragile. Je ne dirai pas que c'était un mauvais garçon, il lui est arrivé de me rendre des services, mais il était probablement assez imprévoyant.

La jeune femme se tut, ne sachant comment présenter sa requête. La vieille femme se pencha vers François qui la regardait d'un air innocent.

— Quel âge a-t-il, celui-là ?

— Cinq ans, bientôt.

— C'est bien jeune pour perdre son père ! Quoique moi je n'en avais que six quand ma mère est morte. Je me suis élevée presque seule ; ta mère m'aidait quand elle le pouvait mais on l'a louée très vite... Enfin laissons tout cela ; alors, quel est ton problème ? Si c'est pour de l'argent, je n'en ai pas.

— Non. C'est M. du Rocher qui ne veut plus nous louer sa ferme.

— Bien sûr, une femme seule ! il fallait s'y attendre.

— Mais je suis capable de m'en occuper avec Pierre qui va sur ses quinze ans.

— Et puis quoi encore ! Tu veux qu'il loue à une femme ?

— Pourquoi pas ? Je connais le travail, et puis il y a Pierre.

— C'est encore un enfant...

Le silence tomba. Martine n'osait lui demander s'il était vrai qu'elle allait louer ses quelques champs. Elle avait peur d'avoir la même réponse qu'avec M. du Rocher...

— Alors, qu'attends-tu de moi ? demanda la vieille. Je te le dis tout de suite, je suis pas une amie de M. du Rocher, j'irai pas le supplier pour qu'il te reprenne et, à la vérité, je le comprends : on ne loue pas une ferme de cette importance à une femme seule.

— Pourtant, je suis une travailleuse. À cette ferme, j'y ai travaillé autant que Vincent. On m'a dit que vous louiez vos terres. Si vous le voulez, on les prendrait...

Voilà, c'était dit. Reine ne réagissait pas, ne répondait pas... Martine la regardait, anxieuse, et le petit François ne quittait pas des yeux cette grand-mère pas comme les autres. La jeune femme était prête à se lever et à partir quand la vieille reprit :

— Te louer mes champs ? Et moi, qu'est-ce que je deviendrais ?

Martine ne savait que répondre. Elle baissa la tête, saisit François et l'assit sur ses genoux.

— Laisse cet enfant tranquille ; il peut se tenir debout : il a cinq ans ! Donc, tu me louerais mes champs ; mais où habiteras-tu ?

— Si vous le vouliez, on s'installerait ici.

Elle n'en revenait pas de son audace...

— Tu voudrais t'installer ici... Et moi, je serai quoi ?

— S'il était possible de trouver un coin pour nous abriter mes filles et moi, on pourrait s'occuper de vos champs, vous payer un loyer...

— Il n'y a pas de coin comme tu dis, mais il y a deux chambres, en haut. Tu pourras t'y installer. Tu me nourriras ainsi que Médor et ma chatte.

— Ce sera parfait, répondit Martine, contente d'elle-même et de la vieille.

Mais Reine ajouta :

— Je te laisserai les deux vaches et tous les outils ; tu me donneras cinquante francs par an de loyer… Bien sûr, ajouta-t-elle après un silence, en plus de ma nourriture et celle de mes animaux… Ne te plains pas, fit-elle en voyant la figure de Martine s'allonger, si je te viens en aide, c'est en souvenir de ma pauvre sœur, ta mère, une sainte femme celle-là ! Toi, tu es loin de valoir ta mère, mais, pour ma sœur Cécile, je veux bien te recevoir ici…

Elle soupira :

— Quand comptes-tu venir ?

— Il faut que le 25 mars nous ayons quitté la propriété.

— Va pour le 25 mars… Tu as des meubles ? Du bétail ?

— Des meubles oui. Quant au bétail, je vais essayer de le vendre.

— Moi, mes deux vaches ne sont pas de première jeunesse ; penses-y avant de liquider toutes tes bêtes…

Pendant tout le mois, Martine courut les foires pour vendre vaches, bœufs et brebis. Tous les paysans, au courant de sa mésaventure, la regardaient venir et cherchaient à se procurer le bétail sans y mettre le prix. Ils la forçaient à diminuer toujours plus son prix pour lui soutirer son bien pour une bouchée de pain.

Au début, elle refusait sèchement et s'en allait d'un pas vif, en proie à la colère ; mais, à mesure que le temps passait, elle commençait à prendre peur et, tout en le regrettant, sentait venir le jour où elle devrait en passer par où le voulaient ces paysans rusés... Une fois encore, en ces premières journées de mars, elle revenait épuisée et découragée de Langogne où elle s'était rendue dans la carriole de son beau-frère. Comme s'ils s'étaient donné le mot, les quelques acheteurs qu'elle avait contactés avaient encore baissé les prix.

— Qu'est-ce que tu en penses, Louis ? demanda-t-elle à son beau-frère sur le chemin du retour. Ils estiment tous mes bêtes en dessous de leur valeur et ils s'entendent entre eux... Je ne sais plus que faire. Les leur laisser ou prendre le risque de ne pas vendre ? Et alors, qu'est-ce que j'en ferai ?

— Je ne sais pas quoi te dire mais, si tu ne vends pas, il te faudra libérer l'étable et où mettras-tu tes animaux ? Il n'y a pas assez de place chez Reine.

C'était la logique même, mais Martine, consciente de la valeur de son cheptel et en souvenir de ce que leur avaient coûté, à Vincent et à elle, l'achat et l'élevage de toutes ces bêtes, en avait gros sur le cœur. Et c'est bien triste qu'elle rentra à la maison, à la nuit tombée.

Les domestiques étaient partis vers de nouveaux maîtres ; Pierre rentrait de l'étable : il s'était occupé des animaux ; après l'école, Marion avait épluché les légumes et Eugénie avait fait réchauffer la soupe. Tout était en ordre. Même le petit François jouait tranquillement dans son coin.

De voir ses enfants si consciencieux et empressés à prendre leur charge de travail fit monter des larmes aux yeux de la pauvre mère : non, décidément, elle n'était pas seule, elle avait ses enfants !... Bien décidée à leur expliquer la situation, elle se mit à table et allait commencer à tout leur raconter quand on frappa à la porte.

— Entrez, fit-elle tandis que tous les regards se portaient vers la porte qui s'ouvrit sur un homme entre deux âges.

Il entra en disant :

— Bonsoir la compagnie. Excusez-moi, je ne vous savais pas à table.

— Ça ne fait rien, entrez, répondit Martine.

— Je suis Jean Martin du Born et j'ai appris que vous vendiez vos bêtes. Cela m'intéresse. Je viens de louer la propriété d'un voisin et j'ai besoin de bœufs et de vaches.

— Vous tombez bien. J'arrive de Langogne et...

Elle s'arrêta, peu désireuse de livrer à cet inconnu ses soucis de vente...

— ... Mais, asseyez-vous, dit-elle, vous mangerez la soupe avec nous et après nous irons voir les bêtes.

— Je ne sais si je peux...

— Je vous en prie, c'est de bon cœur. Et ça ne vous engagera à rien !

Après le repas fait de soupe et de fromage, Martine, Jean et Pierre partirent pour l'étable. Jean en fit le tour, regarda les bêtes, leur tapa sur la croupe, les fit bouger puis se dirigea vers la bergerie où les brebis le reçurent avec des bêlements effarés. Il offrit pour tout le cheptel une somme raisonnable : Martine n'en revenait pas !... Elle ne savait si elle devait rire ou pleurer. Elle se tourna vers cet homme honnête qui la réconciliait avec tous les paysans et lui dit :

— Monsieur Martin, vous ne pouvez savoir la joie que vous me faites ! Jusqu'à aujourd'hui, je n'ai rencontré que des gens qui cherchaient à m'abuser ; ils voulaient me faire baisser les prix au-delà du raisonnable. Et vous, vous venez d'estimer mes bêtes à leur juste valeur ; alors, elles sont à vous. Tapez là !

— Madame, en toute chose, j'essaie de faire ce qui me paraît juste. Vous êtes veuve avec des enfants à charge. Je crois qu'il serait criminel d'abuser de votre inexpérience.

Martine hocha la tête, incapable de parler : l'émotion et le soulagement se disputaient en elle avec l'admiration et le respect...

— Merci, finit-elle par articuler, vous me sauvez la vie.

— Je ne vous prends pas toutes vos bêtes, seulement celles dont j'ai besoin : les deux paires de bœufs et cinq vaches plus une vingtaine de brebis.

— Merci, c'est déjà beaucoup.

Après cette mémorable soirée, les acheteurs arrivèrent. Comme si Martin avait donné le signal, les vaches restantes s'arrachèrent comme des petits pains et les brebis suivirent. Le 25 mars, la famille Roman avait quitté la ferme de M. du Rocher et partait habiter chez la tante Reine.

V

Chez la tante Reine

Le printemps apportait enfin un parfum de violettes. Avril poudrait les haies et embaumait les prés. Les papillons voletaient, ivres de soleil et de liberté. Dans les champs pointaient les tiges nouvelles, promesses d'une bonne récolte. Martine se hâtait : elle devait s'occuper des semailles à faire sur les cinq hectares de la tante Reine. Depuis longtemps, la pauvre vieille avait cultivé ses terres au gré de ses fantaisies. Elle semait quelques lopins pour avoir assez de farine pour faire son pain et laissait le reste à l'abandon. Les deux vaches étiques qu'elle gardait depuis la nuit des temps paraissaient aussi vieilles qu'elle. Elles tiraient péniblement l'araire ou le char, mangeaient à satiété mais n'avaient plus aucune force. De son ancien cheptel, la jeune femme avait conservé deux génisses prometteuses qui apporteraient, quand elles auraient vêlé, assez de lait pour les enfants et la vieille tante. Elle ne pouvait se séparer des vaches de Reine car elles étaient dressées aux plus durs travaux comme des bœufs et, pour le moment, elle ne savait ni ne pouvait en dresser de nouvelles.

Martine arriva aux Combes. C'était la parcelle la plus vaste et la plus commode à travailler ; celle qui, depuis plus de vingt ans, s'efforçait de donner un blé de plus en plus chétif pour cause d'épuisement. Cette année encore, les pousses vertes qui auraient dû être drues et robustes se dressaient fluettes et jaunes par endroits... « Misère, pensa Martine, nous ne joindrons pas les bouts avec cette récolte misérable ! »

Il était clair que cette parcelle devrait être mise en jachère et enrichie de fumier si on voulait, dans les années à venir, obtenir le rendement désiré. La jeune femme soupira et reprit sa marche vers le reste de la propriété. Par chance, les champs de la tante Reine n'étaient pas trop éloignés du village contrairement à la ferme de du Rocher où il fallait faire des kilomètres pour y parvenir. Les prés avaient besoin d'un bon nettoyage et elle décida de s'y attaquer avec Pierre. Pierre : il allait falloir le laisser partir... Cela ferait une bouche de moins à nourrir et il rapporterait quelque argent pour acheter leur future propriété...

Car Martine n'avait pas abandonné le projet qu'elle avait fait avec Vincent : avoir leur ferme et y élever leurs enfants... Vincent était mort mais elle, avec l'aide de Pierre, irait au bout de ce rêve. Bien sûr, il faudrait attendre ; les quelques champs de la tante Reine leur permettraient tout juste de vivre. Et puis il y avait la maladie d'Eugénie... Il fallait des potions qui devaient soi-disant la guérir, mais la petite fille végétait et les potions restaient sans effet... Elle était malingre, toujours à tousser, et ne se développait pas harmonieusement. Elle avait une épaule plus haute que l'autre et souffrait affreusement du dos.

Martine ignorait de quoi elle pouvait souffrir mais n'était pas optimiste pour son avenir. La figure de Marion passa devant ses yeux : celle-là poussait comme un champignon ; aussi grande que sa sœur, elle promettait de devenir une belle jeune fille. Il ne restait que le petit François, bien éveillé mais à qui son père allait sûrement manquer... C'était fini : la reconnaissance était terminée, il ne restait plus qu'à programmer le travail et s'attaquer à la tâche.

Quand elle revint à la maison, Martine aperçut Pierre dans le hangar ; elle l'y rejoignit.

— Je suis en train de réparer les outils, expliqua l'adolescent. Il doit y avoir un siècle qu'on ne les a pas touchés. Si on veut travailler correctement, il faut s'y attaquer.

— Ils sont là depuis la mort de l'oncle André, il doit y avoir une bonne vingtaine d'années...

Elle hésita devant ce garçon si déterminé, mais il fallait qu'il sache ; après tout, c'était lui le chef de la famille, maintenant. Avec un soupir, elle lui dit :

— Tu ne crois pas que tu devrais chercher du travail, toi ? Je pense qu'ici j'y arriverai toute seule.

Pierre leva les yeux sur sa mère et la contempla sans rien dire. Martine crut qu'il avait mal compris ses paroles, elle s'excusa, confuse :

— Tu sais, si tu veux rester ici, j'en serai très contente, mais je pense que, si on veut, un jour, avoir notre ferme à nous, il nous faut mettre tous les atouts de notre côté et l'argent est le premier…

— Je sais. J'y avais pensé aussi, mais vous croyez que vous aurez la force, toute seule, de travailler tous les champs de la tante ?

— Je ferai de mon mieux et Marion m'aidera. Si tante Reine et Eugénie peuvent s'occuper des repas, Marion gardera les vaches avec François, moi, je tiendrai le coup.

Elle sourit autant pour se donner du courage que pour rassurer Pierre. Celui-ci hésita puis se lança :

— Le nouveau patron de notre ferme m'a demandé, l'autre jour, si je voulais travailler chez lui. J'hésitais mais, si vous êtes d'accord, je lui répondrai que oui. Ce ne serait pas si mal, je ne serai pas loin et, s'il y avait un problème…

— Le père Bonnefoy ? Comment te connaît-il ?

— Il garde Casimir et c'est lui qui lui a parlé de moi.

— Ça te fera rien de travailler dans notre ancienne ferme ? Ça te rappellera ton pauvre père.

Le garçon haussa les épaules :

— Les places ne sont pas si faciles à trouver… Dimanche, à la messe, j'ai rencontré Marius des Bories. Il cherche aussi à se louer et n'a rien trouvé. Il veut aller tenter sa chance du côté du causse de Chanac. Il paraît que là-bas il y a de l'embauche. Finalement, j'ai pensé que rester ici, dans le village, ce n'était pas une mauvaise idée.

— Tu as donné une réponse à Bonnefoy ?

— Pas encore. Je lui ai expliqué qu'il faudrait vous en parler et il a dit qu'il le ferait.

Martine observa son garçon : il était grand et fin avec une minceur pleine de muscles qui saillaient dans ses bras puissants. Il était taillé comme son père et promettait de devenir un sacré gaillard. Elle se rappela Vincent à l'époque de leur rencontre : sa gaieté, son rire communicatif et sa façon à la fois timide et audacieuse qu'il avait pour lui faire la cour... Elle rougit à ce souvenir et détourna la tête pour que son fils ne soit pas témoin de ses émois...

— Bien, dit-elle, je pense aussi que c'est une bonne solution. Envoie-moi ce Bonnefoy et nous tâcherons de nous entendre.

Quand elle entra à la maison, François était encore à la sieste. La tante Reine était assise dans le cantou et attisait les braises.

— D'où viens-tu encore de traîner ? Cet enfant va se réveiller et je commençais à me demander ce que j'en aurais fait !

— Mais rien du tout, il serait resté près de vous à s'amuser.

— Je n'ai plus l'âge de m'occuper d'enfants ; tu pourrais garder une de tes filles quand tu sors... Pourquoi vouloir en faire des savantes pour ce que ça leur servira !

Martine ne répondit pas : elle savait que la tante Reine n'approuvait pas la scolarité des petites, surtout celle de Marion. Elle la trouvait grande et forte et aurait voulu que sa nièce la loue comme servante. Cela aurait fait une bouche de moins à nourrir et l'aurait débarrassée de la fillette qu'elle n'aimait pas. Elle la trouvait trop remuante ; par contre, elle s'entendait bien avec Eugénie qui était beaucoup plus calme et que sa mauvaise santé retenait souvent à la maison. Eugénie, excessivement frileuse, venait se réfugier sous le manteau de la cheminée et la vieille en profitait pour lui raconter son enfance et sa jeunesse tout en la questionnant sur les autres membres de la famille.

Reine avait recueilli sa nièce Martine et ses enfants et tout le monde avait applaudi son sens de la famille mais la vieille femme n'avait agi que par égoïsme. Depuis longtemps, elle sentait ses forces l'abandonner et se demandait comment elle allait survivre, toute seule, dans sa maison avec à peine le courage de pétrir son pain, cultiver quelques légumes et engraisser un cochon.

La venue de Martine et de sa famille résolvait toutes ces difficultés et lui permettait de passer une vieillesse heureuse... Seulement, si elle avait adopté ses neveux, elle comptait bien rester maîtresse chez elle.

Au début, l'arrivée de cinq personnes avait un peu bouleversé ses habitudes. La présence des enfants, surtout pour elle qui n'en avait jamais eu... Tant bien que mal, tout avait fini par s'arranger. Martine, diplomate, s'était bien gardée de heurter la tante Reine et elle avait expliqué à ses enfants qu'il ne fallait pas contrarier la tante mais la respecter et lui obéir. Ils ne devaient pas se moquer de ses petites manies. Tout cela était difficile pour la bouillante Marion que la vieille prenait souvent comme souffre-douleur ainsi que pour le petit François dont les cinq ans refusaient de plier devant l'autoritarisme infernal de la tante. Alors que Pierre et Eugénie étaient chouchoutés et appréciés, Marion et François ne pouvaient prendre la moindre initiative sans être critiqués et rappelés à l'ordre. Le petit garçon allait pleurer dans les genoux de sa mère qui s'attirait des remarques :

— Gâte-le encore !... Un jour, quand il sera grand, il te fera pleurer.

Ou bien :

— Je ne comprends pas comment on élève les enfants aujourd'hui. De mon temps...

Elle ne terminait pas ses phrases mais la suite était claire pour tout le monde. Quant à Marion, elle avait beau s'évertuer à faire de son mieux, rien n'était jamais au goût de la tante qui la traitait de bonne à rien, de pimbêche et de mal dégourdie. La petite fille se raidissait pour ne pas pleurer. Sa mère et Eugénie essayaient de la calmer mais elle leur répondait :

— Elle ne m'aime pas ! Pourquoi elle ne dit rien à Eugénie ? C'est toujours après moi qu'elle en a !

— Laisse-la dire, répliquait sa mère, elle est vieille...

Eugénie se taisait, consciente du favoritisme de la vieille, mais, le soir, dans leur lit commun, elle racontait à sa sœur les épisodes de l'enfance de leur tante d'une manière si drôle que Marion riait et que la mère devait intervenir :

— Mais arrêtez donc ! Demain, il faudra se lever à l'aube, Marion !

Elle avait raison : la fillette se levait aux aurores pour aider sa mère avant de partir pour l'école.

La tante Reine exigeait que tout soit propre avant le départ sinon elle retenait Marion pour diverses activités qui agaçaient à la fois la mère et la fille.

— Elle doit aller à l'école, disait Martine, pour passer le certificat le plus vite possible.

— Quelle idée, ronchonnait la vieille, elle en sait bien assez pour être une servante !

— Vous parlez comme M. du Rocher, lançait la jeune femme.

Ces mots faisaient bondir la tante Reine. Elle s'exclamait :

— Moi, ressembler à ce vieil imbécile... Jamais !

— Lui non plus ne tient pas à ce que les filles soient instruites.

Cela suffisait pour que la vieille femme ne parle plus d'école et Marion s'en allait chercher ses livres et partait, le cœur léger... Et la vie continuait même si Martine pleurait souvent en se souvenant de Vincent qu'elle aimait toujours et qu'elle voyait s'enfoncer dans les ténèbres de l'oubli.

VI

Un bizarre accident

C'était le début de l'automne et pourtant, la campagne était encore belle. Les feuilles étaient encore d'un vert dominant bien que légèrement altéré. Il n'était pas aussi arrogant et fier que sous le soleil de juillet mais traînait une lassitude qui annonçait sa fin prochaine. L'air sentait les fruits mûrs et le regain fauché. Septembre rayonnait et lançait un soleil qui éclaboussait les champs, jaunissait l'herbe et durcissait la terre. Les paysans commençaient à regarder d'un mauvais œil cette chaleur qui perdurait et qui, si elle continuait, empêcherait les labours et les semailles.

Marion était partie avec ses quatre vaches et son chien pour un pré assez éloigné du village. François ne l'accompagnait pas car, ce jour-là, Eugénie se chargeait de lui. Tous deux tenaient compagnie à la tante Reine qui, profitant de ces belles journées, abandonnait le cantou et, munie de son éternel ouvrage, s'asseyait sur le pas de la porte surveillant le chemin et interpellant les passants. Quant à Martine, elle s'occupait du regain dans un pré proche de la rivière.

Les vaches ne donnaient pas beaucoup de travail et la petite fille errait, désœuvrée, d'un coin à l'autre du pré. Dans le calme de cette matinée ensoleillée, tous les bruits de la campagne arrivaient à ses oreilles. Elle s'amusa à les identifier : il y avait le père Louis qui criait après ses bœufs de l'autre côté du chemin. Elle essaya de l'apercevoir mais un bouquet d'arbres le cachait à sa vue. Elle entraperçut le pré où travaillait sa mère mais ne la vit pas. Du village montaient quelques aboiements, quelques cocoricos assourdis et le grincement de chars en route vers les champs.

Mais ce qui dominait était des coups de hache d'un émondeur. Curieuse, Marion se demanda quel était cet homme qui semblait tout à côté alors qu'elle ne voyait rien. Elle jeta un coup d'œil à ses vaches : elles mangeaient tranquillement et ne pouvaient aller bien loin car des haies épaisses leur barraient le chemin. Elle ferma soigneusement la *clède*[1] et se dirigea vers l'endroit d'où venait le bruit de hache. Son chien, aussi impatient qu'elle, marchait en tête. Elle suivit un moment le chemin puis s'aperçut que le son venait d'en haut. Elle hésita : on lui avait tellement recommandé de ne pas abandonner les vaches... Mais la curiosité fut la plus forte ; elle grimpa allégrement le raidillon qui se dirigeait vers l'endroit d'où venaient les coups de hache. Tout à coup, elle n'entendit plus rien si ce n'est quelques éclats de voix. Elle avança plus vite et, sans savoir pourquoi, son cœur se mit à battre à

1. Clède : *barrière dans un champ.*

grands coups. Puis ce ne furent plus des bruits de conversation qui lui parvinrent mais ceux d'une violente dispute. Elle ne comprenait pas tout car les hommes parlaient d'une voix que la colère déformait, mais elle distingua les mots : « Voleur, voyou, débauché ! », suivis du ricanement de l'interlocuteur qui se moquait et traitait son vis-à-vis de : « pauvre homme, *bédigas*[1], naïf, impuissant ! »

Elle avait ralenti le pas et écoutait, ne comprenant pas le sens de ces mots qu'elle n'avait pas souvent entendus. Marion remarqua que son chien la suivait en hérissant le poil.

Elle arriva enfin en haut du chemin et distingua, au fond du pré, deux hommes en train de se disputer et d'en venir aux mains. Elle reconnut celui qui tenait une hache et qui devait émonder un frêne ; il se tenait au pied de l'arbre entouré de branches : c'était Clément Bruel, un garçon du village, célibataire d'une quarantaine d'années vivant avec sa mère pas très loin de chez eux. Elle le croisait quelquefois mais ne lui avait guère parlé. Avant la mort du père, il venait parfois, à la maison, jouer aux cartes. L'autre était un parfait inconnu, elle ne l'avait jamais vu au pays.

Ils discutaient fort et avaient l'air très en colère. Clément brandissait sa hache, mais l'autre n'avait pas peur, lui tenait tête et se rapprochait de plus en plus de lui.

La petite fille se demandait comment cela se terminerait. Absorbée par la scène, elle s'était cachée derrière une haie et surveillait les deux protagonistes

1. Bédigas : *mouton de un an. Ici, personne un peu simple.*

entre les buissons. Elle avait oublié ses vaches et se retournait de temps en temps pour murmurer à son chien qui gémissait doucement :

— Paix, Médor, tais-toi !...

La pauvre bête tremblait de tous ses membres, les poils toujours hérissés, et jetait sur sa maîtresse des coups d'œil implorants.

Subitement, tout se précipita : l'inconnu saisit la hache de Clément et lui en porta un coup vers la poitrine. Clément poussa un cri qui résonna lugubrement dans l'air calme et terrorisa la fillette alors que Médor jetait un long hurlement à la mort... L'homme se mit à courir. Marion crut, tout d'abord, qu'il l'avait aperçue et qu'il venait la tuer aussi. Elle ne pouvait bouger et attendait pétrifiée le coup qui la délivrerait... Mais l'inconnu bifurqua et s'éloigna vers la montagne et le causse où il disparut à sa vue.

La fillette ne savait que faire. Son instinct la poussait à prendre ses jambes à son cou et à disparaître au plus vite comme l'avait fait Médor, mais une voix lui conseillait d'aller secourir le blessé. Elle courut jusqu'au fond du pré et arriva auprès de Clément qui gémissait doucement. Il respirait avec peine, fixa les yeux sur elle et essaya de parler mais aucun son ne sortit de ses lèvres. Marion, impressionnée par la grande quantité de sang qui s'écoulait de la plaie, ne savait que dire ni que faire. À la fin, elle balbutia :

— Qu'est-il arrivé ?

— J'ai... eu... un accident... suis blessé... chercher quelqu'un...

La petite fille n'osa manifester qu'elle avait vu l'inconnu le frapper ; elle se tut. Clément insista d'une voix faible :

— Quelqu'un... mais... suis foutu...

— C'est vous qui vous êtes fait ça ?

— Oui... un accident... chercher quelqu'un...

Marion se leva mais elle ne comprenait pas pourquoi Clément affirmait s'être blessé tout seul... Elle n'avait pas rêvé l'inconnu !... Elle insista :

— C'est vous qui...

— C'est moi... ma hache a glissé... va chercher quelqu'un...

Marion se leva pour partir, mais Clément leva sa main valide.

— Attends !

Il montra son gousset :

— Cherche ma montre...

Comme elle hésitait, il eut un geste d'impatience. Elle sortit la montre qui tenait à la boutonnière par une chaîne.

— Prends-la... et... quand il sera grand, tu la donneras à Abel...

Elle le regarda, indécise, et murmura :

— À Abel ?... Mon cousin ?

Il fit oui de la tête.

— Maintenant... Va chercher du secours... Avant, serre bien mon bras avec ta ceinture.

Elle regarda le bras gauche de l'homme : une grande entaille s'y ouvrait et du sang s'en écoulait en abondance.

— Il faudrait arrêter le sang, dit Clément.

La fillette enleva sa ceinture et s'exécuta.

— Serre encore plus fort, insista l'homme.

La petite fille serrait de toutes ses forces mais le sang coulait toujours.

— Laisse, va chercher du secours !

Elle contempla encore une fois Clément qui pâlissait et la plaie qui coulait toujours, puis partit en courant aussi vite qu'elle le pouvait.

Elle avait oublié les vaches et Médor ; elle courait, courait... Enfin, elle parvint au pré où étaient ses bêtes. Le chien, en la voyant, aboya joyeusement.

— Paix, lui cria-t-elle courant toujours, garde les vaches !

Il s'assit, tête basse, et se mit à gémir. Elle reprit sa course et se dirigea vers le village. Par chance, sa mère, qu'aucun travail pressant n'appelait dehors, était dans le jardin occupée à planter des salades. Quand elle vit arriver sa fille tout excitée et rouge, elle s'exclama :

— Qu'est-il arrivé ?

— C'est Clément Bruel... Il est blessé et il saigne.

Martine posa ses légumes et son poinçon et courut vers la maison de Clément suivie par Marion.

La mère de Clément épluchait des pommes de terre.

— C'est Clément, il est blessé ! cria la jeune femme.

La mère se leva, répandant les épluchures sur le sol.

— Il faut prendre quelque chose pour lier son bras, dit la fillette, j'y ai mis ma ceinture.

La mère alla chercher des draps à la chambre et elles partirent toutes trois vers le blessé.

En chemin, elles rencontrèrent Marius des Bories qui revenait de tourner du regain. Elles le mirent au courant et, laissant sa fourche au bord du sentier, il prit un drap, demanda dans quel champ se trouvait Clément et courut très vite auprès du blessé. La mère de Clément, qui n'était pas toute jeune, avait du mal à soutenir le rythme que lui imposait Martine.

— Reste avec elle, ordonna celle-ci à sa fille, moi, je vais aller plus vite.

Elle saisit les draps restants et partit en courant derrière Marius. Quand ils arrivèrent au champ, Clément achevait de se vider de son sang. Il n'était pas mort, mais respirait difficilement et était très faible. Le garrot que Marius et Martine tentèrent de serrer autour du bras ne servit pas à grand-chose et il mourut quand sa mère arriva. Elle s'agenouilla devant son fils et, la tête dans les bras, se mit à pleurer et à gémir :

— Oh, Clément, mon Clément, comment as-tu fait ? Toi qui étais si prudent ! Clément, reviens !... Que vais-je devenir sans toi ?

Martine la releva et la força à s'éloigner du corps de son fils. Marius leva les bras au ciel en murmurant :

— Oh, putain de vie ! Putain de vie !...

Marion restait immobile. Elle ne pouvait détacher les yeux de ce corps qui, une heure avant, était plein de vie et discutait avec un inconnu... Comment expliquer ce qu'elle avait vu ? Elle n'osait s'y risquer. Elle aurait dû en parler à sa mère qui aurait su que faire, mais, là, devant la mère de Clément, elle devait se taire. Elle triturait la montre qu'elle avait dans sa poche et pensait qu'elle devait la cacher en attendant qu'Abel grandisse, mais Abel était plus jeune qu'elle. C'était son cousin, il n'était guère plus vieux que François...

Sa mère partait emmenant Séraphine, la mère de Clément, qui pleurait à gros sanglots et, de temps en temps, poussait des cris déchirants.

— On ne peut pas le laisser ici, expliqua Marius, il faut confectionner un brancard et l'emmener au village. Marion, va chercher les Valérier, Paul et Auguste, et raconte-leur ce qui est arrivé.

Marion repartit encore. Quand elle rejoignit Martine et Séraphine, elle leur expliqua où elle allait et celles-ci l'approuvèrent d'un geste. Elle repassa devant ses vaches. Médor y montait toujours la garde. Alors, après une caresse à son chien, elle se dirigea vers le village.

VII

Clément

La mort de Clément Bruel stupéfia tout le village. Célibataire, il était né et avait passé les quarante années de sa vie à la ferme familiale. Il avait trois sœurs, toutes établies sur la commune, et un frère qui était parti très jeune pour le Midi d'où il ne remontait pas souvent. Il avait eu la chance de tirer un bon numéro et n'avait pas fait de service militaire contrairement à beaucoup d'autres dans le village qui avaient dû partir sept ans et participer à la guerre de 1870 contre les Prussiens. Ils étaient revenus après la capitulation de Sedan et en voulaient un peu à ce garçon sans attaches qui avait vécu tranquillement au village alors que les autres, quelquefois chargés de famille, avaient dû aller se battre à des kilomètres de chez eux... On les avait vus revenir, dans le pays, en haillons, des savates aux pieds. Clément resta ainsi à vivre paisiblement auprès de ses parents alors que les garçons de son âge se mariaient les uns après les autres, lui n'avait cherché ni à s'agrandir ni à fonder une famille.

Pourtant, Clément était jovial, toujours de bonne humeur, aimant les sorties, les bals, les repas bien arrosés et la fête. La petite ferme dont il avait hérité lui suffisait amplement.

Pour les travaux d'été, il louait des journaliers. Il faisait de l'élevage plutôt que du lait et se trouvait heureux entre ses chiens, la chasse et ses vaches... Il aurait pu agrandir son cheptel et ensemencer plus de champs, mais, disait-il, « à quoi bon se tuer au travail puisque j'ai assez pour vivre ! » Et, à la vérité, il ne vivait pas si mal : la chance lui souriait, les jolies filles aussi. On ne comptait plus celles qui lui tombaient dans les bras sans qu'il se soit donné beaucoup de mal pour ça... Sitôt qu'il paraissait, un frisson de plaisir secouait la gent féminine. Chacune s'imaginait qu'elle était celle qui conquerrait ce cœur volage et, bien sûr, il ne les détrompait pas... Toujours gentil, toujours aimable, il ne refusait personne. Il sortait avec celles qui lui plaisaient le plus, mais cela ne durait jamais longtemps. Les mères veillaient au grain et retenaient leurs filles qui se seraient damnées pour un sourire qu'auréolaient une barbe blonde et les yeux les plus beaux du monde. Mais ces yeux si doux et si caressants avaient fait verser bien des larmes dans le village, la commune et les environs. On avait même chuchoté sous le manteau bien des histoires qui s'étaient mal terminées. Les mauvaises langues affirmaient que certains enfants du village ou des villages environnants présentaient d'étranges ressemblances avec le beau Clément !... Certaines filles plus hardies ou plus malignes avaient même failli lui passer la corde au cou et il s'en était fallu de peu que certaines idylles ne trouvent leurs conclusions devant le maire et le curé...

En vieillissant, Clément était devenu plus prudent. Il tenait de plus en plus à sa liberté et se méfiait des filles en fleur ou des mères trop possessives, mais, comme il aimait la compagnie des femmes, il se tournait vers des femmes mariées qui n'étaient pas toutes farouches. Beaucoup de paysans, une fois mariés, ne considéraient plus leur épouse que comme leur servante et ne devenaient tendres que le soir, dans l'intimité de leur chambre. Clément avait le don pour reconnaître celles qui se sentaient délaissées et viendraient se consoler dans ses bras. Il avait eu plusieurs aventures de ce genre et certaines étaient connues. Ses sœurs lui faisaient la morale et l'incitaient à prendre femme pour mettre un terme à tous ces commérages. Sa mère, au contraire, peu pressée de partager la vie d'une bru, lui murmurait qu'il avait bien le temps de s'engager.

Dans le village, il y avait une jeune veuve dont le mari avait été victime d'un stupide accident. En ferrant ses bœufs, l'un d'eux lui avait assené un coup de pied à la tête, l'étendant raide mort. Depuis, Laurette s'acharnait sur ses quelques champs réclamant souvent l'aide de Clément.

— Tu devrais épouser Laurette, disaient ses sœurs, elle n'a pas d'enfants, n'est pas vilaine et vous pourriez mettre vos terres en commun.

L'idée n'était pas mauvaise et Laurette, avec son minois chiffonné, était restée bien appétissante. Mais Clément n'arrivait pas à se décider et courait toujours le guilledou, au grand désespoir de ses sœurs.

Bref, si Clément Bruel n'était pas un saint, il était néanmoins apprécié de ses voisins qui étaient plus qu'indulgents pour ses frasques et l'aimaient pour sa bonhomie, son humour et son sens de l'amitié. L'annonce de sa mort laissa tout le monde sans voix. Son frère Paul et sa femme Suzette, venus à la hâte, s'occupèrent avec ses sœurs des formalités.

Tout le village se retrouva autour du corps de Clément avec douleur et stupéfaction. Marion regardait avec curiosité tous ces gens affligés qui défilaient devant lui. Elle se demandait quelle serait leur stupeur si elle racontait ce qu'elle avait vu, dans le pré, le matin précédent.

Elle n'avait pas eu l'occasion de s'entretenir avec sa mère qui s'occupait de la mère de Clément. La pauvre femme était à moitié folle de douleur. Elle criait, pleurait et lançait des invectives elle ne savait à qui... Personne n'arrivait à la calmer ; même le curé, venu bénir le cadavre, ne put la consoler. Elle n'avait pas voulu quitter sa maison et aller chez un autre de ses enfants ; elle errait de la chambre à la cuisine en gémissant.

Martine était restée près d'elle et le repas de midi, qu'Eugénie avait préparé en vitesse, s'était passé sans elle. Le petit François pleurnichait et réclamait sans cesse sa maman. La tante Reine, que ces événements excitaient, se mit en colère :

— Cet enfant est trop gâté !... Veux-tu bien te taire, mal élevé...

Les cris de la vieille femme firent redoubler les larmes de l'enfant. Alors Marion le prit par la main et l'amena dehors. Ils allèrent voir les vaches puis les poules et François se calma enfin. Quand ils revinrent, le repas était fini. La vieille somnolait devant le feu. Marion mangea une tranche de pain et un peu de fromage en regrettant la bonne salade de pommes de terre qu'elle avait aperçue sur la table avant de sortir. François se contenta d'un biberon de lait ; Eugénie le coucha tandis que Marion débarrassait la table et mettait de l'ordre dans la cuisine.

— Alors, comme ça, c'est toi qui as trouvé Clément. Et il n'était pas encore mort ? demanda la vieille de sa voix grinçante.

La fillette sursauta, elle croyait la tante endormie... Elle ne répondit pas.

— Tu pourrais répondre quand on te parle !... Comment était-il ?

— Il était blessé et perdait beaucoup de sang.

— C'est drôle qu'il ait eu un accident... C'était un fameux émondeur... Sûrement le plus habile de la commune et le plus prudent... Moi, je l'ai employé, autrefois, quand je faisais des fagots. Il travaillait avec méthode, je ne comprends pas comment il a pu se blesser à mort...

Marion se tut et pensa à l'homme qu'elle avait vu s'enfuir, l'auteur du coup de hache fatal. Si la tante se posait des questions, d'autres s'en poseraient aussi et elle serait obligée de dire ce qu'elle avait vu. Elle ne savait pourquoi, mais cela l'ennuyait. Elle préférait qu'ils croient tous à un accident, comme ça tout était plus simple.

Eugénie descendit et s'étonna :

— Pourquoi maman ne revient-elle pas ? Qu'est-ce qu'elle peut faire là-bas ?

— Ta mère doit être avec la Séraphine ; elle doit la consoler de la perte de son fils. C'était son préféré à la Séraphine, celui qu'elle avait gardé près d'elle pour ses vieux jours. Ce n'était pas pourtant un modèle de vertu, il...

La tante Reine s'arrêta, regarda les deux fillettes qui l'écoutaient et leur cria :

— Alors, qu'est-ce que vous avez à me regarder comme si j'étais le bon Dieu ? Occupez-vous plutôt du travail puisque votre mère nous a oubliées...

Elle venait à peine de finir sa phrase que Martine entra. Elle paraissait à bout de forces.

— Ouf, fit-elle en s'asseyant, j'ai cru que ça n'en finirait pas ! Tout le monde est venu chez eux ; on n'arrivait pas à calmer Séraphine. Puis il a fallu le changer, le laver... Et ce sang qui coulait toujours... Tout le monde pleurait mais personne ne donnait un coup de main ! Même ma sœur Rosa, je ne l'avais jamais vue dans un tel état...

— Je me demande pourquoi tout le monde pleurait, s'écria la tante Reine, c'était un vaurien de la pire espèce !

— Il était gentil, bien des gens l'aimaient.

— Tu es naïve ou quoi... Comme si tu ne savais pas à quoi t'en tenir ! Tu te rappelles tes quinze ans ? Tu as eu besoin de ta tante Reine...

Martine rougit sans répondre. Marion, curieuse, demanda :

— Que vous est-il arrivé, maman ?

— Rien de bien intéressant. Clément m'avait fait peur. J'étais guère plus vieille qu'Eugénie et je suis venue chez tante Reine.

— Elle tremblait comme une feuille et j'ai eu toutes les peines du monde à la calmer.

— Pourtant il n'était pas méchant, Clément, renchérit Eugénie. Moi, quand je le rencontrais, toujours il me donnait des bonbons.

Martine regarda sa fille : elle avait beaucoup grandi depuis sa maladie et était en train de devenir femme. Ses petits seins pointaient sous sa robe enfantine et ses cheveux aux longues boucles blondes lui donnaient un air de chérubin. Clément avait dû s'apercevoir du changement alors que, tout à son chagrin, elle n'avait pas remarqué les transformations de sa fille... Finalement, cet accident était peut-être une chance. Elle soupira : qu'allait-elle donc chercher là ! Clément était un chaud lapin mais il ne s'attaquait pas aux petites filles... « Et toi, lui chuchota une voix, rappelle-toi quand il t'avait coincée aux Combes dans ce champ d'où tu ne pouvais t'enfuir ; tu avais à peine quinze ans !... Il te pelotait, t'embrassait et, sans en comprendre la raison, tu avais peur, très peur... »

Oh oui, elle se rappelait de tout comme si c'était aujourd'hui... Elle lui avait donné un coup de pied, un peu au hasard ; il avait hurlé de douleur et elle en avait profité pour déguerpir à toutes jambes et était entrée dans la première maison venue : c'était celle de tante Reine...

— Enfin, fit-elle comme pour elle-même, il est mort, maintenant.

— Je trouve cette mort suspecte, reprit la tante. Un homme qui a émondé toute sa vie, comment a-t-il pu se blesser ainsi ?

— Oh, ça arrive, ces accidents, répliqua Martine, tout en se dirigeant vers le placard pour y chercher quelques restes pour apaiser sa faim.

VIII

Secret partagé

Le soir, quand Marion se coucha dans le grand lit qu'elle partageait avec sa sœur, elle ne put trouver le sommeil. Elle revoyait toujours les deux hommes en train de se disputer et l'inconnu lancer la hache sur Clément avant de s'enfuir vers le causse. Tout le monde avait cru à l'accident ; il n'y avait que la tante Reine qui le mette en doute... Pourtant elle, elle seule, savait...

Pourquoi Clément avait-il insisté en lui disant qu'il s'était blessé de sa propre main ?... Et cette montre qu'elle avait toujours et qui pesait si lourd dans la poche de son tablier ! Elle ne savait qu'en faire. Si sa mère la découvrait, quelles explications pourrait-elle lui donner ?

Toutes ces idées se bousculaient dans sa tête. Elle tournait et retournait dans son lit et, chaque fois, la paillasse crissait et faisait un bruit qui résonnait dans la nuit calme. Elle craignait de réveiller Eugénie qui avait le sommeil léger mais elle continuait, malgré elle, sans pouvoir s'arrêter...

Sa mère qui dormait sur un matelas voisin finit par s'éveiller, se leva, alluma une bougie et vint s'asseoir à côté d'elle. Elle était en jupon et avait posé un châle sur ses épaules.

— Tu ne dors pas, Marion ?

Au lieu de répondre, la petite fille éclata en sanglots la secouant tout entière et qui semblaient ne devoir jamais s'arrêter. Elle s'était assise sur le lit et tremblait comme une feuille. Les pleurs de sa sœur réveillèrent Eugénie. Elle se frotta les yeux, s'assit sur le lit et regarda Marion qui pleurait toujours.

— Allons, allons, fit Martine, calme-toi et dis-moi ce qui te tracasse.

Elle passa un bras derrière les épaules de sa fille et la berça tout contre elle. Eugénie regardait Marion sans comprendre.

— Ma... maman, Clé... Clément a été tué...

— Qu'est-ce que tu dis ?

Marion renifla, saisit le mouchoir que lui tendait sa mère, se moucha, s'essuya les yeux et finit par avouer :

— Il y avait un homme avec lui et ils se disputaient. À la fin, cet homme lui a donné un coup de hache.

Eugénie émit un petit « oh » en portant ses mains sur la bouche. La mère hésita une seconde puis demanda :

— Tu es sûre de ce que tu dis ?

La petite fille fit oui de la tête et se remit à pleurer.

— Cet homme, tu le connais ?

Marion secoua négativement la tête et s'essuya les yeux.

— Il est parti en courant vers le causse ; c'est alors que je suis allée voir Clément...

— Et il ne t'a rien révélé ?

— Non. C'est le plus drôle : je lui ai demandé comment il avait fait et il m'a répondu que c'était lui qui s'était blessé...

— Où étais-tu quand tout cela est arrivé ?

— J'étais cachée derrière une haie et j'écoutais ce qu'ils disaient.

— Et qu'est-ce que tu as entendu ?

— Rien, je n'ai pas compris.

Elle se tut. Des hoquets la secouaient de temps à autre, mais elle ne pleurait plus. Elle était heureuse de s'être déchargée de son secret sur sa mère. Il ne pesait plus aussi lourd sur ses épaules. La mère réfléchissait : devait-elle annoncer ce crime à tous ou le laisser impuni et accréditer la thèse de l'accident ? Elle avait confiance en sa fille ; pourtant, elle continua à insister :

— Tu es sûre que tu ne t'es pas trompée ? Est-ce que c'est bien vrai qu'il y avait quelqu'un avec Clément ?

— Oui, oui, j'en suis sûre ! Ils se disputaient.

— Pourquoi alors n'a-t-il pas voulu te dire son nom ?

Martine ne comprenait pas l'insistance du jeune homme à prétendre qu'il s'était blessé seul.

— Je ne sais pas, sanglota Marion, et pourtant j'ai bien tout vu !

En revivant la scène, la petite fille frissonnait de tous ses membres et regardait fixement devant elle. Sa mère la serra un peu plus fort contre elle et la berça comme lorsqu'elle était petite.

— Chut, chut, n'aie pas peur ; tout ça est fini... Tu ne connaissais donc pas l'homme qui discutait avec Clément ?

— Non, je ne l'avais jamais vu et ils se disputaient fort...

Elle hésita un instant, puis, se penchant sur la chaise qui faisait effet de table de nuit, elle saisit son tablier et, d'une poche, en sortit la montre que Clément lui avait remise.

— Qu'est-ce que c'est que ça ? fit la mère horrifiée. Tu as volé la montre de Clément ?

— Je ne l'ai pas volée, c'est Clément qui me l'a donnée. Il voulait que je la donne à Abel quand il sera grand.

— À Abel ? Ton cousin ?

— Oui.

Elle leva des yeux innocents vers sa mère qui abandonna sa fille et fit deux pas en arrière.

— Elle est pour Abel ? Tu en es sûre ?

— Mais enfin, maman, je vous raconte ce que j'ai vu et ce qui s'est passé et on dirait que vous avez de la peine à me croire... Pourtant, je dis la vérité !...

Martine n'en doutait plus. Elle comprenait, maintenant, les pleurs désespérés de sa sœur Rosa et les rumeurs auxquelles elle n'avait jamais voulu croire... Elle n'avait jamais soupçonné une telle duplicité... Les yeux limpides d'Eugénie et de Marion étaient posés sur elle. Elle se secoua : inutile d'affoler les enfants, elle devait garder ses soupçons pour elle-même et s'occuper de sa fille qui commençait à se poser des questions.

— Bien, fit-elle en se rasseyant auprès de la fillette, tu as vu Clément se disputer avec un inconnu. Cet homme l'a blessé d'un coup de hache avant de s'enfuir. Alors tu t'es approchée, tu as parlé avec Clément et il t'a donné sa montre.

— Pas tout de suite. Il m'a demandé de lui serrer le bras avec ma ceinture pour arrêter le sang…

— Et tu es partie chercher du secours…

— Non, après le garrot, je partais et il m'a rappelée pour me donner la montre pour Abel quand il serait grand.

— Puis tu es partie.

— Oui. Je suis venue vous trouver et j'avais complètement oublié la montre.

Elle regarda l'oignon posé au centre du lit. C'était un bel objet que Martine saisit et ouvrit. Le boîtier était orné d'incrustations et portait les initiales C. B. La montre émettait un tic-tac régulier et paraissait être en argent. La jeune femme la tourna et la retourna.

— C'est vraiment une belle montre… dit-elle, rêveuse.

— Pourquoi Clément voulait-il la donner à Abel ? demanda Marion.

— Parce qu'il l'aimait bien, répliqua Eugénie. Moi, je l'ai vu, une fois, lui parler, le caresser et lui donner des bonbons.

Martine ne répondit pas mais cette confidence la conforta dans l'idée qu'il y avait anguille sous roche.

— Bon, maintenant, c'est le moment de dormir, déclara-t-elle après un instant. Nous discuterons de tout cela demain matin. En attendant, essayez de dormir, ajouta-t-elle en les bordant.

Elle posa un baiser sur le front de ses filles et s'en retourna dans l'autre chambre où le petit François dormait à poings fermés.

Une fois la bougie éteinte, Martine ne put s'empêcher de penser à tout ce que venait de lui révéler sa fille : quelqu'un avait tué Clément sur un coup de colère ; il n'était pas du village puisque Marion ne le connaissait pas, ni même du chef-lieu de la commune car elle voyait tous les hommes du bourg, le dimanche, à la messe. Il s'était enfui vers le causse et avait dû en venir puisque personne, pas même Marion qui gardait ses vaches au bord du chemin, ne l'avait vu... Le chemin qu'il avait emprunté rejoignait le causse de Mende et se dirigeait vers les fermes du causse : Chapieu, la Farelle, puis vers Mende. Mais il pouvait aussi descendre vers une autre vallée, au sud, celle du Valdonnez qu'elle connaissait un peu pour y être allée une ou deux fois, dans son enfance, en compagnie de sa mère dont la famille était originaire de cette vallée et dont elle parlait comme d'un pays de cocagne.

Maintenant, sa mère était morte et les quelques liens familiaux qui existaient avant cette mort s'étaient distendus, peu à peu, et aujourd'hui ils étaient inexistants... Elle essaya de se rappeler le village où sa mère les emmenait : un hameau aux rues étroites, aux maisons de tuiles bleues que le soleil illuminait de reflets dorés, des murs ocre qui emmagasinaient la lumière... Il fallait traverser des forêts avant d'arriver au village accroché au flanc de la vallée. On débouchait devant la fontaine qui ne donnait qu'un mince filet d'eau, mais sa vasque de pierre avait impressionné la fillette qu'elle était...

Et puis elle revint à la mort de Clément : quel pouvait être l'homme assez téméraire pour venir provoquer Clément chez lui et le tuer ? Elle réfléchit : cet homme était venu sans arme puisqu'il s'était servi de la hache de sa victime. Il ne voulait pas le tuer. Que s'était-il donc passé ?

Mais qu'allait-elle penser là !... La petite avait dû se tromper, elle...

« Pan pan pan... » C'était la canne de la tante Reine qui cognait contre le plafond.

Comme convenu, Martine devait descendre car la tante avait besoin de quelque chose. Elle se leva, s'enveloppa dans son châle car les nuits étaient fraîches et descendit. Elle trouva la tante Reine assise dans son lit, son chat à ses pieds.

— Fais-moi une tisane, je sens que le souper me pèse.

La jeune femme partit vers la cuisine, saisit le *toupi*[1] qui se trouvait près de l'âtre et ranima les braises. Elle prit une pincée de tilleul qu'elle versa dans l'eau. Quand l'infusion fut prête, elle la porta à la vieille femme. Celle-ci lui fit signe de s'asseoir à côté d'elle.

— Alors, tu ne trouves pas cette mort un peu drôle, toi ? Un si bon émondeur ne se blesse pas comme ça !

— Oh, vous savez...

---

1. Toupi : *récipient en terre cuite qu'on mettait sur les braises pour faire chauffer.*

— Toi, tu sais quelque chose et tu ne veux pas me le dire…

— Que voulez-vous que je sache !

— Si tu ne veux pas me le dire, j'interrogerai Marion.

— Laissez Marion tranquille, elle est assez bouleversée comme ça.

— Alors, raconte-moi…

La jeune femme soupira et comprit que la vieille ne l'avait fait descendre que pour la faire parler.

— Je ne veux pas d'ennuis, commença-t-elle, Marion a vu quelque chose, mais promettez-moi de n'en parler à personne.

— Raconte toujours, on verra ensuite. Qu'a-t-elle vu ?

Martine rapporta les faits à la tante Reine sans mentionner l'épisode de la montre.

— Tiens, tiens… se pourlécha la vieille. Serait-ce qu'un des nombreux cocus qu'il a fait dans sa vie se soit enfin vengé ?

— Quoi qu'il en soit, ce n'est pas quelqu'un d'ici. Marion ne l'a pas reconnu.

La vieille ignora l'interruption :

— … C'est sûrement pour une femme qu'il a été tué…

— N'en parlez pas, reprit Martine, je ne voudrais pas que Marion soit mêlée à cette histoire.

— Enfin, il faudrait bien savoir qui l'a tué !

— Qu'est-ce que ça peut faire ? Ça ne le *reviendra* pas !

— Mais il faut qu'il soit puni.

Elle réfléchit un instant, puis laissa échapper un soupir, haussa les épaules et déclara :

— Après tout, ce Clément n'a eu que ce qu'il a cherché... Il y a longtemps qu'il courait la gueuse... Il a dû en faire pleurer des filles ! Quelqu'un l'a puni. Il faut croire qu'il y a une justice...

Elle se tourna vers sa nièce.

— S'il n'était pas d'ici, cet homme, d'où pouvait-il venir ?

— Je n'en sais rien et ne désire pas le savoir.

— Moi, je vais faire ma petite enquête. Peut-être que je trouverai quelque chose.

Martine ne répondit pas ; elle se leva, prit la tasse des mains de sa tante, souffla la bougie et s'en alla en tirant la porte, laissant la vieille ressasser toute l'histoire.

IX

Eugénie

Les jours passèrent. On enterra Clément et l'on glissa doucement vers l'hiver. Il allait y avoir deux ans, en janvier, que Vincent avait disparu. La famille Roman, sauf Pierre, loué chez Bonnefoy, vivait depuis un peu à l'étroit chez la tante Reine. Martine travaillait d'arrache-pied pour nourrir ses enfants et la tante. Marion allait sur ses dix ans et avait passé une bien mauvaise période après « l'accident » de Clément. Elle ne voulait plus aller garder les vaches toute seule, demandait à Eugénie de l'accompagner et tressaillait au moindre bruit.

Sa mère ne lui parlait jamais de cette histoire, mais la tante Reine, chaque fois qu'elle se trouvait seule avec la petite fille, lui posait sans cesse les mêmes questions :

— Essaie de te rappeler, lui disait-elle, cet homme, tu ne le connaissais pas du tout ?

— Non, je l'avais jamais vu...

— Comment était-il ? Grand ? Petit ? Gros ?...

Marion hésitait, ne savait que répondre et la vieille s'impatientait :

— Mais enfin, c'est pas difficile : il était grand ?

— Non.

— Petit ?

— Non.

— Tu ne sais rien ! Tu as inventé cette histoire pour te rendre intéressante… Tu n'es qu'une menteuse et une sotte…

— Si, c'est vrai.

— Prends garde, si tu mens, les gendarmes viendront te chercher et tu finiras ta vie en prison !

Alors la fillette éclatait en sanglots et il fallait toute la tendresse de sa mère pour la consoler. Pendant ce temps, la tante Reine ronchonnait :

— Ta fille, c'est une menteuse ou une demeurée. Elle est incapable de dire une parole raisonnable et elle perd son temps à l'école. Loue-moi ça, ça vaudra mieux et, au moins, elle gagnera sa vie !

Martine, sans répondre, emmenait sa fille hors de la vue de la vieille femme, tout en la maudissant de perturber ainsi son enfant.

Quelques jours après l'enterrement, la mère de Clément, en larmes, était venue trouver Martine pour lui demander si elle n'avait pas trouvé la montre de son fils. Elle l'avait cherchée partout, était retournée au champ mais ne savait où elle pouvait être…

— Il ne la quittait jamais ; il la portait à sa boutonnière, elle aurait dû être sur lui et elle n'y était pas.

— Vous êtes sûre qu'il l'avait sur lui ? répliqua Martine en se réjouissant que Marion ne soit pas seule face à Séraphine.

— J'en suis à peu près sûre mais si la petite l'avait vue, ça me tranquilliserait. Tu l'as vue, petite ?

— Je... ne sais pas...

— Comment tu ne sais pas ! s'exclama la tante Reine. Quand je dis que cette petite n'a aucune intelligence...

À ces mots, Marion fondit en larmes et courut se réfugier dans les jupes de sa mère. Elle pleurait à gros sanglots sans pouvoir s'arrêter et la mère de Clément en fut bouleversée.

— Pleure pas, ma mignonne, ça ne fait rien... Même si j'y tenais à cette montre. C'était mon pauvre Jules qui l'avait achetée pour Clément et lui y tenait aussi. Il disait en riant qu'il la donnerait à ses enfants ! Mais, t'en fais pas, ce n'est qu'une montre... Elle a dû se perdre dans toutes les allées et venues et on l'aura écrasée.

Marion s'était calmée, elle s'était réfugiée dans un coin et suçait son pouce comme elle le faisait, autrefois, dans sa petite enfance. Elle ne pouvait s'empêcher de penser qu'on allait l'accuser d'avoir volé cette montre et que les gendarmes viendraient la chercher comme le prédisait la tante Reine...

Elle leva vers sa mère des yeux affolés et partit en courant se cacher dans le coin le plus obscur de l'étable. C'est là qu'Eugénie la trouva alors qu'avec sa mère et François ils avaient fouillé la maison de la cave au grenier.

— Quelle poule mouillée, marmonna la vieille quand elle la vit revenir encadrée de sa mère et de sa sœur, mais quelle poule mouillée !...

Elle n'osa déverser toute la rancune qu'elle entretenait sans aucune raison contre Marion car elle craignait que Martine ne l'abandonne à sa solitude. Et Reine, qui faisait marcher toute la maisonnée et savait se faire servir, redoutait que sa nièce ne se lasse et ne l'abandonne à son sort.

La mère de Clément ne retrouva pas la montre mais n'en reparla plus à Marion. De temps à autre, elle la regrettait tout haut, mais finit par ne plus l'évoquer.

Cette année-là, l'hiver fut précoce et, dès la Toussaint, la neige s'installa sur les collines environnantes, apportant un froid humide qui transperçait le corps. Eugénie avait treize ans, bientôt quatorze, et ne voulait pas manquer l'école pour obtenir son certificat d'études. Ses nombreuses maladies enfantines l'avaient contrainte à rester souvent à la maison et elle se désolait de devoir toujours retarder l'obtention du fameux diplôme.

Aux premiers froids, elle commença à tousser et les tisanes de fleur d'aubépine que lui faisait boire sa mère ne la calmèrent pas. Tous les matins, le cœur serré, elle voyait partir sa sœur pour l'école et la suivait avec un regard d'envie.

— Je ne pourrai pas passer le certificat, gémissait-elle et elle se mettait à pleurer.

Ces accès de désespoir avaient le don d'exaspérer la tante Reine :

— Mais qu'est-ce que tu veux en faire de ce certificat ? Ce n'est qu'un bout de papier ! Soigne-toi et profites-en pour te reposer et laisse ce certificat tranquille...

Martine la berçait doucement en essayant de la consoler :

— Ne t'en fais pas, tu es une bonne élève. Tu travailleras un peu plus et, au printemps, tu l'auras ton certificat...

Mais la petite jetait à sa mère un regard qui contenait toute la détresse du monde. Devant cette immense tristesse, Martine prit peur. Il lui sembla que sa petite fille refusait de se laisser tromper et qu'elle savait qu'elle ne passerait jamais ce fameux certificat...

Elle avait longtemps tremblé pour cette enfant maladive qui avait toujours quelques malaises et prenait tous les maux qui passaient alors que ses frères et sa sœur poussaient comme des champignons.

Eugénie n'avait pas grandi comme elle l'aurait dû. Elle avait mal au dos, au ventre, à la gorge, même aux jambes... Elle ne se plaignait jamais mais son petit visage pâle et souffreteux parlait pour elle. Elle se retirait en elle-même et passait des heures sans bouger à attendre que le mal s'en aille. Sa mère la soignait avec des tisanes censées alléger la douleur. Quand elle lui demandait, anxieuse :

— Alors, ça va mieux ? La tisane t'a fait du bien ?

Elle obtenait un sourire triste et un « oui, ça va mieux » qui ne cherchait qu'à la rassurer.

Cette année-là, Eugénie traînait depuis des jours. Elle avait été bouleversée par la mort de Clément et les confidences de Marion. Sans le dire, elle avait longtemps redouté que l'inconnu qui avait tué le jeune homme n'ait aperçu la fillette et qu'il veuille la supprimer aussi. Elle avait tremblé pour sa sœur et sa santé s'en était ressentie. L'humidité de l'automne et le froid qui l'avait suivi lui avaient apporté cette toux qui ne voulait pas la quitter et s'aggravait de jour en jour. Elle avait voulu être vaillante et avait résisté autant que possible, mais la maladie avait été la plus forte...

En désespoir de cause, Martine s'était décidée à faire venir le médecin. Après l'avoir palpée et auscultée, le docteur avait diagnostiqué une tuberculose à un stade avancé. Il avait préconisé du repos, une nourriture riche et abondante et avait donné un sirop sans laisser beaucoup d'espoir. Il avait conseillé, pour éviter la contagion, que la petite malade garde toujours les mêmes couverts et que sa sœur ne couche plus avec elle.

— Évitez les baisers et laissez la chambre à la malade seule.

Martine avait donc installé une paillasse dans sa chambre où Marion dormait près du petit lit de François. La mère se levait toutes les nuits pour donner à boire à son enfant ou la soutenir pendant ses quintes de plus en plus fréquentes.

Au mois de décembre, le froid s'intensifia, la température descendit bien au-dessous de zéro. Le givre enveloppait toute chose, créant des personnages fantastiques sur les carreaux des fenêtres. Malgré le brasero apporté, tous les jours, dans la chambre d'Eugénie, il y faisait très froid. La fillette n'avait plus la force de tousser, sa respiration était difficile et ses yeux implorants bouleversaient sa mère.

— Dites, maman, demandait Marion, Eugénie ne va pas mourir comme papa ?

La mère, sans pouvoir parler, faisait non de la tête, en sachant que tout espoir était perdu.

Elle regardait sa fille s'étioler un peu plus chaque jour et maudissait son impuissance face à la maladie.

Pierre que l'hiver avait rendu à sa famille, passait ses jours à faire du bois pour lutter contre le froid. Il ne rentrait qu'à la nuit tombée. Sa première visite était pour Eugénie qui, quand elle le pouvait, l'interrogeait sur son travail, les gens qu'il avait rencontrés et les nouvelles du pays. Il lui racontait des blagues qui la faisaient rire et, pour un moment, l'aidaient à oublier son mal.

Vinrent pourtant des journées terribles où elle semblait aller chercher sa respiration au plus profond d'elle-même avec un bruit qui déchirait sa poitrine et épouvantait sa mère... Et puis, quelques jours avant Noël, son supplice prit fin au petit matin, après une nuit de souffrances...

— Je suis contente, soupira Martine, au moins, elle ne souffre plus...

Elle lui ferma les yeux et la revêtit de la robe blanche de sa communion. Il y avait deux ans qu'elle s'était avancée vers l'autel, un cierge à la main, dans cette tenue virginale ; elle avait si peu grandi qu'aujourd'hui elle y entrait parfaitement.

Tout le village, en larmes, défila devant Eugénie, vêtue de blanc, un chapelet ivoire entourant ses poignets graciles... « On dirait qu'elle dort », murmuraient à mi-voix ces adultes qu'elle avait connus et qui éprouvaient un respect religieux devant le petit cadavre de cette voisine qu'ils aimaient. Ils disaient les banalités d'usage destinées à consoler Martine :

— Ce sont les meilleurs qui s'en vont... Maintenant, c'est un ange dans le ciel... Comme elle va vous manquer...

Mais toutes ces marques de sympathie laissaient la pauvre mère de marbre : trois ans après son mari, voilà qu'un de ses enfants la quittait ! En deux jours, elle avait versé tant de larmes que ses yeux demeuraient secs. Martine conduisait le deuil ; elle avançait comme une somnambule entourée de Pierre et de Marion donnant la main à François.

L'église était pleine. Beaucoup de personnes avaient tenu à venir manifester leur sympathie à cette famille si durement éprouvée. Martine aperçut même Jean Martin du Born. Cela lui fit plaisir de voir que cet honnête homme vienne s'associer à sa peine...

De retour à la maison, ils retrouvèrent la tante Reine qu'ils avaient laissée à la garde de la mère de Clément. Elle était surexcitée et grommelait des mots sans suite. Tout à coup, elle se leva et, tel un oracle antique, se mit à vociférer :

— Dans cette maison, c'était elle la meilleure ! C'était la seule à m'aimer ; vous autres, vous n'êtes que des étrangers... Elle, c'était ma fille !

Martine qui n'en pouvait plus de souffrance s'écria :

— Comment pouvez-vous être si méchante ? Eugénie était ma fille et leur sœur, ajouta-t-elle en montrant ses trois enfants abasourdis.

— Pour moi, elle était la seule ; toi, tu as les autres !

Et, d'un geste méprisant, elle désigna Pierre, Marion et François qui se tenaient debout, muets et apeurés. Sans un mot, Martine monta dans la chambre et se mit à nettoyer la pièce où sa fille avait vécu depuis le début de sa maladie. Elle avait décidé de tout brûler et de désinfecter plafond, murs et plancher pour que personne ne prenne cette maladie que tout le monde redoutait. Elle refusa l'aide de Marion et passa les jours suivants à cette besogne.

X

Orages

La tante Reine ne décolérait pas. Elle n'avait plus Eugénie pour écouter ses jérémiades et n'avait de cesse de commander François pour qu'il lui apporte son tricotage, un verre d'eau, sa pèlerine oubliée sur son lit… Bref, elle le harcelait du matin au soir, le houspillant parce qu'il n'allait pas assez vite ou parce qu'il ne rapportait pas ce qu'elle désirait.

Si ce n'était François, c'était vers Marion qu'elle tournait sa hargne :

— Une grande fille comme toi, c'est une honte que tu sois encore ici à te tourner les pouces et à manger le pain de ta mère ! D'autant plus qu'elle n'en a pas de restes, la pauvre… Tu pourrais bien aller gagner ta vie… Moi, à ton âge, j'étais déjà louée… Ta mère aussi d'ailleurs. Je me demande pourquoi elle te garde là comme un trésor…

— Je dois d'abord passer mon certificat.

— Peuh, quelle affaire pour un bout de papier ! Et tu en feras quoi de ton certificat ?

Incapable de répondre, la fillette se taisait et s'en allait se cacher à l'étable ou à la fontaine.

Un jour, sa mère la trouva en larmes devant l'âtre où elle surveillait la soupe tout en faisant ses devoirs.

— Qu'y a-t-il ? demanda-t-elle.

À bout de forces, la fillette s'enfuit à nouveau pour n'avoir pas à répondre devant la tante.

— Mais qu'est-ce qu'elle a ? reprit Martine. C'est peut-être la mort de sa sœur.

— Penses-tu, ta fille est une comédienne, elle cherche à se rendre intéressante. Ce qu'il lui faudrait, c'est être derrière un patron, elle ferait pas tant sa mijaurée...

— Elle n'est pas une mijaurée, c'est une petite très courageuse ; et, ici, nous avons bien besoin d'elle...

— C'est ça ! Fais-en une paresseuse... Un jour, elle te fera tomber de honte.

Sans écouter sa tante, Martine sortit chercher sa fille. Elle la trouva au fond du jardin. Elle rêvait devant un coucher de soleil qui incendiait le paysage et ornait de reflets rouges les cheveux châtains de la fillette.

— Marion, dis-moi ce que tu as. Est-ce à cause d'Eugénie ?

La fillette fit non de la tête.

— Alors explique-moi... C'est à cause de tante Reine ?

Marion ne répondit pas.

— Que t'a-t-elle fait ?

Un sanglot, seul, lui répondit.

— Dis-le-moi, voyons ! Je ne veux pas qu'elle te fasse souffrir... Je sais qu'elle veut que je te loue, mais, si je peux, je te garderai avec moi.

La petite fille leva vers sa mère des yeux brillants de larmes où apparaissait une étincelle d'espoir.

— Oh, maman, j'ai si peur : tante Reine ne fait que me raconter ce qui m'attend si vous me louez. Elle me dit ce qu'elle et certaines de ses amies ont souffert quand on les a louées et elle me dit que je devrai faire tout ce que me demande mon patron même s'il veut coucher avec moi...

Martine était si profondément offusquée par les paroles de sa fille qu'elle en resta muette de saisissement ; elle n'aurait jamais pensé que sa tante soit si méchante avec cette enfant... Elle prit les mains de Marion et toutes deux s'en allèrent par le sentier qui, du village, montait vers le causse.

Le printemps avait reverdi les brins d'herbe et de timides pâquerettes osaient offrir leur cœur doré aux rayons du soleil couchant. Elles avançaient, en silence. Marion, heureuse d'avoir sa mère pour elle seule, se faisait lourde à son bras et Martine, les yeux dans le vague, se souvenait avoir parcouru ce même sentier, jeune mariée, au bras de son époux...

La jeune femme soupira et revint au temps présent : son mari était mort et elle devait porter le fardeau de ses enfants... Eugénie était partie retrouver ce père qui les avait quittés bien trop tôt, mais les trois autres n'avaient qu'elle comme recours...

— Ma petite Marion, fit-elle, il ne faut pas croire tout ce que dit tante Reine... Elle devient vieille et, même si nous devons la respecter et la remercier de nous avoir donné un toit, elle n'a pas le droit d'empoisonner notre vie. Quand elle te demande un service, à toi ou à tes frères, faites-le, mais pour diriger ta vie, c'est moi et non pas elle que ça regarde... D'abord, avec ton père, nous avions décidé que, si c'était possible, vous passeriez tous le certificat... Ton père savait lire, moi non, et j'en souffre...

— Je peux vous apprendre, maman.

— Si tu veux, quand nous aurons le temps... Quant à te louer, si tu ne veux pas, je ne te forcerai pas. Pour le moment, nous arrivons à vivre et, si Pierre trouve une ferme à louer, nous le rejoindrons.

— Et la tante Reine ?

— Elle pourra venir avec nous... Mais tout cela n'est qu'un rêve, nous n'avons encore rien. Alors ne te tracasse pas ; passe ton certificat et, après, nous verrons. Laisse la tante raconter ses histoires. Je sais bien qu'il y a de mauvais patrons, mais il y en a aussi des bons... Si un jour tu te loues, nous choisirons parmi ceux-là.

Apaisées, elles retournèrent vers la maison, dans le crépuscule mauve qui baignait le village d'une lumière irréelle. Quand elles arrivèrent, la tante Reine criait après François qui, tout penaud, s'était réfugié dans un coin.

— Qu'a-t-il fait celui-là ? demanda Martine exaspérée.

— Il est ingouvernable, il n'écoute rien de ce que je lui dis.

— Tante Reine, cessez de persécuter ces enfants, sinon je devrai vous quitter.

— Me quitter ? Pour aller où, je te le demande ?

— Quelque part où nous serons en paix.

La vieille femme jeta un coup d'œil furieux à sa nièce. Jamais elle n'avait pensé sérieusement que Martine pourrait l'abandonner après être venue lui mendier son aide... Mais, pour elle, ses enfants étaient sacrés et elle pourrait bien la quitter pour les gâter à son aise... Elle s'écria :

— Tu es une belle garce ! Tu es venue me supplier pour que je vous tire de la rue et, maintenant que tu as repris le dessus, tu veux m'abandonner...

— Je ne veux pas vous abandonner mais laissez les enfants tranquilles... Nous pourrions être heureux, tous les quatre, si vous y mettiez un peu du vôtre.

— Qu'ils y mettent du leur, eux aussi ! Après, on verra.

Après cette discussion, la vie reprit son cours et, pendant quelques jours, la tante Reine ne tracassa plus ni Marion ni François. Martine s'en réjouissait, mais cela ne dura pas et, peu à peu, la vieille reprit sa tyrannie et les deux enfants durent encore supporter son terrible caractère.

Consciente que la vieille femme ne changerait pas, la mère recommanda la patience à ses enfants. Marion promit de se soumettre, mais le petit François avait du mal à comprendre pourquoi la tante Reine était si méchante avec eux.

Après l'hiver froid et difficile qui avait emporté Eugénie, tout le monde attendait avec impatience la venue du printemps. Pierre avait bêché le jardin durant ses rares loisirs ; les petites graines que Martine avait semées sortaient de terre et enchantaient François qui faisait la navette entre le jardin et la fontaine pour leur apporter de l'eau. Il s'attendait tous les jours à les voir grandir. Martine avait laissé un coin du jardin à Marion qui adorait les fleurs. L'institutrice lui avait donné quelques bulbes de tulipes. Les prémices des fleurs apparaissaient et la fillette n'en était pas peu fière. Mais elle n'en parlait plus car, la première fois qu'elle avait mentionné son parterre, la tante Reine s'était écriée en se tournant vers Martine :

— Comment ? Tu gaspilles la bonne terre pour des fleurs ? Plante plutôt des pommes de terre ou des salades. Les fleurs, ça ne nourrit pas.

— Ma tante, le jardin est assez grand, il y a bien de la place pour quelques fleurs.

— Ah, si mon pauvre André t'entendait… Lui qui tenait à son jardin comme à la prunelle de ses yeux. Je sais, continua-t-elle amère, qu'il faut abandonner bien des choses quand on vieillit mais jamais je n'aurais cru qu'il me faudrait en passer par là…

— Vous n'êtes pas si mal, répliqua Martine, exaspérée, et ce n'est pas un bout de jardin de plus ou de moins qui vous rendra malheureuse. Tranquillisez-vous et laissez-nous vivre à notre guise.

— Je suis encore maîtresse chez moi et c'est moi qui commande. Vous profitez de ma faiblesse pour faire n'importe quoi… J'ai été trop bonne de vous recevoir. J'aurais dû vous laisser aller mendier votre pain puisque vous ne voulez pas m'écouter.

— Calmez-vous, tante Reine. Allez vous asseoir au soleil... N'oubliez pas votre chapeau. Il fait si bon, dehors !...

La vieille femme regardait sa nièce d'un œil noir et suivait son conseil oubliant pour un temps le jardin et les fleurs jusqu'au prochain accrochage.

Toutes ces querelles épuisaient Martine. Elle se sentait lasse mais ne savait quel parti prendre. Malgré toutes ses recherches, Pierre n'avait rien trouvé. Les fermes qui auraient convenu à la famille avaient un loyer trop élevé. Les quelques pièces d'or que Martine conservait dans une boîte pour la propriété à acheter ou à louer étaient trop peu nombreuses pour qu'ils puissent être, un jour, leur propre maître. Ils l'avaient espéré, au début, mais plus les jours passaient et plus ils perdaient leurs illusions... Et pourtant, Pierre, qui avait autant envie que sa mère de quitter son patron, s'informait par tous les moyens possibles.

Le printemps céda la place à l'été et les foins puis les moissons épuisèrent Martine. Seule goutte de soleil dans leur vie, en juin, Marion obtint le certificat à la grande joie de sa mère.

— Maintenant qu'elle a son fameux papier, j'espère que tu l'enverras travailler ! s'écria la tante Reine.

Martine ne répondit pas. Elle avait besoin de sa fille qui la déchargeait des plus gros travaux. Elle n'avait plus de forces et toussait à fendre l'âme...

— Laissez, maman, disait Marion quand elle voyait sa mère à bout, je peux le faire.

Elle écartait sa mère des travaux les plus durs. François était maintenant assez grand pour garder les vaches et s'occuper de menues corvées. À eux deux, ils soulageaient leur mère qui les regardait avec orgueil et reconnaissance. Elle laissait la tante soliloquer tandis que ses enfants la remplaçaient et que le temps s'écoulait.

XI

Le drame

Quand arriva l'automne, Pierre annonça qu'il avait trouvé une ferme à louer dans un village du Valdonnez, à Blachères. Elle n'était pas très grande mais pas très chère non plus ; une paire de bœufs et trois vaches suffiraient pour commencer.

— Nous n'aurons qu'à acheter les bœufs puisque nous avons déjà les vaches, dit Martine. Je te donnerai l'argent quand tu auras signé le bail.

— Et la tante Reine ? demanda Pierre.

— Nous la prendrons si elle veut venir ; sinon, elle restera ici.

Martine se sentait un peu coupable d'abandonner la vieille femme cependant ils se devaient de saisir l'occasion. Elle se disait que le mieux serait que la tante refuse de les suivre pour avoir la paix mais elle devait essayer de la convaincre de venir avec eux : elle lui était toujours reconnaissante de les avoir recueillis quand ils ne savaient où aller...

Les transactions durèrent longtemps. Pierre passait de temps en temps pour tenir sa mère au courant. À vingt ans à peine, il discutait comme un chef et savait se défendre et plaider sa cause.

Il était allé visiter les bâtiments de leur future ferme et assurait que la maison d'habitation était grande, bien éclairée, et les trois chambres, à l'étage, bien exposées. Martine se réjouit de cette bonne nouvelle. Quand elle l'annonça à la tante Reine, celle-ci s'exclama :

— Alors, comme ça, vous allez m'abandonner après tout ce que j'ai fait pour vous !

— On ne vous abandonne pas, vous pouvez venir avec nous.

— Quitter ma maison… mon village ?

Elle n'en dit pas plus et la jeune femme, tout en s'en défendant, se mit à espérer.

— Si vous ne nous suivez pas, il faudra que quelqu'un s'occupe de vous ; j'enverrai Pierre prendre de vos nouvelles et voir si vous ne manquez de rien.

— Qui t'a dit que je ne voulais pas venir ? Bien sûr que je vous suivrai. Que veux-tu que je fasse ici toute seule ?

L'automne rougissait les cerisiers et colorait en jaune les peupliers des rivières. Fin septembre, Pierre signa le bail pour la ferme du Pibou, à Blachères. Il donna son congé à Bonnefoy car il fallait préparer les champs et faire le déménagement à la fin octobre. Avec sa mère, ils décidèrent d'acheter des bœufs, à la foire de Toussaint, le 2 novembre. Mais, le 6 octobre, la tante Reine eut une attaque qui la laissa à moitié paralysée. Le docteur ne put que constater les faits et se montra impuissant. C'était celui qui avait soigné Eugénie. Il regarda Martine et lui demanda :

— Vous allez bien, vous ? Vous toussez ?

— Un peu, mais…

— Allongez-vous. Je vais vous ausculter.

— Docteur, ce n'est pas la peine, je…

— Allongez-vous, je vous dis.

Le docteur prit son temps et ausculta longuement la poitrine de la jeune femme. Quand il se releva, il était soucieux.

— Vous êtes souvent fatiguée ? demanda-t-il.

— Oui. Mais je vous l'ai dit, je travaille beaucoup.

— Je vais vous donner une potion et il vous faudrait beaucoup de repos.

— J'ai quoi, docteur ?

— Je ne sais pas trop, fit-il embarrassé, une grosse fatigue ou…

Il n'acheva pas, mais il restait soucieux.

— Et pour la tante ? demanda Martine.

Elle fixait la pauvre vieille qui ne s'exprimait que par des sons inintelligibles mais semblait comprendre tout ce qui se disait.

— Je vais vous donner des remèdes, fit l'homme.

Il sortit de la chambre. Une fois dehors, il l'avertit :

— Votre tante est perdue ; ce n'est qu'une histoire de jours, d'heures peut-être… C'est vous qu'il faut soigner. J'ai peur que vous n'ayez attrapé le mal de votre fille.

Martine ne répondit pas. Elle n'était même pas surprise. La mort ne lui faisait plus peur : elle irait rejoindre Vincent… Mais cela tombait au plus mauvais moment… Si elle avait pu installer ses enfants sur cette ferme tant désirée, elle serait partie heureuse.

— Docteur, j'en ai pour longtemps ?

— Je ne sais pas… Six mois, un an…

— C'est suffisant. Tout ira bien.

Quand le docteur fut parti, elle réfléchit puis fit venir Marion.

— Ma petite fille, lui dit-elle, tu es grande maintenant, je vais te confier un secret. S'il m'arrivait quelque chose, je veux que tu t'occupes de ton petit frère et que tu aides Pierre…

— Mais, maman, que voulez-vous qu'il vous arrive ? On va partir pour Blachères, tous ensemble.

— Tu sais, je crois que je suis malade comme Eugénie et que…

— Non, maman, non, vous n'allez pas mourir, non pas vous !…

Marion se jeta en pleurant dans les bras de sa mère qui la repoussa doucement.

— Si j'ai cette maladie, il faut pas que je t'embrasse et, ce soir, on fera comme pour ta sœur : on me mettra des couverts à part.

La fillette éclata en sanglots, incapable de prononcer une parole. Les sanglots l'étouffaient : jamais elle n'avait pensé que sa mère pût être malade… Certes, elle toussait mais elle était toujours si forte, si vaillante qu'elle la croyait immortelle… Après son père, sa sœur, fallait-il qu'elle perde aussi sa mère ?

— Maman, se reprit-elle, on va bien vous soigner, vous allez voir que vous guérirez.

— Bien sûr, ma petite fille, on va essayer.

Martine n'y croyait pas mais il fallait bien réconforter Marion.

Elles montèrent jusqu'à la chambre de la tante Reine. La vieille les regarda avidement comme si elle voulait leur faire part de quelque chose.

— Qu'y a-t-il, tante Reine ? demanda Martine.

La pauvre femme bredouilla des paroles incompréhensibles en montrant l'armoire. Sa nièce ouvrit le meuble et, par gestes, Reine la guida jusqu'à un tiroir, tout en haut. Elle le tira, il y avait un vieux porte-monnaie, elle le lui porta. La vieille lui fit signe de l'ouvrir. À l'intérieur, il y avait deux pièces d'or. Elle désigna Marion et François.

— Vous voulez que je les donne aux enfants ? fit Martine, étonnée.

La tante Reine sourit comme jamais elle ne l'avait fait et retomba inerte sur son lit. Elle vécut encore deux jours et, après, dans un râle quitta la vie...

Marion pleura beaucoup cette tante qui l'avait tant fait souffrir mais qui s'était rachetée en lui offrant une pièce d'or, geste qui l'avait beaucoup touchée.

Les obsèques de la tante réunirent toute la famille. Martine et sa sœur, bien sûr, mais aussi des neveux du côté d'André, son mari. Ils étaient deux : Martin et Eugène, deux vieux garçons à la taille imposante, aux joues bleuies par la barbe et qui portaient, avec eux, une odeur de fumier et d'écurie. Ils vinrent signer leur tante juste avant les funérailles. Martine leur offrit du café qu'ils refusèrent demandant un canon de rouge. Quand ils furent installés, à table, Martin se racla la gorge et demanda :

— Vous comptez rester dans cette maison ?

— Non. Nous allons partir à la fin du mois ; mon fils a loué une ferme et nous allons aller avec lui.

— Tant mieux, parce que nous tenons à récupérer cette maison et les champs qui appartenaient à notre oncle André.

Martine, qui avait toujours cru que la petite propriété était à la tante Reine, s'étonna :

— Je croyais qu'ils se l'étaient donnée au dernier vivant…

— Oh que non, répliqua Louis, c'est un bien de famille et il doit le rester.

— Vous attendrez bien, quand même, que nous soyons partis.

Les deux frères se regardèrent, hésitèrent et finirent par y consentir du bout des lèvres.

En rentrant de l'église, Martine dit à ses enfants :

— Heureusement que nous avons loué à Blachères, sinon nous étions encore à la rue ! Ça ne finira donc jamais…

Ce même soir, prise de frissons, elle s'alita. Pierre venait de quitter son patron et préparait le déménagement. Marion faisait de son mieux pour soigner sa mère, s'occuper de François et préparer les repas.

Bientôt, Martine se mit à cracher du sang. Elle restait assise sur le lit, cherchant sa respiration jusqu'au fond de sa poitrine, tremblante de fièvre, les yeux hors de la tête… La petite fille se sentait impuissante devant la maladie et se cachait pour pleurer. François, assez grand maintenant, demandait à sa sœur :

— Elle va pas mourir, maman ?

Marion n'osait pas répondre. Elle avait raconté à Pierre ce que lui avait confié le médecin et ils attendaient anxieusement l'avenir. Quand elle vit sa mère souffrir ainsi, elle voulut envoyer Pierre avertir le docteur ; Martine s'y opposa :

— Il ne peut rien pour moi, il me l'a dit ! Gardez plutôt l'argent, vous en aurez besoin pour votre installation et acheter les bœufs...

Ils insistèrent mais elle ne voulut rien entendre.

Les jours passèrent, l'état de la malade empirait. Bientôt, elle ne put plus parler et ne s'exprima que par gestes. Les voisins, en particulier Séraphine, la mère de Clément, qui, dans la douleur d'avoir perdu son fils, associait Martine à son deuil, vinrent soutenir les enfants et les aider à soigner la malade. Malgré tous les soins, la jeune femme entra dans le coma et, après deux jours d'agonie, quitta ses enfants après un dernier regard conscient à sa famille rassemblée. Un regard où se lisait toute la détresse du monde de devoir les abandonner alors qu'elle aurait tant voulu les soutenir dans leur nouvelle vie... Les trois enfants, maintenant seuls au monde, se tenaient serrés, effondrés, au pied du lit. François et Marion pleuraient à chaudes larmes tandis que Pierre, maintenant chef de la fratrie, se demandait s'ils pourraient, tous les trois, faire vivre cette nouvelle ferme dont il avait tant rêvé...

Au lendemain des obsèques, quand ils se retrouvèrent seuls dans la maison, le jeune homme s'adressa à sa sœur :

— Je me demande si nous pourrons, tous les trois, arriver à cultiver cette ferme…

— Et que veux-tu faire d'autre ? répliqua Marion. Tu veux rester chez Bonnefoy ? Il faudrait alors que François et moi nous allions mendier pour vivre… Tu y as pensé à ça ? Je sais où maman mettait son argent, je vais te le donner. Va à la foire de Toussaint, comme prévu, achète des bœufs. Nous allons déménager et nous installer à Blachères comme l'aurait voulu maman.

Pierre ne répondit pas. Il pensait, malgré lui, que la charge de deux enfants serait lourde même si Marion raisonnait comme une adulte, elle n'avait que quatorze ans… Elle restait une enfant et il devrait les guider et les protéger, elle et son frère.

XII

J'ai deux grands bœufs dans mon étable…

Le matin du 2 novembre, Bonnefoy, levé de bonne heure, vint frapper à la porte de la maison des orphelins pour chercher Pierre.

— Il faut arriver sur le foirail parmi les premiers, lui dit-il, pour repérer les bêtes avant de faire son choix. Il te faut des bœufs bien dressés, pas trop jeunes et vaillants.

Pierre n'en demandait pas plus mais craignait de dépenser trop d'argent ; il faudrait vivre aussi avec les quelques économies qu'avait laissées Martine.

La veille de la foire, Marion était montée à la chambre de sa mère et avait sorti la vieille boîte en carton où Martine avait entassé tout l'argent qu'elle avait retiré de la vente de son cheptel. Elle n'y avait jamais touché, s'arrangeant pour faire vivre sa famille avec les produits de la ferme et du jardin. La ferme de la tante Reine permettait tout juste de joindre les deux bouts. Mais les cinquante francs que la vieille avait exigés par an, au tout début, n'avaient jamais été versés. Quand Martine les évoquait, la vieille murmurait :

— Quand j'en aurai besoin, je te les demanderai, en attendant sers-t'en…

Martine la remerciait et s'en réjouissait ; si la vieille femme avait exigé son dû, elle aurait été obligée de puiser dans ses réserves. Les maigres gages que Pierre recevait suffisaient à peine à le vêtir...

Ce soir-là donc, la fillette avait sorti la boîte de sa cachette et compté trente-deux pièces de vingt francs. Elle avait été éblouie à la vue de l'or. À côté se trouvait la montre de Clément. Elle eut la vision fugitive du jeune homme lui disant de remettre la montre à Abel quand il serait grand... Certes, l'enfant avait grandi mais comprendrait-il la valeur d'un tel cadeau ? Il fallait attendre. Elle se demanda si elle pourrait la lui donner un jour, maintenant qu'elle quittait le village... Elle saisit la montre et la glissa dans sa poche. Elle contempla à nouveau les pièces, en prit quatre et les envoya rejoindre la montre de Clément...

Ensuite, elle descendit et posa la boîte sur la table. Pierre l'ouvrit et eut un sursaut en voyant la profusion de pièces d'or.

— Combien y en a-t-il ? demanda-t-il.

Personne ne répondit. Alors il les dispersa sur la table et compta les pièces une à une. Il y avait aussi, au fond de la boîte, les alliances de Vincent et de Martine, une bague, une chaîne et une croix, le tout en or.

— Bon, fit-il quand il eut tout remis en place, demain, je prendrai cet argent pour acheter les bœufs.

— Tu n'as pas besoin de tout ça, répliqua Marion, il faut en garder un peu pour que nous puissions vivre à Blachères.

— Je ne vais pas le dépenser mal à propos, rassure-toi. Avec Bonnefoy, on essaiera de faire baisser le prix au maximum et je rapporterai le reste.

Il sortit un gros portefeuille et y glissa les pièces.

Le lendemain matin, quand Bonnefoy frappa à la porte, il était prêt. Marion les regarda disparaître, un peu anxieuse qu'il ne perde ou ne se fasse voler les pièces d'or. Elle pensait qu'il n'aurait pas dû les prendre toutes !… Quand François se leva, il eut la même pensée qu'elle et demanda :

— Tu crois que Pierre va dépenser tous les sous pour acheter des bœufs ?

— Non, il en restera mais on en aura bien besoin… Toi et moi, murmura-t-elle, on a la pièce que nous a donnée tante Reine et on va la garder.

Elle ne mentionna pas les deux pièces qu'elle avait retirées en plus. Le garçon lui dit :

— Où elle est cette pièce ?

— C'est moi qui la garde. On s'en servira s'il nous faut acheter des habits ou des sabots.

François ne répondit pas. Il observa sa sœur qui avait beaucoup grandi et qui était à l'étroit dans une robe que leur tante Rosa avait teinte en noir pour elle ayant exigé qu'on brûle tous les habits de Martine par crainte de la contagion. Cette robe devait dater de la jeunesse de Rosa et avait dû rétrécir, elle n'arrivait guère plus bas que les genoux car Marion était plus grande que sa tante. On avait brûlé aussi les robes d'Eugénie et les armoires étaient vides.

C'était Séraphine Bruel qui s'était chargée de tout. Elle n'avait pas voulu d'aide et avait insisté pour que personne ne touche à rien.

— Laissez, avait-elle dit, moi, je ferai brûler les vêtements. Je suis vieille et je ne risque pas grand-chose.

Rosa avait voulu insister mais elle l'avait gentiment rabrouée :

— Ne t'occupe pas de ça. Je les ai entassés à la cave et, quand ils seront partis, je viendrai les chercher et je les mettrai au feu. Comme ça, personne n'attrapera cette sale maladie.

Pendant toute la journée de la foire de la Toussaint, Marion emballa le linge, les ustensiles de cuisine et les derniers outils. Déjà les meubles étaient démontés et on n'attendait plus que la paire de bœufs que devait acheter Pierre pour partir vers cette ferme qui faisait rêver Marion.

Pierre, le seul qui l'avait vue, la décrivait comme grande et bien aérée, une cour par-devant, une aire et des granges derrière, elle paraissait magnifique si on la comparait à la petite masure de la tante Reine qui les avait abrités pendant six ans...

La journée s'écoula lentement ; un crachin obstiné voilait l'horizon qui semblait ne vouloir jamais se dégager. Les sommets étaient noyés dans la brume et de longues écharpes blanches descendaient des hauteurs pour s'enrouler autour des haies et ajouter encore à la tristesse de ce jour d'automne.

Vers 4 heures du soir, le crépuscule commença à envahir la vallée. François faisait la navette de la maison à la route nationale. Il courait le long du chemin, essayant de deviner, à travers le brouillard, l'arrivée des hommes. Il apercevait des passants qui rentraient de la foire, mais ce n'étaient jamais Pierre et Bonnefoy.

Marion avait donné la pâture aux vaches et achevé la traite quand François arriva tout essoufflé en criant :

— Ils arrivent ! Ils arrivent !

— Et ils ont les bœufs ?

— Oui. Il y en a deux paires !

L'adolescente s'étonna : Pierre n'avait pas été si fou pour acheter deux paires de bœufs ?... Elle ne pouvait même pas questionner François qui, après avoir annoncé la nouvelle, était parti comme une flèche à la rencontre des arrivants. Peu après, Marion, qui attendait à la porte, vit s'avancer, sur le chemin, Pierre Bonnefoy et les bœufs. Les bêtes raclaient le sol de leurs sabots et elle entendait des rires et des éclats de voix. Tout le monde s'arrêta devant leur ancienne ferme, il y eut des bribes de conversation ; enfin, Pierre apparut amenant une seule paire de bœufs tandis que François les suivait en sautillant. Ils stationnèrent devant l'étable et l'adolescente descendit les rejoindre.

— Viens voir, cria Pierre, voilà de belles bêtes qui vont nous mettre le pied à l'étrier !

Il tournait autour des bœufs, les palpait de temps en temps, ce qui provoquait des ondes qui couraient sur leurs poils lisses. Il riait et criait à la fois et Marion le soupçonnait d'avoir un peu bu.

Enfin, il déjoignit les bêtes et les fit entrer dans l'étable. Elles avançaient avec réticence, se sentant étrangères. Peu à peu, elles s'habituèrent, s'installèrent à leur place où le râtelier était plein de foin apporté par François dans l'après-midi.

— François, va chercher deux seaux d'eau : ils doivent avoir soif !

Le garçon courut à la fontaine et revint avec les seaux qu'il posa devant les bœufs. Les deux bêtes s'abreuvèrent longuement et, quand elles relevèrent la tête, les seaux étaient aux trois quarts vides. Elles consentirent alors à manger le foin, regardées avec étonnement par les vaches qui s'étaient levées à leur arrivée et qui les contemplaient à la lueur incertaine du *caleil*[1].

Quand ils eurent bien admiré les bœufs, Pierre, Marion et François se dirigèrent vers la maison où la soupe mijotait sur le feu. Pierre s'assit lourdement à table et commença à couper du pain dans l'écuelle qui l'attendait.

— Alors, comment ça s'est passé ? demanda Marion, tremblante de curiosité.

Son frère prit le temps de prendre plusieurs cuillerées d'un liquide bouillant où baignaient des poireaux et des pommes de terre. Il le versa sur les tranches de pain et dit enfin :

— Ils n'ont pas été faciles à acheter... Ils sont bien dressés, encore jeunes et leur patron en voulait un bon prix... Heureusement, Bonnefoy a tenu bon mais, pour avoir ceux-là, il a fallu acheter une autre paire de vieux... Le paysan ne voulait pas vendre les uns sans les autres... Bonnefoy a dit qu'il en avait la place pour des petits travaux... Il ne les a pas payés bien cher...

Il s'arrêta et se mit à manger sa soupe. Marion et François le regardaient.

---

1. Caleil : *lampe à huile.*

— Mangez ! leur dit-il quand il vit que tous deux l'observaient. Qu'est-ce que vous avez à me regarder ?

— Combien les as-tu payés ? demanda Marion.

— Je les ai payés un bon prix... Mais rassure-toi, il nous restera assez d'argent pour acheter du pain jusqu'aux moissons prochaines.

L'adolescente n'osa demander le prix exact mais se promit de tout faire pour le savoir. Bien sûr, Pierre était le plus âgé et le chef de famille, mais il la considérait trop comme une enfant. Elle était devenue adulte à la mort de sa mère, elle avait pris la direction de la maison et, malgré son jeune âge, elle venait juste d'avoir quatorze ans, elle savait que c'était sur ses épaules que reposait le bien-être de ses frères. Elle acceptait la situation sans se plaindre et aurait bien aimé que son frère lui fasse un peu plus confiance...

Quant à François, il était très fier de ce frère qu'il admirait. L'achat des bœufs l'avait enchanté et il attendait avec impatience le moment où on lui laisserait prendre les manches de la charrue et où il pourrait comme les grands faire ses débuts dans la ferme.

Marion et François s'étaient mis à manger en silence. Après la soupe, Marion apporta un grand plat de salade. Elle songea qu'il y en avait beaucoup dans le jardin et qu'ils seraient obligés de les abandonner lors de leur départ. Elle les donnerait à tante Rosa à moins que les neveux de tante Reine veuillent les récupérer.

Penser à ces deux garçons lui fit froid dans le dos. Elle s'obligea à évoquer cette belle ferme où ils allaient vivre et qui, d'après Pierre, était bien plus belle que la maison qu'ils quittaient. Elle se rappela avec nostalgie la ferme où ils vivaient avant le décès du père. Elle y avait été si heureuse que des larmes faillirent monter à ses yeux...

La voix de Pierre la tira de sa rêverie :

— Il n'y a pas de vin, ici ?

Elle faillit lui rétorquer : « Tu crois pas que tu as assez bu ? », mais elle répondit calmement :

— Non, il n'y en a jamais eu. Maman n'en buvait pas et la tante Reine non plus.

Son frère n'insista pas. Il se remit à manger en déclarant :

— On a passé toute la journée après ces bœufs et on n'a pas mangé ; aussi, ce soir, j'ai une faim de loup.

Il se coupa une large portion de fromage que François venait d'apporter sur la table et regarda son frère et sa sœur en souriant :

— Alors, les enfants, vous êtes prêts pour le départ ?

— C'est demain qu'on part ? s'écria François, tout joyeux.

Marion ne dit mot. Bien sûr, elle était contente de partir, mais, du fond de son cœur, montait une crainte qu'elle ne comprenait pas et qui, déjà, lui faisait regretter le petit village où elle était née...

XIII

Vers de nouveaux horizons

Le lendemain matin, Marion était levée à 7 heures. La nuit était noire ; un brouillard épais cachait le village et tout le paysage. Elle prépara l'eau bouillie laissant seulement sur la table la casserole et leurs trois écuelles ; le reste était emballé dans des caisses qui attendaient qu'on les charge et encombraient la cuisine. Marion contemplait tout ce désordre quand ses frères la rejoignirent. Elle monta dans la chambre enlever draps et oreillers et les mettre dans le carton où il y avait déjà les siens. Les quelques poules qui restaient avaient été enfermées dans une caisse grillagée que François avait fabriquée. Le jeune garçon était habile de ses mains et s'était fait un plaisir d'ajouter à la cage des poules une cage plus petite pour y loger les deux chats de la maison qui étaient, avec Médor, ses animaux favoris. Il aurait bien voulu aussi enfermer le chien, mais Marion lui fit remarquer que Médor serait plus heureux de suivre le convoi que d'être ballotté dans une cage sur une charrette. Pierre avait haussé les épaules et laissé le champ libre à son petit frère.

Le jour n'était pas encore levé. Les yeux bouffis de sommeil, ils attendaient la venue du char promis par Bonnefoy. François était tout excité à l'idée de partir et de découvrir leur nouvelle maison et d'autres paysages que ce petit coin de terre où il avait toujours vécu. Pierre se dirigea vers la fenêtre et grommela :

— Ce brouillard ne va pas se lever avant 10 heures !

— On ne sera guère partis avant, répondit Marion, il faudra tout charger.

— Quand Bonnefoy arrivera avec son char et ses bœufs, il faudra essayer de tout caser pour ne pas revenir.

Cette phrase rappela à l'adolescente qu'elle quittait son village pour toujours...

— Déjeunez tranquillement, leur dit-elle, moi, je vais traire ; ainsi, les vaches seront prêtes.

Elle sortit et se dirigea vers l'étable où, déjà, les vaches étaient levées et l'attendaient. Elle s'assit sur la selle, prit un seau et commença à tirer sur le pis des bêtes. Le lait coulait dans la seille et ce bruit rassurant calma un peu le désarroi de Marion. Quand elle se releva, elle regarda le lait mousseux et songea qu'il faudrait le donner à la tante Rosa car on ne pouvait l'emporter. Elle sortit de l'étable, rassérénée.

Deux chars attendaient devant la porte : le leur et celui de Bonnefoy. Les garçons avaient pris leur déjeuner, ils avaient démonté les lits, vidé les paillasses et commençaient à monter les caisses dans le premier char aidés de Casimir à qui la garde des bœufs et du char de Bonnefoy incombait. Marion desservit la table, rinça les écuelles et les rangea avec les ustensiles de cuisine. Les couvertures jetées à terre finirent dans un baluchon avec les paillasses vides qu'elle alla coincer entre les meubles. Le grand matelas des parents gisait dans la cour. Personne ne l'avait plus occupé depuis la mort de Martine et le docteur avait conseillé d'y mettre le feu. Au-dessus du matelas étaient entassés les robes et manteaux de la mère et quelques affaires d'Eugénie. L'adolescente leur jeta un coup d'œil et son envie de pleurer la reprit.

Elle se raidit : quand ils seraient partis, l'oncle Louis se chargerait de faire brûler le tout avant de récupérer les quelques fourchetées de foin qui restaient au fond de la grange et que Pierre lui avait données. Il emmènerait aussi le cochon à moitié gras qu'il élèverait avec le sien en attendant qu'on vienne lui faire un sort courant décembre... La table renversée vint se jucher sur les lits et armoires avec les caisses de vaisselle et le linge. Le premier char était prêt pour le départ. Le grand vaisselier, orgueil de Martine, fut hissé avec peine et arrimé solidement. En voyant les deux hommes charger, avec de grandes précautions, ce meuble auquel sa mère attachait une si grande importance, l'adolescente sentit la nostalgie l'étreindre. Elle revoyait sa mère, juchée sur une chaise, aux lessivages d'automne, enlever délicatement les chiures de mouche avant de cirer et d'astiquer le meuble. La même opération recommençait au printemps pour ôter la suie qui avait formé une pellicule jaunâtre sur le bois patiné...

Le tout bien arrimé et ficelé, Marion trouva un petit recoin pour y glisser le panier de provisions qui les restaureraient avant l'arrivée à Blachères. La tante Rosa et l'oncle Louis vinrent saluer leurs neveux avant le départ. Abel et Suzon, retenus à l'école, auraient bien voulu être aussi de la partie mais leur mère avait été intraitable. Rosa ne cachait pas ses larmes :

— Il me semble que c'est ma pauvre sœur que je perds une seconde fois ! répétait-elle, debout devant Marion.

L'adolescente serrait contre elle le sac à main de sa mère où elle avait enfoui les quatre pièces d'or – toute sa fortune pour elle et son frère – et la montre qu'elle devrait, un jour, apporter à Abel... Elle eut la tentation d'en parler à Rosa et de lui confier la montre, mais les paroles de sa mère revinrent à sa mémoire : « Attends qu'Abel ait grandi ; il faut que tu la lui donnes toi-même ! » Rosa pleurait toujours. Elle renonça à lui parler de la montre ; elle aurait dû expliquer la présence de l'inconnu dans le pré et dévoiler que Clément n'était pas mort d'un accident.

Quand tout fut prêt, Pierre attela ses bœufs. Il n'en était pas peu fier. Avec Casimir et l'oncle Louis, ils en firent le tour. Casimir les palpa, leur ouvrit la bouche pour vérifier la dentition et les fit marcher. Il ne trouva rien à redire, à la grande joie de Pierre.

— Tu as dû les payer un joli paquet, lâcha-t-il en tendant sa blague à tabac au jeune homme.

— Il me fallait une bonne paire pour travailler. On dit que, là-bas, la terre est plus lourde qu'ici.

— Oh, c'est à peu près la même… Il y en a qui sont lourdes, d'autres non…

Enfin, les deux attelages se mirent en mouvement et on attaqua la montée qui, du village, grimpait vers le causse de Mende. Il fallait le traverser sur une certaine distance avant d'atteindre l'est de la vallée du Valdonnez, puis suivre une route qui descendait en serpentant sur le village de Lanuéjols pour rejoindre Blachères. Les vaches marchaient en tête précédées par François qui ralentissait leur allure pour que les deux attelages suivent. Marion fermait la marche.

La tante Rosa, pleurant toujours, accompagna le convoi jusqu'au premier tournant. Alors, elle embrassa sa nièce en murmurant :

— Dieu sait quand je te reverrai…

— Si je peux, je viendrai te voir, tante Rosa.

Rosa était beaucoup plus jeune que Martine et Marion l'avait toujours tutoyée. Elles s'entretinrent encore quelques secondes avant que Rosa ne descende rapidement vers le village. Marion la regarda disparaître le cœur gros.

Nojaret restait caché par le brouillard. Elle aurait voulu, une fois encore, contempler son village, mais impossible !… Alors elle reprit sa marche pour rattraper les chars. Les bœufs peinaient et tiraient les chars de toutes leurs forces. La montée était raide. De temps à autre, il fallait arrêter les vaches et laisser reposer les bœufs. Les vaches, gourmandes, en profitaient pour happer quelques gorgées d'herbe sur le bord du chemin. Médor, que cette promenade enchantait, courait devant, derrière, revenait sur ses pas comme si c'était lui qui menait l'attelage...

À mesure de la montée, le brouillard se dissipait et un pâle soleil d'automne arrivait avec peine à dispenser un peu de chaleur. La vallée du Lot, à leurs pieds, disparaissait sous une mer de nuages blancs qui lui donnait l'aspect d'un lac neigeux. Marion s'arrêtait, parfois, pour jeter un coup d'œil à cette étendue glacée qui lui laissait un goût de cendre. Et puis, miracle ! En fin de matinée, alors qu'ils atteignaient péniblement le plateau, le ciel daigna dégager toute la brume qui rôdait... La vallée tout entière apparut et Nojaret, niché dans son trou de verdure, ses maisons serrées les unes contre les autres, se dévoila aux regards admiratifs des voyageurs.

— Il est beau le village vu d'ici, dit Casimir. Tu ne le regretteras pas ? demanda-t-il en se tournant vers Pierre.

— Peuh, un village en vaut un autre et je pense qu'on sera mieux à Blachères.

Il réfléchit une minute et conclut :

— Au moins, je serai mon propre maître !

— Oui, c'est à considérer.

— Moi, j'aimais bien Nojaret, lança François qui, malgré sa joie de voir du pays, commençait à ressentir de petits pincements au cœur.

— Moi aussi, répliqua Pierre, mais il faut aller là où se trouve le travail...

Un silence tomba et un violent coup de vent les incita à partir pour ne pas rester exposés au bord du plateau. Ils avançaient plus facilement sur le terrain plat et bientôt la route qui descendait vers la vallée du Valdonnez s'offrit à leurs yeux.

— Je crois que nous allons faire une pause et casser la croûte. Les vaches resteront dans ce coin ; nous, nous serons à l'abri derrière ce muret et les bœufs attendront.

Aussitôt, Marion sortit les provisions. La veille, elle avait sacrifié la plus belle de leurs poules. Elle était rôtie à point et elle la déposa sur un torchon avec le pain et l'eau. Elle regretta de ne plus avoir ni saucisson ni jambon, il y avait bien longtemps qu'il n'en restait plus. Elle pensa au cochon, promesse de charcuteries qu'ils avaient dû abandonner à la tante Rosa. Elle s'était proposée de finir l'engraissement et Pierre reviendrait en décembre pour le tuer et le préparer avant de l'emporter sous forme de provisions dans leur nouvelle demeure.

Ils attaquèrent le repas de bon appétit mais le vent ne leur laissait pas une seconde de répit : il tournait, les prenait à revers et leur balançait de pleines poignées de poussière dans la figure. Ils en furent réduits à manger debout, dos au vent, aussi ne s'attardèrent-ils pas et, une demi-heure après, ils reprenaient la route.

Le ciel s'était couvert et de lourds nuages gris couraient sur le firmament, prêts à déverser leur trop-plein de pluie.

— Il faut nous presser, la pluie va nous gagner, lança Casimir en donnant le signal du départ.

Marion rangea les provisions et ils commencèrent la difficile descente vers Lanuéjols. Le chemin tournait et la pente était raide ; il fallait freiner les chars car leur chargement entraînait les bœufs.

Pourtant, tout se passa bien mais les heures avaient passé et, quand ils parvinrent au village de Lanuéjols, les nuages étaient devenus de plus en plus menaçants.

— Ça ira mieux, ici, fit Pierre, soulagé.

À la sortie du hameau, ils remarquèrent une construction carrée, en contrebas dans un jardin. Les énormes blocs de pierre attirèrent leur attention et François s'exclama :

— Comment ils ont fait pour monter cette grosse pierre là-haut ?

De son index, il désignait un gros bloc qui courait d'un bout à l'autre du monument, dominant une ouverture en cintre et portant une inscription.

— Ça doit dater de vieux, commenta Casimir.

— Je crois que c'est un tombeau que les Romains avaient construit en Gaule, expliqua Marion dont les souvenirs scolaires étaient encore tout frais.

Ils reprirent la route et oublièrent le mausolée car Blachères se rapprochait.

Enfin, dans le crépuscule que les nuages assombrissaient, ils arrivèrent au village alors que la pluie commençait à tomber. Ils abritèrent les chars dans le hangar, dételèrent les bœufs, firent rentrer vaches et poules à l'étable et emportèrent les chats à la maison.

Marion était impressionnée par les dimensions de la cour. Elle jeta un coup d'œil à la maison qui paraissait les attendre. L'étable était à droite avec les granges au-dessus. À gauche, ce devait être la bergerie qui allait rester vide pour le moment et, au milieu, se dressait la maison d'habitation. Un escalier montait à l'étage où s'ouvrait une porte flanquée de fenêtres de chaque côté. L'étage supérieur comptait quatre fenêtres et, au-dessus, le toit de tuiles bleues brillait sous la pluie.

Pierre sortit une énorme clé de sa poche et ils coururent tous se mettre à l'abri à l'intérieur de l'habitation.

XIV

Emménagement

La porte s'ouvrit en grinçant et ils pénétrèrent dans une vaste pièce qui paraissait d'autant plus grande qu'elle était vide : leurs pas y résonnaient comme dans une cathédrale et il y régnait un froid hivernal. Le sol était pavé de larges pierres ocre couvertes de poussière et le plafond, aux poutres noires de suie, assombrissait le tout. À l'ouest, une cheminée couvrait une grande partie du mur. Marion remarqua un fagot abandonné dans le cantou. Elle s'en saisit, trouva aussi des bûches. Elle souleva le couvercle d'une boîte en bois, y plongea la main et en sortit des allumettes. Elle disposa fagots et bûches dans l'âtre, craqua une allumette. Aussitôt, une flamme claire monta, illuminant la salle et donnant une impression de chaleur même s'il faudrait du temps pour chauffer cette immense pièce...

Tous s'approchèrent et tendirent leurs doigts vers cette clarté qui réchauffait leurs corps et leur remontait le moral. Pierre chercha la lampe, l'installa à sa place, pendue au plafond, au milieu de la cuisine et l'alluma. Elle illumina le centre de la pièce, laissant de grands coins d'ombre.

Pendant que les deux hommes allaient s'occuper des animaux, Marion alla chercher quelques chaises et des ustensiles de cuisine, quelques œufs et les restes du dîner. François amena les poules à l'étable et les libéra de leur prison de grille. Puis il s'occupa des chats et les déposa au cantou, sur une chaise. Les hommes revinrent apportant la table. Ils la rapprochèrent le plus possible du feu car une grande partie de la chaleur s'envolait dans l'immense cheminée et, malgré un feu d'enfer, la pièce restait glaciale.

Pierre fronça les sourcils : cette nouvelle maison dont il attendait merveilles se révélait, dès le premier jour, moins riche de confort que ce qu'elle avait laissé entrevoir...

Enfin installés tout près de l'âtre, les animaux en sécurité, ils purent tous trois se reposer et manger paisiblement en écoutant la pluie tambouriner contre les vitres. Ils évoquèrent le voyage de la journée.

— Je crois que vous serez pas mal, ici, commença Casimir, tout en piquant du bout de son couteau un morceau de poule que le vent du causse leur avait interdit de déguster à midi.

Ce fut le signal : chacun commenta à sa façon cette traversée homérique commencée dans le brouillard pour continuer avec le vent et se terminer par la pluie. Marion se leva pour cuire l'omelette qu'elle avait battue quand les hommes étaient sortis. En un tournemain, elle la fit sauter et l'apporta toute baveuse, dans la grande poêle où elle avait cuit. Les deux hommes et François lui firent un sort et se régalèrent.

— C'est bien, Marion, dit Casimir. Si tu continues, tu vas devenir un vrai cordon bleu. Dire, reprit-il après un moment de réflexion, que je t'ai fait sauter sur mes genoux quand tu n'étais pas plus grande que ça !

Il joignit le geste à la parole, soupira et poursuivit d'une voix sourde :

— Il en a passé de l'eau sous les ponts depuis ce temps-là… Et ils sont morts, tous les deux ! Qui l'aurait cru ?

— Maman aurait tant aimé voir cette ferme et s'y installer avec nous… Je le lui ai tant entendu répéter, murmura Marion, des sanglots dans la voix.

François avait écouté sa sœur et des larmes commençaient à lui monter aux yeux comme chaque fois qu'on évoquait sa mère. Marion s'en aperçut et changea vite de sujet :

— Où va-t-on coucher cette nuit ?

— Il est tard, on tombe de fatigue, on ne va pas aller chercher les lits sous cette pluie, répondit Pierre. Nous, les hommes, on couchera dans le foin. Ça ne vous fait rien, Casimir ?

— Ah non, pauvre ! J'en ai vu d'autres. Pour moi, ça ira très bien. C'est ta sœur…

— Oh, ne vous en faites pas pour moi, je me débrouillerai. Et toi, François ?

— J'irai à la grange avec les hommes, répondit-il, tout fier, son moment de mélancolie passé.

Sitôt le souper terminé, les trois hommes partirent pour la grange. Demeurée seule avec Médor et les chats, Marion décida de ne pas laisser éteindre le feu. Elle s'enveloppa dans son châle et s'assit le plus confortablement possible, dans le cantou, face aux braises rougeoyantes.

La fatigue l'accablait mais elle n'arrivait pas à trouver le sommeil. Sans cesse, elle revoyait le village de Nojaret qui se découvrait, dans le brouillard, comme pour lui dire un dernier adieu... Et puis c'était l'arrivée à Blachères, sous la pluie tombante. Elle avait entrevu quelques maisons qui bordaient la rue, quelques portails fermés mais pas âme qui vive : ce n'était pourtant pas un village mort ! Pierre avait dit avoir rencontré des voisins et avoir parlé avec eux... Ils étaient passés aussi devant une petite église et, à la nuit tombante, elle avait entendu tinter l'angélus. Par contre, elle n'avait pas vu d'école mais elle savait qu'il en existait une. Elle pensa s'y rendre le plus tôt possible pour y inscrire son frère qui devrait, selon le vœu de sa mère, passer le certificat.

Elle était mal couchée sur cette chaise et son dos lui faisait mal. Elle se leva, remit du bois au feu et s'avança vers la fenêtre qui donnait sur la rue. Tout était calme, la pluie avait cessé. Au loin seulement, un chien hurlait à la mort et cela la fit frémir. Elle allait reprendre sa place au cantou quand il lui sembla distinguer une ombre qui passait en rasant les murs. Elle s'approcha tout en évitant de se faire voir et sonda l'obscurité. Rien ne bougeait. « J'ai rêvé ! » se dit-elle. Mais alors qu'elle allait s'éloigner, elle remarqua la silhouette d'un homme qui essayait de se fondre dans le noir. Aussi silencieux qu'un chat, il fixait la maison. Elle aperçut son visage mais ne distingua pas ses traits. Il paraissait jeune, grand et bien charpenté. Le froid la faisait presque trembler, mais elle restait debout, immobile, à surveiller l'inconnu qui ne remuait pas plus qu'une statue…

Tremblante de froid, elle revint vers la cheminée, remit encore du bois et reprit sa place emmitouflée dans son châle. Elle songea un moment à l'inconnu, puis sombra dans le sommeil.

Elle se réveilla alors que le jour naissant entrait par la fenêtre. Du feu, il ne restait que quelques cendres et un froid glacial tombait sur ses épaules. Elle s'étira ; elle était endolorie de partout mais se força pourtant à rallumer le feu. Quand les flammes montèrent hautes et claires, elle courut à la fenêtre pour voir si l'inconnu était toujours là mais bien évidemment la rue était vide… Elle se demanda si elle n'avait pas rêvé. Non, il y avait bien quelqu'un dans l'ombre du mur d'en face, épiant la maison.

Sans plus s'interroger, Marion décida de faire la soupe. Elle se souvint d'être passée la veille devant une fontaine couverte et y avoir entrevu une statue de la Vierge. Elle prit un seau et partit sur le chemin dans la lueur rosée de l'aube. Bientôt, elle arriva devant une vasque de pierre où tombait un filet d'eau. Il y avait aussi, un peu en contrebas, un lavoir aux bords luisants d'usure. Elle ne s'attarda pas, remplit son seau et reprit le chemin du retour.

Bientôt, les hommes arrivèrent ; Casimir et Pierre apparurent à la porte.

— Déjà levée ! constata le domestique.

— Oui. Cette chaise était un peu dure. Mais où est François ?

— Il dort comme un bienheureux, dit Pierre. On ne l'a pas réveillé.

Marion leur servit la soupe. Ils l'avaient à peine commencée quand François arriva tout excité. Médor bondit vers lui et lui fit fête.

— On va déménager ?

— Assieds-toi et mange. On va d'abord s'occuper des animaux et puis on emménagera et non déménagera…

Le garçon s'assit et mangea la soupe avec les hommes. Quand ils eurent donné le foin aux bœufs et aux vaches, Marion et François sortirent les poules de l'étable et les parquèrent dans un coin de la cour où elles commencèrent à gratter à qui mieux mieux.

Casimir et Pierre déchargèrent les chars, montèrent les meubles et les lits après que Marion eut terminé le ménage. Les murs de la salle commune étaient noirs de fumée et l'adolescente songea qu'un bon badigeonnage à la chaux ne leur ferait pas de mal. Elle se promit d'en parler, plus tard, à Pierre. Elle entendait, à l'étage, son frère et Casimir taper pour monter les lits. Ils garnirent les paillasses avec la paille qu'ils avaient pu trouver, montèrent la grande armoire de Martine et redescendirent en disant :

— Les paillasses seront un peu dures car la paille n'est pas très souple. Il faudra attendre les moissons pour avoir de la balle d'avoine.

Dans la salle commune, le buffet orné de fleurs auquel la mère tenait tant trouva sa place face à la grande cheminée ainsi que les chaises restantes. La table fut mise au centre et, avec les flammes qui léchaient les bûches, le tout prit un air plus accueillant. L'horloge comtoise se trouvait face au buffet et son tic-tac rassurant ajouta un air familier à l'ensemble.

— Eh bien, conclut Casimir quand tout fut terminé, c'est plutôt bien cette maison. Et vous avez vu le jardin, dehors. Il a l'air bien entretenu et il semble avoir de la bonne terre. Mes enfants, il ne vous reste qu'à y mettre de l'huile de coude et vous serez comme des rois... Tu verras, fit-il en se tournant vers Marion, tu ne regretteras pas Nojaret.

L'adolescente eut un sourire triste et ne répondit pas. François revint, il avait fait le tour du domaine et paraissait enchanté.

— Derrière, il y a une grande aire et même des cages pour les lapins !

Ils éclatèrent de rire devant son enthousiasme.

— J'en élèverai, vous verrez !

Marion lui rappela :

— Avant, tu dois aller à l'école. Pour les lapins, on verra ensuite.

Il lui lança un regard noir : il avait espoir que son frère le soutiendrait et que, pour lui, l'école ne se prolongerait pas très longtemps. Il jeta un coup d'œil à Pierre mais le jeune homme semblait plongé dans ses pensées.

Vers le milieu de la matinée, Casimir se prépara à partir. Marion tenta de le retenir :

— Vous n'allez pas partir sans manger. Nous dînerons un peu plus tôt et...

— Non, j'ai bien déjeuné. Il me faut partir sinon je n'arriverai pas avant la nuit.

Pierre insista mais il ne voulut rien entendre, attela ses bœufs et s'en fut vers Nojaret en leur disant :

— Je pense que vous êtes bien tombés. Si vous n'êtes pas fainéants, vous devriez vous en sortir. Surtout, acheva-t-il sans rire, si François élève des lapins !

Le jeune garçon rougit jusqu'à la pointe des oreilles alors que les autres éclataient de rire.

XV

Installation

Un peu perdus au début, Pierre, Marion et François s'adaptèrent vite à leur nouvelle vie. Les voisins les y aidèrent bien. Ayant appris qu'ils étaient orphelins et que leur mère venait de mourir, ces hommes et femmes rudes, peu enclins à la sentimentalité, se prirent d'affection pour eux. D'abord, ils assurèrent Pierre de leur soutien, lui expliquèrent les modes de culture du pays, l'informèrent de la période où il fallait semer céréales ou pommes de terre pour avoir les meilleures récoltes et promirent de l'aider autant que possible.

Les femmes s'occupèrent de Marion. Une des plus délurées, Jeanne Blanc, la soixantaine bien sonnée, qui portait la coiffe tuyautée du pays et parlait comme tourne un moulin, lui proposa une place pour cuire son pain.

— Il y a toujours de la place, dit-elle, tu mettras tes quelques miches avec les nôtres.

D'autres lui apportèrent des produits de leurs jardins : des poireaux pour faire la soupe, de la mâche pour la salade et les derniers choux avant qu'on ne les mette à la cave pour l'hiver. Sa plus proche voisine, Marie-Rose, avec un bébé dans les bras et un autre pendu à son tablier, lui proposa d'aller passer quelques après-midi chez elle et de bavarder autour d'une tasse de lait ou de café. Même François avait déjà noué des amitiés avec les garçons du village. Avec eux, il courait d'un bout à l'autre des chemins, découvrant les ruelles les plus étroites, des ponts de verdure et des endroits cachés où les plus grands fumaient en cachette.

Bref, une semaine après leur arrivée, ils étaient adoptés et avaient l'impression d'avoir passé toute leur vie à Blachères...

Quelquefois, Marion ne pouvait s'empêcher de se rappeler sa vie à Nojaret : la ferme où ils avaient été si heureux avant que son père ne meure... Son père dont, à son grand regret, l'image devenait de plus en plus floue dans sa mémoire. Elle revoyait la vie étriquée chez tante Reine, les brimades qu'elle lui faisait subir... Elle hésitait à évoquer Eugénie dont le souvenir lui faisait monter les larmes aux yeux comme le souvenir de sa mère dont elle ne pouvait se consoler du départ si rapide... Elle pensa à Rosa puis à Clément et à la montre qu'elle devait donner à Abel quand il aurait grandi... Elle était la seule, maintenant, à savoir que Clément avait été assassiné...

Quelques semaines après leur arrivée, Marion était allée inscrire François à l'école du village malgré les réticences de Pierre qui trouvait qu'il aurait bien le temps d'y aller pendant l'hiver. Maintenant, il fallait garder les vaches et quelques semaines de plus ou de moins... Il n'eut pas le temps d'achever que Marion se dressa de colère :

— C'était la volonté de papa et de maman qu'il aille à l'école jusqu'au certificat, comme nous, et il ira !

— Tu peux me dire à quoi ça nous sert d'avoir le certificat ?

— Voilà que tu parles comme M. du Rocher ou la tante Reine !

Pendant cette conversation, François écoutait sans intervenir. Il était bien de l'avis de son frère : à quoi cela servait-il d'aller à l'école ? Il aurait préféré de beaucoup aller courir avec les autres chenapans du village et même aller garder les vaches, travail qu'il n'appréciait pourtant pas beaucoup. Il n'osa intervenir, impressionné par la détermination de sa sœur. Aussi, à quelques jours de là, fit-il son entrée à l'école du village située un peu en retrait au bout d'un chemin poussiéreux.

Pierre labourait, semait, hersait autant qu'il le pouvait. Il avait rêvé de cette ferme et s'appliquait à en tirer le maximum. Marion s'occupait de l'intérieur et gardait les vaches. Soir et matin, elle allait traire et, après le souper, elle confectionnait des fromages qu'elle entreposait dans la cave creusée sous terre où ils prenaient une belle croûte rougeâtre qui promettait du bleu à l'intérieur... Chaque fois qu'elle descendait pour les tourner, elle en concevait une indicible fierté en se disant qu'ils seraient sûrement meilleurs que ceux de sa mère car la cave paraissait plus favorable.

Puis l'hiver arriva, apportant, dès les premiers jours de décembre, une mince pellicule de neige que le froid figea aussitôt dans les champs ; les chemins devinrent des patinoires et, avec leurs sabots usés, Pierre, Marion et François risquaient, à chaque pas, une chute brutale.

— Il nous faudrait une paire de sabots convenable, dit Marion. Le père Urbain, le sabotier, en aurait peut-être qui nous irait.

— Oui, mais on n'a pas d'argent, répliqua Pierre.

— Il ne reste rien des pièces de maman ?

Son frère hésita à répondre. Il savait bien qu'il aurait dû acheter des habits et des sabots à son frère et à sa sœur... Marion n'avait pu utiliser les habits de sa mère par crainte de contagion et traînait les vieilles robes de la tante Rosa, on aurait dit une pauvresse. Il soupira...

— Si on les achète pas maintenant, reprit sa sœur, il faudra y penser au printemps ; ceux de François sont déjà trop petits...

À contrecœur, Pierre envoya son frère et sa sœur chez le père Urbain, mais garda ses vieux sabots. Il songea qu'il essaierait de s'en fabriquer avec du bois tendre car son père avait beaucoup d'outils et, parmi eux, il trouverait bien une gouge, un *paradou*[1] et un rabot. Ainsi il ne dépenserait pas les pièces d'or restantes destinées à agrandir le cheptel et non à acheter des sabots !

Quand ils allèrent chercher leurs chaussures, le frère et la sœur étaient aussi fiers l'un que l'autre. Ils admiraient leurs sabots luisants et la belle garniture de cuir ornée d'un liseré rouge

1. Paradou : *outil pour fabriquer les sabots.*

pour François et jaune pour Marion. Le vieux sabotier leur avait précisé :

— La garniture, je vous en fais cadeau ; dites-le à votre frère.

Quand il les vit revenir, Pierre s'exclama :

— Vous n'aviez pas besoin de garniture ! Ce sont des sabots de travail, non des sabots de riches !

— Urbain nous en a fait cadeau ! s'écria François tout fier.

— On ne peut pas dépenser, on n'a pas d'argent, insista Pierre.

— Il faudra bien s'habiller, pourtant, rétorqua Marion.

Son frère lui lança un regard noir ; il ne faudrait pas que cette péronnelle veuille imiter les demoiselles fortunées qui étrennaient un chapeau tous les dimanches et une robe tous les mois ! Les frusques que lui avait données Rosa pouvaient bien faire l'affaire pour aller garder les vaches...

De temps à autre, ils étaient invités dans les veillées ; c'était une fête pour eux. Ainsi, ils firent connaissance de tout le village. Dans ces veillées, les hommes jouaient aux cartes ou faisaient de la vannerie. Les femmes raccommodaient ou tricotaient. Marion n'avait ni laine ni aiguilles et n'avait jamais beaucoup fait de travaux d'aiguille. Ce fut Marie-Rose qui lui apprit les différents points : maille endroit, maille envers... Docile, la jeune fille finit par apprendre. Marie-Rose lui apporta de la laine et, en la guidant, parvint à lui faire confectionner un tricot pour sa fille Pauline que tout le monde appelait Linette. Marion suivit les conseils, y prit goût et, à la fin du mois, le tricot n'eut plus aucun secret pour elle.

Malgré les consignes, le précédent fermier n'avait pas laissé beaucoup de bois. L'immense cheminée en demandait des quantités et, pourtant, la grande pièce restait glaciale. Pierre prit un bon rhume mais refusa de se soigner :

— On m'a toujours dit, expliqua-t-il, qu'un rhume bien soigné dure quarante jours et mal soigné quarante et un… Alors ce n'est pas la peine de s'en occuper.

Marion, sans rien en dire, tremblait de peur : elle voyait déjà Pierre mourir comme son père et elle et François expulsés, mais, cette fois, il n'y avait pas de tante Reine pour leur offrir un toit…

Son frère toussait à fendre l'âme, mais rien ne put le décider à aller consulter un médecin. Marion lui faisait des tisanes, lui administrait des cataplasmes de farine de lin et de moutarde comme elle avait vu faire sa mère durant les hivers d'autrefois. En prévision, elle faisait aussi ingurgiter des infusions à François qui détestait ça et se défendait de les boire en criant :

— Je ne suis pas malade, moi !

Bref, entre tisanes et cataplasmes, la maladie de Pierre régressa et François n'eut même pas un petit mal de gorge. Il songea, sans l'avouer à sa sœur évidemment, qu'il aurait volontiers manqué l'école pour soigner une grippe imaginaire mais n'osa aller jusqu'au bout de sa résolution.

Quand Pierre fut un peu rétabli, il s'en alla vers les prés les plus proches de la rivière où poussaient des vergnes en grande quantité. Il y en avait toujours de sec et il fallait en abattre assez pour passer l'hiver. Il pesta à nouveau contre l'ancien fermier qui aurait dû en laisser une provision suffisante et aussi contre cette immense pièce qu'on n'arrivait pas à chauffer.

— Toute la chaleur s'en va par cette cheminée ; il y passerait un char chargé de paille !

Marion en était bien consciente mais ne savait que faire. Ils s'en ouvrirent, un jour, à leur voisin Justin Rigal, resté dîner chez eux après avoir aidé tout un matin Pierre à couper des arbres.

— Il n'y aurait qu'une solution : il vous faudrait faire une cloison qui couperait la pièce en deux. Vous n'avez pas besoin de toute cette place.

— Il faut demander au propriétaire.

— Pas besoin. Vous faites une cloison démontable et, s'il n'est pas d'accord, vous l'enlèverez. Demandez à Julien, le mari de Marie-Rose. Il sait tout faire. Il te fera bien ça, ainsi vous dépenserez moins de bois et vous aurez plus chaud !

Pierre écouta son avis et, milieu décembre, Julien arriva, un matin, prêt au travail. Il lui restait des briques d'un ancien chantier. Il se mit au travail et, deux jours après, la surface à chauffer avait diminué et, même si la chaleur partait toujours en partie vers la cheminée, la pièce était devenue habitable et ils se sentirent revivre.

Il était grand temps. Quelques jours après, un froid vif engourdissait la campagne, rassemblant bêtes et gens dans les étables ou autour du feu. La provision de bois avait fondu comme neige au soleil ; Pierre avait judicieusement scié et dépecé les troncs coupés avec Justin et avait reformé la provision. Les bûches n'étaient pas sèches. Elles sifflaient et fumaient dans la cheminée ; elles coulaient aussi mais finissaient par s'enflammer.

C'était aussi un temps propice à tuer le cochon. Marion y songeait depuis quelque temps car, au charnier, le lard avait fondu tout autant et la soupe ne tenait pas au corps, maugréait Pierre. Quelques voisins ayant « tué cochon », comme on disait dans le pays, leur avaient apporté un peu de charcutailles et cela n'avait fait que renforcer leur désir. Ils allèrent trouver la tante Rosa pour parler du cochon abandonné à leur départ. Elle avait promis de l'engraisser avec le sien et ils devaient aller le charcuter aux environs de Noël.

— Pendant les vacances ! s'était écrié François. Au moins, je pourrai venir !

— Oui, pendant les vacances, car il faudra porter les provisions et on ne sera pas trop de trois.

Ils se décidèrent pour le premier jour des vacances : le jeudi 23 décembre.

XVI

Confidences

Ils partirent de bon matin alors que le jour n'était pas encore levé. Le froid était toujours très vif mais les chemins étaient libres, la neige n'étant pas tombée depuis quelque temps. Elle recouvrait les champs d'une fine pellicule.

— Il faudra faire attention, il y aura peut-être de la neige sur le causse, avertit Pierre.

Ils étaient tous chargés de sacs pour y entasser le plus de provisions possible.

— Je me demande si on pourra tout porter, dit Marion.

— On pourra laisser les saucisses et les saucissons sécher chez tante Rosa.

Pierre marchait en tête. Ses sabots usés glissaient et il jurait tout haut :

— Il faudra bien y passer et en acheter... Je vais me casser une jambe !

Marion et François, malgré leurs sabots neufs, trouvaient la montée rude. Dans cette nuit sans lune, ils devinaient à peine les rochers, se guidant à l'aveuglette.

Pierre avait fait le chemin un certain nombre de fois mais l'obscurité le trompait et il craignait de s'égarer. François avait le cœur qui battait fort : il se demandait s'ils n'allaient pas rencontrer une de ces bêtes dont on parlait dans les veillées ! Marion pensait à la montre qu'elle devait donner à Abel. N'ayant que un an de plus que François, elle le trouvait encore jeune pour recevoir un cadeau d'une telle importance… Maintenant qu'elle avait grandi et connaissait mieux la vie, Marion se posait des questions : pourquoi Clément voulait-il donner cette montre à Abel ? Quand elle l'avait dit à sa mère, elle avait eu une étrange réaction qu'elle n'avait pas bien comprise à l'époque, mais qui aujourd'hui l'intriguait. Martine avait poussé un « ah » comme si elle, Marion, lui apportait la solution à une énigme qu'elle n'arrivait pas à résoudre. La jeune fille qu'elle était devenue n'osait envisager ce qui avait traversé l'esprit de sa mère à ce moment-là…

Tout en montant la côte, elle se disait : Abel serait-il le fils de Clément ? Sinon pourquoi aurait-il voulu lui donner la montre à laquelle il tenait tant ? Une montre qui selon Séraphine, sa mère, se transmettait de père en fils… Elle en était là de ses réflexions, lorsque Pierre soupira :

— Heureusement qu'on a fait suivre Médor ! Il connaît la route mieux que moi. C'est lui qui marche le premier : il sait où on va !

C'était vrai ! Le chien avançait sans hésiter, flairant le sol, tergiversant parfois comme prêt à suivre la piste d'un lapin ou de toute autre sauvagine… Mais l'instinct d'être chargé d'une mission, celle de conduire ses maîtres à bon port, le reprenait aussitôt et il continuait son chemin sans plus se laisser distraire.

Quand ils arrivèrent sur le causse, la neige plus épaisse et gelée qu'en contrebas crissait sous leurs pas. Le jour n'était toujours pas levé et pourtant une lumière blafarde inondait le plateau, paraissant entourer toute végétation d'un halo. Ils levèrent les yeux : à l'est, le ciel s'illuminait de couleurs rose, jaune et bleue qui annonçaient une belle journée froide. Un rapace qui rentrait de ses expéditions nocturnes les frôla, provoquant l'effroi de Marion et de François. Ils suivirent longtemps des yeux son vol silencieux et le regardèrent disparaître dans la lueur incertaine du petit matin naissant.

La lumière devenait plus blanche et l'on distinguait mieux le contour des choses. La vie s'éveillait. Des oiseaux s'envolaient dans de grands cris qui se répercutaient dans le silence environnant.

Ils avaient pensé aller plus vite sur le causse mais la neige ralentissait leurs pas comme la montée et l'obscurité l'avaient fait auparavant. Quand ils atteignirent le versant qui descendait vers Nojaret, le soleil se dégageait de l'horizon. Ses rayons semblaient rendre le froid encore plus vif et le paysage plus désolé. La descente fut à nouveau difficile pour Pierre et ses sabots lisses :

— Je les quitte, je marcherai plus vite !

— Ne fais pas ça ! Tu viens d'être malade, tu rechuteras...

Il ne les quitta pas mais pesta durant toute la descente et se promit d'aller trouver le sabotier dès son retour. Quand ils furent en vue de Nojaret, ils s'arrêtèrent saisis par la beauté du petit village perdu au bord de la vallée, frangé par une dentelle de neige qui laissait voir, par endroits, quelques trouées de terre. Marion, émue, ne pouvait détacher son regard de ce village où elle avait connu tant de beaux jours avant que son père puis Eugénie, la tante Reine et enfin sa mère ne s'éloignent, les laissant, tous trois, orphelins et abandonnés... Gagnés par l'émotion, ils restèrent un long moment sans parler, à contempler les quelques maisons ramassées sur elles-mêmes avec leurs toits enneigés d'où montait une fumée bleue. Marion ne pouvait bouger : elle regardait intensément ce petit village. Elle aurait aimé courir vers lui, aller se blottir dans un coin et y rester, ne plus retourner vers cette ferme qu'elle aimait pourtant mais qui ne pouvait remplacer cet endroit où son cœur était resté...

— On descend ? demanda François, impatient de retrouver sa tante et ses cousins.

Médor avait déjà commencé à descendre comme pour rappeler à ses maîtres qu'il était temps de reprendre la route.

Ils passèrent près du champ où Clément avait trouvé la mort et Marion se signa.

— Pourquoi tu fais le signe de la croix ? s'étonna son frère.

— C'est ici que Clément est mort, fit-elle, en désignant du doigt les prés en contrebas.

— Ah oui, reprit Pierre. Ça fait combien d'années ?

Marion réfléchit ; c'était l'automne avant son certificat. Il y avait cinq ans déjà !

— Cinq ans… fit-elle.

Ils reprirent leur marche et, bientôt, se retrouvèrent devant la porte de la tante Rosa. Quand ils entrèrent tous les trois, Rosa, qui ne les attendait pas, essuya une larme.

— Oh, mes petits, fit-elle sans remarquer que Pierre était bien plus grand qu'elle, comme je suis heureuse de vous revoir ! Si votre pauvre mère vous voyait…

Autour du feu, Abel s'amusait à faire rougir des pique-feu et faisait des trous dans une planche. François courut vers lui puis s'arrêta brusquement comme s'il se trouvait devant un étranger.

— Allons donc, fit la tante, vous ne vous reconnaissez plus ?

Marion regardait Abel : il avait grandi et il serait bientôt prêt à recevoir la montre qu'elle détenait pour lui. Louis, le mari de Rosa, poussa la porte. C'était un homme déjà vieux que les travaux des champs avaient courbé prématurément. Il s'avança et toucha la main de ses neveux.

— On est venus pour tuer le cochon, dit Pierre, ça sera possible ?

— Oui, il est prêt, répliqua Rosa, mais je ne l'ai pas fait jeûner ; je savais pas que…

— Ça ne fait rien, on le tuera quand même.

— Il est gros, constata l'oncle, on ne pourra pas le finir aujourd'hui.

— J'ai prévenu un voisin pour donner aux vaches si on ne rentrait pas ce soir.

— Et les poules ? s'inquiéta Marion.

— Oh, elles peuvent passer une journée sans manger, elles sont fermées.

Rosa inclina la tête :

— On ne risque pas d'avoir fini ce soir ; il faut faire chauffer de l'eau, et puis vous serez mieux de partir en plein jour que la nuit.

— Ne vous faites pas de soucis, on se débrouillera pour vous faire coucher, ajouta Louis.

— Tu as apporté des choux pour faire la saucisse d'herbes ? demanda malicieusement Rosa.

— Il n'y en a pas dans notre jardin, s'excusa Marion.

— Je le savais ! fit Rosa en éclatant de rire. Allez, on va aller les ramasser dans notre jardin et les laver pendant que les hommes vont manger un morceau et mettre l'eau à chauffer. Si tout marche bien, dans une heure et demie ou deux tout sera prêt.

Elles sortirent sous un pâle soleil hivernal qui faisait scintiller la neige gelée. Il fallait l'enlever pour trouver les choux ; elles en remplirent à la hâte deux corbeilles et se précipitèrent vers le hangar pour réchauffer leurs doigts gourds. Tandis que Marion cachait ses mains sous son tablier pour essayer de calmer le fourmillement intolérable qu'elle ressentait, les hommes avaient sorti une grande lessiveuse remplie d'eau qu'ils avaient hissée sur un trépied et travaillaient à activer dessous un feu d'enfer. François et Abel faisaient la navette entre la fontaine et la lessiveuse pour achever de la remplir à ras bord. Les flammes montaient, entourant la lessiveuse et la cachant à la vue.

— Ça bouillira bientôt, fit Louis. Allez, les femmes, dépêchez-vous, on va chercher le cochon !

— Pas encore, tu es fou, répliqua Rosa au milieu des éclats de rire des hommes.

Elles travaillaient sans parler, heureuses de s'être retrouvées, complices comme elles l'avaient toujours été. Les choux étaient gelés et elles ne sentaient plus leurs doigts qui pourtant coupaient, triaient et lavaient. Tout à coup, Marion confia à sa tante :

— Ce matin, en venant, on est passés à côté du pré où Clément est mort. Ça m'a toute remuée.

Rosa s'arrêta de travailler, regarda sa nièce et répondit :

— Pourquoi tu me dis ça ?

— Pour rien. Ce matin, j'ai revécu ce qui s'est passé, il y a cinq ans...

Rosa reprit son travail mais la jeune fille avait eu le temps de voir briller des larmes dans ses yeux. Elle pensa à Clément ; elle pensa à sa mère et eut tout à coup envie de se confier à sa tante, de lui raconter la vérité au sujet de la mort de Clément. Elle allait parler quand Rosa commença :

— Si tu me dis ça, c'est que tu cherches à savoir !... De quoi t'a-t-on parlé ?

Ce fut au tour de Marion d'arrêter son travail et de poser sur sa tante un regard abasourdi.

— Qu'est-ce que tu veux dire ? Qu'est-ce que je cherche à savoir ?

— Ta mère ne t'a rien dit ?

— Qu'est-ce qu'elle aurait dû me révéler ?

— Rien, rien. Je me suis trompée, excuse-moi.

— Tante Rosa, tu peux parler. Je ne répéterai à personne ce que tu me raconteras.

Rosa haussa les épaules, hésita et finit par avouer :

— Il y a longtemps, Clément et moi, on s'est fréquentés. On voulait se marier, mais sa mère a pas voulu. Elle voulait garder son fils pour elle toute seule, et puis peut-être que lui non plus n'avait pas envie de se mettre la corde au cou. Il paraît qu'il avait aussi promis le mariage à d'autres... Ta mère non plus n'était pas emballée par ce mariage ; elle disait que Clément était un coureur. Moi, je ne voulais rien entendre. Pourtant, je savais qu'il ne pouvait pas voir une fille jeune et belle sans la vouloir pour lui : cela faisait des disputes entre nous... Mais je l'aimais comme une folle et je me serais fait tuer pour lui... Finalement, c'est lui qui a rompu et m'a abandonnée...

— Il y a longtemps de tout cela ?

Rosa jeta un coup d'œil acéré à sa nièce et secoua la tête :

— Assez longtemps, oui. Mais quand il est mort, j'ai eu beaucoup de peine. Je n'aurais jamais cru qu'un homme aussi adroit se blesse si bêtement.

À nouveau, Marion fut tentée de lui avouer ce qui s'était réellement passé mais une inexplicable prudence la retint. Elle haussa les épaules et murmura comme pour elle-même :

— Oh, tu sais, c'est bête les accidents...

Elles avaient fini de trier et laver les choux. Rosa partit vers la maison. En passant, elle souleva le couvercle de la lessiveuse et mit encore du bois au feu. Les hommes descendaient l'escalier. Leurs sabots claquaient sur les marches. Ils avaient des couteaux à la main et venaient les aiguiser dans le hangar.

— Abel, cria Louis, va chercher Casimir ! S'il le peut, qu'il vienne pour la journée, sinon qu'il vienne au moins saigner le cochon.

Abel, suivi de François, partit comme une flèche tandis que les deux hommes entouraient la machine à aiguiser.

XVII

On tue le cochon

La matinée était déjà fort avancée quand tout fut prêt pour le sacrifice du cochon. Comme le temps ne pressait pas, Casimir avait la permission de rester toute la journée et Louis s'en réjouissait, soupçonnant son neveu d'être un piètre boucher !

Vers 11 heures, Casimir planta le couteau dans la gorge de l'animal qui hurla de douleur. Les hurlements s'atténuèrent peu à peu pour devenir un râle qui s'éteignit rapidement. Un verre fut servi à ceux qui étaient venus aider à le tenir et les trois hommes se mirent rapidement à racler l'épaisse peau du cochon. L'eau de la lessiveuse bouillait à gros bouillons. Les deux garçons versaient cette eau sur la peau de la bête et les hommes y passaient tout de suite le couteau qui arrachait les soies et emportait la crasse. Quand la peau apparut lisse et entièrement blanche, on versa encore deux grands seaux d'eau froide qui achevèrent de la laver.

Casimir aiguisa son couteau et, en quelques coups, ouvrit tout grand le ventre de la bête après lui avoir coupé la tête. Rosa arriva avec un paillasson pour recueillir les boyaux qu'elle emporta à la maison. Avec Marion, elles se mirent à dégager les intestins de leur gangue de graisse. Quand elles eurent fini, elles partirent les laver à la rivière.

Pendant ce temps, les hommes coupaient les jambes en réservant un jambon. Ils enlevèrent toute la viande, ne laissant qu'une grande couche de lard d'environ quatre doigts qui collait à la peau.

— Et voilà pour faire la soupe cette année, fit Casimir en passant encore une fois son couteau sur le dos du cochon comme pour le caresser.

Puis il jeta sur son dos le grand carré de lard qu'on appelait le *bacou*. Ce *bacou*, dont toute l'année on couperait des tranches pour rendre la soupe plus onctueuse et lui donner une saveur inimitable.

Marion et Rosa, emmitouflées dans leurs châles, les mains bleuies de froid, s'activaient à la rivière pour rentrer le plus vite possible. Dans la grande cuisine, un feu d'enfer faisait bouillir une marmite aussi noire que la cheminée où bouillonnait un gros morceau de poitrine fraîche – le *pourquet* – entouré de légumes : poireaux, pommes de terre, carottes…

Abel, sa sœur et François tournoyaient comme des mouches autour des hommes qui commençaient à désosser la viande sur une table placée près de la fenêtre. Ils plaisantaient et riaient. Comme toujours, le jour du cochon était synonyme de réjouissances. Il signifiait qu'on aurait pour toute l'année du lard à mettre dans la soupe et que la charcuterie qui se préparait aiderait à passer hiver et été dans de bonnes conditions…

À l'arrivée des femmes, la table fut mise en un tournemain et tout le monde s'attabla autour de la soupière fumante. Chacun avait coupé des tranches de pain, la louche passa de main en main et le liquide couleur d'ambre vint faire gonfler le pain dans l'écuelle. Bientôt, on n'entendit plus que le bruit des cuillers. Les hommes reprirent de la soupe avant de s'attaquer au pourquet qui avait doublé de volume.

À la fin du repas, les hommes fermèrent leur couteau et retournèrent à leur découpage et au hachage de la viande tandis que les femmes confectionnaient les boudins et les mettaient à cuire dans un chaudron de cuivre. Elles nettoyèrent ensuite les boyaux pour que les hommes puissent commencer à faire les saucisses. Les garçons, intéressés par l'opération, faisaient des boulettes de viande que l'on enfournait dans un entonnoir pour garnir les boyaux qui coulaient sur la table, en longs serpents qui se tortillaient avant de s'enrouler et d'aller se reposer dans les corbeilles. Après les saucisses vinrent les saucissons et puis l'on s'occupa de la saucisse d'herbes. À la fin de la journée, tout était à peu près fini. Il ne restait que la graisse à fondre. Marion devait l'emporter pour s'en occuper à Blachères. Rosa lui expliqua la façon de procéder en lui recommandant bien de la faire fondre juste à point.

— Il faut, lui dit-elle, qu'elle ait la couleur d'une pièce d'or.

À ces mots, l'adolescente fut surprise de se rappeler les quatre pièces qu'elle avait cachées, au fin fond de son armoire, dans le vieux sac de sa mère qu'elle avait gardé en souvenir malgré les risques de contagion. Des pièces d'or, elle glissa à la montre de Clément qui voisinait avec elles... Elle se demanda pourquoi elle n'avait pas raconté la vérité à sa tante quand elles avaient évoqué Clément ; elle ne se l'expliquait pas mais ne se sentait pas prête à la mettre dans la confidence.

Abel et François étaient allés inviter Bonnefoy qui ne se fit pas prier et arriva juste à l'heure pour le souper. Comme il se doit, le repas fut très gai. Charbonnade[1], boudin et saucisse furent très appréciés. Tout en discutant terres, semences et travail, Fernand Bonnefoy, qui était resté en bons termes avec Pierre, voulut tout savoir de leur nouveau village qu'il ne connaissait pas, des voisins qu'ils avaient rencontrés, de leur installation et de leur adaptation dans leur nouvelle vie.

— Et comment allez-vous faire pour porter toute cette marchandise ? fit-il en désignant les corbeilles de charcuterie, le bacou qui attendait sur une table et tous les ustensiles et sacs posés dans un coin de la salle.

— On ne pourra pas tout prendre, répondit Pierre. On reviendra chercher les saucisses et les saucissons quand ils seront secs.

— Le temps n'est pas pressé, je peux vous ramener avec la jardinière.

1. Charbonnade : *viande de porc et pommes de terre longtemps mijotées sur le feu et parfumées par un brin de laurier. Menu traditionnel du souper le soir de la tuerie du cochon.*

Pierre ne répondit pas mais regarda son ancien patron avec un tel air de reconnaissance que celui-ci éclata de rire et dit :

— Marché conclu. Comme ça tu n'auras pas besoin de revenir, et eux non plus, ajouta-t-il en se tournant vers Marion et François.

Le jeune garçon était ravi de ne pas avoir à refaire le chemin dans la neige et le froid et Marion, sans le dire, était aussi contente que lui.

En fin de soirée, on se quitta en se souhaitant bonne nuit et il fut convenu que le matin, vers 10 heures, quand Bonnefoy aurait fini ses travaux, ils partiraient pour Blachères.

— Ne partez que l'après-midi, suggéra Rosa, il y a des restes, on les mangera ensemble à midi.

— Non, répondit Fernand. Je voudrais bien voir ce pays et, si nous nous attardons à table, j'arriverai là-bas, la nuit...

Comme promis, vers le milieu de la matinée, Fernand Bonnefoy arriva tirant son cheval par la bride. Il entra dans la cour et monta chercher bacou, charcuteries, boudins et autres denrées emballées dans de grands sacs. On cala le tout solidement. Les passagers se tassèrent dans la place restante, Marion près du patron. François attrapa Médor et le tint serré étroitement contre sa poitrine.

— Laisse faire ! Le chien nous suivra bien.

Mais le jeune garçon refusa de le lâcher et, malgré les tentatives désespérées de l'animal pour recouvrer la liberté, il ne le laissa pas s'échapper.

Le matin, en aidant sa tante pour la vaisselle et le nettoyage qui n'avaient pas pu être faits la veille, Marion et Rosa avaient bavardé. Rosa regrettait de ne pas voir ses neveux plus souvent. Elle avait proposé :

— Cette année, Abel va faire sa première communion, pourquoi ne viendriez-vous pas ?

— Mais, tante Rosa, tu sais bien que Badaroux est loin et que ça fera beaucoup de kilomètres !

— Je sais, je sais... Mais, tu te rappelles, toute la famille mange ensemble, ce jour-là, dans la cour du couvent. Si vous pouviez vous joindre à nous...

Marion était très tentée même si elle trouvait que cela ferait beaucoup de chemin pour une très courte rencontre.

— Ta pauvre mère était la marraine d'Abel ; en venant, vous la remplaceriez, ajouta-t-elle des larmes dans la voix.

Pierre, mis au courant, demeura évasif :

— En mai, on sortira les vaches ; je ne sais pas si on pourra...

— Laisse au moins venir Marion. Elle remplacera sa mère.

Le jeune homme dit qu'il réfléchirait et Marion se demanda encore si, le jour de sa communion, Abel serait assez grand pour recevoir le dépôt qu'elle devait lui remettre. Elle ne savait quel parti prendre et regrettait amèrement l'absence de sa mère qui lui aurait conseillé ce qu'elle devait faire... Elle se dit qu'elle en parlerait à la tante Rosa, ce jour-là seulement, et qu'elle saurait alors quelle décision prendre.

Dans la froide matinée d'hiver, l'attelage partit de Nojaret et se dirigea vers la route.

— On passe pas par le causse ? s'étonna Marion, assise près de Bonnefoy.

— Non. Le chemin monte trop. On va suivre la route. C'est plus long mais beaucoup moins pénible pour le cheval.

En effet, la bête marchait à vive allure et avalait les kilomètres. Ils parvinrent en un temps record à Badaroux. Marion eut une pensée pour son père, sa mère Eugénie et tante Reine qui reposaient à deux pas, dans le petit cimetière. Elle aurait aimé aller leur faire une courte visite mais n'osa en parler. L'équipage traversa le village sans s'arrêter.

Après, ce fut la descente vers Mende par une route que la jeune fille ne connaissait pas. Elle ne se rappelait pas être venue dans cette ville pourtant si proche... Bonnefoy évita le centre-ville, se contentant de longer le Lot, passant devant le moulin de la Vernède pour rattraper une autre route qui, longeant toujours le Lot, fuyait vers le sud-ouest. Par une trouée, Marion aperçut les clochers inégaux de la cathédrale et le lointain ermitage de Saint-Privat suspendu au flanc de la colline dominant la ville. Elle se rappela alors y être venue en pèlerinage avec sa mère.

Le cheval ne paraissait pas sentir la fatigue et trottait toujours, guidé par Bonnefoy qui chantonnait. De temps en temps, avec son fouet, à l'intention de Pierre, il indiquait des fermes et des lieux qu'il connaissait : Rieucros, Saint-Laurent, le Tuff, les Armes... Pierre réagissait, se levait, posait des questions et les deux hommes partaient pour des discussions sans fin sur les propriétaires de ces endroits que tous deux connaissaient.

François tenait toujours son chien serré contre lui... Ils arrivèrent à Balsièges, passèrent un pont sur le Lot et le laissèrent suivre son cours tandis qu'ils s'engageaient dans une vallée plus étroite où coulait une autre rivière plus petite, que Bonnefoy appela le Bramont. En amont, la vallée se divisa en deux. Le petit causse de Balduc faisait comme un éperon face à eux.

— Nous voici bientôt arrivés, tu peux lâcher ton chien, fit Bonnefoy, il trouvera son chemin tout seul, maintenant.

À regret, François écarta les bras, Médor sauta rapidement sur la route, s'ébroua et partit le premier en direction de Blachères. Le garçon, rassuré, consentit à rire avec les autres et, peu après, ils entraient tous fièrement dans le village. Marion courut allumer le feu pour réchauffer la pièce tandis que les hommes, lourdement chargés, se dirigeaient vers le charnier.

XVIII

La foire des Rois

L'hiver s'étira. Un froid vif s'installa à demeure, obligeant bêtes et gens à se recroqueviller dans l'étable ou devant la cheminée pour donner moins de prise à la bise aigre qui entrait et régnait partout. En bonne voisine qu'elle était, Marion s'en fut porter un plat de cochon à toutes celles qui avaient fait profiter la fratrie de l'assiette de cochonnailles. Au cours de ces visites, la jeune fille fut traitée en adulte. Malgré son jeune âge, les femmes plus mûres lui donnaient des conseils pour la salaison et la conservation des produits. Elle écoutait sans mot dire, heureuse d'apprendre des recettes qui se transmettent de génération en génération, elle dont la mère n'avait pas pu lui en faire profiter. Autour d'un petit verre d'eau de coing, elle apprenait tout sur la préparation du cochon, mais aussi elle égrenait avec l'une ou l'autre des voisines la généalogie des habitants du village, les histoires cachées que personne n'aurait dû savoir mais qui couraient de bouche à oreille depuis des lustres... Maintenant, quand elle allait au four ou à la fontaine, elle savait que la femme de Julien n'aimait pas attendre, que c'était elle qui portait la culotte à la maison alors que la grande Julie, qui savait tout sur tout le monde et parlait haut et fort dans les rues du village, n'avait pas la parole chez elle où son mari régnait en maître... Elle avait appris que la petite Sylvie avait eu un enfant avant de se marier et que son fils Albert avait le même âge que François... Sans la connaître, elle redoutait l'institutrice, Mme Pageot, car on lui avait expliqué qu'elle n'était pas commode alors que le curé Berthillard passait pour un brave homme.

Bref, elle était complètement intégrée dans le village ainsi que François l'était parmi les garnements de son âge. Pierre, par contre, était resté solitaire. Bien sûr, il parlait à tout le monde et tout le monde lui parlait, mais les gens le trouvaient fier. Sa timidité naturelle l'empêchait de s'épancher et il hésitait longtemps avant de donner son amitié. Il n'avait aucun ami véritable dans le village. Il n'en cherchait pas, s'investissant tout entier à la marche de la ferme...

Quelquefois, il rêvait, les yeux perdus dans les nuages, tourné vers Nojaret qu'il regrettait sans le dire. Marion l'observait, comprenait sa détresse, n'ayant pas réussi, elle-même, à oublier tout à fait son village natal.

Pierre ne pensait qu'à augmenter son cheptel et, pour cela, il aurait presque lésiné sur les dépenses courantes du ménage. Il soupirait quand il voyait baisser les sacs de farine ou diminuer la provision de pommes de terre à la cave. Mais Marion veillait et lui rappelait que les pièces qui restaient devaient servir à les nourrir et à les habiller en priorité. Son frère rétorquait qu'il fallait aussi payer le loyer et que le lait des vaches, les fromages qu'elle confectionnait, les pommes de terre et le pain suffisaient amplement à les faire vivre.

— Il faut manger à notre faim, lui rappelait Marion. On travaille, il faut qu'on mange !

Beaucoup de jeunes de son âge se retrouvaient à l'auberge, le dimanche soir, chez une veuve. Là, le vin coulait à flots. Chacun apportait œufs, truites pêchées à la main, poulet et quelquefois saucisses… On tournait la bourrée et la soirée se prolongeait bien avant dans la nuit. Il arrivait que les plus excités se répandent dans les rues du village, sortent les chars des hangars et les promènent en tout sens avant de les renverser, les roues en l'air, au milieu de la place.

Jamais Pierre ne participait à ces réjouissances innocentes. Au début, tous avaient pensé que c'était son deuil qui assombrissait son existence, mais les jours passaient et rien ne changeait. On se demandait pourquoi il ne rejoignait pas les jeunes du village dont certains étaient bien plus âgés que lui.

Personne ne se doutait de ses vraies raisons : en réalité, le jeune homme ne pensait qu'à sa ferme et répugnait à dépenser le moindre centime. S'il l'avait pu, il aurait économisé encore plus sur la nourriture. Mais sa sœur lui démontrait, preuves à l'appui, que certaines denrées comme le sucre, le riz, les pâtes ne se trouvaient qu'à l'épicerie. Tout en soupirant, il sortait quelque menue monnaie dont l'adolescente devait se contenter.

Après l'achat des sabots, il était urgent de penser à renouveler les habits de tous les trois. Les pantalons de François lui arrivaient à mi-mollet ; Marion se trouvait à l'étroit dans les vieilles robes de Rosa et Pierre, lui-même, n'avait aucun veston convenable sans parler de ses autres habits et de ses chaussures. Il fut décidé qu'ils iraient tous trois à la foire des Rois qui se tenait à Mende, le 7 janvier. Après s'être fait bien prier, Pierre se résigna à en passer par là. Il pensait que les camelots de la foire auraient des marchandises moins chères que les grands magasins de la ville qui, à son avis, n'étaient que des croqueurs de sous.

En ce matin du 7 janvier, le temps était assez doux. La neige recouvrait les champs mais les chemins étaient dégagés. Ils partirent après le déjeuner et la traite du matin et grimpèrent le chemin caillouteux qui gardait, en ses bords, de petites congères qui brillaient au soleil levant. François, ravi de cette escapade et heureux d'avoir manqué l'école pour un jour, marchait en tête en sautillant. Il regrettait bien un peu l'absence de Médor, mais son frère et sa sœur avaient été intraitables : Médor resterait enfermé dans la grange jusqu'à leur retour. Les aboiements désespérés de la bête avaient fendu le cœur du garçon et l'avaient poursuivi longtemps lors de la montée… Mais comment résister à l'attrait de cette foire dont il se promettait tant de plaisir !

Quand ils arrivèrent sur le causse, ils rencontrèrent des personnes des villages voisins qui se dirigeaient, elles aussi, vers la ville et la foire.

Ils ne connaissaient pas encore grand monde dans la vallée, mais la nouvelle de l'arrivée des trois orphelins s'était répandue comme une traînée de poudre et tous savaient qui ils étaient. On leur disait bonjour, on leur adressait quelques paroles gentilles. Ils marchèrent quelque temps avec un couple assez âgé qui avait l'air de bien les connaître puis les quittèrent car les deux vieux avaient du mal à soutenir leur rythme.

En ville, les rues étaient encombrées. Leur première visite fut pour le foirail ; Pierre n'avait pas abandonné l'idée d'acheter une ou deux vaches pour augmenter son cheptel. Marion s'était mise en colère quand il avait exprimé ce désir car, disait-elle, il fallait que les gens passent avant les bêtes. Ils devaient songer à eux, d'abord. De toute façon, ce tour du foirail n'était que simple curiosité : il n'avait pas assez de foin pour nourrir d'autres animaux.

D'autorité, l'adolescente se dirigea vers les places où les camelots étalaient des tissus plus chatoyants les uns que les autres. Ils vantaient leurs marchandises, criant à qui mieux mieux. Marion allait de l'un à l'autre, comparant la solidité de la toile, sa souplesse, son velouté… Il y avait de belles couleurs chaudes qu'elle regardait avec envie mais elle ne pouvait choisir que du noir, étant en grand deuil…

Elle était si absorbée par sa contemplation qu'elle ne s'était pas aperçue que, depuis un certain temps, déjà, la tante Rosa l'observait tout en discutant avec Pierre et François. Quand elle se retourna, elle s'exclama :

— Tante Rosa, comment vas-tu ?

Après les embrassades et quelques mots échangés, Marion expliqua à sa tante ce qu'elle recherchait.

— Ne t'arrête pas au premier, il faut faire le tour pour pouvoir comparer avant d'acheter.

Pierre, qui n'avait aucune envie de courir tous les étalages de la foire, protesta :

— Je ne vais pas rester avec vous ; que voulez-vous que je fasse ?... Faites vos achats et on se retrouvera pour dîner.

Il portait le repas dans une musette sur le dos et ils avaient décidé de manger dans un coin du foirail comme faisaient beaucoup de gens.

— Va te promener, dit Rosa en riant, va voir les vaches ; nous, on fera seules.

— C'est que je n'ai pas assez d'argent, fit Marion, embarrassée.

Pierre sortit quelques pièces qu'il donna à sa sœur en prévenant :

— Tu n'es pas obligée de tout dépenser.

— Je ferai attention et il faudra aussi des pantalons pour François...

Le jeune homme ajouta quelques pièces tandis que le jeune garçon décidait :

— Oh, moi, je reste pas avec vous, je vais avec Pierre.

— Mais... protesta Marion.

— Laisse-le, la calma Rosa, on va tout repérer et on viendra le chercher, après midi, pour essayer.

Elles partirent toutes les deux et déambulèrent de place en place, allant et venant tout en comparant les étals. Les marchands étaient nombreux et ils savaient embobiner les clientes ; sans Rosa, Marion se serait laissé prendre. Elles trouvèrent d'abord des pantalons pour François. Ils étaient bien coupés et paraissaient solides. Le vendeur consentit un rabais si elles en prenaient deux. Elles expliquèrent qu'elles reviendraient avec le gamin.

Finalement, dans un coin, loin du vacarme des camelots, elles remarquèrent un couple de vieux marchands qui se tenaient en retrait. La femme était assise sur un tabouret et paraissait lasse. Le mari allait et venait derrière l'étalage qui ne comportait pas un choix extraordinaire de tissus ni par la quantité ni par les coloris mais qui semblaient de bonne qualité.

Rosa et Marion s'approchèrent et découvrirent que les prix étaient bien moins élevés que chez les premiers étals. Les deux femmes palpèrent et comparèrent les tissus. La femme se leva et vint vers elles.

— Puis-je vous aider ? demanda-t-elle.

— C'est pour ma nièce, répondit Rosa. Elle a beaucoup grandi et il faudrait changer sa garde-robe.

— Pour mademoiselle, je conseillerais ce coton bleu ou…

— Elle vient de perdre sa mère et…

— Oh pauvre !… Vous voulez du noir, j'en ai dans ce même coton… Mais, attendez, fit-elle, il me reste un coupon qui est plus léger que celui-ci, mais qui sera plus pratique pour l'été qui arrive. Il doit y en avoir assez pour une robe…

Elle fouilla dans ses cartons et sortit un carré de tissu qu'elle drapa sur l'épaule de Marion.

— Il y en aura trop, dit-elle, mais avec les restes vous pourrez en tirer un caraco. Je vous ferai un prix.

Le marché fut conclu et Rosa insista pour qu'elle prenne un autre tissu pour faire une jupe.

— Avec ton caraco, tu auras deux tenues au lieu d'une.

— Mais que va dire Pierre ?

— Que veux-tu qu'il dise ? Il faut bien que tu t'habilles.

En passant près d'un marchand de chapeaux, sa tante insista pour qu'elle en achète un.

— Celui que je t'ai donné est vieillot pour toi. Regarde celui-là, il t'irait comme un gant.

La marchande, aussitôt, le posa sur la tête de Marion et lui présenta un miroir. L'adolescente eut du mal à se reconnaître. Elle se laissa tenter tandis que Rosa déclarait :

— Tu l'étrenneras quand tu viendras à la communion d'Abel.

Midi approchait, elles se rendirent au foirail où l'oncle Louis les attendait en compagnie de Pierre et de François. À la vue du chapeau, Pierre fronça les sourcils mais n'osa rien dire. Ils avalèrent les quelques provisions de la musette et se séparèrent encore. Malgré ses réticences, les deux femmes emmenèrent François pour essayer les pantalons. Elles trouvèrent sa taille ; le garçon les mit et les quitta aussitôt qu'il put en prétextant qu'il devait retourner auprès de son frère.

Maintenant que Rosa et Marion n'étaient plus pressées, elles se promenèrent. Rosa acheta une chemise pour Abel et une robe pour Suzon.

En remontant vers le foirail, elles remarquèrent un attroupement au coin d'une rue. Elles s'approchèrent, curieuses. Un chanteur de complaintes racontait d'une voix monotone l'histoire tragique d'un soldat qui revient de la guerre, va loger chez sa mère qui ne le reconnaît pas et le tue pour lui voler son argent... Elles écoutèrent longtemps et Marion avait des frissons qui lui couraient dans le dos.

Elles retrouvèrent Pierre et Louis attablés au café devant un verre de vin alors que François sirotait une limonade. L'oncle les fit asseoir et leur commanda une limonade. Marion était fatiguée ; elle se demandait qui, dans le village, pourrait lui confectionner robe, jupe et caraco. François la prit à part. Il avait vu un marchand qui vendait des couteaux et il aurait bien voulu en acheter un... Marion sentait les pièces qui tintaient dans sa poche. Ils partirent tous deux et elle n'osa pas refuser ce simple plaisir à François ; on verrait bien ce qu'en dirait son frère.

Ils repartirent par le causse comme ils étaient venus en compagnie de la famille Mazel. François traînait les pieds même s'il avait hâte de revoir Médor. Marion discutait avec Margot Mazel. Elle lui montra ses achats et soupira :

— Je ne sais pas coudre. Il faudrait que je cherche une couturière...

— Pourquoi une couturière ? Tu as Yvonne qui te la fera. Elle n'est pas exigeante. Tu lui portes quelques œufs, une tomme et elle est contente.

Marion ne connaissait pas Yvonne. Margot la renseigna :

— C'est la vieille fille qui habite la maison la plus haute du village, tu ne peux pas te tromper.

XIX

Yvonne

Marion contemplait le tissu qu'elle avait acheté à la foire et se demandait comment elle pourrait en tirer le meilleur profit. Elle avait vu souvent sa mère et sa tante Rosa se concerter autour d'une étoffe déployée sur la table. Marion aurait aimé savoir coudre mais elle n'était pas très habile. Par contre, Rosa avait des doigts de fée et un savoir inné qu'elle avait perfectionné en regardant les couturières du pays et en leur demandant des conseils. Pour elle, tout était tellement évident qu'elle n'avait pas eu l'idée d'expliquer à sa nièce comment il fallait s'y prendre pour tailler une robe... Toutes deux, autrefois, habillaient leur famille. Marion regretta de ne pas avoir observé les deux femmes au travail, mais elle était si jeune alors et ne soupçonnait pas ce qui allait arriver...

Malgré la timidité qui la paralysait, elle décida de rencontrer cette Yvonne dont Margot Mazel lui avait appris qu'elle cousait pour les gens.

Elle savait où se trouvait sa maison et s'y rendit un après-midi alors que François gardait les vaches ce qui lui laissait un peu de repos. Yvonne vivait tout en haut du village au fond d'une impasse étroite enserrée par de hauts murs. On montait quelques marches et on se trouvait devant une porte noire. Marion, qui ne s'était jamais aventurée dans ce coin, ne se sentait pas rassurée. Elle s'y engouffra pourtant et frappa à la porte.

— Entrez ! cria une voix chevrotante.

Quand elle entra, il lui fallut un peu de temps pour que ses yeux s'habituent à l'obscurité qui régnait en maîtresse. Au fond de la pièce, elle distingua une table et, près de la fenêtre, une chaise où une vieille femme était assise. La lumière éclairait chichement la personne qui se penchait pour regarder l'arrivante par-dessus ses lunettes en courbant un peu la tête. Marion avait aperçu Yvonne à la messe, mais là, elle lui paraissait encore plus fragile avec ses yeux d'un bleu délavé, son visage pâle et ses mains sans cesse en mouvement.

— Bonjour, fit-elle, alors que Marion, intimidée, bredouillait un vague salut. Approche. Je crois que je ne te connais pas. Qui es-tu ?

— Je m'appelle Marion Roman...

— Ah, je sais qui tu es. C'est ton frère qui a loué la ferme du Pibou.

— C'est ça.

— Eh bien, viens... Apporte une chaise et nous discuterons.

Marion fit ce que lui disait la femme et, s'asseyant en face d'elle, put l'examiner à l'aise. La fenêtre donnait sur la campagne et l'on apercevait tout le flanc sud de la vallée avec le truc de Balduc en face. Vue de près, Yvonne avait tout un tas de ridules qui lui parcouraient le visage en tous sens et lui donnaient l'air de sourire tout le temps.

— Alors, petite, demanda la vieille femme, quel bon vent t'amène ? Je pense que tu ne viens pas seulement pour me voir.

Marion fit non de la tête mais n'arriva pas à sortir une parole. Elle regardait la salle au sol de terre battue, impeccablement balayé, l'évier de pierre où tout était rangé, la vaisselle qui s'égouttait, le buffet aux couverts d'étain qui brillaient doucement et enfin la table devant elles où voisinaient mètre à coudre, étoffes diverses, fils et aiguilles...

Sans en avoir conscience, elle se posait des questions : comment se faisait-il qu'il n'y eût pas un brin de poussière alors qu'Yvonne pouvait à peine marcher et ne se déplaçait qu'avec une canne ?...

Yvonne aussi s'étonnait du mutisme de Marion ; elle l'observait en attendant une réponse. Finalement, l'adolescente lui expliqua :

— Je suis venue parce que j'ai acheté du tissu à la foire et que je ne sais pas coudre... Bien sûr, je vous payerai, ajouta-t-elle précipitamment.

Yvonne sourit :

— Comment est-il ton tissu ?

Marion sortit de son sac tout ce qu'elle avait acheté avec Rosa et le posa sur la table. La vieille femme saisit le tissu, l'examina, le palpa et finit par dire :

— Pas mal, pas mal... C'est pour faire des robes ?

— Je ne sais pas. Ma tante pensait une jupe et un caraco pour celui-ci et une robe là…

— Nous essaierons d'en tirer le plus possible. Mais d'abord, approche-toi que je prenne tes mesures.

L'adolescente s'approcha et Yvonne commença à promener son mètre sur tout son corps. Elle fit tourner et retourner Marion tout en discutant avec elle.

— Ainsi vous arrivez de Nojaret. Il est grand ce village ?

— Il est plus petit qu'ici.

— Vous vous habituez bien ici ? Combien as-tu de frères et de sœurs ?

Toute la vie de Marion y passa. Tout en prenant les mesures, Yvonne notait des chiffres sur un papier qu'elle avait tiré d'un tiroir. Quand tout fut terminé, elle demanda :

— De quoi as-tu le plus besoin ?

— Je ne sais pas… Je n'ai que deux robes que m'a données ma tante Rosa, mais j'ai grandi et elles ne me vont plus.

— Quel âge as-tu ?

— Seize ans.

— Tu grandiras encore ; tes vêtements doivent être amples. Je suis vieille et ne suis pas très au courant de la mode actuelle, mais la fille Rambier, tu sais, celle de la ferme Laurel, la plus grande de la commune, est venue me trouver avec un journal sur lequel il y a des modèles comme ils font à Paris… Des robes à tournure avec des balayettes au fond. Elle avait grande envie de mettre un faux-cul comme on fait là-haut, mais sa mère n'a pas voulu. Elle lui a dit qu'ici personne ne s'habillait comme ça et qu'elle serait la risée du pays. Moi, je ne disais rien mais je le pensais aussi. Bref, la fille a boudé mais la mère a tenu bon et je lui ai fait une robe un peu comme celle du livre mais sans faux cul...

Elle fouilla sur la table mais ne trouva rien.

— Regarde si je ne l'ai pas laissé dans le tiroir du buffet.

Marion se leva et se dirigea vers le gros tiroir qui couvrait une partie du buffet et le tira. Il était plein à craquer, mais, au-dessus de ce capharnaüm d'objets, elle vit un journal avec des figures de femmes plus belles les unes que les autres. Elle le saisit et le porta à Yvonne. Celle-ci l'ouvrit en grand et, devant les yeux émerveillés de Marion, apparurent des femmes à la taille de guêpe, coiffées d'immenses chapeaux avec de merveilleuses robes qui ne laissaient apparaître que l'extrémité de leurs pieds mignons.

— Tu sais lire ? demanda la vieille femme.

Elle fit oui de la tête. Yvonne tourna les pages, montra des robes plus ordinaires qui n'avaient pas la majesté des précédentes.

— Voilà, dit-elle, une robe classique qui ne se démode pas et que je peux faire.

Elle tourna encore des pages et indiqua une chemise qui semblait avoir été jetée là par sa propriétaire.

— Voici le caraco que j'ai fait pour Noémie Rambier ; je peux faire le même pour toi. Nous allons tirer le maximum des tissus que tu as apportés. Reviens me voir dans trois jours et je te montrerai tout.

Marion se leva pour partir, mais Yvonne la retint :

— Veux-tu aller me chercher un verre d'eau ? Mes jambes me font souffrir et je fais le moins de pas possible.

En puisant l'eau d'un sceau, l'adolescente se demanda combien coûterait le travail d'Yvonne. Tant pis, songea-t-elle, elle sacrifierait la pièce de tante Reine : il fallait bien qu'elle utilise le tissu acheté et elle n'y arriverait pas seule... Comme si elle avait lu dans ses pensées, la vieille femme lui dit :

— Je ne te ferai pas payer ; je pense que tu n'as pas grand-chose. Mais, quand tu reviendras pour les essayages, je t'enverrai chercher de l'eau, du bois ou des bricoles dont j'ai besoin.

— Si vous avez envie de quelque chose, aujourd'hui, je peux vous le faire.

— Mets une bûche au feu et, s'il n'y a plus de bois dans la caisse, va en chercher.

La caisse était presque vide. Marion sortit et aperçut, rangées sous un appentis, des bûches et des brindilles. Elle en porta une brassée dans la cuisine.

— Merci, au revoir et à la prochaine.

— Au revoir, madame.

— Pas madame, mademoiselle !... Ou appelle-moi Yvonne, comme tout le monde.

Marion partit en courant. Elle sautait de joie sur le chemin. Elle allait avoir une jolie robe et n'aurait rien à payer ! Elle n'aurait pas à mendier encore quelques sous à Pierre qui, d'ailleurs, ne les lui aurait sûrement pas donnés. Il était devenu si avare que, quand elle apportait sur la table un de ses fromages dont elle était si fière, il maugréait :

— Tu devrais aller les vendre au marché, ça ferait toujours quelques sous de gagnés.

— Et on mangera quoi ? ripostait-elle, exaspérée.

— On a du lard, des pommes de terre, des œufs et les voisins nous donnent des poireaux. On pourrait bien se débrouiller avec ça…

L'adolescente haussait les épaules, se taisait mais n'en faisait qu'à sa tête.

Quand elle rentra à la maison, elle trouva François à la table de la cuisine, en train de sécher sur un problème. Il était si occupé qu'il avait oublié de mettre des bûches au feu et celui-ci se mourait dans l'âtre. Marion se précipita pour le rallumer. Elle n'osa réprimander son frère qui paraissait de mauvaise humeur.

— Tu veux que je t'aide ? demanda-t-elle gentiment.

— J'en ai assez de cette école, fit-il en éclatant en sanglots, jamais je l'aurai ce certificat…

Marion le fixa en silence et de ne pas la voir réagir étonna le jeune garçon plus que toute protestation. Il s'arrêta de pleurer et regarda sa sœur avec une lueur d'espoir.

Marion prit une chaise et s'assit face à son frère : elle était désolée qu'il soit si buté vis-à-vis de l'école alors qu'elle aurait tant aimé continuer à étudier. Elle le contemplait en silence. Des trois, c'était celui qui ressemblait le plus à leur mère.

Comme Eugénie, il avait ses cheveux blonds, sa taille élancée et de superbes yeux noisette ; il promettait de devenir un beau garçon.

N'y tenant plus, François demanda timidement :

— Pourquoi tu ne dis rien ?

— Que veux-tu que je te dise que tu ne sais déjà ?... Je pense que tu voudrais quitter l'école mais, tu le sais, elle est obligatoire jusqu'à douze ans et tu dois y aller...

— Il y en a qui y vont jamais.

— Et puis, continua-t-elle comme si elle ne l'avait pas entendu, cette ferme n'est pas à nous. Pierre en est le fermier, pas nous. Si, un jour, il ne voulait plus de nous, qu'est-ce que nous deviendrions ?

— Il doit nous garder, c'est notre frère !

— Oui, mais, quand tu seras grand, qu'est-ce que tu feras ?

— Je l'aiderai. On travaillera ensemble.

— Et s'il ne veut pas de toi ?

Le garçon la regarda comme si elle était devenue folle.

— Pas besoin de moi ?... Ça va pas !... Il ne demande qu'une chose : que je quitte l'école pour l'aider ! Il a beaucoup trop de travail... Si j'étais avec lui... termina-t-il sur un ton plein d'espoir.

— C'est vrai, ça serait le plus simple et ça arrangerait tout le monde sauf toi.

— Moi ? C'est moi que ça arrangerait le plus !

— Réfléchis, François. J'en ai assez de répéter toujours la même chose et de rappeler le souvenir des parents pour te faire aller à l'école, alors je te propose quelque chose.

— Quoi ?

— Tu as douze ans. Tu peux, si tu travailles normalement, passer le certificat dans un an. Je t'aiderai du mieux que je pourrai, et puis tu feras ce que tu voudras, mais si tu veux m'écouter et te fier à moi, passe ton examen…

François se renfrogna mais le calme et les explications de sa sœur l'avaient impressionné. Il ne répondit pas, relut l'énoncé de son problème tandis que Marion venait lire par-dessus son épaule.

— Allons, dit-elle, lis-le tout haut ce problème. À nous deux, nous arriverons peut-être à trouver la solution…

XX

Premiers émois

Mai avait envahi les prés et les jardins. Les haies sentaient l'aubépine et les narcisses pointaient leurs étoiles blanches dans toutes les prairies. Tous les matins, Marion partait avec Médor, derrière les vaches, et gagnait les pâturages. Elle rentrait vite, à midi, pour réchauffer la soupe et rissoler rapidement quelques pommes de terre, les dernières, sur le feu à moitié éteint.

— On pourrait garder François, il sortirait les vaches, disait Pierre, tu préparerais le dîner tranquillement.

— Il n'en est pas question, il va à l'école.

— Je me demande bien pourquoi tu t'obstines à vouloir lui faire passer le certificat dont il ne se servira pas. Regarde ce que nous en faisons, nous !

— Tu parles comme M. du Rocher et tante Reine. C'était la volonté des parents et on doit la respecter.

Son frère haussait les épaules et partait vers son travail en maugréant, maudissant l'entêtement de sa sœur. François savait lire, écrire, comptait comme pas un, mieux que lui, en tout cas… Pourquoi le tenir à l'école pour obtenir un diplôme dont il n'aurait que faire alors que le travail pressait dans les champs ?… Si Marion voulait aller garder les vaches, libre à elle, mais lui aurait bien aimé que François le soulage aux champs. Du haut de ses douze ans, il était grand et déjà fort. Pierre aurait bien apprécié son aide dans la monotonie des jours… Il devait mettre les bouchées doubles car le travail commandait et il n'avait pas les moyens de se payer un journalier. Les réserves de la mère fondaient à vue d'œil à son grand désespoir. Il pensait avec rage aux tissus que Rosa et Marion avaient achetés. Il le fallait bien sûr ; lui n'avait même pas remarqué qu'elle était vêtue comme une pauvresse ! Mais tout ce bel argent dépensé pour des futilités le mettait au supplice. Il aurait voulu, lui, à cette foire des Rois, acheter une autre vache ou quelques brebis mais il n'en avait rien dit, manquant de quoi les nourrir jusqu'au printemps. Il se réservait pour les foires de l'été. L'année s'annonçait sous de bons auspices, le foin paraissait abondant : il s'arrangerait pour se procurer vaches ou brebis malgré l'opposition de sa sœur. Quant à son frère, il serait ravi de l'aider, l'école n'ayant jamais eu ses préférences… Il sourit à cette pensée et se revit à son âge : lui non plus n'appréciait guère les études mais ses parents avaient tellement insisté qu'il avait dû leur obéir…

Il cheminait vers l'un des champs que les buissons menaçaient d'envahir quand il rencontra sur le chemin caillouteux un autre paysan du village accompagné de sa fille, une donzelle d'à peu près son âge. Il le connaissait, l'ayant aperçu dans ses champs et à la messe du dimanche mais rarement aux veillées. Il s'appelait Marcel Robert, avait trois vaches comme lui mais aussi un cheval et une jardinière. Marcel avait une femme : Suzanne, qui faisait office de sage-femme et qui connaissait bien des secrets enfouis dans les mémoires, secrets qui n'étaient pas toujours bons à dévoiler à toutes les oreilles. Marcel et Suzanne avaient deux enfants : un garçon, Matthieu, qui était parti avec les frères recruteurs à l'aube de ses douze ans. Ces religieux parcouraient la campagne et emmenaient avec eux les adolescents qui voulaient bien les suivre et ceux que leurs parents ne pouvaient nourrir. Ils les formaient, les instruisaient en espérant qu'ils rentrent dans la communauté et deviennent éducateurs ou travailleurs dans les fermes qu'ils exploitaient. Quelques-uns devenaient religieux, mais certains, une fois l'instruction acquise, quittaient l'école pour voler de leurs propres ailes. Matthieu les avait suivis avec enthousiasme, trop heureux d'échapper au travail de paysan qu'il n'aimait pas et heureux de voir du pays... Il était resté au couvent jusqu'à sa majorité, ensuite il était resté à Lyon, travaillant dans une étude de notaire. Il revenait rarement au pays.

Et la famille comptait aussi une fille : Euphrasie que tout le monde appelait Phrasie et qui vivait avec ses parents.

— Bonjour Pierre, dit Marcel, il y a longtemps qu'on ne t'a pas vu !

— Vous n'êtes pas venus avec votre sœur, à la veillée des Chaumont, on ne vous y a pas vus.

— On a été dans d'autres veillées, bredouilla Pierre, et vous n'y étiez pas non plus.

— On ne peut pas aller partout, répliqua Phrasie avec une moue qu'il trouva adorable.

Marcel leva les bras comme pour dire que tout cela n'avait pas d'importance, puis, se raclant la gorge, lança :

— Il y a longtemps que je voulais te rencontrer ; on a des champs voisins, les Sagnes que ça s'appelle ; tu sais où c'est ?

— Je crois. C'est en face, fit le jeune homme en désignant le truc de Balduc.

— Oui. C'est ça... Nos champs se touchent et, quand il y avait les Paulet à la ferme où tu es, tous les trois ans, on semait les pommes de terre ensemble. On s'aidait et puis on les récoltait ensemble. C'est bien plus commode à deux familles. Si tu veux, on pourrait faire pareil ? Cette année, justement, c'est l'année où on devrait les mettre...

Pierre regarda la fille : elle n'était pas d'une beauté exceptionnelle mais elle avait l'air agréable et souriante. Ses dents n'étaient pas très régulières mais elle avait des yeux de velours noir qui brillaient comme des étoiles.

— Alors, fit Marcel qui s'impatientait, on les sème ensemble ces pommes de terre ou pas ?

— Oui, oui, bien sûr, répondit Pierre, honteux de s'être laissé distraire, bien sûr, on fera comme vous faisiez avec Paulet.

— Oh, on a encore le temps, reprit le vieux, il n'est pas le moment de semer les pommes de terre...

Il avait posé son chapeau sur le bord de sa tête et contemplait Pierre avec un sourire malin.

— Tu te débrouilles pas mal, fit-il enfin en se grattant les cheveux, cette ferme, autrefois, il y avait deux domestiques et toi, tu fais le travail tout seul ! Non, tu te débrouilles pas mal...

— Je fais ce que je peux.

— On ne vous voit pas souvent avec les jeunes, le dimanche, lança Phrasie.

— Pourquoi tu veux qu'il aille avec ces fainéants, il a assez de travail chez lui. Alors pour les pommes de terre, c'est d'accord ?

— Ce sera comme vous voudrez.

— Bien. Passe à la maison un de ces jours, on mettra tout ça au point...

Marcel et Phrasie continuèrent leur chemin et Pierre les regarda disparaître. Ce n'était pas une mauvaise idée de travailler ensemble ; il allait y réfléchir et, peut-être, lui proposer sa collaboration pour d'autres travaux. Le bonhomme n'était pas tellement vieux et sa fille avait l'air vaillante. Il revit ses joues rougissantes et ses yeux noirs qui le fixaient avec attention... Il y avait longtemps qu'il n'avait plus eu le temps de penser aux filles. Tant d'événements s'étaient succédé depuis les quelques amourettes qu'il avait connues pendant son adolescence. Il était tout remué par un émoi qu'il n'avait plus éprouvé depuis de longues années. Il restait là, les bras ballants, sur le chemin comme un homme qui a perdu ses repères et ne se rappelle plus les buts qu'il s'était fixés auparavant...

Phrasie, avec sa taille de guêpe, son tablier fraîchement repassé et ses cheveux bruns qui bouclaient près de ses oreilles, avait, sans le savoir, bouleversé tout son être. S'il l'avait osé, il aurait couru après elle pour lui dire qu'elle était belle et qu'il aimerait lui donner un baiser... Il aurait aimé lui prendre la main et l'entraîner dans les champs pour lui montrer les semailles qui exhibaient déjà de petites pousses vertes, prémices des moissons prochaines... Ils regarderaient, tous deux, les minuscules tiges qui se dressaient avides de lumière et ils pourraient, si elle le voulait, évoquer l'avenir...

Mais que lui arrivait-il ? Il devenait fou ! Il n'avait pas de temps à perdre avec une fille... Son travail l'attendait et toutes les filles du monde n'y changeraient rien. Et pourtant, il restait là, à rêvasser sur le bord du chemin alors qu'il avait tant de choses à faire...

Il reprit enfin ses esprits et continua son chemin mais, plusieurs fois, ses pensées revinrent vers Phrasie. Il chercha à se rappeler où il l'avait rencontrée pour la première fois. En cherchant, il se souvint d'une veillée, au tout début de leur installation, chez les Durand. Elle riait avec les autres filles et, ce jour-là, il ne l'avait pas remarquée. Il avait levé les yeux vers leur groupe alors que le père d'une des filles criait :

— Taisez-vous, péronnelles, on ne s'entend plus !

Son regard avait croisé deux yeux noirs qui s'étaient accrochés aux siens. Il les avait ignorés car, pensait-il, il avait assez de soucis sans en chercher d'autres… Mais, aujourd'hui, alors qu'il ne s'y attendait pas, ces yeux revenaient le troubler et il n'avait plus envie de ne pas les voir. Au contraire, il redoutait que Phrasie ne l'ait oublié. Il lui semblait que son regard n'avait pas été aussi chaleureux qu'il l'avait été à la veillée sous ses boucles brunes ramenées en arrière en un sage chignon qui ne voulait pas se laisser discipliner. Son cœur s'accélérait quand il pensait aux mèches folles qui s'en échappaient et qui l'attiraient comme un aimant. Suivant le rythme de son cœur, ses pas se faisaient plus rapides. Il lui semblait qu'il avait tout gâché et que, la prochaine fois que la jeune fille le rencontrerait, elle lui tournerait le dos…

Tout cela le préoccupait tant qu'il ne se rappelait plus ce qu'il était venu faire dans ce champ… Il eut envie de se retourner et d'aller tout raconter à Marion. Mais que lui dire ? Elle était encore presque une enfant et ne lui serait d'aucun secours ; son frère était trop jeune pour le comprendre et il n'avait plus d'amis…

Depuis six mois qu'il avait quitté son village, il n'avait plus revu les garçons de son âge avec qui il était allé à l'école et qui, comme lui, travaillaient avec leur père ou derrière un patron. Ici, il n'avait pas voulu se mêler aux jeunes du pays. Il redoutait leurs questions sur sa situation de soutien de famille qui lui avait épargné l'armée mais qui l'obligeait à avoir toujours le souci du bien-être de son frère et de sa sœur…

Il se secoua : allons, il n'était pas raisonnable. Cette fille, il ne l'avait vue qu'une fois ou deux et il pensait à elle comme si elle était sa promise… Et puis, dans sa situation, pouvait-il envisager de lui faire la cour ? Elle était l'héritière d'une ferme qui, bien que pas très grande, représentait un certain capital ; lui, il n'était qu'un fermier avec deux bouches à nourrir. Il n'avait pas le droit de songer à s'établir, pas encore du moins. Quand Marion et François auraient grandi, il serait temps d'y songer.

Il avait beau se dire tout cela et chercher au plus profond de lui-même toutes les raisons du monde pour ne plus penser à Phrasie, les yeux noirs, les cheveux rebelles et le sourire si particulier de la jeune fille s'imposaient à sa mémoire. Il se trouvait sur un petit nuage dont il ne pouvait descendre malgré tous les efforts et toutes les bonnes raisons qu'il appelait vainement à son secours… Incapable de travailler, il rentra à la maison comme Marion y arrivait.

— Tu rentres déjà ? demanda-t-elle, étonnée.

— Je n'ai pas pu travailler, expliqua-t-il brièvement.

Marion fut si déconcertée par cette réponse qu'elle ne trouva rien à répliquer.

XXI

Encore une foire

C'était la foire de Pâques, le temps était beau, le soleil était de la partie et une foule de gens emplissait comme à l'accoutumée les rues et le foirail. Pierre était venu y acheter quelques brebis, et rôdait autour des parcs où quelques vieilles bêtes bêlaient désespérément.

— Ce n'est pas le moment d'acheter, fit une voix derrière lui.

Fernand Bonnefoy allumait une cigarette tout en lui lançant un regard moqueur. Le jeune homme se retourna et vint toucher la main de son ancien patron.

— Je crois bien que vous avez raison, répondit-il, il n'y a rien qui vaille...

— Maintenant, il y a de l'herbe en abondance ; personne ne vend ses brebis. Attend la fin de l'hiver quand les granges seront vides et que l'herbe n'aura pas encore poussé, là, tu trouveras ce que tu cherches...

À regret, Pierre s'éloigna du foirail et suivit Bonnefoy au café.

— Alors, comment ça se passe dans ton nouveau pays ?

— Pas mal, convint Pierre, je me suis bien habitué.

— Ton frère et ta sœur aussi ?

Pierre acquiesça et ils continuèrent la conversation autour d'un verre de vin. Le jeune homme le quitta bientôt, assez déçu de ne pas pouvoir agrandir son troupeau. Il rencontra plusieurs de ses anciens amis, des voisins de Nojaret qui finirent par lui faire oublier sa déconvenue et, finalement, il s'apprêtait à partir assez content de lui...

Au détour d'une rue, il tomba nez à nez avec M. du Rocher. Il ne l'avait pas revu depuis longtemps et le trouva toujours égal à lui-même. Les années semblaient passer sur lui sans le toucher alors qu'elles avaient emporté ses parents... S'il l'avait pu, il l'aurait évité mais il lui céda le passage et le salua. L'homme s'arrêta et le regarda. Pierre crut, tout d'abord, qu'il ne le reconnaissait pas, mais M. du Rocher s'avança vers lui et lui déclara :

— Je vous présente mes condoléances. Votre mère était une femme remarquable.

Le jeune homme faillit s'étrangler de fureur : « Pourquoi, alors, ne lui avez-vous pas laissé la ferme ? » pensa-t-il, sans oser le dire...

— Votre père aussi et votre grand-père étaient de bien braves gens que j'ai beaucoup regrettés...

Pierre ne répondit pas. Il inclina la tête et quitta le vieil homme qui en resta tout décontenancé.

Il venait de quitter M. du Rocher et bouillait encore de rage quand il rencontra la tante Rosa.

— Pierre ! Que je suis contente de te voir. Marion n'est pas avec toi ?

— Non, je suis venu seul.

— Comment allez-vous, là-bas ? Vous vous en tirez ?

— Ça va, ça va. Tout se passe bien.

— Je voulais vous voir pour vous inviter à la première communion d'Abel. C'est le dimanche de Pentecôte. J'espère que vous viendrez tous les trois.

— Ça fait loin, tenta de répliquer Pierre, peu enchanté de devoir quitter son village, je ne sais si…

— Moi, je sais ! Je vous attends. On ira à Badaroux ensemble et on dînera dans le pré du couvent. Dis bien à Marion que je l'attends. A-t-elle fait ses robes ? Et François ? Il doit avoir grandi !

La tante Rosa posait question sur question et semblait ne pas attendre de réponses. Comme le jeune homme restait silencieux, cela finit par l'inquiéter.

— Pourquoi tu ne me réponds pas, fit-elle, tu as l'air tout drôle ?

— C'est que je viens de rencontrer M. du Rocher et il a osé me parler de mes parents, me dire que c'étaient des gens bien et me présenter ses condoléances.

— Ça t'a bouleversé, je le comprends… Allez, ne reste pas là, viens voir ton oncle.

— C'est que… j'allais partir. Je ne peux pas rester bien longtemps, il y a du travail à la ferme.

— Quelques minutes de plus ou de moins n'y changeront pas grand-chose…

Sans tenir compte de ses protestations, Rosa l'emmena vers le bistrot tellement rempli de clients qu'il fallait se frayer un chemin et ce n'était pas facile. Des paysans étaient attablés, d'autres debout ; tous, un verre à la main, discutaient à n'en plus finir. Les voix montaient pour dominer les voisins ; les serveuses circulaient en levant leur plateau qui risquait, à tout moment, d'aller s'écraser au sol.

Au milieu de cette chaude ambiance, Pierre distingua son oncle Louis assis à une table. Il était en grande discussion avec un homme dont il ne voyait que le dos.

— Il y a plus d'une heure, soupira la tante, qu'ils sont là à parler. Il est l'heure de partir et ils ne bougent pas ! Je vais aller le secouer.

Joignant le geste à la parole, elle s'approcha suivie de Pierre qui reconnut en son interlocuteur Jules Perget de Badaroux. Puis Pierre remarqua, à leur table, un homme qu'il hésita à reconnaître. Il se demanda ce qu'il pouvait bien faire avec les gens de la vallée du Lot, c'était Marcel Robert.

— Ah, Pierre, s'écria Louis en voyant approcher son neveu, quelle surprise ! Toi aussi tu es à la foire !

— Oui, j'allais partir, c'est Rosa qui a voulu que je vienne vous dire bonjour.

— Bonjour Pierre, fit Jules. Tu te plais dans ton nouveau pays ?

— Bien sûr qu'il s'y plaît, répondit Marcel en se levant. C'est l'heure de partir.

Puis, se tournant vers le jeune homme, il ajouta :

— Tu veux venir avec moi ? J'ai la jardinière.

Pierre, interrogé de toutes parts, ne savait que répondre ; ce fut l'oncle Louis qui trancha en disant :

— Il est temps de nous séparer, nous aussi, il nous faut partir. On te revoit quand, Pierre ?

— À la Pentecôte. Ils viendront à la première communion d'Abel.

— Tiens, toi aussi !... fit Marcel. Nous, on est invités chez Jules ; sa fille aussi fait la première communion.

— On se retrouvera donc tous à Badaroux, fit Jules.

Ils se séparèrent et Pierre suivit Marcel. Ils montèrent dans la jardinière et, d'un coup de fouet, l'homme mit le cheval au trot. À mesure qu'ils s'éloignaient de la ville par la route que Pierre connaissait déjà, le jeune homme ruminait sa déception : il n'avait pu acheter de brebis... Il en avait tellement envie qu'il se retrouvait tout désemparé. Sans y prendre garde, Marcel lança :

— Je croyais que tu devais acheter des brebis ; tu m'en avais touché un mot l'autre soir.

— C'était mon idée, oui, mais je n'ai rien trouvé qui corresponde à ce que je voulais et mon ancien patron, Bonnefoy, m'a conseillé d'attendre. Il n'y avait que des vieilles et, pour monter un troupeau, c'est pas ce qu'il faut...

— Sûrement pas, il te faut des animaux jeunes.

Le silence tomba et la rencontre avec M. du Rocher revint à la mémoire de Pierre, ajoutant encore à sa mauvaise humeur.

— J'ai pas aimé cette foire, déclara-t-il soudain, j'y ai rencontré le patron de la ferme de mes parents qui a eu l'audace de me présenter ses condoléances...

Marcel le regarda perplexe :

— C'est normal qu'il le fasse, si tes parents étaient ses fermiers...

— Oui mais, quand mon père est mort, il nous a foutus à la porte sous prétexte que ma mère était une femme et que moi, j'étais trop jeune...

— Ah, putain ! C'est bien les riches, ça ! Et comment vous vous êtes débrouillés ?

— Je me suis loué et ma mère est allée habiter avec mon frère et ma sœur chez une vielle tante...

Le silence retomba. Ils arrivaient sur le pont de Balsièges et la route se faisait étroite. Le cheval avait réduit son allure et Pierre admirait les prés du bord de l'eau qui offraient au soleil couchant leur vert éclatant et la promesse de superbes fenaisons.

— Alors Louis, c'est ton oncle ? demanda Marcel.

— Oui. Il a épousé ma tante Rosa, une sœur de ma mère.

— Oh, je le connais bien, on est de la classe. On a crapahuté ensemble, là-bas, dans les sables du désert...

— Vous êtes allés où ?

— On a tiré un mauvais numéro, tous les deux, et on a eu la chance de partir ensemble pour la campagne d'Afrique... C'est pas comme mon beau-frère, Jules...

— Jules est votre beau-frère ?

— Oui, il a épousé ma sœur. Lui, il a eu de la chance, il a tiré un bon numéro. Il n'est pas allé, comme nous, se brûler pendant sept ans dans les déserts d'Afrique ! Remarque, je lui en veux pas, tant mieux pour lui... Quand je suis revenu, il était déjà marié et avait deux enfants... Enfin, je ne devrais pas parler comme ça : c'est grâce à lui que j'ai connu ma femme. Je l'ai rencontrée chez eux...

Pierre se taisait et écoutait toutes ces informations. Le monde était petit ! On trouvait toujours des gens que l'on connaissait...

— Au fait, reprit Marcel, j'ai entendu ta tante qui t'invitait. C'est pour une communion, toi aussi ?

— Oui. Elle voudrait qu'on aille, tous les trois, à la communion d'Abel, son fils, mon cousin.

— Et vous y allez ?

— C'est pas si facile... Il y a les vaches à garder... Et puis venir à Badaroux à pied et repartir le soir, ça fait une trotte !

— Mais vous n'irez pas à pied... Si on y va, on vous prendra avec la jardinière.

Pierre regarda l'homme en réfléchissant vite : s'il allait à la communion, il reverrait Phrasie... Sa décision fut prise à l'instant : il irait à la première communion d'Abel.

Il ne répliqua que pour la forme :

— Ça fera du monde si on y va tous !

— Six personnes ! On partira un peu plus tôt et on modérera l'allure du cheval, ça ira...

Ils parlèrent de tout autre chose et, quand ils arrivèrent à Blachères, Pierre invita Marcel à entrer.

— Non, petit, lui dit-il, je crois que j'ai assez bu à la foire et la Suzanne ne serait pas contente si je rentrais en titubant. Bon, alors, c'est entendu pour Pentecôte ?

— C'est entendu.

Le jeune homme se hâta vers la maison. Marion ne l'attendait pas si tôt. Quand elle le vit entrer, elle lui demanda :

— Alors, tu rentres bien tôt, ça s'est pas bien passé ?

— C'est Marcel Robert qui m'a ramené avec sa jardinière. Je n'ai rien acheté car il n'y avait pas de belles bêtes... Ah, j'ai rencontré la tante Rosa.

— Elle va bien ? Il y avait Louis ?

— Il y était. Ils vont bien et nous invitent à la première communion d'Abel.

— Oui, je sais, mais c'est loin...

— Marcel a proposé de nous prendre. Ils vont aussi à la communion de la fille de Jules Perget. La femme de Jules est la sœur de Suzanne.

— Ah, mais c'est bien alors ! On pourra y aller tous les trois.

Au début, Pierre ne voulait pas aller à cette fête de famille. Cette première communion tombait en pleine fenaison et même si l'on ne travaillait pas le dimanche, il y aurait les vaches à garder et, peut-être du foin à tourner. Mais la proposition de Marcel l'avait fait changer d'avis : il voyagerait en compagnie de Phrasie, il ne pouvait laisser passer une occasion pareille... Oui, mais comment faire pour les vaches ? Il ne pouvait demander à Marion de rester, elle se faisait une telle joie de revoir la famille... Et encore moins à François. Il soupira.

— Comment allons-nous faire pour les vaches ?

— On les laissera dedans, tout simplement, répondit sa sœur. Pour un jour, elles n'en mourront pas !

Il ne répondit rien. Elle avait raison mais il n'aimait pas l'idée de laisser la ferme à l'abandon.

— J'espère que nous n'aurons pas commencé les foins.

— De toute façon, le dimanche on ne travaille pas.

— Alors, on ira ? demanda François, anxieux. Il était content de retourner à Badaroux ; même s'il avait trouvé ici de nouveaux copains, il se faisait une joie de retrouver Abel et Suzon.

Marion songeait aux robes que lui confectionnait Yvonne. Elle étrennerait la plus belle, ce jour-là, avec le chapeau que lui avait fait acheter Rosa et ses sabots neufs, elle serait habillée comme tout le monde. Elle eut honte de son égoïsme et se tourna vers son frère :

— Il te faudrait acheter des pantalons, tu...

— Encore acheter !... Crois-tu que nous n'ayons que des habits à acheter ?

— Il faut bien que tu sois convenable. François est habillé, moi, j'aurai mes nouvelles robes et toi ?

— Je mettrai ce que j'ai, on ne va pas dépenser à tort et à travers !

— Les affaires sont en bonne voie ; on ne dépense presque rien pour manger. Tu pourrais bien t'habiller quand même !

— On verra, on verra... fit Pierre en pensant à Phrasie.

C'est vrai qu'il serait plus à son avantage dans un pantalon neuf que dans celui qu'il traînait presque depuis la mort du père. Il songea qu'il lui faudrait écouter Marion et dépenser encore de l'argent…

XXII

La première communion

Malgré l'impatience de Marion et de François, il fallut attendre la fin mai et le dimanche de Pentecôte pour se rendre à la première communion d'Abel. Pour le frère et la sœur, le temps avait traîné. François passait en revue tout ce qu'il raconterait à son cousin, au sujet de ses nouveaux amis et aussi sur les lapins qu'il allait élever. Il était en train de fabriquer des clapiers, dans un coin de la cour à l'ombre l'été et bien abrité l'hiver. Il travaillait sous l'œil intrigué de Médor et celui plus sceptique de Marion...

— C'est toi qui t'en occuperas, lui disait-elle.

Le garçon haussait les épaules.

— Bien sûr que je m'en occuperai. Maintenant, il y a de l'herbe partout et je n'aurai aucun mal à les nourrir. L'hiver, si je ne peux pas les nourrir, on les mangera !

Sa sœur éclatait de rire devant ce bel optimisme et Pierre souriait.

La jeune fille allait souvent chez Yvonne essayer robe et caraco. La première fois qu'elle avait passé la robe, elle avait eu de la peine à se reconnaître en cette mince jeune fille qui, du miroir, la regardait avec des yeux étonnés. Yvonne avait repris la taille, raccourci les manches, échancré l'encolure et corrigé l'arrondi. Puis on était passé au caraco et à la jupe. Il restait même un peu de tissu et la vieille femme réfléchissait à ce qu'elle pourrait en faire.

Après l'essayage, Marion avait fait le ménage en grand. Yvonne ne devait pas souvent se faire payer ainsi car la jeune fille avait dû frotter dur pour astiquer les meubles, récurer l'évier et nettoyer les couverts d'étain qui ornaient le buffet.

Tout en travaillant, la vieille femme la faisait parler. Marion lui raconta sa vie à Nojaret et tous les malheurs que sa famille y avait connus. Tout en cousant, Yvonne hochait la tête et murmurait :

— Ah, ma pauvre petite... Pauvres enfants...

Au fil des jours, Marion et sa couturière devinrent une paire d'amies. En venant aux essayages, la jeune fille apportait quelques œufs, des fromages de sa fabrication ou quelques tranches de saucisson. La robe fut prête et Yvonne la prévint :

— Tu pourras étrenner ta robe pour Pâques.

— À Pentecôte ! Je dois aller à la première communion de mon cousin, répondit Marion. Je l'étrennerai ce jour-là.

— D'ici là, j'aurai fini ta jupe et ton caraco. Tu mettras ce que tu voudras...

Enfin arriva le jour tant attendu. Marion se leva aux aurores pour faire la traite et Pierre remplit les râteliers d'herbe fraîche devant les vaches étonnées. Ils n'eurent pas à appeler François, il était déjà prêt à partir. Marion le taquina :

— C'est plus facile de se lever le matin quand il ne faut pas aller à l'école !

Le garçon haussa les épaules, mais rien, aujourd'hui, ne pouvait entamer sa bonne humeur. Marion fit l'inspection de la toilette de son frère et vérifia que tout était bien. Pierre se préparait quand elle monta après s'être lavée dans l'évier en pierre de la souillarde. Elle passa la robe que lui avait confectionnée Yvonne et qui lui allait comme un gant. En l'enfilant, elle songea qu'elle aurait aimé une couleur plus gaie... Puis elle eut honte d'avoir de telles pensées : elle était en grand deuil et n'aurait même pas dû assister à une fête ! Ce n'était qu'une communion et elle était sûre que sa mère, elle-même, lui aurait conseillé d'y aller... Elle travaillait tant que c'était la première fois qu'elle pouvait s'arrêter une journée.

Vers 8 heures et demie, ils se dirigèrent tous trois vers la maison de Marcel. Dans la cour, le cheval était attelé ; Marcel vérifiait la jardinière en attendant sa femme et sa fille.

— Bonjour, fit-il, Suzanne et Phrasie ne vont pas tarder. On va y aller car il ne faut pas arriver en retard.

Il finissait à peine sa phrase que les deux femmes descendaient l'escalier. Elles lancèrent un bonjour à la cantonade et se dirigèrent vers la voiture. Suzanne monta auprès de son mari tandis que sa fille et les trois Roman se hissaient à l'arrière. Quand tout le monde fut installé, on prit la route vers Badaroux. Les deux filles étaient assises d'un côté et les garçons de l'autre.

Phrasie portait une robe d'un bleu doux qui seyait à son teint bronzé. Elle n'avait pas de sabots, mais de fins escarpins qui lui faisaient de tout petits pieds. Elle avait un sac à main en cuir où brillaient des appliques dorées. À côté d'elle, Marion serrait contre elle le sac de sa mère ; malgré sa robe neuve, elle se sentait triste et laide.

Au début, ils ne parlèrent pas, se contentant d'admirer le paysage. Puis ils échangèrent quelques mots. C'étaient surtout Phrasie et Pierre qui s'entretenaient de banalités sur le temps ou les foins tandis qu'à l'avant l'un ou l'autre des époux criait :

— Ça va les enfants ?

— Ça va, répondait Phrasie.

Le cheval allait bon train et le voyage se déroulait sans encombre. Tout d'abord, Marion ne remarqua rien mais, dans la douceur de cette matinée de printemps, elle se rendit compte que Pierre avait quitté ses sabots et que son pied venait chatouiller la cheville de Phrasie... Ensuite, elle surprit des sourires, des regards qui s'accrochaient... Tout d'abord, elle n'y prêta pas une grande attention mais cela continuait ; et, même, dans un moment où ils étaient tous occupés à admirer un superbe troupeau de moutons qui leur barrait la route, elle vit son frère saisir la main de Phrasie et la porter à ses lèvres.

Sans savoir pourquoi, elle en fut contrariée. Pourtant, elle n'était pas jalouse : son frère pouvait bien faire ce qu'il voulait, elle s'en moquait ! Mais, dans sa poitrine, une grosse pierre pesait, pesait... Elle ne savait pourquoi... Il lui semblait que son frère les abandonnait, elle et François, et qu'ils seraient encore seuls une fois de plus...

Cheval, voiture et passagers arrivaient à Mende. Ils traversèrent la ville qui s'éveillait à peine. Des fidèles sortaient d'une messe matinale et se hâtaient vers leurs maisons. La route continua et le manège des amoureux recommença. On se rapprochait de Badaroux et Marion avait le cœur qui battait fort. Elle allait revoir l'église où elle aussi avait fait sa première communion, mais c'était aussi, dans cette même église, qu'elle avait accompagné tous ses défunts avant de les suivre jusqu'au petit cimetière, un peu plus haut dans le village... Elle se promit de leur faire une petite visite.

Marcel les déposa à l'entrée du village et partit remiser son cheval chez son beau-frère ; sa femme le suivit. Les quatre jeunes s'avancèrent vers la place de l'église où, déjà, de nombreuses personnes attendaient. Marion marchait en avant avec François ; elle s'aperçut, tout à coup, que les autres ne les suivaient plus.

— Où est Pierre ? fit-elle en se retournant.

— Oh, il est avec Phrasie. Tu as vu quand on venait, il faisait que la regarder.

Marion ne répondit pas. Ainsi, François, comme elle, avait remarqué leur attirance. Sur le parvis, ils trouvèrent Louis, Rosa, Abel et Suzon. Abel, dans son costume neuf et son brassard blanc, était un des plus grands et Marion se dit qu'il serait temps de lui donner sa montre.

L'heure de la messe arriva. Les communiants se rangeaient sagement et entraient en groupe tandis que les cloches sonnaient à toute volée. Pendant la messe, Marion fut distraite : elle revoyait des visages connus et ne parvenait pas à mettre un nom sur eux. Elle aperçut sa tante Augustine qui lui fit un sourire discret.

Après la messe, chacun partit vers sa maison pour le repas de fête qui ne s'éterniserait pas car il fallait revenir pour les vêpres de la profession de foi, à 2 heures de l'après-midi. Rosa entraîna tous ses invités au pré du couvent où elle avait déposé les provisions du pique-nique.

Elle n'était pas la seule : plusieurs familles de villages éloignés avaient apporté de quoi manger et des groupes se dispersèrent, sous des ombres, dans tout le pré fauché pour l'occasion.

Charcuteries, poulets, fromages et fougasses cuites au four par Rosa elle-même furent bien accueillis par les invités. Après le repas copieusement arrosé de quelques litres de rouge que Louis avait apporté, les hommes et les enfants allèrent faire un tour et bavarder avec les connaissances ; Marion aida sa tante à tout ranger.

Elles se dirigèrent vers le couvent car Rosa avait apporté un gros saucisson pour les sœurs en dédommagement de l'installation dans le pré. Rosa tremblait ; elle avait peur qu'Abel qui courait avec François et d'autres garnements ne gâche le bel habit qu'elle lui avait acheté pour sa communion…

— À propos d'Abel, fit Marion, il faut que je te dise quelque chose, tante Rosa, j'ai une commission pour lui.

— Ah oui. Et quelle est cette commission ?

— C'est une montre que je devais lui donner quand il serait grand ; je crois que ce jour est venu.

— Une montre ? Tu lui as acheté une montre, toi ?

— Non. C'est... c'est quelqu'un qui me l'a donnée, pour lui...

— Qui a pu te donner une montre ?

— Clément.

— Clément ? Quel Clément ?

— Clément Bruel quand il est mort.

Rosa s'arrêta : elle était devenue toute pâle et faillit laisser tomber les provisions qu'elle tenait à la main. Elle regarda sa nièce d'un air égaré.

— Marion, ce n'est pas possible ; tu as inventé cette histoire... Il y a des années que Clément est mort !

— Je t'assure que c'est vrai. Avant de mourir, Clément m'a laissé sa montre pour la donner à Abel quand il serait grand. Je l'ai apportée dans mon sac à main. Je voulais la lui donner aujourd'hui mais j'ai cru bien faire de t'en parler avant.

Rosa ouvrit de grands yeux, elle était toujours aussi pâle et Marion se demanda si elle n'allait pas tomber là, à ses pieds...

— Tante Rosa, tu ne te sens pas bien ? Qu'est-ce qu'il y a ?

— Rien, rien, ce doit être la chaleur ; viens, on va s'asseoir un peu sur ce banc.

Elles s'assirent et Rosa reprit quelques couleurs.

— Alors, tu dis que cette montre c'est Clément qui te l'a donnée pour Abel...

— Oui. Je l'ai apportée. Tu veux la voir ?

— Non, non… C'est celle que cherchait sa mère ?

— Sûrement.

— Et pourquoi tu ne la lui as pas donnée ?

— Parce que Clément m'a demandé de la donner à Abel et j'ai pas osé en parler à sa mère.

— Mais Abel est bien trop jeune pour avoir une montre de cette importance et, si Séraphine la voit, elle va l'accuser de l'avoir volée… Et comment il expliquera sa provenance à ses copains ? Tu y as pensé à ça ? Non, non, cette montre, on ne la veut pas ; garde-la pour toi.

— Mais, tante Rosa, elle n'est pas pour moi ! Elle est pour Abel et je dois la lui remettre…

— Garde-la, je te dis. Que veux-tu qu'en fasse un gamin ? Et comment expliquer…

Rosa se tourna pour essuyer une larme, elle était de nouveau très pâle. Elle se leva et reprit son chemin vers le couvent. Marion la laissa entrer seule. Tout en l'attendant, elle pensa qu'elle ne s'était pas trompée : il y avait une histoire là-dessous et Rosa ne voulait pas en parler. Et pourtant, elle ne pouvait garder cette montre, même pour faire plaisir à sa tante. Un jour ou l'autre, il faudrait qu'elle la remette à Abel…

Sa tante sortit, suivie par une sœur qui se confondait en remerciements. Rosa coupa court et revint vers sa nièce.

— Bon, voilà qui est fait. Il faut rattraper ces galopins ; dans quel état vont-ils être pour les vêpres !…

Marion la regardait. Elle n'était pas dans son état normal. Ses gestes étaient saccadés, elle était nerveuse et ne tournait même pas les yeux vers sa nièce. Marion aurait aimé parler encore avec elle mais elle avançait à grands pas vers les groupes qui se séparaient et s'en allaient lentement vers l'église pour assister aux vêpres.

La jeune fille la suivait de loin. Rosa récupéra Abel qui avait grimpé sur un arbre avec François.

— Arrive ici ! Il doit être propre ton pantalon... Et ta chemise ?

Mais il n'y avait pas trop de mal ; Rosa rectifia le brassard qui pendait lamentablement sous le bras d'Abel, passa ses mains dans ses cheveux pour arranger sa coiffure et ils partirent vers l'église.

Marion, occupée d'observer Abel pour lui trouver quelque ressemblance avec Clément, ne remarqua pas les grosses taches qui ornaient la chemise de François ni l'accroc à son pantalon qu'il essayait de cacher de son mieux. Tout le monde se retrouva à l'église pour les vêpres et la profession de foi. À la sortie, on discuta un peu sur le parvis. Le temps avait changé, des nuages blancs bourgeonnaient de tous côtés et un grondement sourd annonçait l'arrivée d'un orage.

— On va partir avant que ça tombe, déclara Suzanne, refusant le dernier café que lui proposait sa sœur. Au revoir, ce sera pour une autre fois.

Ils grimpèrent tous dans la jardinière pour fuir l'orage qui montait à l'horizon.

XXIII

La veillée

L'été fut sec et chaud. Le travail ne manqua pas et une certaine aisance fut même au rendez-vous pour les orphelins. Le froment avait été abondant et on pouvait espérer qu'en plus de la semence pour l'an prochain on aurait assez de farine pour faire la jonction. L'orge et l'avoine permettraient d'engraisser non pas un cochon, mais deux et d'élever davantage de poules. Les lapins de François dont tous s'étaient moqués, au début, fournissaient une viande appréciée. Pierre avait ramené quelques brebis d'une foire et, même si ce n'était pas un gros troupeau, c'était un commencement. Bref, les trois orphelins avaient l'impression qu'ils avaient mis définitivement la misère à la porte.

À l'arrivée de l'automne, un an après leur installation, ils étaient reconnus et aimés par tous les habitants de la commune.

De temps en temps, quand elle avait quelques loisirs, Marion s'échappait et allait rejoindre Yvonne. Elle n'y arrivait jamais les mains vides ; elle lui apportait une douzaine d'œufs, des légumes du jardin, un fromage bleu et même, avec la permission de François, elle lui avait apporté un lapin dépiauté prêt à mettre au four ou à cuisiner en civet. La vieille femme avait levé les bras au ciel et protesté contre tant de générosité qu'elle ne méritait pas. Cela avait fait rire Marion qui avait rétorqué que c'était grâce à elle qu'elle n'avait plus l'air d'une pauvresse.

Yvonne avait envoyé la jeune fille fouiller dans les vieilles malles de son grenier. Il y avait, disait-elle, des robes de sa mère dont elle pourrait tirer quelque chose. Marion était descendue avec trois robes dont une portait encore des traces de crinoline. Elle était restée médusée, se demandant si Yvonne comptait parmi ses aïeules quelque dame de la haute société. La vieille femme l'avait tout de suite détrompée :

— Je dis « les robes de ma mère » mais, en réalité, c'étaient les robes de sa patronne, celle qui vivait au château de Lapierre.

Devant l'étonnement de la jeune fille, elle avait expliqué :

— C'est vrai que tu n'es pas d'ici ! Le château de Lapierre, c'est la grande maison qui se trouve au croisement des routes de Saint-Étienne et Lanuéjols. Autrefois, il y a longtemps, c'était la demeure de grands seigneurs et les Lapierre en étaient les descendants. Du temps de ma mère, c'étaient de gros propriétaires qui possédaient beaucoup de fermes et menaient grande vie. Mais le père était joueur et, pour satisfaire son vice, il a vendu ses fermes, les unes après les autres ; sa femme se ruinait en toilettes – dont les jolies robes –, quant aux enfants, un fils et une fille, ils avaient quitté le château depuis longtemps.

Après la mort des parents, Lapierre fut abandonné. Quelques années avant ma naissance, il y eut un incendie et le château brûla en entier. Il n'en reste que quelques murs noircis...

— Ah, mais je me rappelle ! On est passés devant quand on est arrivés...

— Oui, c'est possible. Eh bien, ces robes viennent de là. Le tissu est beau et je pourrai en faire quelque chose pour toi.

— Mais, je suis en deuil...

— Je sais. Tu ne les mettras pas tout de suite, mais le temps passe. Je ne serai pas toujours de ce monde, mais toi, tu auras de belles robes.

— Ne dites pas ça... répliqua Marion, soudain très triste.

C'est ainsi que la jeune fille avait maintenant, dans son armoire, trois robes aux couleurs pastel qu'elle pourrait mettre à la fin de son deuil.

Marion continuait aussi à voir Marie-Rose. Les deux jeunes femmes étaient devenues une paire d'amies. Marion avait tout de suite adopté Adèle et Amélie, les deux filles de Marie-Rose. Elle les gardait quand leur mère devait s'absenter pour soigner sa mère ou faire son jardin. Les fillettes adoraient la cour de la ferme où, outre Médor et les chats, elles admiraient les lapins de François et s'amusaient à caqueter avec les poules.

L'arrachage des pommes de terre, survenu aux environs de la Toussaint, leur donna encore des motifs de se réjouir. Le temps, pas trop sec, avait permis aux tubercules d'arriver à une bonne grosseur et le nombre en était impressionnant. Ils travaillèrent ensemble avec Marcel, Suzanne et

Phrasie Robert. Pour l'occasion, François avait manqué l'école pour aider à l'arrachage et il aurait bien aimé que ce travail dure encore plus longtemps… Marion avait surveillé son frère mais elle en avait été pour ses frais. Ni Phrasie ni lui n'avaient eu le moindre geste ni le moindre regard complice. Elle se demanda si elle n'avait pas rêvé…

Juste après la Toussaint, Marion alla trouver le curé pour célébrer l'office anniversaire de sa mère. Même s'ils avaient changé de paroisse, le prêtre accepta et, une semaine après, officia pour l'âme de Martine Roman. Tout le village qui n'avait pourtant jamais connu Martine se fit un devoir d'assister à l'office et Marion en pleura de reconnaissance !

Et puis on entra dans l'hiver… Un hiver qui se fit attendre. Le soleil brillait ; les feuilles hésitaient à tomber et, bien que les jours aient raccourci, les soirées gardaient la chaleur emmagasinée durant la journée.

Il faisait bon à la maison et on y oubliait les soucis. Pour remercier les gens de les avoir acceptés, Marion organisa une veillée où elle invita tous les habitants du village. Elle en avait parlé avec Pierre qui fut tout de suite d'accord et à François qui sauta de joie. Il se chargea, avec ses copains, de le faire savoir à tout le monde. Pour cette première soirée chez eux, Marie-Rose aida Marion à confectionner beignets et gâteaux. On y joignit des châtaignes que le berger de la commune, surnommé le Russe à cause de son mutisme, avait apportées de ses Cévennes natales. Marion avait gardé beaucoup de lait qu'elle ferait bouillir et, avec le pique-feu chauffé au rouge, on fabriquerait du caramel en approchant du sucre. On le ferait couler dans le verre et toutes les femmes et enfants se délecteraient avec cette boisson. Pour les personnes âgées, la jeune fille avait prévu quelques infusions à la demande : tilleul, menthe et sauge. Pierre avait réussi à se procurer une vieille eau-de-vie de prunelle et devait faire des grogs avec.

Comme il n'y avait pas assez de chaises, François avait récupéré des planches dans la grange et fabriqué des bancs où les jeunes et les petits pourraient s'asseoir. Marion avait passé une journée entière à nettoyer, frotter et cirer les meubles de sa mère qui brillaient doucement à la lumière de la lampe. La mèche des lampes avait été montée et tout était en place quand, vers 9 heures du soir, les premiers invités arrivèrent.

Ce furent d'abord Marie-Rose, Julien et leurs deux filles. Ils furent vite suivis de tous les autres. Presque tous les gens valides avaient répondu à l'invitation. Yvonne, tout en le regrettant, n'avait pu parcourir de nuit les quelques centaines de mètres qui la séparaient de la ferme.

La salle était pleine. Marion pensa que la cloison qu'ils avaient posée pour les protéger du froid les handicapait ce soir. Enfin, tout le monde finit par se caser et bientôt, face à un feu d'enfer, chacun put apprécier la chaleur et se détendre.

Les hommes formaient un grand cercle autour de la cheminée. Les femmes et les enfants avaient investi le cantou où se trouvait une lampe pour éclairer les travaux d'aiguille que certaines apportaient toujours avec elles. Les jeunes et les adolescents se trouvaient à l'arrière, dans une semi-pénombre propre aux amoureux.

La veillée commença par les discussions habituelles : le temps, les récoltes, les projets et aussi les nouvelles du pays… Puis les hommes dévièrent vers la politique locale avec les prochaines élections prévues pour l'année suivante. Les femmes échangeaient des recettes, se montraient leurs ouvrages ou parlaient de leurs enfants. Quelques-unes seulement mêlèrent leurs commentaires politiques à ceux des hommes. On se passa des remèdes pour les malaises quotidiens et on évoqua en chœur les potins qui couraient…

Marion, attentive à ce que tout le monde se sente bien, allait et venait de l'un à l'autre, s'enquérait des désirs de chacun. Vers le milieu de la soirée, alors que certaines petites frimousses avaient du mal à tenir les yeux ouverts et que les mères les prenaient sur les genoux, plusieurs voix s'élevèrent pour demander des histoires ou des chansons. Marcel Robert fut sollicité. Il écarta les jambes, se pencha légèrement en avant et, ses deux bras posés sur ses genoux, se tourna vers les jeunes et les apostropha :

— Alors, vous qui êtes jeunes, dites-moi si vous connaissez la bête du Gévaudan ?

— Oui. C'est une bête qui mangeait le monde ! cria une voix.

— Écoutez, alors, cette complainte.

Il commença d'une voix grave une longue mélopée qui racontait les méfaits de la bête. Les couplets succédaient aux couplets et la liste des victimes s'allongeait... Marion, qui faisait circuler un plat de beignets, surprit le bras de son frère sur les épaules de Phrasie. Elle se dépêcha de détourner les yeux tandis que le chanteur s'embrouillait dans ses derniers vers et terminait en disant :

— Il y en a encore mais je m'en rappelle plus.

Après Marcel, ce fut Denis Mazel que l'on prit à partie :

— Denis, vous étiez à Paris, pendant la Commune ; il paraît qu'on y chantait des chansons.

— Oui ! *L'Internationale*. Vous la voulez ?

« C'est la lutte finale,
Groupons-nous, et demain,
L'internationale
Fera le genre humain... »

— Il y en avait une autre que j'aimais beaucoup... Attendez que je me rappelle :

« Quand nous chanterons le temps des cerises,
Le gai rossignol, le merle moqueur seront
tous en fêête... »

Il continua. Tout le monde l'écoutait en silence. Marion avait posé son plat et buvait les paroles du vieil homme. Quand il termina par :

« J'aimerai toujours le temps des cerises,
Et les souvenirs que je garde au cœur... »

Marion s'exclama :

— Que c'est beau ! Vous pourriez me l'apprendre, Denis ?

— Je crois que je l'ai sur un carnet. Je te le passerai. Tu pourras la recopier, l'air est pas difficile, tu y arriveras. Il recommença, accompagné par les autres :

« Quand nous chanterons... »

Marion fit signe à Pierre : elle avait fait chauffer de l'eau, il était temps de servir les grogs et de proposer le lait chaud aux femmes. Son frère se leva à regret. Plusieurs verres étaient rangés sur la table. Il prit la bouteille et les hommes s'approchèrent.

— D'où tu la tiens celle-là ? firent les connaisseurs.

Pierre avoua ne pas le savoir. C'était son père qui l'avait rapportée, il ne savait d'où, il y avait des années.

— On va y faire un sort, dit Julien.

Mais sa femme le reprit :

— Fais attention, il te faudra monter l'escalier après !...

Cette réflexion fut accompagnée d'un éclat de rire général tandis que les verres d'eau chaude se remplissaient avec de l'eau-de-vie. Les femmes mettaient le pique-feu rouge au-dessus de leur tasse et en approchaient du sucre qui fondait et tombait dans le lait. Une bonne odeur de caramel se répandait dans la pièce. Les gâteaux confectionnés dans l'après-midi étaient coupés en tranches. Femmes et enfants se servaient à qui mieux mieux. Les hommes les refusaient souvent, disant que c'était bon pour les femmes ! François et ses copains se régalaient. Ils se levaient pour reprendre des gâteaux, se poursuivaient, bousculaient les chaises jusqu'à ce que les adultes les rappellent à l'ordre. Pierre était retourné auprès de Phrasie et, s'il ne la touchait pas, ses yeux ne la quittaient pas une seconde. Mais l'heure tournait. Certaines femmes étaient déjà parties pour coucher les enfants qui, les yeux bouffis de sommeil, avaient de la peine à se tenir debout. Les vieux quittaient maintenant la salle et disparaissaient dans la nuit aussi noire que l'encre. À la fin, il ne resta que les jeunes. Les parents de Phrasie s'étaient levés et la mère fit signe à sa fille.

— Laissez-la encore un peu, intervint Pierre, je la raccompagnerai.

Suzanne hésita un instant, puis suivit son mari dont on entendait les sabots tinter sur le chemin. Après le départ des vieux, on poussa les chaises contre les murs et on libéra le centre de la pièce. Ceux qui ne dansaient pas se mirent à se taper les genoux tout en chantant des bourrées. Les autres s'élancèrent sur la piste improvisée et se mirent à tourner en cadence. Marion se sentit happée par des mains impatientes et se trouva au centre de la pièce. Elle se mit à avancer au rythme de la musique et, sans savoir comment, parvint à tenir sa place. Quand la danse fut finie, elle en attaqua une autre et prit goût à tourner et virevolter sans le moindre complexe.

Quand musiciens et danseurs furent épuisés, ils burent un dernier grog et s'en allèrent dans la nuit. Pierre partit avec Phrasie qui n'avait nul besoin de protection car d'autres jeunes partaient dans sa direction. François tombait de sommeil ; Marion dansait encore dans sa tête. Ils n'attendirent pas le retour de Pierre et montèrent se coucher.

XXIV

Mariage

Une nouvelle année allait naître : l'avant-dernière du siècle. Assis autour de la cheminée, Marion et François écoutaient siffler la bise au-dehors. La jeune fille tricotait des chaussettes. Elle n'aimait pas beaucoup ce genre d'ouvrage mais ses frères en usaient tellement qu'elle devait toujours en ajouter de nouvelles paires. Elle n'aimait pas le travail et, en plus, elle n'était pas très habile, ce qui n'arrangeait rien. Au cours de la veillée, François avait joué avec Médor, avait agacé le chat jusqu'à le faire fuir derrière Marion et, maintenant, il sculptait une pièce de bois avec le Laguiole qu'il avait trouvé dans son sabot, à Noël.

Comme presque tous les soirs, Pierre était absent.

— Il t'en a parlé, à toi, de ses fréquentations ? demanda la jeune fille.

Le garçon releva la tête et regarda sa sœur.

— Il n'a pas besoin d'en parler, je le sais… Tout le monde le sait.

— Oui, mais il ne nous en a rien dit.

— Il faudra bien qu'il l'avoue s'il veut se marier.

— Et tu crois qu'il amènera Phrasie ici ?

François réfléchit : il ne s'était jamais posé la question. Il hésita puis répondit :

— Qu'est-ce que ça peut faire qu'il l'amène ici ?

Marion haussa les épaules : bien sûr, pour François, ça ne changerait rien, mais elle !... Elle se demandait si elle ne devrait pas quitter la maison pour aller vivre ailleurs...

— Peut-être qu'ils iront chez Marcel et Suzanne.

Ce fut au tour de Marion d'être surprise :

— Pourquoi irait-il là-haut puisqu'il a loué la ferme ?

— Oui, c'est vrai... reconnut le garçon.

Tous les soirs ou presque, sitôt le souper terminé, Pierre se levait, sortait dans la nuit et ne rentrait que très tard alors que son frère et sa sœur dormaient à poings fermés. Leur grand frère s'exprimait si peu que Marion et François avaient cessé de l'interroger et, même, la jeune fille n'osait plus lui raconter les menus faits de la journée comme elle en avait l'habitude autrefois. C'était vers François qu'elle se tournait maintenant et à qui elle faisait part de ses soucis et de ses espoirs. Pierre devenait un étranger pour eux... Si le jeune garçon n'y prêtait pas attention, sa sœur en souffrait et se demandait pourquoi Pierre était devenu soudain si taciturne. Il n'avait jamais été très causant mais son mutisme actuel la contrariait beaucoup.

— Il parle qu'à Phrasie, reprit François, je les ai vus plusieurs fois ensemble et ils discutaient fort... Même qu'une fois ils criaient très fort et j'ai cru qu'ils se disputaient !

Marion n'insista pas. Ils continuèrent, tous les deux, à parler de choses et d'autres, dirent la prière du soir et montèrent se coucher.

Le lendemain matin, comme s'il avait deviné leurs interrogations, au déjeuner, avant que François ne parte pour l'école, Pierre leur confia :

— Il faut que je vous annonce une nouvelle : Phrasie et moi, on se mariera au printemps.

Le frère et la sœur en restèrent muets.

— Allons, reprit le grand frère en souriant, c'est tout l'effet que cela vous fait...

— On se demandait quand est-ce que tu nous le dirais, répondit Marion.

— On n'a décidé la date que hier soir. Il faut qu'on aille voir le maire et le curé.

— On fera une noce ? demanda François.

— Bien sûr ! répondit Pierre, décidément de très bonne humeur.

C'était l'heure de l'école et le jeune garçon partit, laissant son frère et sa sœur en tête à tête.

— C'est quand exactement, le mariage ? demanda Marion d'une voix qui tremblait un peu.

— Probablement début juin, avant les gros travaux.

Elle n'osa demander où se ferait la noce ni où ils iraient vivre. Elle se contenta de hocher la tête en soupirant. Pierre sortit et se dirigea vers le bûcher scier quelques souches oubliées. Il savait qu'il aurait dû parler à sa sœur mais il n'avait pu s'y résoudre... Phrasie et sa mère lui avaient fait comprendre que sa sœur ne serait plus à sa place à la ferme ; ce serait à Phrasie de commander à la maison. Il était bien conscient que, pour Marion, ce serait un déchirement d'abandonner cette maison qu'elle avait rendue si attrayante et dont elle s'occupait avec tant de plaisir. Il avait tenté de temporiser :

— Marion se mariera, leur avait-il dit, ce n'est qu'une affaire de deux ou trois ans.

— Et si elle ne se marie pas ? avait rétorqué la mère, sceptique. Tu la garderas toute ta vie avec toi ? Ton frère, ce n'est pas pareil ; il te fera un domestique bon marché mais ta sœur doit céder la place à ta femme...

— Qu'en dis-tu, Phrasie ? avait tenté le jeune homme.

La jeune fille avait haussé les épaules.

— Si ce n'était que pour un an ou deux, on pourrait patienter, mais après... N'espère pas qu'elle se marie très vite : elle n'a pas de dot et qui voudra d'elle ? Le mieux serait qu'elle cherche une place.

— Et si vous avez des enfants, renchérit la vieille, que ferez-vous ?

Cette conversation avait eu lieu au tout début, quand ils avaient parlé mariage. Depuis, ils n'avaient plus reparlé de tout cela mais Pierre était tracassé... Il avait aussi d'autres ennuis qu'il n'osait confier à personne. La location de la ferme était à son nom mais il avait pris l'argent de la mère pour la payer et acheter cheptel et outils indispensables. Il se posait des questions : tout ce qui lui appartenait devrait être alors partagé en trois...

Quand il avait évoqué cette possibilité devant Phrasie, celle-ci avait bondi :

— Non, mais tu n'y penses pas ! C'est toi qui as loué la ferme, les bêtes sont à toi, tout est à toi !

— C'était l'argent de ma mère...

— Et toi, tu as nourri et élevé ton frère et ta sœur pendant quatre ans. Et tu les nourris encore ! Crois-moi, tu ne leur dois rien.

Il n'avait osé protester, craignant qu'elle ne veuille plus de lui mais le remords le rongeait.

Pour le moment, il avait été décidé que Marcel et Suzanne garderaient leur petite exploitation et leurs vaches mais, quand ils ne pourraient plus l'exploiter, le tout s'ajouterait à la propriété de Pierre et constituerait la dot de Phrasie. En ajoutant les deux propriétés, cela faisait un bon nombre d'hectares de bonne terre. Pierre et Phrasie seraient non pas les plus riches de la commune – il y avait de gros propriétaires que personne ne pouvait égaler – mais tiendraient une place honorable dans ce monde rural pour lequel la surface de la terre était un repère de respectabilité... Pour Pierre, tout aurait été parfait s'il n'y avait pas eu sa sœur. François allait travailler avec lui comme le faisaient beaucoup d'autres jeunes mais que faire de Marion !... Il avait ressassé toutes les bonnes raisons qu'il avait pour dire à Marion de céder la place à Phrasie sans jamais les lui exposer. Chaque fois qu'il décidait de lui parler, comme ce matin, une boule se formait dans sa gorge et aucun mot ne pouvait sortir...

Et pourtant, la date du mariage approchait : c'était le 5 juin. Contrairement à son habitude, peut-être pour apaiser sa conscience, il avait donné à sa sœur de belles pièces pour qu'elle achète une toilette pour elle et pour François. Cette générosité avait beaucoup étonné Marion et lui avait fait craindre que ce soit la première et la dernière fois qu'elle puisse dépenser tant d'argent.

Elle était donc allée en ville avec son frère et, cette fois, c'est dans un vrai magasin qu'ils avaient choisi un costume pour François. Il était grand maintenant et il était temps qu'il ait ses propres habits sans se contenter des restes de son frère. Pour elle, elle décida de quitter complètement le deuil et s'acheta un ensemble d'un gris souris avec chapeau assorti qui fit siffler François d'admiration.

— On dirait une dame ! s'exclama-t-il en voyant sa sœur.

La noce devait avoir lieu chez les Robert. Marion se proposa pour aider aux préparatifs mais Suzanne lui dit :

— Ce n'est pas la peine de te déranger, tu as bien assez de travail. On a embauché Rosalie, elle fait toutes les noces du pays et a l'habitude. Pour servir, je demanderai aux filles Bertin, elles se feront un plaisir de venir... Mais merci quand même, ajouta-t-elle dans un sourire en dardant sur Marion ses petits yeux malins.

La jeune fille se le tint pour dit et ne s'occupa plus de rien. Sans tout à fait comprendre pourquoi, elle sentit que la mère de Phrasie ne la portait pas dans son cœur. À la maison, elle décida de faire le ménage en grand et de préparer la chambre des nouveaux époux d'une façon parfaite pour qu'il n'y ait rien à lui reprocher. Yvonne lui donna des conseils et lui proposa quelques brins de lavande à mettre dans les armoires et sur les meubles pour que la maison respire la propreté. Enfin, tout fut prêt. La veille du mariage, Phrasie vint en compagnie de Pierre visiter sa nouvelle demeure. Elle en fit le tour sans mot dire mais n'y trouva rien à reprocher ! Marion expliqua :

— Je vous cède ma chambre parce que c'est la plus grande, je prendrai celle de Pierre.

Phrasie ne répondit pas, mais eut une ébauche de sourire.

Quand, le matin du mariage, Pierre apparut tout de noir vêtu avec sa chemise d'un blanc étincelant, Marion le trouva superbe. Il avait acheté des souliers, les premiers de sa vie, ainsi que des chaussettes fines. Suivant ses conseils, Marion et François arboraient aussi les premiers souliers de leur existence. Quand ils furent prêts, ils partirent tous les trois pour la maison des Robert.

Le père et la mère, dans leurs habits de fête, servaient des boissons à tous les arrivants. Pierre refusa, Marion aussi, mais François accepta de la limonade.

Phrasie était à l'intérieur, en compagnie de sa couturière qui mettait une dernière main à sa robe. Il y avait aussi ses amies que l'on entendait rire par la fenêtre entrouverte. Les invités arrivaient peu à peu. Du côté de Pierre, il n'y avait que Rosa et sa famille, la tante Augustine avait invoqué son âge et ne venait pas. Rosa avait tenu à être présente même si elle avait beaucoup de chemin à faire. Elle n'était pas encore arrivée et Marion jetait de fréquents coups d'œil vers le chemin, tremblant qu'ils ne soient en retard. Le frère de Phrasie ne pouvait se libérer et avait envoyé un superbe service qui était exposé sur une table, à l'entrée. Quelques oncles et tantes de la mariée arrivaient à pied des villages voisins. Tout ce monde se rassemblait dans la cour en attendant la mariée. Tout à coup, une jardinière s'arrêta sur le chemin et, à la stupéfaction de Pierre et de sa famille, Fernand Bonnefoy en descendit en criant :

— Salut Pierre ! Alors, prêt à te passer la corde au cou !

Rosa et sa famille sortirent de la jardinière tout endimanchés. François courut vers Abel tandis que Marion se précipitait vers sa tante et l'embrassait en disant :

— Je ne savais pas que Bonnefoy était invité...

— Si et il nous a pris ! C'est bien commode.

— Mais il est joli ce village, reprenait Bonnefoy, il est plus grand que Nojaret !

Suzanne s'approcha de Rosa :

— Bonjour madame, vous êtes la tante de Pierre...

Elle emmena Rosa, au grand désappointement de Marion qui n'eut d'autre choix que de rester avec l'oncle Louis qui bavardait avec Pierre.

Enfin, la mariée apparut à la porte. Elle portait une robe blanche et s'était drapée d'un châle où dominaient les rouges et les verts. Tous les invités étaient maintenant présents et regardaient Phrasie qui souriait, métamorphosée dans ses habits de fête. Son père s'avança. Elle lui prit le bras et le cortège s'en alla à travers le village.

XXV

Fissures

Dès la première semaine, Phrasie fit sentir son autorité. Le lendemain du mariage qui était un dimanche, ils avaient tous été invités à aller manger chez les Robert. Il restait quelques invités, mais Bonnefoy, Rosa et sa famille étaient partis en fin de soirée au grand dam d'Abel qui serait bien resté avec François. Marion et François avaient fait la fête bien après minuit, après avoir avec plus ou moins de succès tourné des bourrées et s'être essayés à des danses inconnues pour eux.

Pour la première fois de sa vie, Marion avait profité de la noce et s'était amusée sans arrière-pensées. Elle était heureuse pour son frère et pensait que ce mariage était le signe de leur appartenance entière à la communauté villageoise.

Les premiers jours, à la maison, les deux femmes commencèrent à s'observer. D'autorité, Phrasie se mit aux fourneaux. Elle éplucha les légumes pour faire la soupe, alla chercher la salade au jardin, fit la sauce alors que Marion tournait comme un ours en cage.

Le dimanche suivant, François faisait sa première communion. Personne n'avait été invité car

Rosa et sa famille, venues pour le mariage, n'allaient pas refaire le chemin huit jours plus tard. Pourtant, Pierre et Phrasie demandèrent à Marcel et Suzanne de venir partager le dîner, prétextant qu'ainsi François se sentirait moins seul. Marion ne protesta pas mais se demanda ce que la venue de deux étrangers ou presque pourrait apporter à son frère. Celui-ci ne fit aucune remarque et la journée se passa bien. Le repas fut excellent, ainsi, tous les repas que préparait Phrasie étaient délicieux, il fallait bien en convenir : elle était un parfait cordon bleu et sa mère n'en était pas peu fière.

— Cette volaille est délicieuse, j'en ai rarement mangé de pareille, fit-elle au repas de communion.

— Pourtant, c'est vous qui m'avez donné la recette.

— Qu'est-ce que tu as mis pour qu'elle ait un tel parfum ?

— Ça, je ne vous le dirai pas, c'est mon secret et je le garde.

En disant cela, elle jeta un coup d'œil à Marion et la jeune fille comprit que c'était à elle qu'elle ne voulait pas donner le secret.

À la fin du mois, François alla passer le certificat. Mme Pageot l'avait gardé après la classe pour le faire réviser. Ils étaient quatre du village à le passer et elle ne voulait aucun échec, disait-elle. Le soir, tous rentrèrent à pied en chantant à tue-tête car les quatre avaient été reçus ! François soupira car, pour lui, l'école avait toujours été une corvée.

— Cette fois, fit-il en lançant un regard moqueur à sa sœur, je l'ai, mon certificat ! Tu ne me gronderas plus pour que je fasse mes devoirs !

— J'ai bien fait de te gronder puisque tu l'as eu. Reconnais que j'ai eu raison.

— Bon, c'est bien, conclut Pierre, mais si tu t'en sers autant que Marion ou moi, tu aurais pu t'en dispenser !

Marion serra les lèvres ; elle n'allait pas encore leur dire comme elle l'avait si souvent répété que c'était le vœu de leurs parents et qu'elle n'avait fait que le respecter.

— Moi, je ne l'ai pas le certificat, fit Phrasie, et je ne m'en porte pas plus mal.

Pierre sourit et Marion soupira. Encore heureux, se dit-elle, que le mariage ait eu lieu maintenant, sinon elle aurait été capable d'abonder dans le sens de Pierre et d'empêcher François de continuer l'école. Enfin, tout finissait bien et un des soucis de Marion s'envolait.

Les foins commençaient, le travail n'allait pas manquer. Les jours allongeaient. Dès 5 heures du matin, Pierre, la faux sur l'épaule, partait pour les prés. L'herbe brillait sous la rosée. Le soleil montait lentement à l'horizon. Ses rayons, déjà chauds, réveillaient la vie dans les champs. Tout le long du chemin chantaient les cricris. Ils se taisaient au passage du faucheur et, une fois éloigné, ils reprenaient leur chant monotone. C'était un concert ininterrompu qui se répondait d'un pré à l'autre. L'air embaumait l'aubépine et le genêt. Dans les arbres, les oiseaux s'égosillaient tandis que, dans les haies, les courses rapides des lézards cachaient la longue ondulation d'une couleuvre paresseuse qui glissait en silence sur le tronc lisse d'un saule.

Insensible à cette poésie, Pierre fauchait l'herbe fleurie, la disposait en andains et attendait avec impatience qu'arrive l'heure du déjeuner. Vers 9 heures, Marion arrivait avec la soupe, un œuf dur, un morceau de lard, du fromage et une chopine de vin. L'homme s'asseyait et mangeait lentement tout en jetant de fréquents regards vers le pré qui semblait le narguer.

Sa sœur parlait à peine plus que lui. Elle avait déjà fait la traite du matin, s'était occupée des volailles et avait parfois arrosé le jardin, travail que Phrasie lui laissait volontiers, se contentant de la cuisine et du ménage.

Bien sûr, la jeune fille avait beaucoup moins de travail qu'avant mais elle se sentait dépossédée, elle se sentait rejetée… Si encore elle avait eu une réelle intimité avec sa belle-sœur, elle lui aurait cédé toutes ces corvées de bon cœur mais ce n'était pas le cas. La jeune femme ne consentait à être aimable et souriante qu'à l'arrivée de Pierre ; le reste du temps, elle ne parlait guère si ce n'était que pour faire des remarques acerbes : « Ces torchons sont tous tachés ! » ou « Il n'y a rien dans cette maison… » Marion ne réagissait pas mais se sentait piquée au vif.

Après les foins vinrent les moissons et le travail harassant recommença. Dès l'aube, Pierre et François partaient dans les champs, la faucille au bras. Arrivés sur les lieux, ils moissonnaient,

moissonnaient à s'en scier les reins. Marion leur apportait le déjeuner et moissonnait aussi ou bien liait les gerbes. Marcel apparaissait au milieu de la matinée et y allait de son coup de faucille mais il ne pouvait soutenir le rythme des autres. Pierre avait vu grand. Il avait défriché des champs que son prédécesseur avait laissés à l'abandon et, aujourd'hui, ils étaient débordés : les blés mûrissaient et ils ne pourraient en venir à bout à temps !... Un soir où Pierre se lamentait disant qu'il faudrait mettre les bouchées doubles et qu'il n'était pas sûr d'y arriver, Marion proposa :

— Pourquoi ne pas prendre des moissonneurs ?

Son frère la regarda et Phrasie leva les bras au ciel :

— Et comment les payerons-nous ?

— La récolte sera bonne, on pourra récupérer notre argent.

Le silence seul lui répondit. Ils continuèrent à moissonner seuls et arrivèrent épuisés quand tout fut terminé. C'est alors que commencèrent les battages... Ce travail-là commençait aussi à l'aube et se terminait alors que les étoiles s'allumaient dans le ciel.

Cette année, le soleil brilla sans arrêt, ce qui facilita les *caoucades*[1] mais jaunit les herbes et amassa la poussière sur les chemins. Dans les crépuscules mauves, quand le ciel, après être passé du rouge au bleu puis au noir, devenait d'une couleur indéfinie et apportait un soupçon de fraîcheur, Marion s'asseyait parfois au fond de l'escalier et

1. Caoucade : *dépiquage des gerbes sur l'aire.*

écoutait mourir le jour... Le silence n'était troublé que par l'aboiement d'un chien dans le lointain, le grincement des roues d'un char sur le chemin ou le meuglement d'une vache attardée.

Quand Phrasie la surprenait ainsi, elle sortait, lui portait la seille et disait :

— Tu n'as pas encore fait la traite, ce soir !

Elle posait la seille près de la jeune fille et s'éloignait très digne. Quelquefois, François se rebiffait à sa place :

— Tu es fatiguée, pourquoi n'y va-t-elle pas, elle ? Elle nous aide jamais dehors !

Marion ne répondait pas et s'en allait vers l'étable. Elle trouvait finalement qu'elle avait plus de travail que lorsque sa belle-sœur n'était pas là... Il est vrai qu'ils avaient des vaches et des brebis en plus depuis le mariage de Pierre et qu'il fallait s'occuper de tous ces animaux.

Enfin arriva septembre et la jeune fille respira : les gros travaux étaient terminés ; elle pourrait souffler à la maison. Pierre et François se chargeaient, tous les deux, des fagots et du regain...

C'est à ce moment-là que Phrasie annonça sa grossesse. Depuis quelque temps, elle avait des nausées tous les matins et restait au lit. Marion devait préparer le déjeuner comme autrefois. Suzanne Robert arrivait tous les jours en fin de matinée pour aider sa fille à préparer le repas qu'elle et Marcel partageaient avec eux. Après le repas, elle dorlotait sa fille pendant que Marion faisait la vaisselle et mettait un peu d'ordre dans la cuisine sous le regard suspicieux de la vieille.

Peu à peu, Phrasie se sentit mieux et put reprendre ses activités. Marion s'occupa du jardin qu'elle avait un peu délaissé pendant les gros travaux, fit quelques conserves et se lança dans la grande lessive de fin d'été. Phrasie tint à l'aider mais, au bout d'une heure, elle se sentit mal et fut obligée de s'arrêter. La jeune fille continua donc seule une lessive qui dura plusieurs jours. Entre le linge à frotter, à faire bouillir et à aller rincer à la rivière, elle y passa une semaine entière. Mais elle était très fière d'admirer les draps blancs comme neige se balancer sur l'étendoir du jardin.

Le ramassage des fruits et le gaulage des noix terminèrent pour elle les travaux à l'extérieur, les labours d'automne étant l'affaire des hommes et elle put, enfin, prendre son temps... Elle le passait à la maison en compagnie de Phrasie et de sa mère qui cousait la layette du bébé.

Marcel, qui travaillait l'osier comme personne, était en train de confectionner un berceau qui devait abriter le premier Roman de la nouvelle génération. Phrasie avait acheté une cretonne fleurie pour le décorer et les deux femmes travaillaient sans relâche. La mère, plus experte, attachait le tissu autour du berceau en ajoutant des ruchers et des volants. Phrasie se contentait d'ourler des draps et d'ajuster de petites chemises. Quant à Marion, on lui avait confié la réalisation de petites chaussettes aux aiguilles. La laine en était blanche et d'une finesse comme elle n'en avait jamais vue ; elle tremblait de gâcher une si belle marchandise. Mais elle avait fait des progrès depuis le temps où elle apprenait avec Marie-Rose et son travail avançait même si elle n'était pas aussi habile que beaucoup de femmes du village.

Le temps passait. L'hiver avait remplacé l'automne et l'on se dirigeait lentement vers Noël. La naissance était attendue pour avril mais le trousseau du bébé devait être prêt en février disait Suzanne car, à sept mois, bien des prématurés arrivaient et cela ne les empêchait pas de devenir des hommes forts ou de belles filles...

Souvent, en cousant, les femmes discutaient du prénom à donner au bébé ou Suzanne racontait des accouchements exceptionnels qu'elle avait été amenée à pratiquer. Phrasie ne voulait pas que son enfant dorme longtemps dans un berceau et elle avait prévu un petit lit pour lui. François, qui travaillait toujours le bois, se proposa, guidé par Marcel, de le faire. Pour l'occasion, Pierre sortit les anciens outils de leur père et Marcel y joignit les siens. Les deux hommes se mirent au travail pendant les longues journées d'hiver.

— Ça te plaît mieux que l'école, lui fit remarquer Marion en riant.

— Oh, répliqua Suzanne, ça lui servira plus que les stupidités qu'on apprend à l'école.

— C'est pas des stupidités ! réagit vivement Marion.

— Peux-tu me dire à quoi ça sert tout ce que tu as appris ?

— Il faut savoir lire et écrire dans la vie.

— On vit bien sans ça, répliqua la vieille, vexée. Pour une femme, surtout, il vaut mieux savoir cuisiner et tenir sa maison que lire des romans...

Les prénoms furent enfin choisis : Élie pour un garçon et Justine pour une fille. François s'acquitta à merveille de son travail et fut félicité par Marcel qui lui trouvait des dispositions pour le travail de menuiserie. Le lit n'était certes pas parfait mais il y avait mis tout son cœur. Il avait sculpté un bouquet de fleurs du plus bel effet. Même Suzanne n'y trouva rien à redire.

— Où va-t-on le mettre ? se plaignit Phrasie. La chambre va être pleine !

— Pour le moment, on le laisse à la grange, après on avisera…

Marion ne dit rien mais se demanda lequel des deux devrait céder sa chambre : François ou elle ?…

XXVI

Vers une nouvelle vie

Un petit Élie naquit le 25 avril, à la grande joie de Pierre qui désirait un garçon. Tout se passa bien, Suzanne assista sa fille et, bientôt, tout redevint comme avant. Malgré la naissance de son fils, Phrasie ne relâcha aucune de ses prérogatives. Elle se remit aux fourneaux une semaine après l'accouchement et s'en fut s'occuper de la maison le plus tôt possible. Elle avait demandé à Léa Maury, une de ses anciennes amies qui avait épousé Jean Rabier et habitait la grande ferme des Ormes, de lui vendre quelques œufs de dinde. Elle les avait fait couver par deux poules et n'était pas peu fière d'avoir réussi à sauver neuf poussins. L'élevage des dindonneaux était réputé difficile et délicat et pourtant les rescapés se portaient bien. Elle avait aussi songé à faire venir des oies mais Pierre modéra ses désirs en disant que, pour cette année, les dindons suffiraient. On verrait l'an prochain.

Marion était devenue la servante, ne s'occupant que de ce que sa belle-sœur ne voulait pas faire. Les gros travaux et les moissons, comme l'année précédente, ne lui permirent pas de souffler une minute bien que, cette année-là, Pierre eût embauché des moissonneurs. Parmi eux, il y avait un nommé Félix, originaire du causse, qui ne cessait de jeter de fréquents coups d'œil à la jeune fille. Elle ne le trouvait pas particulièrement séduisant mais il la troublait quand même et les remarques moqueuses de François qui avait surpris le manège du jeune homme avaient le don de l'exaspérer. Mais les moissons se terminèrent et Félix disparut à la joie et au regret de Marion…

Et l'automne arriva. La ferme avait prospéré. Le troupeau de vaches et celui des brebis étaient parmi les plus importants du village et Pierre n'avait pas voulu confier son troupeau de brebis au berger du village, disant qu'il avait plus d'herbe que beaucoup d'autres et pouvait nourrir son troupeau tout seul.

— Il faudra louer un berger, lui dit Phrasie, ou prendre quelqu'un qui t'aidera pendant l'agnelage.

Il ne répondit pas. Certes, il y pensait aussi mais songeait à la dépense.

Élie grandissait. C'était un bébé très sage qui souriait volontiers. Marion l'adorait. C'est à elle qu'il réservait ses plus beaux sourires et ses gazouillements. Il est vrai que sa mère était souvent occupée et Marion lui donnait alors ses biberons, le changeait et lavait son linge. François s'amusait aussi avec son neveu. Il faisait des pirouettes devant lui, intriguant le bébé et même le faisant rire aux éclats…

Depuis quelque temps, Phrasie et sa mère discutaient du petit qui grandissait et qu'il ne faudrait pas laisser dans la chambre des parents... Au début, Marion n'avait prêté qu'une oreille distraite à leurs propos. Mais elle avait remarqué leurs sourires entendus et ils finirent par l'exaspérer.

Un jour, Phrasie lui annonça qu'elle était à nouveau enceinte et voulait mettre le petit lit d'Élie dans sa chambre. La jeune fille n'y vit pas d'inconvénient et ne dit rien.

Ils allèrent tous à la foire de Toussaint, laissant Élie à la garde de sa grand-mère. Marion aurait bien voulu avoir quelques sous pour s'acheter un ou deux colifichets et elle en parla à Pierre alors qu'ils étaient tous les deux à l'étable. Celui-ci lui promit quelque argent et sortit. Quand la jeune fille remonta, Phrasie l'attendait :

— Tu veux des sous, paraît-il ?

— Oui. Comme on va à la foire, j'aurais pu acheter quelque chose...

— Tu sais que les affaires ne marchent pas fort, que nous avons un enfant et que nous en attendons un autre ?

Comme Marion ne répondait pas, sa belle-sœur déclara :

— On n'a pas d'argent à jeter par les fenêtres !

— Mais je travaille, je ne demande pas l'aumône.

— Et nous on te nourrit !

— Si vous aviez un journalier, l'été, il vous faudrait bien le payer.

— Pierre et François y arriveraient seuls.

— Et François ? Lui aussi mérite un salaire.

— François est un homme, ce n'est pas pareil.

— Moi, je suis la servante ; je dois avoir un salaire de servante…

Elle aurait pleuré de devoir mendier quatre sous alors qu'elle considérait qu'elle les avait bien gagnés et que, malgré les dires de Phrasie, son frère et sa belle-sœur n'étaient pas malheureux… Pierre arriva sur ces dernières paroles et lui tendit quelques pièces sans mot dire. Marion, encore sous le coup de la colère, se rebiffa :

— J'espère que tu as donné quelque chose à François.

— T'occupe pas de ça, François et moi, on s'entend bien.

Elle partit dans sa chambre et compta les quelques misérables pièces qu'elle avait dans la main. Elle soupira : ce n'était pas avec ça qu'elle pourrait faire des folies. Elle partit à la recherche de son frère et le trouva en train de soigner ses lapins. Il en avait beaucoup et améliorait souvent l'ordinaire de la ferme. Voyant sa sœur arriver, il lui dit :

— Il faudra en manger quelques-uns ; l'hiver approche et je n'aurai bientôt plus d'herbe. Pierre n'aime pas trop que je prenne du foin ou des fagots.

Elle ne répondit pas, le regarda un moment puis demanda :

— Pierre t'a donné des sous pour faire la foire ?

Il s'arrêta de soigner les bêtes et la regarda :

— Non. Je ne lui ai rien demandé…

Marion pensa aux pièces d'or qu'elle gardait cachées quelque part dans sa chambre : François croyait qu'il n'y en avait que deux ; il ignorait qu'elle en avait pris deux dans le trésor de sa mère... Elle en avait eu beaucoup de remords, se disant qu'elle était une voleuse mais, aujourd'hui, elle ne regrettait rien.

— Tu veux la pièce de tante Reine ? demanda-t-elle.

— Non. Je n'ai rien à acheter. Si je vois quelque chose qui me plaît, je demanderai à Pierre... Garde-la, reprit-il, un jour, si j'en ai besoin, je te la demanderai.

Marion revint lentement vers la maison et alla se changer pour partir à la foire. En passant devant Marcel et Suzanne, les jeunes parents déposèrent Élie qui faisait des sourires à tous. La montée du causse fut silencieuse. Phrasie et Pierre ne desserraient pas les dents. Seul François égayait l'atmosphère en babillant sans cesse pour un oui ou pour un non... Les Durand de Brenoux les rencontrèrent, en haut de la montée, et ils engagèrent la conversation. Alice Durand avait été à l'école avec Phrasie et elles se connaissaient bien. Elles parlèrent enfants et travail. Marion écouta sans participer à la conversation. Au milieu du causse, ils admirèrent un gros troupeau que gardait un berger bien abrité sous sa cape verte.

— Ah, c'est toi, Martial, vieux brigand, fit Durand en tapant sur l'épaule du berger.

— Arsène !... Viens ici que je te montre que j'ai pas perdu mes forces... Tu veux que nous nous battions comme quand nous étions jeunes ?...

— Dieu m'en préserve !... Tu serais capable de me briser les os avec tes mains comme des battoirs ! Tu ne viens pas à la foire ?

— Pour quoi faire ? J'ai pas de temps à perdre pour écouter ces maquignons qui mentent comme des voleurs.

— Et ton maître ? Qu'est-ce qu'il devient ?

— Tu le verras à la foire ; tu le lui demanderas.

Sur ces paroles, le berger leur tourna le dos, siffla son chien et se dirigea vers son troupeau.

— Elles sont belles ces brebis, constata Pierre.

— C'est le troupeau de la Farelle, une ferme située un peu plus haut sur le causse.

— Elle est grande, cette ferme ?

— Oh oui. Une des plus grandes du pays mais je crois qu'ils ont des problèmes. Vous avez vu, quand je lui ai parlé de son maître, il n'a pas voulu répondre.

— Qu'est-ce qu'il a son maître ?

— Il est veuf et on dit que sa mère perd la tête. Il y a quelques années tout leur souriait et puis il s'est passé des histoires… Des deux frères, l'un est parti ; les deux femmes sont mortes et, depuis, il se chuchote que tout ne marche pas rond, là-haut… Dame, une maison sans femmes !

Ils arrivaient vers le milieu du causse quand Durand s'arrêta, pointa sa canne vers un point à l'est et s'écria :

— Tenez, regardez là-bas, vous voyez des bâtiments : c'est la Farelle.

Marion scruta l'horizon et aperçut vaguement quelques hauts murs perdus dans la brume qui lui parurent bien rébarbatifs.

Le trajet continua et, quand ils arrivèrent à Mende, la foire battait son plein.

Phrasie, donnant le bras à Pierre, s'éloigna laissant Marion et François se débrouiller seuls. Pierre se retourna et leur cria :

— À midi, au foirail !

— Encore heureux, bougonna Marion en les regardant disparaître.

François ne tarda pas à retrouver des copains et partit avec eux. La jeune fille se retrouva seule. Elle fit le tour des camelots qui, comme toujours, vantaient leur marchandise. Elle ne connaissait personne et le temps lui parut long. Elle errait sans but, déambulant parmi les marchands quand elle s'entendit appeler. Elle pensa tout de suite à sa tante Rosa mais découvrit Marie-Rose et ses deux fillettes.

— Qu'est-ce que tu fais, toute seule ? lui demanda son amie.

— Chacun est parti de son côté et moi, je fais la foire…

— Alors viens m'aider à choisir des manteaux pour les petites. Elles ont tellement grandi qu'il me faut toujours changer de vêtements. Et comme elles sont quasi de la même taille, les habits de la grande ne passent pas à la petite.

Elles firent plusieurs fois le tour des marchands avant de trouver ce qu'elles cherchaient. Les fillettes, toutes fières de leurs manteaux, voulurent les garder sur elles. Elles passèrent les premières, attentives à leur démarche pour bien montrer qu'elles étaient des demoiselles. Marie-Rose et Marion les suivaient en souriant. Au coin d'une rue, elles rencontrèrent leur père qui s'écria en les voyant :

— Bon Dieu, mais ce n'est pas possible ! J'ai bien failli ne pas vous reconnaître... Vous êtes habillées comme des reines.

Les petites furent encore plus fières tandis que Marie-Rose et Marion riaient de bon cœur.

— Allons, dit le père, on va fêter ça ! Je vous invite.

On se retrouva au café où Marion goûta un breuvage noir un peu amer, qu'elle apprécia pourtant.

— Qu'est-ce que c'est ? demanda-t-elle à Marie-Rose.

— Ne me dis pas que tu n'as jamais goûté de café ?

— Non, c'est la première fois.

Elle les quitta ; l'heure avançait. Elle retrouva ses frères et Phrasie pour le repas de midi.

Le soir, Marion et François repartirent par le causse alors que Pierre et Phrasie montaient dans la jardinière des époux Rabier. Quand ils arrivèrent dans la cour, l'attelage des Rabier était toujours là. Marion et François trouvèrent leur frère et leur belle-sœur en grande conversation avec ces gros fermiers dont Yvonne avait parlé à Marion mais elle ne se rappelait plus en quelle occasion.

Ils étaient tous attablés devant un verre de vin et parlaient avec beaucoup d'animation.

— Tiens, fit Phrasie en se tournant vers Marion, on parlait justement de toi. Ça te dirait d'aller comme servante à la Farelle ? Il paraît qu'ils cherchent une personne de confiance et Léa a pensé à toi.

Phrasie s'exprimait d'une voix doucereuse et paraissait jubiler intérieurement. Tous les griefs de Marion lui revinrent en mémoire : sa belle-sœur voulait l'écarter. Elle lui avait pris sa place, elle empiétait sur sa chambre, ne la payait pas mais cela ne lui suffisait pas : elle voulait l'évincer totalement. Marion voyait clair dans son jeu... Eh bien, se dit-elle, je serai aussi bien chez des étrangers que dans ma propre famille ; au moins, j'aurai un salaire... Elle songea aux quatre sous qu'on lui avait donné, le matin, comme on fait la charité : elle n'y avait pas touché... Elle n'hésita pas, releva la tête et fixant sa belle-sœur dans les yeux, demanda :

— C'est où qu'ils demandent une servante ?

François bondit, prêt à pleurer :

— Mais tu ne vas pas y aller, Marion !

— Et pourquoi pas ? dit-elle alors qu'elle aussi avait envie de pleurer à l'idée de laisser son frère.

— C'est la ferme de la Farelle, sur le causse, celle que nous avons aperçue ce matin.

Marion revit de hautes murailles dans la brume et un horizon sans limites...

— C'est un cousin à moi qui y habite, reprit Mme Rabier. Sa mère tenait la maison jusqu'à aujourd'hui parce qu'il est veuf, mais elle devient vieille et n'y arrive plus. Une servante serait la bienvenue. Il me disait, la semaine dernière, qu'il cherchait une fille honnête et sérieuse pour s'occuper de la maison. J'en ai parlé à Phrasie et c'est elle qui m'a parlé de vous.

Marion ne répondit pas. Trop émue pour parler, elle réalisait seulement maintenant qu'elle allait quitter ses frères pour aller chez des étrangers. Il lui semblait entendre tante Reine lui raconter des histoires sur les mauvais patrons... Ils étaient tous là qui la regardaient, attendant sa décision. Elle se tourna vers Pierre comme s'il devait lui dicter sa conduite, mais son frère regardait au loin comme si cette affaire ne le concernait pas. Par contre, François jetait à sa sœur des regards désespérés. Elle n'osa affronter son regard et répondit :

— C'est d'accord. Si votre cousin veut de moi, je deviendrai servante.

XXVII

Le départ

Son baluchon pendu au bout d'un bâton, Marion avait pris le chemin du causse. Tout en montant, elle revivait son départ. Le déjeuner s'était déroulé en silence. La dernière bouchée avalée, Pierre était parti sans un mot vers quelques occupations pressantes et Phrasie avait emporté Élie dans sa chambre où on les entendait rire tous les deux. Seul François était resté à regarder sa sœur sans prononcer une parole. Marion le sentait perdu, désemparé. Ils ne s'étaient jamais quittés et le jeune garçon avait du mal à comprendre le pourquoi de son départ. Il n'avait pas remarqué les vexations dont elle avait été victime et ne voyait vraiment pas pourquoi elle allait faire la servante chez des étrangers alors qu'elle était si utile, ici, à la ferme !... Il le lui avait dit et répété depuis qu'elle avait pris sa décision et tout ce qu'elle avait pu lui rétorquer ne l'avait pas convaincu. Quand elle se leva de table, il soupira :

— Qu'est-ce que je vais devenir sans toi ?

— Tu vas travailler avec Pierre, comme tu as toujours rêvé. Je ne suis pas loin, tu pourras venir me voir.

— Mais ça ne sera pas pareil !

— Écoute François, tu vas grandir. Tu n'as plus besoin de moi comme lorsque tu étais petit…

François se mit à pleurer. Des larmes qu'il ne pouvait retenir tombaient sur ses mains écartées. Cette douleur muette qui l'humiliait le faisait redevenir le petit garçon sur lequel Marion n'avait cessé de veiller et brisait le cœur de sa sœur déjà crucifié par son départ.

Elle monta dans sa chambre chercher son baluchon qui contenait tout ce qu'elle possédait, puis elle serra contre elle le sac à main de sa mère qui contenait la montre de Clément et les quatre pièces d'or. Avant de sortir, elle se retourna vers François.

— Tu sais que j'ai deux pièces pour toi. Tu veux que je te les donne ?

Le garçon ne remarqua pas le nombre mais répondit en se frottant le visage :

— Garde-les ; si j'en ai besoin, je viendrai te les demander.

Marion n'insista pas. Elle alla embrasser François, chose qu'elle ne faisait jamais, et le serra contre elle, ce qui fit redoubler les larmes de son frère puis, sans se retourner, elle prit la route du causse.

En passant, elle alla dire au revoir à Yvonne pour la remercier ; grâce à elle, elle avait une garde-robe convenable. Yvonne, qui avait pris l'habitude de recevoir ses visites, fut consternée :

— Mais pourquoi tu pars ? Il n'y a pas assez de travail à la ferme ?

— Je ne peux pas vivre toujours aux crochets de mon frère ; il me faut bien gagner ma vie.

Après une brève embrassade, elle attaqua la montée qui devait la mener jusqu'au causse, puis vers cette ferme de la Farelle qu'elle avait aperçue dix jours auparavant.

Léa Rabier avait été vite en besogne. Elle avait contacté son cousin Alexandre Lacoste et, huit jours après, avait apporté la réponse. Alexandre était ravi qu'elle ait trouvé une personne de confiance et l'attendait dans la semaine. François avait été stupéfait, Pierre indifférent et Phrasie avait conclu avec un sourire cruel en se tournant vers Marion :

— C'est la meilleure chose que tu puisses faire : là-haut, ce sera une bonne place.

Marion n'avait pas répondu. Au fond de son cœur, elle regrettait presque sa décision mais elle n'allait pas renoncer maintenant !... Elle crâna et ajusta sur son visage un sourire forcé qui se serait terminé par un sanglot si elle n'avait pas mis toute sa fierté à rester impassible.

Maintenant sur la route du départ, alors qu'elle revivait tous ces moments, elle pleurait sans aucune retenue, certaine que personne ne pourrait la voir. Elle se disait qu'elle était seule et bien seule. Ce matin, François pleurait mais il était jeune et ne tarderait pas à l'oublier... Quant à Pierre, il ne pensait qu'à sa femme, sa ferme et son argent... Marie-Rose et Yvonne ? Après un instant de cafard, elles ne penseraient plus à elle...

Elle avançait péniblement, trébuchant sur les cailloux du chemin. Ses sabots heurtaient les rochers qui affleuraient du sol et elle risquait, à tout moment, de se tordre la cheville.

— Je serais bien, tiens, s'il m'arrivait quelque chose, dit-elle tout haut, on me retrouverait que samedi, en allant au marché !...

Son baluchon, qui n'était pourtant pas très lourd, pesait sur son épaule et elle sentait ses forces l'abandonner. Cette côte, elle l'avait montée plusieurs fois et jamais elle ne l'avait trouvée si rude qu'aujourd'hui. Elle décida de s'asseoir sur un rocher et de contempler, une dernière fois, la vallée qui l'avait adoptée et où elle aurait pu vivre heureuse si... Si quoi ? Si son frère ne s'était pas marié ? Mais c'était le cours de la vie !... S'il avait épousé quelqu'un d'autre ? Peut-être, mais pas sûr. Maintenant, elle était une intruse dans son propre foyer... Pourvu que François y soit heureux !...

Elle se rappela Nojaret et se demanda lequel de ces villages elle préférait : Nojaret ou Blachères ? Elle fut incapable de répondre à cette question.

Les yeux perdus dans la vallée qui offrait à son regard les couleurs d'un automne superbe que le froid et les gelées n'avaient pas encore effacées, elle rêva à une vie tranquille dans un des deux villages qu'elle aimait... Elle chercha des yeux les champs et les prés où elle avait travaillé avec Pierre pour que cette ferme qu'ils avaient tant désirée devienne un foyer tranquille où il ferait bon vivre. Oh, certes, ils avaient réussi !... Elle se rappela la pauvreté de la première année quand ils manquaient de tout et ne survivaient que grâce à la solidarité des villageois qui, sans ostentation, les avaient aidés à sortir de cette mauvaise passe... Et puis, après la première récolte, tout était devenu plus facile. Avec le cochon, la basse-cour et les lapins de François, ils étaient à l'abri du besoin sans parler du pain en abondance, des pommes de terre qui ne manquaient pas et des légumes du jardin qui, tout l'été, avaient rempli leurs écuelles. Elle soupira. Dire qu'ils auraient pu être si heureux...

Elle se secoua. À quoi bon ressasser toujours les mêmes souvenirs ! Elle avait quitté tout cela ; c'était fini, il ne fallait plus y penser... Il fallait se faire à sa situation de servante alors qu'elle avait été la patronne chez elle pendant cinq ans.

Les propos de la tante Reine qui l'avaient tant choquée autrefois se présentaient sans cesse à sa mémoire : « Il te faudra travailler dur, encore heureux que le patron ne t'oblige pas à coucher avec lui ! » À l'époque, cette perspective l'avait épouvantée ; aujourd'hui, elle avait vieilli, appris bien des choses et se disait que les patrons ne couchaient qu'avec des filles consentantes. Si ce problème se présentait, elle saurait se défendre comme elle l'avait toujours fait.

Pourtant, au fond de son cœur, une peur sournoise se tapissait et elle se demandait quelles sortes de problèmes l'attendaient là-haut dans cette ferme inconnue paraissant ressembler à une prison...

La matinée était splendide ; le soleil, qui avait longtemps hésité à sortir de sa couverture de brume, l'avait finalement écartée et se pavanait dans un ciel qui se colorait de bleu alors que de longues écharpes vaporeuses disparaissaient comme sous l'effet d'une baguette magique. Les oiseaux se réveillaient, lissaient leurs plumes et commençaient à jeter leurs notes matinales à tout-va. La beauté de la nature, dont Marion s'imprégnait sans s'en rendre compte, avait calmé sa peine. Son cœur endolori s'était assoupi. Ses yeux se remplissaient de ce paysage automnal, de ces érables rouges qui mettaient une tache de sang dans les haies et des longs cierges jaunes des peupliers debout comme à la parade, le long de la Nize dont le serpent argenté ondulait au fond de la vallée. Le petit bois de chênes où elle avait souvent cherché des champignons avait pris des teintes de cuivre sombre et paraissait tout petit vu de si haut.

Dans l'air calme, les bruits s'amplifiaient. Elle entendait les cris de Durand qui, en face, labourait un champ, des coquericos rauques montaient du village… Elle voyait la fumée bleue s'élever des cheminées. Elle se laissait bercer par ces bruits familiers en contemplant le paysage aux couleurs douces et au charme discret…

Et puis elle entendit la cloche de Blachères égrener huit coups. Elle se leva en hâte : « Mais qu'est-ce que je fais là, à rêvasser, se dit-elle, c'est bien la première fois que cela m'arrive ? »

Elle partit d'un bond, honteuse de se reposer alors que les autres travaillaient, et puis elle se rappela : elle n'était pas pressée ; personne ne l'attendait… Elle reprit son baluchon et se mit en route sans enthousiasme. Quand elle arriva tout en haut, elle distingua le chemin de Nojaret qui courait entre deux rangées de hêtres roussis par l'automne. Elle pensa à Rosa qu'elle n'avait pas vue depuis longtemps... Et si elle allait à Nojaret au lieu de monter vers cette ferme qu'elle ne connaissait pas et qui lui faisait peur ?... Elle passerait la journée avec sa tante et demain ça serait bien assez tôt pour rencontrer un maître qui ne lui laisserait pas une minute de repos... La tentation était grande mais Marion, malgré son désir de s'échapper, était trop consciencieuse pour s'écarter de son chemin. Elle lança un regard d'envie à ce sentier qui partait vers son village natal et lui tourna franchement le dos pour s'en aller vers la Farelle. Maintenant, le chemin était large, les cailloux avaient disparu et elle avançait sur la terre battue que recouvrait un tapis de feuilles mortes. Le long du chemin, les frênes dépouillés gardaient encore, au bout de leurs branches, quelques longues feuilles comme les ailes d'un oiseau prêt à s'envoler. Un troupeau de brebis qu'elle devina avant de le voir au son de ses clochettes cristallines broutait sous la conduite d'un berger courbé sous sa cape. Ses deux chiens, voyant venir Marion, se mirent à aboyer et à bondir vers elle pour s'arrêter à deux pas en la regardant d'un œil méfiant. Alerté par les chiens, le berger s'approcha. Il était encore plus vieux que ce qu'elle avait cru et lui dit :

— Tu t'es perdue, fillette, toute seule sur le causse ?

— Je vais à la Farelle. Je suis la nouvelle servante.

— Tiens, ils ont loué une servante ? On n'en savait rien.

— Vous êtes le berger de la Farelle ?

L'homme se mit à rire :

— Oh non ! Moi, je suis de Chapieu. À la Farelle, le berger est encore plus vieux que moi. Alors, tu vas y faire la servante ? Oh, tu auras bien du travail. La vieille Fanny ne peut plus faire face à tous ces hommes.

— Qui est Fanny ?

— Fanny Lacoste, c'est la patronne.

— Je croyais qu'elle était morte.

— Fanny ? Jamais de la vie !... Elle a toujours bon pied bon œil, même si elle n'est pas aussi alerte qu'autrefois. Enfin, termina-t-il, je crois pas que ce soit une mauvaise place. Si tu es pas fainéante, tu t'y feras...

Il l'abandonna pour partir vers son troupeau suivi de ses chiens. Marion continua sa route, se demandant pourquoi Léa Rabier avait dit que le patron était veuf alors qu'il y avait une patronne : Fanny. Elle haussa les épaules et pressa le pas. Elle approchait. Le soleil montait à l'horizon et de petits nuages blancs venaient batifoler à ses côtés comme un troupeau d'agneaux joueurs. Son bagage pesait sur ses épaules et il lui tardait d'arriver. Elle pressa le pas. À travers une trouée d'arbres, à quelques centaines de mètres, elle aperçut enfin une grande ferme et elle sut qu'elle était arrivée...

XXVIII

Fanny

La ferme paraissait belle, plus belle que toutes celles que Marion avait connues. Elle avait de larges escaliers qui montaient à droite et à gauche jusqu'à un perron majestueux où s'entassait un bric-à-brac de corbeilles, de marmites et d'ustensiles divers qui en dénaturaient la beauté. Le toit de tuiles brillait au soleil et trois fenêtres s'avançaient en chien-assis donnant un cachet spécial au bâtiment. Des fenêtres en haut, à droite, à gauche... Jamais elle n'en avait tant vu. Bergeries, écuries ou étables étaient situées au rez-de-chaussée alors que les deux ailes qui entouraient le corps du logis, au-dessus de deux immenses hangars, devaient être des granges. Une énorme citerne ronde formait une tour d'angle et un bûcher lui faisait face. Le portail était grand ouvert comme pour l'inviter à entrer et Marion, contente que ce voyage qui lui avait paru si long soit terminé, pénétra dans la cour d'un pas décidé.

Le soleil illuminait la façade construite avec des pierres ocre qui prenaient des reflets d'or dans la douce lumière de ce jour d'automne. La jeune fille monta l'escalier et frappa à la porte.

— Entrez ! cria une voix.

Elle ouvrit et se trouva dans une immense cuisine au plafond noirci par la fumée et au sol dallé de larges pierres bleues. Un feu d'enfer brûlait dans la cheminée et, à la grande table qui était reliée au mur, se tenait une femme aux cheveux blancs qui épluchait des pommes de terre.

— Bonjour, fit Marion, je suis la nouvelle servante.

Elle pensait que cette femme était l'ancienne servante qu'elle devait remplacer et s'attendait à ce qu'elle ne la voie pas arriver avec plaisir. La femme leva les yeux, la regarda et l'avertit :

— C'est pas la peine de rentrer, je n'achète jamais à des caraques.

— Je ne vends rien. Je suis la nouvelle servante.

— C'est pas la peine d'insister, c'est non. Allez-vous-en !

Marion pensa que la vieille était sourde et s'avança.

— Asseyez-vous, fit la femme contre toute logique. Vous voyez, je prépare la soupe. Je la fais tous les jours : pommes de terre, poireaux, raves, choux, ça dépend... Aujourd'hui, c'est du chou. Mais qu'est-ce que vous venez faire ici ? Je ne vous ai jamais vue.

— Je suis la nouvelle servante.

— Non, des servantes on en a plus. Il y a longtemps, c'était du temps d'Isabeau, mais après qu'ils sont partis : plus de servantes ! Vous vous rappelez Isabeau ?

Elle observa Marion attentivement :

— Mais tu y étais, toi aussi, je me rappelle, tu l'avais aidée...

De plus en plus étonnée, Marion ne savait que penser. Elle restait là, les bras ballants, son baluchon posé à ses pieds... Elle regardait la femme qui poussa un soupir et reprit son épluchage sans plus se soucier d'elle. La jeune fille en profita pour examiner la pièce qui n'était pas d'une propreté minutieuse. Des araignées avaient tissé leurs toiles dans tous les coins et les cuillers d'étain qui ornaient l'immense buffet avaient une couleur bien terne. Les chaises, alignées le long du mur, semblaient fatiguées et les rideaux des fenêtres auraient eu besoin d'un bon lavage. Une porte était ouverte et on apercevait deux grands seaux d'eau posés sous l'évier de pierre qui tenait une grande place sous une fenêtre haute et à petits carreaux. La jeune fille pensa que ce devait être la souillarde.

La vieille avait vidé les légumes dans une marmite toute noire qui pendait à la crémaillère. Elle sortit par une porte que Marion n'avait pas remarquée et revint en portant une énorme tranche de lard qu'elle jeta dans la marmite, l'accompagnant d'une poignée de sel.

Elle ne s'occupait pas plus d'elle que si elle eut été un petit chien.

— Vous êtes la servante ? demanda Marion pour rompre le silence.

— Non, on n'a plus de servante. Il y avait Alexandre et Hubert mais Isabeau est plus là...

Le langage décousu de la vieille intriguait la jeune fille. Elle ne comprenait rien à ce charabia. Elle tenta pourtant :

— Où est le patron ?

— Mon mari ? Mais il est mort, il y a longtemps !... C'est moi qui gouverne ici. Toi, tu n'es que la femme d'Alexandre. Il y a longtemps que je t'avais pas vue. Pourquoi tu étais partie ?

Ce n'était pas possible ! Cette femme avait l'esprit dérangé... Elle avait dû se tromper ; elle n'était pas à la Farelle mais sur une autre des fermes du causse. Elle se leva pour partir, mais la vieille la fit asseoir en disant :

— Ça va être l'heure de manger la soupe. Nous dînerons toutes les deux. Les autres mangeront quand ils voudront.

Elle alla vers le buffet et sortit deux écuelles.

— Mais la soupe n'est pas cuite, ne put s'empêcher de dire Marion, vous venez de la mettre.

La vieille femme la fixa de ses petits yeux bleus de ciel qui lui donnaient un air égaré :

— Mais c'est toi, Marianne !... Je t'avais pas reconnue. Il faut dire que tu as changé... Mais pourquoi tu t'habilles en noir ? Ah oui, ta mère, j'oubliais !... Une bien brave personne celle-là...

Ses yeux revinrent sur Marion :

— Pas comme l'autre. Elle lui en a fait voir, la pauvre...

— Madame, je ne suis pas Marianne. Je m'appelle Marion Roman et je viens ici pour y être servante. Je suis bien à la Farelle ?

— Comme si tu ne le savais pas ! Tu te crois où ? Ah, si le pauvre Prosper avait été là... Tout ça ne se serait pas passé. C'était un homme qui savait se faire obéir mais, depuis qu'il est parti, tout va de travers. Où es-tu allée pendant tout ce temps, Marianne ? Tu es partie à cause d'Isabeau ? Tu étais jalouse ? Moi, je l'aimais Isabeau... Et les deux autres, où sont-ils ?

La vieille femme se tut. Marion se recroquevilla sur sa chaise. Cette femme ne savait plus ce qu'elle disait ; elle la prenait pour une autre et parlait de gens qu'elle ne connaissait pas. Il n'y avait rien à en tirer. Si elle était bien à la Farelle comme elle le croyait, il lui faudrait attendre le retour du patron pour se présenter.

Elle se leva pour partir et, cette fois, la femme ne la retint pas. Assise près de la table, les mains allongées sur son devantier, elle fixait le feu dont les flammes léchaient la marmite de la soupe. Elle paraissait perdue dans ses pensées. Elle laissa son baluchon au pied de la table et sortit dans le pâle soleil automnal. La cour était vide. Seules des poules grattaient les pavés inégaux, lançant la poussière derrière elles. Il n'y avait pas de chiens mais un chat à la fourrure blanche et noire se prélassait au soleil, sur un muret proche de la citerne. Marion s'approcha. Il la regarda venir, ses yeux verts fixés sur elle avec un mélange de crainte et de curiosité.

— Minet ! fit-elle.

Il ne bougea pas mais ne tenta pas de s'enfuir. En voyant ce chat, elle repensa à François et à la cage qu'il avait fabriquée pour le déménagement. Cela lui fit monter des larmes aux yeux. Elle les essuya d'un geste rageur ; il ferait beau qu'on la retrouve en larmes dans la cour d'une ferme inconnue !

Elle tourna les yeux vers la façade de la maison et surprit la vieille femme qui l'observait.

Elle avait soulevé le rideau et la fixait d'un air furibond. La jeune fille fit quelques pas et se retourna, surprise. La femme avait ouvert la fenêtre et l'apostrophait, furieuse :

— Qu'est-ce que vous faites là ? Et qui êtes-vous, d'abord ?

Marion souleva les épaules.

— J'étais avec vous. Je viens de sortir.

— Dites-moi votre nom.

— Marion Roman.

— Qu'est-ce que vous cherchez là ?

— Je viens pour être servante...

Elle était fatiguée de répéter toujours la même chose sachant que la vieille ne comprendrait pas. À sa grande surprise, la femme répliqua :

— Qui est-ce qui vous a engagée ?

— C'est Mme Rabier qui m'a informée que vous cherchiez une servante.

— Mme Rabier, connais pas.

— C'est une cousine du patron.

— La patronne, c'est moi !

— Comment vous appelez-vous ?

— Pourquoi tu veux savoir mon nom ? Tu n'es qu'une vagabonde comme toutes celles de ton espèce, passe ton chemin et cesse de regarder mes poules. Je te surveille...

Marion se demandait combien de temps tout cela allait encore durer.

Elle sortit de la cour et fit le tour du bâtiment. Le chemin par où elle était arrivée continuait au-delà de la ferme et devait se diriger vers Mende. C'était un long serpent de terre qui filait dans la monotonie du causse et qui finissait par se perdre au loin. Elle eut envie de l'emprunter pour voir si elle apercevrait la ville puis se ravisa : si le patron arrivait et que la femme lui rapportait sa venue, que penserait-il ? La vieille se souvenait-elle encore d'elle ? Il y avait aussi son baluchon abandonné au pied de la table...

Elle regarda le bâtiment vu de derrière. C'était un amoncellement de constructions aussi impressionnant que le devant. Elle le contempla un moment. C'était une bien belle ferme, mis à part le balcon encombré d'un tas d'objets qui l'enlaidissait. Elle avait l'air en parfait état. C'était dommage que la femme soit si étrange. Elle lui aurait expliqué les différentes parties du domaine. Elle décida de revenir vers la maison et, ne sachant comment elle serait accueillie, cette fois, se tint sur ses gardes. La vieille femme était sortie sur le balcon. Elle paraissait agitée comme si quelque chose l'avait troublée. Marion pensa que c'était à cause de sa visite.

Quand elle la vit monter l'escalier, la femme se posta en haut des marches et demanda :

— C'est pour quoi ?

— Je suis venue tout à l'heure et j'ai laissé mon baluchon chez vous.

— C'est pas possible, il n'y a rien chez moi.

— Si. Regardez près de la table.

La vieille avança jusqu'à la porte et jeta un regard à l'intérieur. Elle parut surprise de découvrir le baluchon.

— C'est à vous, ça ?

— Oui. Je l'ai posé tout à l'heure.

— Quand est-ce que vous êtes entrée ?

Elle fixait sur Marion ses prunelles bleues étincelantes, comme si elle voulait la réduire en cendre.

— Tout à l'heure, et je vous ai parlé.

— Partez, partez, allez-vous-en ! Je vais appeler les gendarmes.

Marion sourit. Elle eut envie de lui rétorquer : « Comment ferez-vous ? », mais elle garda le silence.

— Vous ne rentrerez jamais chez moi ! cria la vieille en se déplaçant de gauche à droite pour l'empêcher d'entrer.

Marion hésita : elle ne pouvait laisser son baluchon à l'intérieur mais ne pouvait contrarier la vieille femme... Elle ne savait que faire quand elle entendit le bruit d'un char arrivant dans le chemin. Elle descendit et alla à la rencontre des arrivants. Ce n'était pas un mais deux chars qui rentraient avec une provision de pommes de terre. L'homme qui conduisait le premier attelage s'arrêta et le deuxième fit de même.

— Bonjour, fit Marion, c'est bien ici la ferme de la Farelle ?

— Oui, répondit l'homme.

— Je suis la nouvelle servante et cette femme m'a mise à la porte, ajouta-t-elle en désignant la vieille.

Les deux hommes éclatèrent de rire :

— C'est Fanny, dit le premier. Elle n'a pas toute sa tête. Il ne faut pas l'écouter.

— C'est la mère du patron, reprit le second, elle va de plus en plus mal et ne sait plus que faire la soupe. Elle ne fait rien d'autre. C'est pour ça que le patron a dû t'embaucher.

— Le maître est à Mende. Il va bientôt arriver, attends-le.

— On va rentrer les pommes de terre à la cave. Tu peux rester avec nous si tu veux.

Ils entrèrent dans la cour, suivis de Marion qui jeta un regard vers le balcon mais la vieille n'y était plus.

XXIX

Où l'on se retrouve

Les deux chars de pommes de terre n'avaient pas fini d'être déchargés que l'on entendit, au loin, le roulement d'une voiture. Un cheval pénétra au grand trot dans la cour tirant une jardinière. L'homme qui tenait les rênes était encore jeune et portait beau même si quelques-uns de ses cheveux blanchissaient aux tempes.

— Hue, hue ! cria-t-il avant de jeter les rênes et de descendre de la carriole.

Quand il eut mis pied à terre, Marion resta clouée de stupeur : c'était l'homme qui se disputait avec Clément, un certain jour d'automne, dans un pré, à Nojaret… Elle resta sans bouger, sentant son cœur s'arrêter et ses joues devenir toutes rouges : le patron de la Farelle était l'assassin de Clément !

Elle ne fit aucun mouvement si bien que l'arrivant ne la remarqua pas immédiatement.

— Alors, la récolte est bonne, cette année ? fit-il en s'approchant des tombereaux.

— C'est pas mal. Regardez. Voyez, il y en a pas mal de grosses.

Les domestiques l'avaient rejoint et lui tendaient les plus beaux spécimens de la récolte.

Le patron prit une pomme de terre, la retourna, la contempla et la remit avec les autres. Il parut satisfait. En se retournant, il se trouva face à Marion.

— Que faites-vous ici ?

— Je… je suis la nouvelle servante, balbutia-t-elle, rougissant encore.

— La servante dont m'avait parlé Léa ?

— C'est Mme Rabier qui m'a dit de venir.

Marion reprenait un peu d'assurance. L'homme la regardait, puis il demanda :

— Comment êtes-vous arrivée ?

— Je suis venue à pied par le chemin.

— Depuis Blachères ! J'aurais pu venir vous chercher. Vous n'avez pas de bagages ?

— Si… mais ils sont à la maison.

— À la maison ?… Ah, c'est ma mère qui vous a reçue !

Marion ne répondit pas. L'homme la jaugea d'un regard d'aigle et déclara :

— Attendez ! J'en ai pour une minute ; je vais dételer le Bel et je reviens.

Il entra dans le hangar, dégagea le cheval, repassa devant Marion avec la bête et alla la remiser dans ce qu'elle pensa être l'écurie. Il en ressortit quelques minutes après et lui dit :

— Suivez-moi.

Ils montèrent l'escalier. Il ouvrit la porte et remarqua tout de suite le baluchon près de la table.

— Bonjour, maman, fit-il, ça va ?

La vieille femme sourit de toute sa bouche édentée.

— Ah, te voilà Alexandre...

Elle le regardait d'un air admiratif quand, tout à coup, elle surprit Marion derrière son fils.

— Cette fille, lança-t-elle, qui est-ce ?

— C'est la servante, maman.

La vieille femme parut se calmer et observa son fils s'asseoir à la table face à Marion.

— Bon, commença-t-il, si tu dois être servante, je vais te tutoyer. Si je t'ai fait venir, c'est que ma mère est incapable de tenir une ferme de l'importance de la Farelle, tu as vu son état...

Marion opina sans répondre.

— Je suis veuf et j'ai besoin de quelqu'un qui puisse faire la cuisine, la lessive, s'occuper de la maison, des poules, du jardin... Bref de tout ce qu'une femme fait habituellement. Ma cousine Léa m'a dit que tu faisais tout ça depuis longtemps pour ton frère et que tu cherchais une place maintenant qu'il était marié...

Marion baissait les yeux. Elle ne pouvait regarder cet homme en face. Chaque fois que son regard croisait le sien, elle le revoyait levant la hache sur Clément... Elle aurait voulu répondre que ce n'était pas elle qui avait cherché cette place, que c'était Phrasie qui avait tout manigancé avec Mme Rabier, qu'elle voulait se débarrasser d'elle...

Mais, au lieu de parler, elle inclina la tête, aucun son ne voulant sortir de ses lèvres. L'homme continua :

— Si tu es courageuse, l'ouvrage ne te manquera pas. Dans la ferme, en plus de ma mère et moi, il y a les deux enfants de mon frère, leur mère est morte et leur père est à Paris : Henri et Félicien, douze et onze ans. Ils sont à l'école chez les frères, à Mende, et rentrent tous les soirs. Il y a trois domestiques, un berger et un jeune garçon qui vient de temps en temps aider.

Il haussa les épaules.

— Ses parents ne pouvaient nourrir leur nombreuse nichée, alors il vient ici et mange à sa faim… Cela fait beaucoup de monde pour une femme âgée et malade. Je l'aide de mon mieux mais je n'y arrive plus et ça ne m'intéresse pas… Ah, que je te dise une chose : ma mère n'a jamais accepté que personne fasse la soupe ; à la maison, c'est elle qui s'en charge tous les matins.

— Elle la faisait quand je suis arrivée ; elle voulait m'en offrir.

Elle avait enfin retrouvé la parole et arrivait à maîtriser sa voix.

— Tantôt elle est gentille et laisse entrer n'importe qui, tantôt elle est agressive et n'accepte personne ; elle n'écoute que moi. Les premiers jours, je serai là pour te soutenir et t'imposer mais, après, il faudra te faire respecter. Tu es jeune encore. Quel âge as-tu ?

— Je vais avoir dix-neuf ans.

— Bon. Ne la contrarie pas mais refuse de te laisser commander. Je te dirai ce que tu auras à faire et tu le feras. Elle te racontera peut-être des histoires sur la famille. Elle confond les gens et les dates mais elle risque de t'ennuyer avec de vieilles histoires… Si elle te confiait des secrets ou te disait du mal de certains parents, je compte sur ta discrétion.

— Bien sûr. Je ne vous causerai aucun tort, parvint à balbutier la jeune fille, ne pouvant s'empêcher de revivre le meurtre de Nojaret...

— Voilà. Maintenant suis-moi. Je vais te montrer ta chambre, te faire découvrir la maison et tous les endroits où tu devras travailler, y compris la salle aux provisions. Les domestiques couchent à la grange où se trouve un endroit aménagé pour eux, mais je ne peux pas y loger une jeune fille, ce ne serait pas convenable. Ainsi, tu auras une chambre à l'étage ; tu ne seras pas loin des deux garçons et tu pourras jeter un œil sur eux. Il te faudra t'occuper de leurs habits ; ma mère l'a fait longtemps... Tes gages seront de cent francs par an. Je te les donnerai à Toussaint. Es-tu d'accord ?

Marion fit oui de la tête.

— C'est un poste de confiance que je te confie. J'espère que tu en seras digne.

Marion inclina encore la tête mais garda les yeux baissés. L'homme se demanda pourquoi elle refusait de croiser son regard et cela ne lui plut pas. Il la pensait sournoise et se dit qu'il n'avait sans doute pas trouvé la perle de courage, d'opiniâtreté et de travail dont on lui avait parlé.

La jeune fille monta dans sa chambre poser son baluchon. C'était une pièce toute simple avec un lit et un placard dans le mur. Elle y déposa ses affaires et redescendit retrouver son patron. Elle le suivit à la cave où se trouvaient des fûts de vin, des pommes de terre et des légumes mis à l'abri pour l'hiver. Quelques fromages achevaient de sécher sur une claie.

— Ah oui, ajouta-t-il, on fait aussi des fromages. Je devrais dire : on faisait des fromages. Ma mère n'a jamais aimé faire cela ; c'est ma femme qui s'en chargeait. Mais depuis son décès...

Il n'acheva pas et elle demanda timidement :

— Il y a longtemps qu'elle est morte ?

— Quatre ans. Les fromages que tu vois, c'est ma mère qui les a faits, puis elle a tout laissé tomber, il y a six mois. En ce moment, les brebis sont pleines et, quand elles auront agnelé, j'aimerais bien que tu t'essaies aux fromages, c'est mon régal. Tu en as eu faits ?

— Oui. J'en faisais à Blachères et ils étaient bons.

— Ce n'est pas toi qui iras traire, le berger et son aide s'en chargent. Viens voir le jardin. Il n'y a que des choux ; il n'y a plus de salades et ça manque beaucoup. Autrefois, avec la soupe et le fromage, c'était le souper. Cette année, nous n'en avons pas. C'était l'heure que tu arrives, acheva-t-il en esquissant un sourire qui illumina son visage et le rendit presque sympathique.

Marion se méfiait ; elle savait de quoi il était capable et, même s'il jouait le patron compréhensif et humain, elle l'avait vu à l'œuvre. Elle ne se laisserait pas berner.

Après le jardin, il la mena au charnier qui était presque vide. Il ne restait qu'un morceau de bacou, du lard blanc, le même que celui que la vieille femme avait mis dans la marmite de la soupe.

— Il sera bientôt temps de tuer le cochon, les provisions ont baissé. Tu sais te débrouiller pour les tripes ?

— Je l'ai fait, une fois, avec ma tante Rosa, à Nojaret. Mais, depuis qu'on habite Blachères, on allait chercher Marie-Rose pour nous aider. Maintenant que Pierre est marié, c'est la mère de Phrasie qui vient le faire.

— Bon, j'irai chercher Léa. Alors tu es de Nojaret, et ta tante, c'est la femme de Louis ?

— Oui. C'était une sœur à ma mère.

Elle osa lever les yeux en répondant, pour voir si l'homme réagissait à ses paroles, mais il ne parut pas s'y intéresser et poursuivit :

— Il y a aussi les volailles. Marianne, ma pauvre femme, s'y intéressait. Elle avait même acheté des oies pour les gaver, mais elle n'a jamais pu s'y résoudre... Gavées ou pas, nous les avons mangées et nous nous sommes régalés. Elle devait en faire encore et c'est alors qu'elle est tombée malade... Si cet élevage te tente, dis-le-moi et je trouverai les bêtes. Ici, nous ne sommes pas dans la vallée et ce qui manque le plus, c'est l'eau, en été surtout. Il te faudra apprendre à l'économiser. L'eau de la vaisselle sert pour les cochons. L'eau vient de la citerne. Quand tu as puisé l'eau, ne laisse pas couler le robinet. Pour arroser les salades, sers-toi de l'eau où tu as lavé les légumes, et pour le linge, utilises-en le moins possible. Nous avons la chance d'avoir une source qui coule, un peu au nord de la maison ; c'est de l'eau bonne à boire mais, les étés de sécheresse, elle tarit. Alors, il faut boire l'eau de la citerne qui est plus fade. Voilà, je t'ai tout expliqué. Si quelque chose ne va pas, viens-m'en avertir.

Cette fois, il sourit franchement. Elle osa le regarder et lui rendre son sourire. Elle se sentait rassurée par toutes ces explications et elle appréciait qu'il lui ait, lui-même, montré toutes les parties de la maison. Le travail n'était pas au-dessus de ses forces, elle y arriverait...

Pourtant, quand elle le regardait, elle revoyait ce visage qui était resté gravé dans sa mémoire, elle entendait le cri d'agonie de Clément qui résonnait toujours dans son souvenir. Son patron avait beau faire tout ce qu'il voulait pour se montrer chaleureux et jouer les grands seigneurs dans sa ferme de la Farelle, elle savait qu'il était un assassin... Elle devrait vivre dans la maison d'un meurtrier... Elle n'avait pas le choix, elle n'avait nulle part où aller... Pouvait-elle retourner à Blachères et dire à son frère et à Phrasie : « Je ne peux pas rester là-haut, le patron est un assassin. Je l'ai vu tuer Clément » ?... Elle ne pouvait pas non plus l'accuser de faits qui s'étaient passés depuis si longtemps, non. Elle avait les mains liées et devait rester ici, dans cette ferme perdue au milieu du causse, à côté d'un homme qui, s'il connaissait son secret, n'hésiterait pas à la tuer comme il l'avait fait autrefois.

À cette pensée, elle eut envie de prendre ses jambes à son cou et de partir n'importe où. Peut-être chez la tante Rosa et tout lui raconter ? Non, Rosa avait été trop bouleversée quand elle lui en avait parlé, elle n'allait pas l'ennuyer avec ses doutes... Ah, si François avait été plus grand, elle lui aurait parlé et lui l'aurait crue et comprise...

Mais elle était venue se jeter dans la gueule du loup et ce qu'elle avait de mieux à faire c'était de faire son travail correctement et de ne parler à personne de cet assassinat que le temps avait fait oublier.

XXX

La Farelle

Le premier jour, Marion tâtonna un peu. Elle ne savait pas où se trouvaient la poêle ou les oignons. Même si elle interrogeait Fanny, elle n'obtenait que rarement une réponse cohérente. Pourtant, après une semaine, tout rentra dans l'ordre et Marion commença à connaître la maison sur le bout des doigts. Tout se passait bien aussi avec la vieille femme. Le matin, Marion la levait ; tout de suite après le déjeuner, elle faisait la soupe et ne s'occupait pas de la jeune fille. Parfois, elle l'appelait Marianne ou Isabeau. Marion savait que Marianne était le prénom de la femme du patron mais ignorait qui pouvait être Isabeau.

Tout aurait été parfait s'il n'y avait eu le patron... La jeune fille ne pouvait s'empêcher de frissonner chaque fois qu'elle le voyait. Revenait alors à sa mémoire ce matin d'automne où elle l'avait vu lever la hache sur Clément... Elle baissait les yeux pour cacher son trouble et sa peur, et s'appliquait à sa tâche. Pourtant, il se préoccupait d'elle, voulait savoir si elle s'adaptait à sa nouvelle vie, si tout se passait bien avec sa mère et lui disait immanquablement :

— Si elle t'ennuie ou si quelque chose ne va pas, dis-le-moi.

La jeune fille répondait au bord des larmes :

— Il n'y a rien à dire. Tout va bien.

Elle essayait d'empêcher sa voix de trembler et ce n'était pas chose facile. Elle songeait que, s'il n'y avait pas eu cet homme, la vie à la Farelle aurait été bien agréable. Elle organisait son travail comme elle le voulait. Il s'agissait que les repas soient prêts à l'heure et savoureux, que le linge du patron soit lavé et repassé quand il voulait aller en ville et que les affaires des deux garçons soient en ordre et il était satisfait. Le soir, Marion aidait quelquefois Henri et Félicien à faire leurs devoirs comme elle l'avait fait avec François. C'étaient eux qui lui avaient expliqué que leur mère était morte alors qu'ils étaient tout petits et que c'était leur grand-mère et leur tante Marianne qui les avaient élevés. Ils connaissaient peu leur père parti à Paris après la mort de leur mère. Ils considéraient leur oncle Alexandre comme leur père. Marion apprit aussi que leur mère s'appelait Isabeau. Finalement, Marion se trouvait bien. Une des premières choses qu'elle avait faites avait été de débarrasser le balcon de toutes les épaves qui l'encombraient. Elle y avait passé un après-midi entier mais le perron avait retrouvé sa beauté première et la façade y avait gagné une nouvelle jeunesse.

Certes, elle devait beaucoup cuisiner pour nourrir tous ces hommes mais elle ne s'occupait pas des gros travaux salissants comme lorsqu'elle était chez son frère. Les brebis allaient agneler et il n'y avait pas de traite, ce serait pour la fin de l'hiver et, avec la vente des agneaux, elle devrait alors se lancer dans la fabrication des fromages.

Dès son arrivée, le patron l'avait avertie que Fanny risquait de lui raconter des histoires de famille et, un matin, en épluchant ses légumes, la vieille femme s'adressa à elle comme si elle était sa belle-fille Marianne et lui demanda en un éclair de lucidité :

— Tu crois pas qu'Isabeau pourrait nous aider ?

Marion hocha la tête sans se compromettre.

— Heureusement que les enfants dorment, reprit Fanny, ça nous donne un peu de répit. Où est-elle encore allée ?

La jeune fille ne pipa mot.

— Ah, elle n'aurait pas dû faire ça... Elle aurait pas dû se tuer !...

Marion crut avoir mal entendu. Elle regarda la vieille femme et dit :

— Comment ?

— Tu sais bien, on a dit que c'était un accident, on s'est posé des questions... Et plus j'y pense, plus je crois qu'elle l'a fait exprès.

— Qu'est-ce qu'elle a fait exprès ?

— Mais sa chute !... Pourquoi est-ce qu'elle est allée là-haut ? Personne n'y va jamais. Elle voulait se tuer...

Marion resta paralysée d'horreur : ainsi Isabeau, la mère des enfants, s'était suicidée et la famille avait maquillé les faits en accident. Elle comprenait, maintenant, l'avertissement du patron. Bien sûr, elle n'allait en parler à personne mais elle essaierait de savoir... Et si c'était son beau-frère qui l'avait tuée, elle aussi ; il en était sûrement capable !

À présent, Fanny se taisait, perdue dans ses pensées. Après cette courte rémission, elle était retournée dans son monde et ne s'occupait plus de Marion.

Les jours succédaient aux jours avec une lenteur monotone. Elle ne regrettait pas Blachères, mais Marie-Rose et Yvonne lui manquaient. Elle aurait aimé discuter avec elles comme elle le faisait au village et boire une tasse de tilleul bien chaud avec Yvonne. Ici, avec les hommes, pas question de tilleul. Il y avait pourtant quelques soirées où les voisins venaient veiller.

Les voisins ? On les appelait ainsi mais ils habitaient les villages du Gerbal ou de la Chaumette situés à deux ou trois kilomètres. Ils arrivaient à pied, transis de froid, et se serraient tous, autour de la grande cheminée. Il y avait quelques filles de l'âge de Marion ; elle avait fait leur connaissance et elles se groupaient toutes pour se raconter leurs histoires. Il y avait aussi des garçons mais ils ne faisaient pas attention à la servante qu'elle était ; d'autres au contraire lui faisaient les yeux doux et auraient bien voulu mieux la connaître. Quelquefois, le patron attelait la jardinière et toute la maisonnée, sauf le vieux berger, partait à Chapieu, la ferme la plus proche presque aussi grande que la Farelle. Là, il y avait beaucoup de monde et Marion se sentait un peu perdue.

Un soir où les gens de la Chaumette étaient venus veiller, un jeune homme nommé Félix manœuvra pour s'approcher de Marion. Ce n'était pas la première fois qu'il venait et elle avait remarqué son regard fixé sur elle. Ce soir-là, il était à ses côtés et lui prit la main qu'elle retira aussitôt. Il profita d'un instant où personne ne le voyait pour lui voler un baiser, ce qui la fit rougir jusqu'aux oreilles. Il aurait sans doute continué ses avances si le patron n'avait demandé à la jeune fille de faire chauffer de l'eau pour faire des grogs tandis qu'il sortait la bouteille d'eau-de-vie.

Le lendemain, le patron arriva à l'improviste alors que Marion revenait de chercher de l'eau à la source. Il lui dit :

— Hier soir, Félix te serrait de près.

La jeune fille rougit mais ne répondit pas.

— Je sais que tu n'y étais pour rien mais je ne veux pas que ça se reproduise.

Marion continua à se taire.

— Ce Félix n'est pas quelqu'un pour toi. Et puis tu es sous ma responsabilité, tâche de te tenir comme il faut.

— Mais je n'ai rien fait !

— Je sais. Mais je préfère t'avertir avant qu'il ne soit trop tard.

Et il partit, sans rien ajouter. Marion, qui croyait que personne ne s'était aperçu du manège de Félix, en fut mortifiée et, quand les gens de la Chaumette revinrent veiller, elle évita Félix.

M. Lacoste recevait toutes les semaines le journal *La Croix de la Lozère* et, de temps en temps, rapportait *L'Éclair* qu'il lisait avidement puis abandonnait sur la table. Marion était à l'affût de ces journaux et les emportait dans sa chambre pour les lire. Quelquefois, quand le travail n'était pas trop pressé, elle se plongeait dans la lecture et les dévorait de la première à la dernière page...

Un jour, le patron la surprit et s'étonna :

— Tu sais lire ?

Félicien qui était là répondit pour elle :

— Oh oui, elle sait lire et elle nous aide, le soir, à faire nos problèmes.

Le maître parut fort étonné :

— Mais qui t'a appris à lire ?

— Mes parents nous ont envoyés à l'école et voulaient qu'on ait le certificat.

— Tu étais à l'école où ?

— Pierre, mon frère, et moi à Nojaret, François à Blachères. Tous les trois, on a le certificat. Mes parents savaient à peine lire et ils ont voulu qu'on puisse se débrouiller dans la vie. C'est pourquoi j'ai tenu à ce que François le passe. Pierre le laissait faire mais moi, j'ai tenu bon...

Elle était stupéfaite d'avoir dévoilé tout un pan de sa vie à un homme qu'elle méprisait et redoutait tout à la fois. Le patron semblait perplexe et n'ajouta rien mais la jeune fille comprit que cela l'intriguait. « Tiens, se dit-elle, le voilà bien surpris ! Il croyait sûrement avoir affaire à une gourde. »

Le temps passa et l'on s'enfonça dans l'hiver. Un vent violent balayait le causse sifflant de longues plaintes en rasant les herbes jaunies. De gros nuages noirs menaçants venaient rôder à l'horizon, faisaient un tour et disparaissaient avec la brume du soir sans lâcher une goutte d'eau.

— On va avoir la sécheresse si ce temps reste au vent, se plaignait Marius, le plus vieux des domestiques.

Il passait son temps les yeux levés vers le ciel à scruter l'horizon tout en évoquant des dictons venus de la nuit des temps :

— C'est le narbonnais qui souffle : *lou narbounès, bos de pleigio n'auras pas rés*[1].

— Tais-toi, prophète de malheur, marmonnait Alexandre, regarde plutôt : *rougeoguo del mati, pren toun salgie et salgio-ti*[2].

— Oui mais, reprenait l'autre : *rougeoguo del bespre, soughello soun mestre*[3].

Ils faisaient tous deux assaut de leurs connaissances, à la grande joie des autres qui riaient et les excitaient. Marion aussi se piquait au jeu et il n'était pas rare qu'elle lance un des proverbes qu'affectionnait la tante Reine. Les autres l'écoutaient en hochant la tête. Quand le silence s'installait, elle se gourmandait : quelle idée de se mêler à ces discussions qui ne la concernaient pas ! Oui, mais à la prochaine conversation elle recommençait sans pouvoir s'en empêcher...

Maintenant qu'Alexandre savait qu'elle s'intéressait aux journaux et à la politique, il lui apportait les journaux qu'il avait lus et, quelquefois, lui

---

1. Lou narbounès, bos de pleigio n'auras pas rés : *Le narbonnais, tu veux de la pluie, tu n'en auras pas.*

2. Rougeoguo del mati, pren toun salgie et salgio-ti : *Quand le ciel est rouge le matin, prends ta cape et mets-la.*

3. Rougeoguo del bespre, soughello soun mestre : *Quand le ciel est rouge le soir, il y a du soleil pour le maître.*

demandait son avis sur les affaires qui en faisaient la une.

Les dimanches, ils s'habillaient tous et partaient en jardinière à la messe de 11 heures à la cathédrale. Fanny s'asseyait à côté de son fils et les autres s'entassaient à l'arrière. Pour la circonstance, la vieille femme portait des robes, toujours noires, qui moulaient sa taille imposante. Elle se coiffait d'immenses chapeaux et serrait contre elle un antique sac à main. Alexandre arborait un de ses costumes qui étaient rangés dans la penderie et chaussait des souliers que Marion devrait, le lendemain matin, nettoyer et cirer pour qu'ils brillent comme un miroir. Il mettait aussi une cravate et se coiffait d'un chapeau. Les domestiques enfilaient leur tenue du dimanche, toujours la même.

Fanny et le maître avaient leur place réservée, du côté droit de l'autel, vers le milieu de la cathédrale. Les domestiques passaient derrière. Pendant l'été, tout le monde se rendait à la messe au sanctuaire de Saint-Privat, situé à deux ou trois kilomètres de la Farelle, mais, l'hiver, le sanctuaire était fermé et la jeune fille ne l'avait pas encore vu. Les domestiques s'y rendaient à pied, à 7 heures, pour la première messe. Les membres de la famille étaient assidus à la grand-messe de 10 heures et demie. Ils préféraient tous les messes de Saint-Privat à celles de la ville où, disaient-ils, s'étalaient des toilettes extraordinaires. La première fois que Marion y assista, elle fut éblouie : elle n'avait jamais vu de si belles robes portées par de si belles personnes.

Le travail ne manquait pas. Entre les cochons que l'on sacrifia, les boudins et la graisse qu'il fallait préparer sous le regard vigilant du maître, Marion n'eut guère de répit. Le premier de l'an passa inaperçu et l'on s'achemina vers le printemps et la foire du Bel Mars où l'on devait amener les agneaux.

XXXI

Premier accroc

À l'hiver succéda le printemps. Sur le causse, il arriva plus tardivement que dans la vallée mais n'en fut pas moins beau. L'herbe poussait d'un coup et les cheveux d'ange aux tiges douces et veloutées ondulaient sous la brise et formaient des vagues d'un vert doré aux reflets argentés. Les hommes labouraient, semaient et arrivaient fourbus. Le soir, ils avalaient goulûment leur soupe et partaient se reposer dans les foins qui sentaient la poussière accumulée pendant tout l'hiver. Plus de veillées, plus de contes autour du feu ni de rassemblements devant la marmite à *peyrougade*, envolé le régal de pommes de terre chaudes que l'on dégustait en se brûlant les doigts… Rien ne venait interrompre le cours monotone des journées. Chaque matin, avant de partir aux champs, maître et domestiques partaient à la bergerie pour la corvée de la traite. Ils rapportaient de pleines seilles de lait qu'ils mélangeaient à celui de la traite du soir. Marion devait cailler ce lait, extraire le petit-lait dont elle agrémentait la pâtée des cochons. Ensuite, elle modelait la pâte dans des faisselles et portait les fromages à la cave.

Ce travail lui prenait une bonne partie de la journée. Avec la préparation des repas, il ne lui restait que peu de temps libre pour le jardin ou le ménage. Quand elle le pouvait, elle jetait un coup d'œil au journal qui traînait en soupirant d'aise. Il arrivait pourtant que l'un ou l'autre des voisins passe à la Farelle pour chercher un outil, en rapporter un ou toute chose importante.

Félix Delmas, de la Chaumette, arrivait souvent à l'improviste, alors que la jeune fille était seule avec Fanny. Tous les prétextes étaient bons : Alexandre pouvait-il lui prêter un marteau ou des cisailles pour tondre les brebis ?... Bref, ses visites se multipliaient. Marion lui proposait une boisson car Alexandre lui avait dit que la Farelle était terre d'accueil et que tous ceux qui s'y présentaient devaient être bien accueillis. Mais Félix était envahissant. Il insistait pour qu'elle l'accompagne au hangar ou à l'atelier pour chercher l'outil demandé. Elle avait toujours refusé, prétextant qu'elle n'y connaissait rien et qu'il devait aller le chercher tout seul.

Certes, beaucoup d'autres paysans venaient à la Farelle mais, depuis la fin de l'hiver, Félix était le plus assidu.

Le soir, quand Alexandre rentrait, Marion lui énumérait ceux qui étaient venus pour une raison ou pour une autre. Quand elle mentionnait Félix, le maître fronçait les sourcils. Au bout de quelques semaines, il se fâcha tout rouge :

— Combien de fois cela fait-il que Félix vient ?

Marion le regarda, étonnée, et se rappela un certain matin d'automne où elle avait vu le même visage coléreux qu'aujourd'hui. Elle devint toute pâle et son maître s'en aperçut.

— Ah, c'est ça ! C'est toi qu'il vient voir. Les emprunts, ce n'est qu'un prétexte. Qu'est-ce que vous fricotez, tous les deux ? Tu peux me le dire ?

Comme Marion, épouvantée, ne répondait pas, il ajouta :

— C'est ton amoureux, avoue-le.

Elle fit non de la tête, incapable de prononcer une parole.

— Alors pourquoi viendrait-il tout le temps ? S'il manque d'outils, il n'a qu'à aller en acheter ! Mais non ! S'il vient, c'est pour toi.

La jeune fille tremblait de peur. Elle voyait toujours cette main levée qui brandissait la hache... Elle avait envie de fuir, de retourner chez son frère où elle serait en sécurité... Pourtant, elle restait debout, tête baissée, face à son patron dont la colère ne diminuait pas.

— Je vais aller le trouver ! s'écria Alexandre. Il va voir de quel bois je me chauffe...

— Non !... cria Marion, malgré elle.

La colère de son patron tomba immédiatement :

— Non ? Pourquoi ? Tu ne veux pas que j'aille le trouver ?

— Non, n'y allez pas, répéta Marion en le fixant droit dans les yeux.

La terreur obscurcissait son regard et elle redoutait ce qui allait arriver.

— Oh, tu sais, je ne le mangerai pas ton amoureux. Je lui conseillerai simplement de ne plus venir te distraire de ton travail. Je le ferai parce que je devine que ce garçon ne cherche qu'une aventure et que tu vaux mieux que cela

— Je me fiche de Félix, cria Marion hors d'elle, mais n'allez pas le voir !

Très étonné, Alexandre l'observa. Jamais elle n'avait osé élever la voix et encore moins lui tenir tête. Il en restait stupéfait... La jeune fille tremblait de tous ses membres et paraissait en proie à une terreur sans nom. Il s'approcha et posa sa main sur son épaule :

— Calme-toi, M...

— Ne me touchez pas !

— Mais que se passe-t-il, Marion ? Que t'arrive-t-il ?

— Je me rappelle de tout et je ne veux pas qu'il arrive un autre malheur.

— Un autre malheur ? Mais de quoi parles-tu ?

Il paraissait sincèrement étonné et Marion se demanda si elle n'avait pas rêvé... Mais non, elle avait bien vu Alexandre lever sa hache et frapper Clément. Elle l'avait vu et bien vu !... Comment avait-elle pu venir travailler dans cette maison et faire confiance à cet homme ? Elle s'était livrée pieds et poings liés à un meurtrier qui était prêt à recommencer pour une banale amourette qui n'existait même pas... Elle regarda son maître. Il était redevenu tout à fait normal et, si elle ne l'avait pas vu en colère, quelques minutes plus tôt, elle aurait pu croire que rien ne s'était passé. Mais il s'était trahi et elle savait, maintenant, que c'était bien lui qui avait tué Clément !

Fanny, qui avait assisté à la scène et qui n'avait rien protesté de tout le temps qu'avait duré la discussion, haussa les épaules et s'adressa à Alexandre :

— Pourquoi tu te mets en colère comme ça ? On dirait ton père. Ah, vous autres, les Lacoste, vous êtes bien tous les mêmes : que ce soit ton père, toi ou ton frère, on peut vous faire confiance, vous prenez toujours la mouche... Qu'est-ce que c'est encore que cette histoire ?

Aussi étonnés l'un que l'autre, Alexandre et Marion regardèrent la vieille femme mais elle avait repris son air égaré et elle fixait, maintenant, un point invisible sur le mur.

— Maman, murmura Alexandre en posant ses mains sur celles de sa mère.

Elle tourna les yeux vers lui et lui sourit :

— Prosper, fit-elle, tu es là !...

— Elle me prend pour mon père, fit le patron. Bon, maintenant que nous sommes calmes, Marion, explique-moi pourquoi ce Félix vient ici plusieurs fois par semaine ?

La jeune fille, qui était redevenue elle-même, soupira et repoussa ses souvenirs au plus profond de sa mémoire.

— Je ne sais pas s'il vient pour moi, fit-elle, mais moi, je n'en ai rien à faire. Ne vous faites pas de soucis, je saurai me tenir.

Alexandre sourit. Il était plus âgé qu'elle et savait ce que valaient les serments des filles amoureuses, c'est pourquoi il décida de rester sévère :

— Je veux bien te croire, mais ne t'avise pas d'attirer tes galants ici. C'est une maison respectable et je ne veux pas que tu reçoives quiconque sans que je sois au courant.

— Je reçois tous ceux qui viennent comme vous me l'avez demandé et je ne sais que faire pour décourager Félix. D'ailleurs, je crois qu'il a une promise.

— Raison de plus ! répliqua Alexandre avec une lueur de rage dans les yeux. S'il vient ici, c'est qu'il cherche une aventure, méfie-toi.

— Je me méfie mais je ne sais que lui dire.

— C'est moi qui m'en chargerai et je t'assure qu'il ne reviendra pas.

Les craintes de Marion lui revinrent. Elle ne put s'empêcher d'intervenir :

— Ne lui faites pas de mal.

Alexandre éclata de rire.

— Que veux-tu que je lui fasse ? Je vais lui dire ses quatre vérités en face. Je suis ton patron et il te dérange dans ton travail, il faut que cela cesse... Et puis, s'il a une promise, il doit rester avec elle... Je le préviendrai que, s'il continue à te harceler, j'avertirai sa fiancée. Qui est-elle, à propos ?

Marion haussa les épaules.

— Je ne sais pas d'où elle est. Ce sont les autres qui, dans les veillées, parlent d'elle. Ils se moquent parce qu'elle n'est pas bien dégourdie, enfin, c'est ce qu'ils disent.

— Qui sont ces autres ?

— Les filles du Gerbal et de la Chaumette. Ah, je me rappelle : elles ont parlé de Chabrit. Je crois qu'elle est de là.

— Bon. Je vais m'informer. Et ne te fais pas de soucis, fit-il en effleurant de la main les cheveux indisciplinés de la jeune fille.

Elle ne recula pas et cela lui fit même plaisir qu'il prenne ainsi sa protection. Pourtant, quand il eut quitté la cuisine, ses craintes la reprirent. Elle l'avait vu en colère et elle n'en pouvait plus douter : c'était le même homme qu'elle avait vu brandissant une hache… D'ailleurs, sa mère l'avait avoué, c'était une famille de coléreux. Alexandre était charmant la plupart du temps, n'empêche que c'était un assassin et qu'elle était à son service. Devait-elle y rester ? Elle se posait la question pour arriver toujours à la même réponse : le quitter pour aller où ? Elle ne pouvait retourner chez son frère qui avait été bien content de son départ et trouver une autre place en ces temps difficiles paraissait malaisé… Il fallait donc qu'elle reste en évitant de susciter sa colère et éviter de lui rappeler son passé.

Fanny était toujours assise à la table, les yeux perdus dans le vague. Marion pensa l'interroger, peut-être savait-elle pour Clément. Elle s'approcha et lui demanda :

— Il se met souvent en colère, Alexandre ?

La vieille femme leva sur elle des yeux égarés et la regarda comme si elle parlait une autre langue. Marion insista :

— Alexandre ?… En colère ?

— Alexandre, non, Prosper… Il criait.

— Il criait. Il vous battait ?

— Prosper criait fort. Tout le monde le sait. Il faut filer droit… Les enfants…

— Et Alexandre ?

— Alexandre comme les autres…

— Clément, vous connaissiez Clément ?

— Il venait faire des fagots…

Elle l'avait déjà dit. Marion s'en souvenait, donc, c'était un familier de la Farelle.

— Il venait souvent ?

— Alexandre et Hubert aussi.

Hubert ? La jeune fille n'en avait pas entendu parler, puis elle se rappela : c'était le frère d'Alexandre, celui qui était à Paris.

— Pourquoi Isabeau ne vient plus ? demanda soudain Fanny.

Comme Marion ne répondait pas, la vieille femme se mit à pleurer.

— Je l'aimais bien, Isabeau… Je ne sais pas ; je ne devrais sûrement pas le dire mais je l'aimais plus que Marianne, elle était si gentille…

De grosses larmes coulaient maintenant sur ses joues ridées.

— Tu sais, Isabeau, reprit-elle, j'avais tout deviné et je l'avais gardé pour moi… Pourquoi, toi, tu l'as dit ? Tu savais bien quand même !… Et pourquoi tu es allée là-bas ? Tu n'as pas pensé aux enfants ni à moi… Isabeau, tu étais si belle, si gentille, pas comme Marianne… Le pauvre Prosper aussi t'aimait bien… Dis, pourquoi tu as fait ça ?

— Qu'est-ce qu'elle a fait, Isabeau ?

Fanny leva sur Marion ses yeux d'un bleu délavé et demanda :

— C'est vous qui m'en parlez ?

— Mais non, je ne connais pas d'Isabeau…

En soupirant, Marion se remit à l'ouvrage. Il fallait oublier. Les divagations de la vieille femme ne lui apprendraient rien.

XXXII

La visite

Il y avait plus de six mois, maintenant, que Marion avait quitté Blachères et elle n'avait jamais eu de nouvelles de ses frères. Elle ne s'en étonnait pas. Ils avaient du travail et ne pouvaient perdre une journée juste pour lui passer un bonjour. Seul, un jour, François, qui avait dû aller se présenter à la gendarmerie pour une déclaration au sujet du tirage au sort, était passé en coup de vent. Elle avait pleuré en le voyant. Il avait encore grandi et elle se trouvait toute petite à ses côtés. Elle l'avait aussi trouvé amaigri et lui avait posé beaucoup de questions sur ce qui se passait dans la vallée. Il avait répondu du bout des lèvres : il y avait une petite Léonie qui était venue agrandir la famille de Pierre ; oui, les affaires marchaient bien… Il n'avait pas de nouvelles de Rosa mais avait aperçu Abel, un jour où il était venu à la ferme avec Bonnefoy échanger des semences avec Pierre. Ils avaient beaucoup parlé et, apparemment, à Nojaret, tout le monde allait bien. Élie grandissait et devenait un sacré garnement…

François parlait, parlait mais elle l'avait trouvé triste, comme éteint. Où était passé le gentil garçon, un peu étourdi, aventureux et débrouillard qui fabriquait des cages pour les animaux et qui étonnait son frère et sa sœur en inventant des jouets invraisemblables ? Il paraissait désabusé et amorphe. Pour le dérider, elle lui demanda des nouvelles de ses lapins. Il haussa les épaules d'un air résigné.

— Ce n'est plus moi qui m'en occupe, je n'ai plus le temps. C'est Phrasie qui les soigne.

Elle sentit pointer la déception et se dit que sa belle-sœur avait dû accaparer les lapins comme elle l'avait fait avec elle pour les affaires de la maison.

— Toi, tu es bien, ici ? demanda François.

Il paraissait anxieux d'entendre sa réponse. Elle n'allait pas lui dévoiler ses états d'âme et répondit d'un ton qu'elle tenta de rendre le plus joyeux possible :

— Ici, tout est bien. Je suis la seule femme et je dirige la maison comme je veux. Il s'agit que le travail soit fait et le patron me laisse tranquille.

François était assis à la table et Fanny lui jetait des regards vaguement effrayés. Marion avait tenté de la rassurer :

— N'ayez pas peur, c'est mon frère.

Mais la vieille femme le surveillait du coin de l'œil. Marion expliqua à François qui était Fanny. Quand le patron entra, elle lui présenta son frère et expliqua à celui-ci qui était Alexandre.

Bientôt, autour d'une tasse de café, tous deux discutaient comme de vieux amis. Alexandre lui posait des questions et François, bien qu'un peu intimidé, répondait du mieux qu'il le pouvait tout en jetant de fréquents regards vers sa sœur.

Le jeune garçon ne pouvait s'attarder davantage et partit le dos voûté. Marion, de la fenêtre de la cuisine, le regardait disparaître au tournant du chemin et, sans qu'elle ne s'en rende compte, des larmes coulaient sur ses joues.

— Tu l'aimes beaucoup ton petit frère, fit une voix derrière elle.

Elle se retourna d'un coup : Alexandre l'observait, l'air songeur.

— Oui, répondit-elle en séchant ses larmes, c'est moi qui l'ai élevé quand ma mère est morte…

Elle se tut. Les mots l'étranglaient. Elle était malheureuse parce qu'elle ne reconnaissait pas dans ce grand garçon le petit frère qu'elle adorait. Elle jeta un coup d'œil sur le chemin vide maintenant et se tourna vers son maître comme pour chercher un appui. Elle balbutia :

— Il me semble qu'il n'est plus le même… Il a beaucoup changé. Avant, il avait tout le temps pour plaisanter. Il avait des tas de projets, il faisait beaucoup de choses… Je ne le reconnais plus…

— Il a grandi et il a changé. C'est un gentil garçon, tu peux être fière de lui.

Marion sourit à travers ses larmes. Elle avait toujours été fière de lui, même si elle avait été obligée de le secouer et de l'encourager pour lui faire faire ses devoirs et obtenir ce fameux certificat qui, d'après Pierre, ne lui servirait à rien.

Alexandre l'observait, perplexe :

— Si tu veux prendre une journée pour aller voir tes frères, on pourrait s'arranger.

Marion leva sur lui des yeux remplis d'espoir. Un espoir qui s'éteignit peu à peu quand elle eut réfléchi :

— Je ne peux pas descendre, il me faudrait la journée et comment feriez-vous ?

— On faisait bien avant ton arrivée ! Il suffirait que tu prépares le repas la veille ; quelque chose de pas trop compliqué et, avec la soupe de la mère, on passerait bien une journée. Si tu peux revenir pour le repas du soir, ce sera suffisant.

Marion pensait déjà au repas qu'elle allait préparer et vivait par avance son retour à Blachères. Elle reverrait ses frères, Phrasie, son neveu et pourrait juger si tout allait bien comme le lui avait dit François...

— Bon, reprit Alexandre, il me faut partir. Réfléchis. Si tu veux descendre, fais-le avant les gros travaux, après ce ne sera plus possible. Tu m'avertis, c'est tout.

— Et Fanny ?

— Ce jour-là, je ne m'éloignerai pas. Ne te fais pas de soucis pour elle.

Quand il fut sorti, Marion resta debout, les bras ballants. Elle sentait son cœur battre plus fort que de coutume. Elle n'aurait jamais pensé que sa famille lui manquait tant... Elle croyait s'être habituée à la Farelle et, maintenant, elle ne voyait que l'heure et le moment de descendre pour retrouver cette ferme dont elle avait tant rêvé autrefois.

Elle ne tarda pas longtemps. Deux jours après, elle expliqua au maître qu'elle laissait un grand plat de pommes de terre qu'il faudrait faire réchauffer et qu'elle prendrait sa journée du lendemain pour descendre à Blachères. En partant, elle jeta un coup d'œil à Fanny qui, assise à la table, commençait à éplucher ses légumes pour la soupe.

Après le premier tournant, elle changea d'allure. Elle ne marchait pas, non, elle sautait, courait, riait et pleurait à la fois. Elle n'essayait pas d'analyser son comportement. Elle était heureuse comme elle ne l'avait jamais été. Elle allait revoir sa maison !… Sa belle-sœur serait heureuse de sa visite et ses frères mêleraient leur joie à la sienne. Elle allait faire la connaissance de la petite Léonie et verrait le regard heureux d'Élie et son sourire étonné en voyant cette tante qu'il avait si peu connue.

Le chemin était caillouteux et difficile mais ses jambes volaient par-dessus les obstacles. Elle parcourut en un temps record les kilomètres qui la séparaient du village et arriva joyeuse et essoufflée en milieu de matinée. Elle s'arrêta à l'entrée du hameau, essuya la sueur qui coulait sur son front, regarda sans se lasser l'activité restreinte des habitants en ce printemps nouveau. Puis elle reprit sa marche et avança presque timidement vers la ferme. Elle réalisa, tout à coup, qu'elle n'était pas attendue et que, peut-être, elle ne verrait personne avant midi. Ses frères étaient au travail et Phrasie… Mais oui, Phrasie était à la maison ; avec deux jeunes enfants, elle ne pouvait guère s'éloigner. Elle s'approcha, traversa la cour et frappa à la porte comme l'étrangère qu'elle était depuis son départ.

— Entrez !

C'était la voix de Phrasie et son angoisse s'apaisa : sa belle-sœur était bien là.

Elle entra et ne distingua pas tout de suite le petit groupe que formaient la femme et ses deux enfants. Phrasie était assise sur une chaise basse donnant le sein à Léonie tandis qu'Élie, assis à ses pieds, s'amusait à assembler des bouts de bois.

— Bonjour, lança-t-elle et, se tournant vers Élie : comme tu as grandi !...

Le petit se rapprocha de la chaise de sa mère en jetant un regard apeuré sur l'arrivante. Phrasie la regarda avancer et, quand elle fut tout proche, demanda :

— Tu as quitté la Farelle ?

— Non, répondit-elle, je suis venue vous voir.

Elle surprit une lueur de soulagement se répandre sur le visage de sa belle-sœur. Elle s'approcha pour voir le minois de sa nouvelle nièce.

— J'ai appris que vous aviez une fille. C'est bien.

Phrasie écarta le petit visage de son sein et Marion put voir une frimousse rose plissée de colère d'être dérangée dans son repas. Les deux femmes éclatèrent de rire, puis Phrasie proposa :

— Puisque tu es là, tu pourrais éplucher les légumes de la soupe, ça m'avancerait.

Docilement, Marion alla chercher les légumes à la cave et s'installa à la table tout en pensant à Fanny qui faisait de même à la Farelle.

Elles se mirent à discuter et Phrasie se plaignit du surcroît de travail que donnaient deux enfants si petits. Les hommes se plaignaient parfois que les repas ne soient pas prêts à l'heure mais trois hommes à nourrir, c'était du travail !

— Heureusement, fit-elle, que ma mère vient m'aider de temps en temps. On va chercher une servante mais, en attendant, j'ai du mal à y arriver.

— Tu as dit trois hommes ?

— Oui, on a un domestique. Mon père ne peut plus travailler, alors on cultive ses champs avec les nôtres.

Discrètement, pendant que Phrasie parlait, Marion examinait la pièce. Elle constata qu'elle n'était pas entretenue comme avant et que beaucoup de choses traînaient un peu partout. Phrasie partit coucher la petite Léonie, suivie par Élie qui regardait toujours sa tante d'un œil noir. Quand elle revint, elle se mit à préparer le repas tout en demandant à Marion si elle se plaisait à la Farelle. Marion répondit que oui et sa belle-sœur n'insista pas. Le silence s'installa. La jeune fille essaya de jouer avec Élie qui se laissa amadouer peu à peu. Il alla même jusqu'à grimper sur ses genoux.

Quand les hommes revinrent pour le repas, il l'avait tout à fait adoptée et riait aux éclats sous l'œil intrigué de sa mère. À l'entrée des trois hommes, le gamin bondit vers son père qui le souleva et lui fit toucher le plafond, puis ce fut au tour de François de le prendre et de le faire sauter en l'air.

Tout cela avait déridé Phrasie qui lança :

— Marion est venue nous voir.

Pierre et François s'aperçurent alors de la présence de la jeune fille. François courut l'embrasser et Pierre resta debout à la contempler.

— Alors, ton patron t'a laissée partir ?

— C'est lui qui m'a proposé de venir vous voir.

Elle allait parler de la visite de François mais se retint : est-ce que le garçon l'avait signalée ?

— C'est vrai qu'on s'est pas vus depuis longtemps. Tu te plais, là-haut ?

Elle dut convenir à nouveau que oui et se rendit compte, en le disant, que c'était bien vrai ! Il y avait plus de six mois qu'elle habitait la Farelle et n'y avait pas langui une seconde.

Tout le monde se mit à table. Phrasie faisait le service et Marion trouva tout drôle de se faire servir. Pendant le repas, ni le domestique, qui semblait avoir un certain âge, ni François ne dirent mot. Le garçon contemplait sa sœur avec tendresse et elle en fut toute remuée.

Par contre, Pierre et Phrasie lui posaient question sur question. Ils voulaient tout savoir : le nombre de brebis du troupeau, la quantité de fourrage engrangé, leur façon de vivre, si la vieille Fanny était aussi sénile qu'on le prétendait, pourquoi Alexandre gardait-il les deux garçons de son frère ? Les questions n'en finissaient pas !...

Marion, qui avait répondu sans méfiance aux premières questions, commença à trouver cet interrogatoire complètement déplacé et se mit sur la défensive. Elle se demandait pourquoi son frère et sa belle-sœur s'intéressaient tant à la famille Lacoste. Le repas se termina par le fromage à la satisfaction de la jeune fille et elle constata que les siens étaient bien meilleurs.

À peine leur couteau refermé, les hommes repartirent vers leurs occupations. Marion aida sa belle-sœur à faire la vaisselle, s'amusa un peu avec Élie avant que sa mère ne décide de le coucher et, finalement, s'en alla, déçue de cette visite dont elle attendait beaucoup et qui la laissait sur sa faim.

En partant, elle décida de dire un petit bonjour à Yvonne. Elle trouva la vieille demoiselle assise à la même place où elle l'avait toujours vue. Quand Yvonne baissa ses lunettes et vit apparaître Marion, elle s'écria :

— Oh, Marion, que c'est gentil de venir me voir !

— Je suis venue voir mes frères et j'ai pensé venir vous saluer.

— Tu as bien fait. Alors, raconte-moi comment ça se passe pour toi, là-haut, à la Farelle ?

— Ça se passe pas mal. J'ai du travail mais le patron me laisse travailler à ma guise et…

— C'est bien, ça. Si tu avais une patronne, elle serait toujours sur ton dos. C'est mieux ainsi, crois-moi. Il n'y a plus de femmes à la Farelle ?

— Si, la vieille Fanny mais elle n'a pas toute sa tête.

— Ah oui, c'est vrai que la femme de Lacoste est morte… Mais, attends que je me rappelle… Il s'était passé quelque chose, là-haut… Il y a quelques années…

— Oui, la mort de la femme d'Alexandre.

— Non avant, un accident… Je ne me rappelle plus…

Marion était tout ouïe mais Yvonne eut beau se torturer la mémoire, aucun souvenir ne lui revint.

— Je chercherai et je finirai bien par trouver, lui confia-t-elle avant qu'elle ne s'en aille.

Après avoir longuement parlé avec Yvonne, la jeune fille reprit lentement le chemin du retour qu'elle avait parcouru si joyeusement le matin.

XXXIII

François et Médor

C'était le milieu de la matinée, le temps était froid et sec. Le givre de la nuit résistait encore au soleil dans les endroits cachés. L'hiver avait jauni les herbes et dépouillé les arbres. Les corbeaux venaient rôder autour des maisons en poussant leur cri lugubre. Un grand feu brûlait dans la cheminée, réchauffant la pièce. Assise à la table, comme à son habitude, Fanny n'avait pas encore commencé à éplucher ses légumes alors que Marion allait et venait autour du buffet qu'elle avait décidé de ranger, aujourd'hui qu'il n'y avait pas trop de travail. Un plat empli de boudins attendait sur la table avec des pommes fraîchement coupées en morceaux.

Elle ne se pressait pas ; elle avait tout son temps. Elle allait s'y mettre quand on frappa à la porte. Il n'était pas rare que quelque colporteur vienne importuner la jeune fille pour lui offrir du fil, des aiguilles, des draps, couvre-lits et autres colifichets. Elle avait beau dire qu'elle n'était que la servante et n'avait pas d'argent, ils insistaient souvent et refusaient de partir... Des mendiants aussi se présentaient à la ferme et, l'hospitalité étant de règle à la Farelle, elle les recevait, leur donnait une écuellée de soupe, un morceau de pain et de fromage et les laissait se chauffer au cantou de la cheminée. Ce jour-là, elle se demanda qui arrivait dans ce froid matin de février. Il était encore bien tôt pour de telles visites. Et c'est assez étonnée que Marion alla ouvrir.

Quelle ne fut pas sa surprise en découvrant, sur le pas de la porte, François et Médor aussi frigorifiés l'un que l'autre ! Elle recula pour les laisser entrer. François fila vers le cantou suivi du chien qui s'ébroua et s'installa à son tour.

— Il n'y a rien de neuf ? demanda la jeune fille imaginant déjà le pire.

François fit non de la tête et tendit ses mains vers les flammes.

— Alors, pourquoi es-tu ici ?

Le jeune garçon fixa les flammes en silence et ne répondit pas. Fanny s'était levée et regardait fixement François. Tout à coup, elle s'exclama :

— Hubert, pourquoi tu es revenu ?

Étonné, le jeune garçon regarda sa sœur, ne sachant que penser.

— Ce n'est rien, elle te prend pour son fils, elle n'a plus toute sa tête. Mais, dis-moi, que se passe-t-il ?

— Je te raconterai mais, d'abord, aurais-tu quelque chose de chaud à me donner ? Je n'arrive pas à me réchauffer.

— À quelle heure es-tu parti de la maison ?

— Je suis parti hier soir.

— Hier soir !... s'exclama Marion.

Elle se hâta de faire réchauffer les restes de soupe du matin et en servit une bonne assiettée à son frère.

— Donnes-en une aussi à Médor, il en a bien besoin.

Marion s'exécuta puis vint se planter devant son frère.

— M'expliqueras-tu à la fin ?

— Je me suis sauvé de la maison.

La jeune fille demeura sans voix. Elle regarda François. Bien sûr, elle avait bien compris que quelque chose n'allait pas entre ses frères. François avait trop changé mais elle n'imaginait pas qu'il partirait ainsi, dans la nuit, sans savoir où il allait…

— Tu as quitté la maison, reprit-elle, mais pourquoi ?

— À cause de lui.

Et François désigna Médor. Marion était stupéfaite, elle ne comprenait pas.

— C'est pour Médor que tu es parti ?

— Oui. Pierre voulait le tuer.

La jeune fille regarda le chien. Repu, il était retourné près du feu et dormait couché en rond face aux flammes. De temps en temps, un frisson faisait onduler ses poils. François le contemplait avec tendresse et en oubliait de manger sa soupe. En voyant le regard du garçon, Marion comprit que, depuis sa plus tendre enfance, François avait toujours considéré Médor comme faisant partie de la famille et vouloir le tuer équivalait à tuer un membre de celle-ci… C'était son confident, son ami, son frère… Elle hocha la tête avec indulgence.

Aussitôt, tous les soucis lui arrivèrent en trombe ; elle n'était pas chez elle, elle ne pouvait garder ni François ni son chien...

— François, qu'est-ce qu'on va faire ? s'exclama-t-elle.

Il leva sur elle des yeux innocents qui n'avaient rien compris à la situation. Il ne voyait aucun problème : il avait quitté son frère pour retrouver sa sœur. Marion hocha la tête : que pouvait-elle faire ? Fanny s'était levée. Elle s'approcha de François :

— Mon pauvre Hubert, répétait-elle, mon pauvre garçon...

François était décontenancé par les réactions de la vieille femme. Il n'osait bouger et lançait à sa sœur des coups d'œil anxieux. Il n'arrivait pas à se faire une idée exacte de ce qui se passait. Cette vieille, qui le prenait pour un autre et qui le caressait comme un bébé, lui faisait un peu peur. Il ne savait que penser.

La jeune fille se secoua : l'arrivée de François n'allait pas lui faire oublier son travail. Elle allait le garder jusqu'à midi et, après, elle en parlerait au maître. Dieu veuille qu'il n'entre pas dans une de ses colères et ne mette pas son frère à la porte... Elle comprenait la réaction de François, mais pourrait-elle le garder auprès d'elle ? Son frère n'en doutait pas mais elle, elle se posait des questions. Elle soupira : que la vie était donc compliquée ! Pourrait-elle, un jour, avoir la paix ?

Elle pensa à Abel, puis à Rosa... Rosa ? Elle pourrait lui envoyer François avant que le maître ne revienne... Mais comment le dire au garçon qui, assis à la table, demeurait sans réaction ?

— Que va dire Pierre quand il ne te verra pas, ce matin ?

— Il dira ce qu'il voudra… Je m'en fiche.

— Il va te chercher, se faire un sang d'encre.

— Hier soir, on s'est disputés. Je lui ai déclaré que je ne voulais pas qu'il tue mon chien. Il m'a répondu qu'il était vieux, qu'il ne servait à rien, qu'il fallait le nourrir. Je lui ai affirmé que s'il le tuait je partirais.

— Et qu'a-t-il répondu ?

— Il a haussé les épaules en disant qu'il verrait bien mais qu'il fallait supprimer cette bête.

La matinée s'étira et, quand les hommes rentrèrent pour le repas, Marion, toute pâle, redoutait que le maître entre dans une violente colère quand il verrait son frère. Il constata seulement :

— Tiens, tu es revenu voir ta sœur.

Il regarda Marion et fronça les sourcils en remarquant sa nervosité.

— Que cela ne nous empêche pas de manger, ajouta-t-il. Tu restes avec nous ? fit-il en s'adressant à François.

Le jeune homme se mit à table. Pendant tout le repas, Marion fut incapable d'avaler une bouchée. Elle se demandait ce qu'il allait advenir de son frère et pensait déjà à l'envoyer chez la tante Rosa pour qu'elle l'héberge le temps qu'il trouve un patron.

Sans le montrer, Alexandre observait Marion. Il avait compris qu'un drame se jouait mais ne savait ce qui se passait. À la fin du repas, alors que Marion était à la souillarde, occupée à ranger, elle entendit Alexandre signifier aux valets :

— Ce soir, continuez sans moi le travail du matin. J'ai à faire. Je vous rejoindrai plus tard.

Les hommes partirent et François demeura face au maître.

— Marion, cria-t-il, viens ici !

Elle s'approcha, tremblante.

— Que se passe-t-il pour que François soit là et que toi, tu aies une telle peur ?

La jeune fille éclata en sanglots. Son frère vint tout près d'elle, lui entoura les épaules de son bras.

— Tout est de ma faute, déclara-t-il, je suis parti de la ferme et je suis venu ici.

— Et pourquoi es-tu parti de la ferme ?

— Il est parti parce que Pierre voulait tuer son chien ! cria Marion.

— C'était mon chien… Depuis que je suis né, on est ensemble et il voulait le tuer parce qu'il est vieux…

Ils se turent, se tenant tous deux face à Alexandre. Le maître ne disait mot. François abandonna sa sœur, alla vers la cheminée, fit lever Médor et se dirigea vers la porte en déclarant :

— Merci pour le dîner, monsieur, au revoir. Marion, à bientôt…

— François !… cria Marion.

— Arrête, lança Alexandre en se levant. Tu es venu chez moi, et je ne t'ai pas demandé de t'en aller.

Le jeune homme s'arrêta et le maître ordonna :

— Reviens.

Docilement, le garçon se rapprocha. Médor regarda tout le monde et retourna à sa place, près de la cheminée.

— Explique-moi, fit Alexandre en se rasseyant, tu t'entendais bien avec ton frère ?

François hésita : il ne pouvait dire qu'il était malheureux, mais il n'était pas satisfait non plus.

— J'étais pas mal, finit-il par lâcher, mais…

— Mais tu n'étais pas content.

— Pas bien.

— Alors tu vas tout me raconter.

Le garçon jeta un regard désespéré à sa sœur qui ne pouvait retenir ses larmes. Il ne pouvait parler devant cet étranger, vider tout ce qu'il avait sur le cœur !… Par contre, il l'aurait bien confié à Marion si elle le lui avait demandé. Comme si elle l'avait deviné, la jeune fille demanda :

— Qu'est-ce qui n'allait pas avec Pierre ?

François se tourna vers sa sœur et, comme si Alexandre n'était pas là, il se mit à parler :

— Avant, quand tu y étais, on était tous les trois pareils mais, maintenant, je suis comme Jean, le domestique. Il me donne des ordres, ne parle de rien, me défend de sortir… Ils m'ont enlevé ma chambre pour la donner à Élie et je dors dans la grange. Jamais il ne me parle comme à son frère et j'ai été obligé de lui demander une nouvelle paire de sabots. Les miens étaient troués depuis longtemps et il ne s'en était pas aperçu… Ils m'ont enlevé mes lapins et, maintenant, Médor…

Il éclata en sanglots comme l'enfant qu'il était encore, s'assit sur la chaise, posa ses bras sur la table et y cacha son visage. Marion s'approcha mais Alexandre lui fit signe de reculer. Pendant quelque temps, on n'entendit que le bruit des sanglots du jeune homme. Des larmes silencieuses coulaient aussi sur le visage de sa sœur. Alexandre n'intervint pas mais, au grand soulagement de Marion, il ne paraissait pas en colère. Fanny s'approcha, toucha les cheveux de François en disant :

— Hubert, pourquoi tu pleures ?

— Maman, va t'asseoir, ordonna Alexandre.

Au bout d'un moment, François releva la tête, sécha ses larmes et s'excusa :

— Je n'aurais pas dû venir ici mais je ne savais où aller. Et Marion…

— … est ta sœur… J'ai compris, tu sais… Bon, tu as quitté la ferme, ton frère va se faire des soucis…

— Je ne crois pas. Quand je lui ai signalé que je partirais avec Médor, il a ri.

— Quel âge as-tu ?

— J'ai seize ans, maintenant.

— Tu n'es pas majeur. C'est ton frère qui est responsable de toi et il va venir te chercher.

— Je ne veux pas y aller ! Gardez-moi. Je travaillerai. Je ne demande rien, seulement que vous gardiez Médor.

— On gardera ton chien. Cesse de te préoccuper pour lui.

Un sourire, le premier, apparut sur les lèvres de François.

— Alors, assura-t-il, je ferai ce que vous voudrez.

— Comprends-moi bien : tu ne peux rien faire si ton frère ne t'y autorise.

— Je partirai et il ne me retrouvera jamais.

— François !... cria Marion.

— Écoute-moi bien, mon garçon, il faut aller trouver ton frère et lui demander son avis. C'est lui qui est responsable de toi devant la loi.

— Je ne veux pas retourner là-bas. Ce n'est plus du tout comme quand tu y étais, fit-il en se retournant vers sa sœur. Phrasie est aussi avare que Pierre. Ah, pour eux, tout est bon mais, pour nous, ils ne nous laissent que les restes. Pour nous, le matin, l'eau bouillie et pour eux la soupe blanche...

— C'est pas possible !... s'insurgea Marion.

— Pour le moment, reprit le maître, tu es ici et tu vas y rester. Si ton frère se préoccupe de toi, il viendra te chercher, sinon on ira le trouver ! Marion, prépare-lui une chambre à côté de celle des garçons. Toi, va m'attendre dehors. Tu vas venir travailler avec moi, j'ai à parler à ta sœur.

François sortit. Après un long moment, Alexandre dit :

— C'est mauvais, cette histoire. Penses-tu que ton frère ne lui fait pas ses droits ?

— Mon frère est avare, c'est vrai. Il a toujours protesté quand il a fallu nous habiller mais jamais il n'avait lésiné sur la nourriture.

— Il lui donne une paye ?

— Je ne crois pas. Il n'en a pas parlé.

— À toi non plus, il ne te donnait pas d'argent.

— Non. Je n'en ai jamais eu.

Elle hésita en pensant aux pièces qu'elle cachait dans sa chambre...

— Et puis mon frère Pierre a pris tout l'argent de notre mère pour louer la ferme et acheter du bétail…

Alexandre hocha la tête : ces deux gamins avaient été sacrifiés à l'ambition de leur aîné. Il se promit de les soutenir.

— En attendant, cesse de te tracasser, fit-il en posant un bras sur son épaule et en l'attirant à lui, ton frère ne sera pas à la rue.

— Merci, répondit-elle en levant sur lui des yeux encore brillants de larmes.

XXXIV

Explications

Deux jours passèrent. Marion faisait son travail avec fébrilité. Elle était souvent à la fenêtre, attendant la venue de son frère voulant s'informer de François. Elle ne pouvait croire qu'il ne se douterait pas qu'il était à la Farelle et il viendrait le chercher. Fanny la sentant nerveuse, s'étonnait :

— Pourquoi tu t'agites, Marianne, c'est parce que Hubert est revenu ?

Elle ne prenait pas la peine de lui répondre et continuait son travail avec rage.

Le troisième jour, alors que François était parti aux champs avec les hommes, Marion vit arriver la carriole de Marcel avec Pierre et Phrasie.

— Enfin, soupira-t-elle, en regrettant que son frère ait amené sa femme.

Elle aurait aimé discuter seule avec Pierre. Devant Phrasie, elle avait toujours été gauche et elle perdait ses moyens ; elle se faisait l'effet d'un oiseau pris au piège. Elle attendit qu'ils descendent de la voiture et viennent la rejoindre ; elle verrait bien ce qu'ils allaient dire. Elle alla tout de même leur ouvrir la porte, leur évitant la peine de frapper.

— Bonjour, fit-elle, entrez.

— Est-ce qu'il est ici ? demanda Pierre, anxieux.

— Oui. Il est arrivé avant-hier.

Il poussa un soupir de soulagement qui fit du bien à Marion.

— Asseyez-vous, fit la jeune fille, il est parti aux champs avec le patron et les domestiques. Ils ne vont pas tarder à rentrer.

— Qu'est-ce qui lui a pris, enfin ? demanda Pierre.

— C'est à cause de Médor que tu voulais tuer.

— À cause d'un vieux chien, s'indigna Phrasie, faire toute une histoire pour un chien !

— Ce chien a été son compagnon depuis sa naissance. Il a vécu avec lui tous les deuils qui nous ont frappés.

— Ce n'est pas une raison.

Marion était outrée que sa belle-sœur ne comprenne pas l'attachement de l'adolescent pour Médor, elle répliqua :

— Il n'avait que ce chien qu'il aimait et vous vouliez le tuer !

— Un chien n'est qu'un chien...

Marion se tut. Inutile de lui expliquer, elle ne comprendrait pas. Pour elle, n'avait de valeur que ce qui pouvait servir ou se monnayer : un vieux chien ne comptait pas !

Phrasie jetait des regards à droite et à gauche, du grand buffet de noyer orné de belles sculptures florales en passant par la grande cheminée à l'énorme pierre qui en constituait le manteau pour se terminer sur les deux chaudrons de cuivre aussi brillants qu'un miroir. Elle finit par dire :

— Elle n'est pas mal cette maison… Il y a une souillarde ?

— Oui, tu veux la voir ?

La femme se leva et suivit Marion. Après la souillarde, elle voulut voir les chambres. Marion consentit à lui montrer la sienne et celle des deux enfants mais se refusa à ouvrir celle d'Alexandre ou de Fanny.

— Et la vieille, demanda-t-elle, elle est muette ?

En effet, depuis leur entrée, Fanny n'avait pas proféré une parole. Elle s'était réfugiée dans le cantou, tassée sur sa chaise, et, de loin, regardait ces étrangers qui venaient envahir sa cuisine. Marion éclata de rire :

— Oh non, elle n'est pas muette mais elle est timide et ne vous parlera que quand elle sera habituée. Mais qu'avez-vous fait des enfants ?

— On les a laissés chez ma mère. Ton frère ne vivait plus : il avait peur qu'il soit arrivé quelque chose à François. Je lui ai dit : « Où veux-tu qu'il soit ? Il est chez Marion. » Mais il a fallu venir voir…

Comme les hommes n'arrivaient pas, Pierre sortit et Marion le vit entrer dans la bergerie puis examiner les outils du hangar. Quand il revint, il demanda :

— Elle est bien plus grande que la nôtre, cette propriété ?

Marion n'en savait rien. Elle haussa les épaules.

— C'est pas tout à fait pareil ici qu'en bas. Il n'y a que des brebis.

Fanny, un peu moins apeurée, sortit de son refuge et termina sa soupe. Elle jetait quelques regards intrigués à Phrasie mais ne disait mot.

— Fanny, lui expliqua Marion, c'est ma belle-sœur, la femme de mon frère.

— Ah, ton frère du Chastel !... Je ne l'avais pas reconnu.

— Qu'est-ce qu'elle raconte ?

— Elle vit dans le passé et me prend souvent pour Marianne, la femme décédée du patron.

— Tu lui ressembles ?

— Je ne sais pas. D'autres fois, elle ne sait pas qui je suis et me prend pour la femme de son autre fils !

Marion prépara le repas comme chaque jour en se demandant si Alexandre allait inviter la famille Roman au grand complet. Vers midi et demi, les hommes rentrèrent harassés. François avait reconnu la voiture de Marcel et hésitait à avancer.

— Allons ! lui dit Alexandre, il vaut mieux vider l'abcès tout de suite. Entre, tu verras bien.

Quand Pierre aperçut François, il s'approcha et cria :

— Mais pourquoi tu es parti comme ça ? On s'est fait un sang d'encre !

— Bonjour, monsieur Roman, fit Alexandre en lui tendant la main. Comme vous le voyez, ce garçon est venu à la Farelle.

— Bonjour, répondit Pierre un peu ennuyé de s'être laissé emporter. Ce chenapan est parti sans rien dire et je me faisais du souci.

— Je comprends cela. Mais asseyez-vous donc, vous partagerez notre repas et nous discuterons de cette affaire le ventre plein. Bonjour madame, ajouta-t-il en se tournant vers Phrasie, rouge de confusion.

Phrasie n'était pas tout à fait une inconnue pour lui. Ils s'étaient rencontrés plusieurs fois à Blachères et la jeune fille qu'elle était alors n'était pas restée insensible à la beauté du jeune veuf, hélas sans résultat aucun.

— Marion, déclara le patron, mets deux couverts de plus. Ton frère et ta belle-sœur sont mes invités.

La jeune fille s'exécuta. Elle était anxieuse de voir ce qui allait se passer et de ce qu'il adviendrait de François. Le repas fut animé. Phrasie voulait tout savoir de la Farelle, depuis le nombre de brebis jusqu'à l'étendue de la propriété et la vie sur le causse.

— Demandez à votre belle-sœur, fit Alexandre sans rire, il me semble qu'elle s'est assez bien habituée au plateau.

Marion remarqua qu'avec un art consommé il répondait à Phrasie, mais ne disait que des choses sans grande importance, laissant la curieuse sur sa faim. Elle se demandait ce qu'il fallait le plus admirer : l'audace de Phrasie ou la malignité d'Alexandre.

Le repas fini, les domestiques sortirent alors qu'Alexandre ordonnait à François de rester. Il demanda à Marion de desservir la table et de servir la goutte. Les deux hommes dégustèrent leur eau-de-vie. Phrasie fit un « canard » dans la tasse de son mari et Alexandre fit apporter une soucoupe où il versa un peu d'eau-de-vie. Il y posa trois sucres : un pour Fanny, un pour Marion et le dernier pour François.

— Maintenant, fit-il en se tournant vers Pierre, que voulez-vous faire de ce jeune homme ?

Un peu décontenancé, Pierre ne répondit pas. Phrasie répondit à sa place :

— On pensait qu'il pourrait revenir à la maison.

— Tu veux y retourner, toi ? fit Alexandre à François.

Le garçon ne répondit pas.

— Peut-être ce garçon a-t-il d'autres projets... Il peut vouloir gagner un peu d'argent...

— Il n'est pas malheureux chez nous, reprit Phrasie. Et puis il doit obéir à son frère.

Marion, qui écoutait, n'en revenait pas : elle s'étonnait du comportement de sa belle-sœur. Elle avait tout fait pour l'éloigner, elle, Marion ; et voilà que, maintenant, elle voulait garder François !

— Tout travail mérite salaire, ce jeune homme a droit au sien.

Personne ne répondit. Alexandre continua :

— Je peux lui trouver du travail, si vous êtes d'accord.

— Du travail !... reprit Phrasie. Qu'il fasse domestique chez nous ou chez un autre, c'est pareil.

Le silence revint et François le rompit en déclarant d'une voix grave, proche des larmes :

— Je ne veux plus faire domestique ; je veux chercher autre chose.

C'était tout ce qu'il avait trouvé pour faire comprendre qu'il ne voulait pas retourner à Blachères.

— Et que crois-tu faire d'autre ? Tu feras domestique ou rien...

— Cette propriété, elle est un peu à nous aussi... À Marion et à moi !

Un silence lourd comme du plomb envahit la cuisine et Pierre, sortant de son mutisme, s'exclama :

— C'est moi qui l'ai louée. Je m'en suis occupé et j'en ai tiré le meilleur alors que tu n'étais qu'un enfant que j'ai élevé.

— Et Marion ?

Pierre ne répondit pas. Il était conscient qu'il n'agissait pas tout à fait selon la justice mais cette ferme, c'était la sienne ! Il ne la partagerait pas ! Il préférait abandonner son frère. Tant pis s'il devait employer un autre domestique mais cette ferme, elle était bien à lui...

— Que veux-tu faire ? fit-il en regardant François dans les yeux.

— Je ne le sais pas encore mais je trouverai. Si monsieur Lacoste veut me garder quelques jours, le temps que je trouve du travail, ajouta-t-il en se tournant vers Alexandre.

— Mais... et nous ? s'exclama Phrasie.

— On y arrivera bien, lança son mari d'une voix furieuse.

— Moi, je veux bien te garder en attendant mais il faut que ton frère soit d'accord, fit Alexandre.

Pierre et Phrasie se levèrent pour partir. Le maître les raccompagna à la porte, leur serra la main en disant :

— Merci de votre visite. Alors, qu'en dites-vous ?

— Gardez-le puisqu'il ne veut plus travailler pour nous et faites ce que vous voudrez de cette tête de mule.

— Pour un chien... marmotta Phrasie en descendant l'escalier.

Marion qui avait assisté à la scène sans réagir ressentait une douleur sourde au creux de sa poitrine. C'était bien fini, elle n'avait plus de famille... Si Vincent et Martine voyaient ça ! Pierre abandonner François et celui-là vouloir partir... Ils devaient se retourner dans leur tombe. Elle se demandait aussi ce que son cadet avait en tête quand il disait ne plus vouloir faire domestique... Qu'envisageait-il ?

Les adieux de Pierre et de Phrasie furent brefs. Ils reprirent leur carriole et disparurent au tournant du chemin. Quand ils furent partis, Alexandre éclata de rire.

— Eh eh, fit-il, toi, tu es un petit malin...

François rit avec lui tandis que Marion les regardait sans comprendre. Alexandre se tourna vers elle.

— Tu n'as pas compris la ruse de ton frère ?

Elle fit non de la tête et l'homme se remit à rire.

— Ta belle-sœur voulait garder François mais pas le payer... Pierre, qui tient à sa ferme comme à la prunelle de ses yeux, ne veut en aucun cas la partager. Il préfère abandonner cet ouvrier qui ne lui coûtait rien plutôt que de vous voir mettre votre nez dans ses affaires... C'était bien calculé et ça a marché...

Il s'arrêta de rire et expliqua plus sérieusement :

— Mes pauvres enfants, je crains que vous ne vous soyez fait rouler par votre frère. Il a affermé la propriété en son nom et, officiellement, vous n'avez aucun droit.

— Oui, mais c'est avec l'argent qu'avait donné notre mère qu'il a loué la ferme et acheté le bétail.

— C'est vrai, mais as-tu des reçus de cette somme ?

— Non. Elle était dans une boîte et je la lui ai donnée.

— Mes pauvres petits, vous n'avez droit à rien.

— Le jour où je lui ai porté la boîte, j'ai gardé quatre pièces : deux pour François et deux pour moi. J'aurais dû en garder plus… Dire que j'avais des scrupules !

— Tu as gardé deux pièces !… s'exclama François.

— Oui, mais je te les donnerai que quand tu en auras vraiment besoin.

— Et, pour le moment, tu n'en as pas besoin. Tu vas venir travailler avec moi.

Ils quittèrent la salle laissant Marion à sa rage et à son travail. En partant vers les champs, Alexandre demanda :

— Est-ce vrai que tu ne veux pas être domestique ou as-tu dit ça pour ennuyer ta belle-sœur ?

— Comment avez-vous deviné ? Je ne voulais pas retourner là-bas. Je suis mieux, ici, chez vous que chez mon frère.

— Oui. Mais le problème, c'est que j'ai assez de domestiques et que je ne pourrai pas te garder.

— Vous n'aurez pas besoin de me payer, il suffit que je sois nourri et logé.

— J'ai reproché à ton frère de ne pas te payer et tu veux que je le fasse moi-même ?

— C'est pas pareil.

— Ah non ! C'est pire. Si tu travailles, tu dois être payé. Je vais voir ce que je peux faire.

Le soir, après le souper, alors que les domestiques et François étaient partis, Alexandre s'attarda pour lire le journal. Quand Marion eut fini le rangement et fut remontée de la cave où elle déposait les fromages, il lui demanda :

— Alors, que penses-tu de ton frère ?

— De François ?

— Non, de Pierre et de sa femme.

Elle rougit et avoua :

— J'ai honte. J'avais toujours eu confiance en lui. Je croyais qu'il nous ferait notre droit mais, à présent, je sais que je me suis trompée. Moi, si vous voulez bien me garder, j'ai une place. Mais François...

— Cesse de te faire toujours du souci pour les autres. François est jeune et en pleine santé, il peut travailler. Toi, tu aurais pu prétendre à mieux qu'à faire la servante.

Que voulait-il lui faire comprendre ? Qu'elle ne trouverait pas de mari sans dot et sans argent ?... Cela, elle le savait, et ça lui importait peu, elle ne se sentait pas malheureuse... Et même, si François trouvait un travail qui lui plaise, elle pourrait devenir heureuse comme elle ne l'avait jamais été...

Elle jeta un œil sur Alexandre mais il était plongé dans son journal et semblait se désintéresser alors de la question.

XXXV

Tendresse

Pendant quelques jours, le maître envoya François dans les champs. Lui prenait la jardinière et s'en allait à Mende. Il ne rentrait que le soir pour le repas. Marion n'osait rien demander mais se posait des questions : Alexandre allait-il garder François ? Elle s'en réjouissait, pensant qu'elle pourrait veiller sur lui comme elle l'avait toujours fait mais, au bout d'une semaine, le patron annonça à Marion :

— Ton frère a l'air de s'habituer, ici.

— Oui mais…

Elle eut envie de demander : « En avez-vous besoin ? », mais elle ne le fit pas.

— Il faudra bientôt qu'il tire au sort, reprit le maître. S'il tire un mauvais numéro, il partira pour sept ans…

— Pour sept ans, s'exclama la jeune fille, que c'est long !

— Ça dépend de ses goûts ; s'il se plaît à l'armée, il pourrait faire une belle carrière.

— Mais il faut faire la guerre !

— On n'est pas en guerre… Quoiqu'on parle de revanche avec l'Allemagne… S'il y a une guerre, tous les hommes partiront. Alors…

Marion le regarda : elle n'avait pas songé à tout ça...

— Il faudrait qu'il cherche une place, osa-t-elle dire la mort dans l'âme.

— J'ai essayé de trouver mais les places ne courent pas les rues, surtout en cette saison. Tous les fermiers ont leur personnel et le travail n'est pas pressant. En attendant, il reste ici.

Quand Marion rapporta cette conversation à son frère, il ne dit rien. Elle insista :

— Ça te plairait d'aller à l'armée ?

— Pourquoi pas ? Je voudrais voir du pays.

— Et s'il y a une guerre ?

Il eut un geste fataliste.

— Dis donc, il est gentil ton patron de me chercher une place... Pourquoi fait-il tout ça ? Tu peux dire que tu es bien tombée en venant ici.

Marion ne répondit pas. Elle repensa au visage plein de haine et de colère et à la main qui levait une hache, un jour de septembre...

— Il n'est pas mieux que les autres patrons, se défendit-elle. Le travail doit être fait.

— Oh que si. Pense à M. du Rocher et à Pierre ! Tu crois qu'ils me chercheraient une place ? Et pourtant, acheva-t-il tout bas, Pierre c'est mon frère...

— Il te faudra bien descendre à Blachères chercher tes vêtements.

François fit la moue.

— Il faut vraiment que je retourne là-bas ? Je vais me faire enguirlander... Ici, devant ton patron, ils n'ont pas osé protester mais tu verras, Phrasie et sa mère, ce qu'elles vont me dire !

— Tu veux que j'y aille à ta place ?

— Tu ferais ça ?

— Oui, mais il faut que j'en parle au patron.

— Oh, il t'a à la bonne, il ne dira pas non.

François se trompait. Quand elle en parla à Alexandre, celui-ci la regarda, stupéfait :

— Quoi ? Tu veux aller chercher quelques vêtements ? Ton frère ne peut pas y aller ?

— Il appréhende, fit-elle, pas très rassurée. À moi, Pierre ne dira rien...

— Marion, ce n'est pas toi qui as quitté la maison, c'est ton frère. Qu'il aille chercher ce qui lui appartient !

Il ne laissa pas éclater sa colère mais elle voyait qu'il se dominait. Ses yeux étaient devenus noirs, il serrait les lèvres et la jeune fille le revit la hache à sa main... Elle n'insista pas et retourna à son travail.

Le même soir, elle se préparait à apprendre à François que le patron ne voulait pas qu'elle descende à Blachères, mais le garçon la devança :

— Alexandre m'a fait comprendre que c'était à moi d'aller chercher mes habits et que je n'avais pas à te mêler à ça. J'y vais, demain matin.

Marion ne répondit pas. Elle était contrariée pour son frère et pensait, sans oser le prononcer, que son patron se mêlait de choses qui ne le regardaient pas. Pourtant, elle ne pouvait nier qu'il avait accueilli François qui aurait été bien mal loti si Alexandre l'avait rejeté...

Toute la journée du lendemain, Marion attendit anxieusement le retour de François. Elle faisait son travail avec fébrilité et jetait de fréquents coups d'œil à la fenêtre dans l'espoir de le voir apparaître. Son anxiété était si visible que même Fanny la remarqua :

— Pourquoi tu t'inquiètes, Marianne, va chercher Isabeau pour t'aider.

La jeune fille eut envie de lui répondre vertement qu'elle n'était pas Marianne, et puis elle se ravisa :

— Vous savez bien qu'Isabeau n'est pas là, lui répondit-elle.

— Mais si. Elle doit être en haut, à s'occuper des enfants.

— Les enfants sont à l'école.

La vieille femme regarda Marion comme si elle n'avait pas compris :

— Elle est peut-être allée se promener.

— Elle va souvent se promener ?

Cette fois, Fanny eut un éclair de lucidité. Elle ouvrit de grands yeux, mit ses mains sur ses oreilles et se mit à pousser un long hurlement qui se termina par ces mots :

— Le rocher, le rocher !

Effrayée, Marion s'approcha de la vieille femme et la prit dans ses bras. Elle la fit asseoir dans le fauteuil du cantou et lui porta un verre d'eau sucrée :

— Là, c'est fini, fit-elle, se maudissant d'avoir essayé de lui soutirer ses secrets.

Fanny tremblait et regardait fixement devant elle. Elle ne prononçait plus des phrases vides de sens comme elle en avait l'habitude, elle ne songeait même pas à aller chercher les légumes pour la soupe comme tous les jours. Petit à petit, la chaleur du feu l'endormit et Marion se jura de ne plus jamais la provoquer ainsi. La vieille femme sommeilla une partie de la journée et ne se réveilla qu'à l'heure du repas du soir, parfaitement égale à elle-même.

La jeune fille soupira. Elle devait aussi surveiller Médor qui aurait voulu suivre son maître mais ses vieilles pattes ne lui permettaient plus de parcourir une telle distance. Il était couché aux pieds de Fanny, l'oreille aux aguets, essayant de reconnaître les pas familiers.

François arriva juste pour le repas du soir, portant un sac de jute sur son dos comme un mendiant. Les domestiques étaient occupés à la traite, Alexandre lisait le journal, Fanny était perdue dans son monde et Marion était affairée à la souillarde.

— Bon, fit le patron quand il ouvrit la porte, te voilà, tu t'en es bien tiré ?

Marion sortit et demanda :

— Ça s'est bien passé ?

Elle s'essuyait les mains à un torchon et l'on sentait son soulagement. François haussa les épaules tandis qu'Alexandre ne la quittait pas du regard et paraissait perplexe. Le jeune homme monta dans sa chambre et Marion allait retourner à son travail quand son patron l'interpella :

— Marion, tu ne devrais pas couver ton frère comme ça, ce n'est plus un enfant.

— Je le couve pas ! Je l'avais abandonné depuis plus d'un an.

— Tu ne l'avais pas vu depuis longtemps, c'est vrai, mais tu ne cesses de penser à lui.

— C'est mon petit frère, ma mère me l'a confié.

— Je sais, je sais, mais c'est pas bon pour lui ce que tu fais.

Elle le regarda, l'air mauvais, mais ne répondit pas.

— Laisse-le vivre, que diable !... Il faut qu'il prenne sa vie à bras-le-corps, comme tu l'as fait, toi. Il a voulu quitter son frère ! Qu'il apprenne à se débrouiller !

— Il ne connaît rien à la vie et vous aviez promis...

— Oui, mais c'est un homme maintenant ! Alors ne sois pas mère poule.

Marion ne sut que répondre et retourna tristement vers la souillarde. Tout en lavant la salade, elle avait le cœur gros. Elle devait bien reconnaître qu'elle avait toujours protégé François. Il était le plus petit et ne savait pas se défendre, pensait-elle, elle se considérait un peu comme sa mère. Jusqu'à ce jour, elle avait cru bien faire, mais aujourd'hui elle avait l'impression qu'elle avait failli à sa tâche. Elle aurait dû se douter que les deux frères ne pourraient s'entendre : ils étaient trop différents. L'idéal aurait été qu'ils trouvent une place où on les aurait employés tous les deux...

Tout à ses pensées, elle sursauta quand elle se sentit saisie par des bras vigoureux et que, se retournant, elle se trouva face à Alexandre, tout près de lui, bien trop près...

Et pourtant, elle ne songea pas à s'enfuir ni à avoir peur. Aucun souvenir ne vint s'interposer cette fois entre elle et lui. L'homme la serra contre lui, puis passa ses doigts sous ses yeux pour en essuyer les larmes et lui dit :

— Ah Marion, ma douce et tendre Marion, pense un peu à toi et pas toujours aux autres... As-tu, un jour dans ta vie, été un peu heureuse ?

Elle le regardait, ne faisait pas un geste et attendait elle ne savait quoi...

Alors il se pencha et lui donna un baiser, un baiser comme elle n'en avait jamais reçu qui la bouleversa, la rendit toute molle dans ses bras et lui fit perdre la notion du temps...

Cet instant béni ne dura pas assez à son goût. Alexandre la lâcha aussi soudainement qu'il l'avait attirée. Il la regarda d'un air égaré, passa une main sur ses yeux et repartit sans rien dire, la laissant seule, abandonnée et aussi désorientée qu'une feuille d'automne en plein vent...

Elle le regarda reprendre son journal comme si de rien n'était. Elle entendit descendre François et les domestiques arriver avec leurs seilles remplies de lait mousseux. Ils les posèrent à l'endroit prévu, sortirent de la souillarde, paraissant étonnés que la table ne soit pas mise. Marion se hâta de sortir écuelles et couverts, aida Fanny à s'installer. Tandis que chacun prenait sa place, elle alla chercher la soupière fumante qu'elle posa au milieu de la table. Alexandre s'installa à son tour, servit sa mère, se servit puis passa la soupière à la ronde.

Au cours du repas, le maître interrogea les domestiques sur le travail du jour et parla des tâches décidées pour le lendemain comme il le faisait tous les jours. Alexandre raconta un fait divers qu'il avait vu dans le journal : un vol avait été commis dans un magasin de Mende. Félicien expliqua qu'un élève de l'école qui habitait à côté en avait parlé. Puis le silence tomba et personne ne songea à le briser. Marion avait l'estomac noué et pensait ne pouvoir rien avaler. Elle se força et, peu à peu, elle s'aperçut qu'elle mangeait de bon appétit et même qu'elle avait très faim.

Elle jetait, de temps à autre, un regard à Alexandre qui, bien que taciturne, ne paraissait pas s'intéresser à elle plus que d'habitude. Le repas fini, elle leva la table et partit à la souillarde pour faire la vaisselle. Les hommes ne traînèrent pas et partirent se coucher. Marion espérait et redoutait à la fois une visite d'Alexandre, mais il n'apparut pas et ce fut François qui entra. Elle en fut surprise, tout d'abord, puis se rappela qu'il était descendu à Blachères.

— Tu avais peur et tout s'est bien passé ?

— Oh oui. Je n'ai vu que Phrasie. Elle avait réuni toutes mes affaires dans un sac et l'avait posé dans un coin de la cuisine en attendant que je vienne le chercher.

— Tu n'as pas vu Pierre ?

— Non. Il était aux champs. Il a embauché un nouveau domestique. Il faudra bien qu'il le paye celui-là ! Et dire qu'il ne m'a jamais donné un sou...

— Il te payait tes habits, le défendit-elle.

— Tu parles ! Cette peste de Phrasie, elle m'a mis le beau costume qu'on avait acheté pour la noce tout au fond du sac. Il est tout froissé... Elle l'a fait exprès !

Il s'attendait à ce que sa sœur se répande en lamentations, mais elle garda le silence. Profondément étonné, il insista :

— Tu as entendu ce que je t'ai dit ?

— Oui, et j'espère que ce n'est pas trop grave. Demain matin, je viendrai le chercher et je verrai ce que je peux faire. J'espère qu'un bon repassage fera l'affaire.

— Ah, j'ai quelque chose pour toi. Yvonne a su que j'étais à Blachères et a envoyé Adrien Durand pour me dire de passer chez elle. Elle m'a demandé de tes nouvelles et m'a donné un paquet pour toi. Je l'ai posé sur le lit.

— Un paquet pour moi !

François sortit et, la curiosité la poussant, Marion ne fut pas longue à monter dans sa chambre. Elle y vit le petit paquet et l'ouvrit avec fébrilité. Elle découvrit un petit médaillon au bout d'une chaîne. Comme Yvonne ne savait pas écrire, aucun mot d'explication n'accompagnait l'envoi. Elle se demanda ce que cela signifiait et se dit qu'elle irait le lui demander à la première occasion. Le médaillon s'ouvrait, mais il n'y avait rien à l'intérieur. Elle le contempla un moment et il alla rejoindre les pièces d'or et la montre de Clément.

Marion se coucha mais le sommeil tarda à venir. Elle se demandait si elle n'avait pas rêvé ce baiser si long, si doux et si étrange aussi…

XXXVI

Nouvelle orientation

Le lendemain, Marion redoutait la première rencontre avec Alexandre mais il resta égal à lui-même tout au long de la matinée et, si elle n'avait pas été certaine de sa mémoire, elle aurait pu croire avoir rêvé. Les hommes partirent comme tous les matins et elle resta seule avec Fanny qui épluchait ses légumes comme à l'accoutumée. Elle sortit chercher quelques poireaux pour ajouter à la soupe et en profita pour tirer quelques mauvaises herbes qui pointaient déjà leurs pousses alors que le pays sortait à peine de l'engourdissement de l'hiver. Elle revenait lentement vers la maison quand elle vit arriver Félix. Il y avait longtemps qu'elle ne l'avait pas vu et croyait qu'il l'avait oubliée.

Cette fois, il ne venait pas emprunter quelque outil mais avait besoin d'Alexandre pour vêler une vache. Le maître avait une certaine expérience dans ce domaine et beaucoup de paysans venaient le chercher en cas de problème. Marion lui expliquait où trouver le patron quand ils le virent arriver. Quand il les vit, ses yeux devinrent sombres et il dit sèchement à Félix :

— Je t'avais demandé de ne plus venir ennuyer ma servante.

— Mais je suis venu pour...

— Fiche le camp et laisse-la travailler.

— Il est venu vous chercher pour une vache ! cria Marion alors que Félix restait sans voix.

Alexandre se tourna vers le jeune homme.

— C'est vrai ?

— Oui, et c'est une vache qui ne peut pas vêler et...

— C'est bon, je viens.

Il se tourna vers Marion.

— Toi, retourne à ton travail. Félix, attends-moi. Je vais prendre les outils et je te rejoins.

La jeune fille prit ses poireaux et s'en alla vers la maison. Alexandre se dirigea vers l'étable pour atteler le cheval. En passant, il jeta à Marion un étrange regard mais ne lui adressa pas la parole ; elle en fut toute remuée. Croyait-il vraiment qu'elle s'intéressait à Félix ? Dans le regard qu'il avait jeté sur elle, il y avait de la peur et de la colère. Elle en était heureuse et terrifiée en même temps.

Elle ouvrit la porte et trouva Fanny fort agitée. Elle était à la fenêtre et regardait Félix qu'elle ne semblait pas reconnaître.

— Enfin, Isabeau, cria-t-elle en voyant entrer la jeune fille, tu recommences ! Tu ne t'arrêteras jamais !...

Interdite, Marion ne sut que répondre.

— C'est qui celui-là ? fit la vieille femme en désignant Félix.

— C'est Félix de la Chaumette.

— Mais non, c'est l'autre ! Je le reconnais bien, va.

— Quel autre ?

— C'est ça, fais ta mijaurée... Comme si tu ne le savais pas !

— Je ne sais pas de qui vous parlez.

— De celui qui te court après et que tu attires avec tes sourires.

— Mais je n'attire personne.

— À d'autres. Il y a longtemps que j'ai deviné bien des choses et sois heureuse qu'il n'y ait que moi qui m'en sois aperçue...

Marion posa les poireaux sur la table et décida de faire parler la vieille. Elle allait savoir quel secret elle cachait et qu'Alexandre connaissait aussi. Elle s'approcha de Fanny et demanda :

— Alors, donnez-moi le nom de cet homme et je vous dirai si vous avez deviné juste.

Mais, au même moment, la vieille femme aperçut les poireaux, elle se précipita et se mit à les nettoyer. Elle les coupa, les lava et Marion ne put rien savoir. Elle se maudit de n'avoir pas caché les légumes qui exerçaient sur Fanny une réelle fascination. Avec un soupir, elle reprit son travail. Ce n'était pas aujourd'hui qu'elle découvrirait le secret des Lacoste.

Quand arriva l'heure du repas, Alexandre ne parut pas. Tous mangèrent en silence et les domestiques repartirent vers leur travail. En partant, François demanda :

— Tu as vu l'état de mon costume ?

— Non, répondit-elle, ce matin, je n'ai pas eu le temps.

Dès qu'elle le put, Marion monta dans la chambre de François et trouva le costume étendu sur le lit. Évidemment, il avait souffert de son séjour au fond du sac mais rien qui ne puisse s'arranger avec un bon repassage. Elle l'emporta et s'en occupa une partie de la soirée. Quand il fut en état, elle le mit sur un cintre et le suspendit à la porte de l'armoire à une pointe mise à cet effet. Quand elle descendit, Alexandre était arrivé. Elle ne l'avait pas entendu entrer et en fut surprise. Il ne paraissait plus en colère et, assis à la table, il lisait le journal.

— Voulez-vous que je vous fasse réchauffer le repas ? demanda-t-elle timidement.

— Non, répondit-il sans la regarder, j'ai dîné à la Chaumette.

Fanny somnolait dans le cantou ; Marion, ne voulant pas rester seule avec Alexandre, sortit de la pièce. Elle se dirigea vers le jardin. Il serait bientôt temps de le nettoyer et d'enlever les mauvaises herbes pour commencer les semis de printemps. Elle s'en occupait mais c'étaient les domestiques qui retournaient la terre avant qu'elle ne fasse les plantations.

Elle prit une binette et enleva les premières herbes qui, ayant senti un vent plus doux, commençaient à pointer de petites tiges vertes. C'est alors qu'Alexandre vint la rejoindre.

Quand elle le vit se diriger vers elle, elle se mit à trembler comme une feuille. Il avait le visage sombre et sans la regarder demanda :

— Il y avait longtemps que Félix était là ?

— Non, il venait d'arriver et allait venir vous rejoindre.

— Qu'est-ce qu'il y a entre toi et lui ?

— Mais rien. On se connaît depuis longtemps. Il était venu moissonner chez nous.

— Et il t'avait embrassé.

— Mais non ! Qu'est-ce que vous croyez ? Je suis sérieuse, moi.

— Je le sais bien... marmonna-t-il entre ses dents. Bon, parlons de ton frère ; ça s'est passé comment à Blachères ?

— Bien, d'après ce qu'il m'a dit. Phrasie lui avait préparé son sac et il était furieux parce qu'elle lui avait chiffonné son costume neuf.

Il esquissa un sourire et le cœur de Marion se mit à battre.

— Ce soir, je lui proposerai un travail, fit-il en sortant du jardin, et, à la déception de la jeune fille, il n'ajouta rien de plus.

Elle reprit son ouvrage et elle avait envie de pleurer et de rire à la fois : elle voulait qu'il s'intéresse à elle et, en même temps, elle ne le voulait pas... Elle avait toujours à l'esprit les histoires que la tante Reine lui racontait au sujet des patrons qui abusent de leur servante, mais aussi elle avait toujours devant les yeux le crime dont elle avait été témoin étant enfant... Elle aurait dû le haïr pour tout cela mais voilà que non seulement elle ne le haïssait pas, mais en plus elle l'aimait !... Son cœur, qui n'avait jamais battu pour personne, lui faisait mal et pesait lourd dans sa poitrine. Elle savait qu'elle ne devait pas s'abandonner à cet amour car elle serait alors une fille perdue. Elle devait lutter contre cette attirance, ce désir irrésistible qui la poussait dans les bras d'Alexandre et qu'elle n'était pas sûre de pouvoir surmonter. Elle songea à sa mère, à tante Reine et à Rosa… Rosa ?… Elle était sûre qu'elle n'avait pas toujours été fidèle à son mari. Il fallait qu'elle aille la trouver et lui demander conseil. Si elle écoutait la voix de la raison, le mieux pour elle serait de quitter la Farelle et de chercher un autre patron. Elle pourrait partir avec François et chercher du travail avec lui. Quelle raison invoquer pour partir ? Un baiser ? C'était un peu léger et elle ne pouvait l'avouer à personne. Elle se ferait une réputation de fainéante et de fantasque ne pouvant rester en place…

Peut-être se faisait-elle des illusions et le baiser d'Alexandre était-il simplement une preuve d'amitié… Malgré son inexpérience, elle en doutait et son cœur lui soufflait qu'elle ne se trompait pas…

Elle fit son travail comme un automate et, quand le souper les réunit tous autour de la table, elle se sentait sans force et sans appétit. La soirée fut animée. Les hommes parlèrent travail et les deux garçons s'intéressèrent à François. Il était à peine plus âgé qu'eux et ils avaient été ensemble au catéchisme. Alexandre écoutait ces bavardages et parut même s'en amuser. Fanny se plaignit de ses douleurs et son fils la taquina, ce qui la mit en colère. Il parvint à la calmer et Marion lui proposa une tasse de tilleul, ce qui acheva de la mettre de bonne humeur. Après le repas, quand la prière fut dite, Alexandre demanda à François de rester et s'entretint avec lui tandis que Marion rangeait la pièce. En entrant dans la souillarde, elle songea que, la veille, il était venu l'embrasser. Aujourd'hui, elle savait qu'il ne viendrait pas et elle en était triste. Elle entendait, dans la pièce à côté, son frère et son patron discuter amicalement et elle en était bouleversée. Alexandre l'avait traitée de mère poule et elle se sentait un cœur de mère pour défendre son petit frère...

Quand elle eut fini, elle vint vers eux et Alexandre lui demanda de leur préparer un grog. Elle s'affairait autour du feu et sentait peser sur ses épaules le regard des deux hommes. Quand elle eut posé les bols fumants devant eux, Alexandre sortit la bouteille de rhum. Elle s'assit à la table et les observa. Le patron prit une petite cuiller, y mit un sucre, y versa quelques gouttes de liqueur et le lui tendit en disant :

— Tiens, prends un canard pour te donner du courage.

En tremblant, elle avala le sucre et se mit à tousser. Alexandre se mit à rire mais François les considérait tous deux et un doute naissait dans ses yeux. Il regardait sa sœur qui était devenue rouge et qui paraissait s'étouffer mais songeait à quelque chose qui ne lui faisait pas plaisir...

— Bon, coupa Alexandre, François, j'ai un travail à te proposer...

Le jeune homme détourna les yeux de sa sœur et les posa sur Alexandre.

— Ce matin, continua-t-il, je suis allé à la Chaumette. Ils font des plantations là-bas et j'ai rencontré le garde. Ils manquent d'hommes. Les filles qui plantent sont nombreuses mais les hommes qui creusent et font les trous le sont beaucoup moins. Je lui ai parlé de toi et, si tu es d'accord, il te prendra.

Le jeune homme n'hésita pas une seconde.

— Je peux y aller, demain matin, s'il le faut.

— Doucement, fit Alexandre en riant. Il te faut aller te présenter et te faire inscrire ; après, tu iras.

— Seulement, il... il n'a pas de maison, fit Marion, anxieuse.

— Je ne le mets pas à la porte, répliqua Alexandre, quand ils feront relâche, il trouvera de la besogne à faire ici. Par exemple, il peut t'aider au jardin. Qu'est-ce que tu en dis, bonhomme ?

— Je vous remercie, monsieur...

— Appelle-moi Alexandre, comme tout le monde. Il n'y a que ta sœur qui m'appelle monsieur ou patron, je ne sais pas pourquoi.

En disant cela, il jeta un coup d'œil moqueur à la jeune fille.

— Bon, fit-il, puisque tout est entendu, tu peux aller te présenter demain pour l'embauche, mais je te préviens, tu dois y être à 7 heures, tâche de ne pas t'oublier.

— Merci, répéta François tandis qu'Alexandre se levait et sortait laissant le frère et la sœur en tête à tête.

— Eh bien, voilà une bonne chose, balbutia Marion.

— Marion, répondit son frère, qu'y a-t-il entre toi et Alexandre ?

La jeune fille rougit jusqu'aux oreilles et murmura :

— Qu'est-ce que tu veux dire ?

— Cet homme est amoureux de toi… ça crève les yeux, et toi ?

— Moi ? Mais, François, tu te trompes…

— Non, je ne me trompe pas ! Méfie-toi, ici, tu es en danger.

— Et où veux-tu que j'aille ? fit-elle, soudain agressive.

— Pars quand il en est encore temps, après tu ne pourras plus…

Et il sortit en claquant la porte.

XXXVII

Comme une odeur de scandale

En ce mois de mars ensoleillé, la nature s'éveillait de son long sommeil d'hiver. Les oiseaux se poursuivaient dans un ciel bleu azur et de minuscules bestioles se pressaient sur les chemins vers des rendez-vous mystérieux. Le temps était doux. Tous les paysans s'affairaient sur leurs terres. Qui labourant, qui semant, qui hersant, ravis de reprendre le chemin des champs. Marion n'avait plus revu Alexandre en tête à tête depuis la rencontre du jardin. Elle s'en félicitait et s'en désolait en même temps. Certains jours, elle réfléchissait à son départ et calculait quel prétexte elle pourrait donner pour partir. D'autres fois, elle ne rêvait que d'une chose : se blottir dans les bras d'Alexandre. Ces réflexions la rendaient nerveuse et elle se sentait mal dans sa peau. Cette situation était nouvelle pour elle car, même aux pires moments de son existence, elle avait toujours fait face.

François lui avait dit ce qu'il pensait de cette situation et elle se demandait si elle ne devrait pas en parler à Pierre ; il était son frère et le conseiller de la famille… Elle savait le trouver dans un de ses champs mais l'idée qu'il en parle à Phrasie qui le rapporterait à Suzanne l'en dissuada. Elle continua à faire son travail vaille que vaille partagée entre départ et abandon.

Vint le dimanche de Pâques au début avril. Alexandre proposa à Marion et à François d'aller à la messe à Blachères et de passer la journée chez leur frère. Ils allaient rarement aux offices à Blachères, mais c'était leur paroisse et Alexandre tenait à s'y montrer au moins aux fêtes carillonnées. Marion y vit un signe du destin ; François refusa tout net. Médor venait de mourir de vieillesse et il l'avait enterré, des larmes plein les yeux, derrière la maison. Il en voulait à son frère de n'avoir pas gardé jusqu'à la fin ce fidèle serviteur. Le patron n'insista pas. Il haussa simplement les épaules et déclara :

— À ta guise.

Après la messe, Marion retrouva son frère Pierre et lui demanda si elle pouvait venir passer la journée chez lui.

— Si tu veux, lui dit-il. Il y aura Marcel et Suzanne qui viennent dîner. Ça ne te gêne pas ?

Marion lui emboîta le pas. Un peu surprise par la venue de sa belle-sœur, Phrasie ajouta une écuelle de plus en faisant contre mauvaise fortune bon cœur. Le repas se passa bien. La jeune fille fut ravie de refaire connaissance avec son neveu et sa nièce et prit grand plaisir à les accompagner à la sieste. Le lit qu'avait conçu François était occupé par Léonie et Élie couchait dans celui qui lui avait appartenu. Le garçon riait avec Marion même s'il n'avait que de vagues souvenirs de sa tante. Léonie se montrait plus méfiante. Elle les trouvait très beaux tous les deux et le dit à Phrasie.

— Oui, répondit-elle, et espérons qu'ils ne seront pas ingrats comme certains.

Marion fut un peu décontenancée par ces propos et demanda :

— Est-ce que tu parles pour moi en disant ça ?

— Je parle pas pour toi mais pour François.

Elles descendirent à la cuisine en discutant :

— Pourrais-tu m'expliquer, reprit Phrasie, acerbe, pourquoi François loge à la Farelle alors qu'il travaille au reboisement ?

Marion la regarda, étonnée :

— Et où veux-tu qu'il aille ? Il n'a pas de foyer.

— Il pourrait venir chez son frère, ce serait plus sa place que chez un étranger, ajouta Suzanne.

Marcel et Pierre étaient sortis, les trois femmes se trouvaient seules. Marion sentait confusément, sans comprendre totalement où voulaient en venir Phrasie et Suzanne, qu'il se passait quelque chose et qu'elle allait être attaquée. Cela ne tarda pas.

— On peut se poser des questions, fit Phrasie. Il doit y avoir une raison pour qu'il le garde.

— Oui, répondit innocemment Marion, quand il a quelques jours de libre au déboisement, il aide à la ferme. Il vient de tourner le jardin et...

Les deux femmes éclatèrent de rire comme si elle leur racontait une blague. La jeune fille s'arrêta net.

— Tu crois vraiment que les gens vont croire ces bobards ?

Marion ne répondit pas.

— Si Alexandre garde François, c'est qu'il y a une autre raison et elle est facile à comprendre.

— Qu'est-ce que vous voulez dire à la fin ? fit Marion en colère.

— Nous ? Rien. Ce n'est pas à nous de déclencher le scandale.

— De quel scandale vous parlez ?

— Marion, ne nous fais pas croire qu'il n'y a rien entre toi et Alexandre. Pourquoi garderait-il François, sinon ?

— Mais il n'y a rien, fit-elle alors qu'elle était consciente de mentir et qu'elle sentait ses joues la brûler, je vous jure qu'il n'y a rien.

Les deux femmes haussèrent les épaules et ne prononcèrent pas une parole mais, à leur mine, on voyait bien qu'elles n'en croyaient pas un mot.

— Ma pauvre petite, fit Suzanne d'une voix fausse où perçait un accent de triomphe, tu n'es pas la première et tu ne seras pas la dernière qui couche avec son patron. Cela donne des avantages mais il peut y avoir aussi des inconvénients.

— Mais je n'ai jamais couché avec Alexandre, c'est un mensonge odieux !

Les deux femmes firent comme si elles ne l'avaient pas entendue. Phrasie reprit :

— En tout cas, tu fais ce que tu veux, mais ne t'avise pas de nous amener un bâtard car notre porte restera fermée.

— Tu as une réputation à défendre, reprit Suzanne. Le mieux serait que tu quittes ta place pour revenir ici.

— Revenir ici ? Mais vous étiez bien contentes que je parte, il n'y a pas si longtemps !

— On ne t'a jamais mise à la porte, c'est toi qui es partie, de ton plein gré. François aussi d'ailleurs... On dirait qu'on vous faisait du mal ! Et pourtant, je t'assure que si quelqu'un vous voulait du bien, c'était bien nous...

— Vous êtes partis, tous les deux, renchérit Suzanne, quand votre frère et votre belle-sœur avaient le plus besoin de vous. Ingrats !

— Mais c'est toi, Phrasie, qui m'as conseillé d'aller à la Farelle ; tu avais l'air d'y tenir beaucoup...

— Jamais de la vie, répliqua sa belle-sœur avec mauvaise foi, c'est toi qui as voulu : moi, je t'aurais gardée. Je venais d'accoucher, à l'époque, rappelle-toi... C'est comme François, il est parti au moment où les travaux allaient commencer ; il nous a fallu embaucher un domestique et ça nous coûte les yeux de la tête.

— François avait droit à un salaire et moi aussi. On n'en a jamais rien vu !

Les deux femmes la regardèrent comme si elle avait proféré un blasphème.

— Se faire payer. Dans sa famille !... s'indigna Suzanne.

— On peut avoir besoin d'argent, même dans sa famille.

— Tu avais tout ce que tu voulais ici, et tu étais comme une reine...

Marion ne répondit pas. La mauvaise foi des deux femmes était évidente. Elle en avait assez entendu ; elle n'avait qu'une idée : partir. Elle n'aurait jamais dû mettre les pieds ici... Elle se leva, les deux autres ne bougèrent pas. Au moment où elle passait la porte, elle entendit Suzanne crier :

— Fais attention… On t'aura prévenue…

— Rappelle-toi que tu viens d'une famille honorable… ajouta Phrasie.

Elle reprit le chemin de la Farelle, bouillante de colère, sans avoir pu tenir une vraie conversation avec son frère mais qu'aurait-elle pu lui dire ? Maintenant qu'elle avait vu la mauvaise foi de Phrasie et de sa mère et écouté les méchantes allusions qu'elles faisaient sur sa prétendue intimité avec Alexandre, elle était contente de ne pas avoir demandé conseil à Pierre. Il aurait tout raconté à sa femme et, cette fois, ce n'aurait pas été des soupçons qu'elles auraient eus, mais des certitudes…

Jamais elle n'avait eu de grande amitié avec Phrasie mais elle ne se doutait pas qu'elle lui en voulait à ce point… Elle ne comprenait pas. Ce qui avait le plus blessé sa belle-sœur, ce n'était pas son départ – elle souhaitait être la seule maîtresse à la ferme. Non, ce qui l'avait touchée au cœur, c'était la fuite de François… Encore une question d'argent. François était un travailleur, il les dispensait de louer un domestique et ils pouvaient compter sur lui… Finalement, elle se réjouit du départ de son frère. Quelle vie aurait-il eue à la ferme ?

En haut du village, elle eut soudain envie d'aller tout raconter à Yvonne et bifurqua vers sa maison. La vieille demoiselle était allongée sur le lit, les joues rouges et les yeux brillants de fièvre. Marion s'affola :

— Mais que vous arrive-t-il ? Vous êtes malade ?

— Je suis enrhumée, j'ai pris froid, l'autre semaine, et j'arrive pas à calmer ma toux.

— Voulez-vous que je vous fasse une tisane ?

— Si tu me faisais plutôt un cataplasme. Tu trouveras tout ce qu'il faut dans le placard, à gauche.

La jeune fille fouilla le placard et découvrit farine de lin et moutarde bien rangées avec des bouts de tissu pour envelopper le tout. Elle fit chauffer l'eau et prépara le cataplasme. En attendant le moment de l'enlever, elle rangea la maison du mieux qu'elle put.

— Merci, dit Marion, pour le médaillon que vous m'avez fait porter par François.

— Oh, c'est bien peu de chose. C'était un bijou que je portais jeune fille. Il y avait longtemps que je l'avais abandonné. L'autre fois, je l'ai vu et j'ai pensé qu'il irait bien mieux à ton cou qu'au mien.

— C'est très gentil, merci encore.

La malade suait à grosses gouttes et Marion lui dit :

— Voulez-vous que j'envoie quelqu'un chercher le médecin ?

— Garde-t'en bien, je n'ai pas besoin de médecin. Je suis faible de la poitrine, je le sais, et, l'autre jour, je me suis mouillée en rentrant du bois. C'est tout... Ça passera comme c'est venu. C'est juste l'affaire de quelques jours.

— Mais je ne peux pas vous laisser seule dans cet état !

— Je ne risque rien, je te dis ! Pars tranquille, sinon tu te mettras à la nuit sur les chemins.

Marion hésitait. Même après lui avoir enlevé le cataplasme, elle insista :

— Je pourrais envoyer François chercher le médecin, puis il irait aux remèdes.

— Non, pars ! Dans deux jours, je serai rétablie…

La jeune fille quitta Yvonne mais ne se décida pas à repartir. Elle pensa aller avertir Suzanne et Phrasie de la maladie d'Yvonne… Sa colère contre elles était forte et elle préféra aller trouver Marie-Rose. Elle rebroussa chemin et vint frapper à la porte de son amie. En la voyant entrer, celle-ci bondit de joie :

— Marion, comme c'est gentil de venir me voir. Entre.

La jeune fille entra et lui parla tout de suite d'Yvonne :

— Elle est malade, et elle ne veut pas le médecin. Si tu pouvais aller la voir et lui faire un peu de tisane ou lui mettre des ventouses, ce serait bien.

— Moi, je ne suis pas très forte pour ça mais je vais le dire à Marie Durand. Je sais qu'elle va voir les malades. Ce moment-ci, elle soigne le pépé Julien. Ne te fais pas de soucis, elle s'occupera d'Yvonne.

Marion fut déçue que Marie-Rose ne puisse aller elle-même voir la vieille femme et c'est le cœur bien lourd qu'elle repartit vers la Farelle.

Tout en suivant le sentier caillouteux, elle pensait à Yvonne toute seule dans sa maison… Cette journée, dont elle se promettait tant de joies, avait été bien éprouvante : son frère devenait de plus en plus absent, sa belle-sœur était son ennemie, son amie Yvonne était malade et son amie Marie-Rose avait refusé un service élémentaire envers une voisine... Elle se sentait pleine de rage et de chagrin.

Elle oublia de s'asseoir sur son rocher préféré et continua sa route contente de retrouver son travail et son train-train quotidien... « Voilà, pensa-t-elle, que je deviens comme Marie-Rose, je ne pense qu'à mon petit confort... » Et pourtant, elle savait bien que des choix l'attendaient à la Farelle, des choix qu'elle devrait faire toute seule. Tous ceux sur qui elle comptait n'avaient pu ou n'avaient pas voulu répondre à son appel...

XXXVIII

Confidences

Une journée comme les autres se leva sur la Farelle. Une journée de printemps, toute remplie d'azur et palpitante de vie. Des oiseaux se répondaient d'une haie à l'autre malgré les arbres dépouillés et les bourgeons endormis. Le parfum des premières violettes réveillait timidement les chemins creux et les blés engourdis commençaient à prendre leur élan pour s'élancer vers le soleil. C'était une des premières belles journées de ce jeune printemps qui incitait bêtes et gens à entreprendre des actions auxquelles ils n'avaient pas pensé durant les longs mois de l'hiver.

Marion se sentait sereine. Elle avait abandonné ses peurs et ses soucis pour scruter le ciel et commencer la grande lessive de printemps qui jetterait dehors les miasmes de la mauvaise saison.

La veille, François était revenu rayonnant du chantier. Il avait changé de lieu et y avait rencontré son cousin Abel. Il envisageait d'aller coucher chez la tante Rosa pour être plus à côté des plantations. Marion n'avait rien dit mais avait été contente d'avoir des nouvelles de sa tante qu'elle n'avait pas vue depuis longtemps.

Une voiture entra dans la cour et la jeune fille se précipita à la fenêtre. Tout d'abord, elle ne vit entrer qu'un équipage comme il en venait parfois à la Farelle. Puis Fernand Bonnefoy en descendit suivi d'une silhouette que la jeune fille hésita à reconnaître. Quand elle eut compris de qui il s'agissait, elle s'élança dans la cour et sauta au cou de la tante Rosa.

— Rosa, comme je suis contente de te voir !

Du haut du balcon, Fanny et Alexandre contemplaient cette émouvante rencontre familiale tandis que Bonnefoy protestait :

— Et moi, tu ne m'embrasses pas ?

Marion rougit, se tourna vers lui et lui tendit une main timide. L'homme la saisit, la fit tournoyer et lui plaqua un baiser sonore sur chaque joue en disant :

— Qu'est-ce que j'ai appris ?... Tu as quitté ton frère !

— Il n'avait pas besoin de moi, il a sa femme, maintenant.

— Et François ? Il l'a quitté aussi ?

L'arrivée d'Alexandre lui épargna la peine de répondre mais elle aurait été bien incapable d'expliquer le départ de son frère de la ferme du Pibou.

— Salut Fernand, fit le maître, je ne t'attendais pas si tôt.

— C'est le matin qu'on fait de bonnes affaires. Ça ne te gêne pas que j'aie amené la tante de Marion, elle voulait voir sa nièce. Elle repartira après, quand elle l'aura assez vue...

Il éclata d'un gros rire.

— Bonjour madame, fit Alexandre toujours très poli, soyez la bienvenue à la Farelle. Vous dînerez avec nous.

— Mais non, je parle un peu avec Marion et puis…

— Pas question. Vous partirez après le repas.

Il n'attendit pas ses protestations et monta, suivi de Bonnefoy, le grand escalier en direction de la maison.

Rosa les regarda disparaître puis se tourna vers sa nièce :

— Alors, comment ça va ? J'ai pas bien compris pourquoi tu as quitté la ferme de ton frère pour devenir servante. Il n'y avait pas assez de travail en bas ?

— Ma belle-sœur voulait ma place. C'est elle qui a tout manigancé pour me faire venir ici.

— Et tu t'y plais ?

— Je n'y suis pas mal, répondit-elle sans se compromettre. Mais montons, on discutera tout en faisant le travail.

La grande cuisine était vide, à l'exception de Fanny qui épluchait les légumes.

— Viens t'asseoir, nous parlerons. Comment va oncle Louis ?

Rosa jeta un regard à la vieille femme qui, mine de rien, continuait sa tâche et ne répondit pas.

— Ne t'en fais pas, sourit la jeune fille en surprenant son regard, elle ne comprend rien à ce qu'on dit.

— Elle est sourde ?

— Non, elle…

Ne sachant comment s'exprimer, Marion pointa un index sur son front.

— Ah, la pauvre !... Non, ton oncle ne va pas bien. Il a pris froid, cet hiver, et il tousse. Son rhume ne finit pas de passer.

Elle s'interrompit et acheva dans un soupir :

— Parfois, il me rappelle ta pauvre mère.

Marion sursauta.

— Non, tu ne crois pas qu'il a attrapé cette maladie !

— Ta sœur et ta mère l'avaient bien attrapée quelque part... Je ne sais pas mais il va mal et il est pas jeune, tu sais...

— Tu l'as laissé tout seul ?

— Non, Suzon est avec lui. Il est peu exigeant. Il ne mange presque rien et passe ses journées au lit. Il suffit qu'on soit auprès de lui ; il ne donne vraiment pas beaucoup de travail...

Un silence plana dans la salle. Alexandre et Bonnefoy descendirent. Le patron demanda une tasse de café. Marion servit tout le monde, y compris Fanny qui, maintenant, posait des yeux interrogateurs sur Bonnefoy. Elle finit par s'adresser à lui :

— Mon fils est un bon garçon, vous savez. C'est le seul qui me reste, ne lui faites pas de mal.

— Mère, fit Alexandre tandis que Rosa se demandait ce qui se passait et que Marion tressaillait.

Bonnefoy fit celui qui n'avait pas entendu. Une fois le café bu, les deux hommes sortirent. Avant de passer la porte, Bonnefoy lança :

— Au revoir, Marion, à bientôt. Rosa, alors vous descendrez seule ?

— Bien sûr. Ne vous en faites pas.

Quand elles furent tranquilles, Rosa demanda :

— Alors, ça allait si mal avec Phrasie ?

— Qu'est-ce que tu veux ! Elle était la patronne et moi j'étais la servante comme ici. Et puis j'avais l'impression que je la gênais.

— Mais c'est ton frère, tu lui dois tout ! C'est comme François, quitter la ferme pour aller aux plantations...

— Il ne donnait pas un sou ni à moi ni à François ; maintenant, on gagne notre vie.

— François se fait du souci pour toi. Il dit que tu devrais quitter cette maison.

Marion soupira :

— Il exagère... fit-elle du bout des lèvres. Et où pourrais-je aller ?

Marion fit faire le tour de la propriété à Rosa. Sa tante admira l'architecture caussenarde de la ferme, s'extasia devant la grande citerne et de la belle surface de la bergerie. Marion évoqua les habitants de Nojaret et tous ceux qu'elle connaissait. Rosa se fit un peu prier pour rester dîner mais Marion la retint comme l'avait demandé Alexandre et sa tante finit par accepter.

Lorsque les hommes rentrèrent pour manger, la tante Rosa se fit toute petite et prit place à côté de Fanny, laissant les hommes parler et sa nièce servir.

Sitôt le repas terminé et le couteau fermé, tous disparurent vers leurs occupations. Fanny se glissa dans le cantou pour y faire la sieste. Marion fit la vaisselle, rangea la table, balaya puis se rapprocha de sa tante.

— Je vais t'essuyer la vaisselle, fit celle-ci.

— Pas la peine. Elle séchera. Si tu veux, pendant que Fanny dort, je vais t'accompagner un bout de chemin.

— Il faut que tu la surveilles tout le temps ?

— Oui, mais elle est assez calme. Quelquefois, elle pique une crise qui passe rapidement car elle ne se rappelle plus de rien au bout de quelques secondes.

Elles sortirent toutes les deux dans la lumière de l'après-midi et prirent le sentier qui descendait vers la vallée. Une petite brise un peu aigre les incita à mettre un châle sur les épaules.

— Tu sais, Rosa, fit Marion, je voudrais bien te confier quelque chose mais je ne sais comment commencer…

— Ne te fatigue pas. J'ai vu que François était tout drôle et je l'ai questionné. Il se fait un sang d'encre pour toi. Il pense que ton patron est amoureux de toi et que tu es prête à tomber entre ses bras.

Marion ne répondit pas tout de suite, puis elle murmura :

— Toi qui l'as vu, qu'est-ce que tu en penses ?

— Après les confidences de François, je t'avoue que je suis venue à la Farelle pour voir si ce qu'il disait était vrai. Je ne pourrais l'affirmer mais il me semble que, même s'il se contrôle bien, il te regarde d'une certaine façon qui ne trompe pas.

La jeune fille soupira :

— Et que faut-il que je fasse ?

— Parce que ce qui se dit est donc vrai ! Il y a quelque chose entre vous ?

Marion hésita : devait-elle raconter à sa tante cet unique baiser qui l'avait bouleversée mais qui n'avait pas eu de suite ? Elle réfléchissait sans répondre. Elle s'était arrêtée et regardait au loin un vol d'oiseaux qui filaient vers le nord.

— Alors, insista sa tante, tu as couché avec lui ?

— Oh, tante Rosa, non ! Bien sûr que non... Il y a eu juste un baiser entre nous.

— Un baiser ?... Je vois. Et tu crois qu'il va s'arrêter là, qu'il va se contenter d'un baiser ou deux ? Tu es naïve, ma fille. Ça commence par un baiser et ça finit sous la couette.

— Que veux-tu que je fasse ? Que je parte ?

Ce fut au tour de la tante de soupirer :

— Je devrais te dire : oui ! Quitte cette ferme alors qu'il est encore temps car tu vas y laisser ta réputation, mais m'écouteras-tu ? Je sais que c'est une bonne place. Tu n'as pas de patronne sur le dos, tu es ta propre maîtresse, personne ne te cherche des ennuis... Tu ne trouveras pas un autre emploi comme celui-là... Peut-être que François a raison ; tu devrais partir. Tu sais, les servantes qui marchent avec leur patron, ce n'est jamais bon...

— Mais je n'ai pas l'intention de le rejoindre dans son lit !

— Peut-être pas aujourd'hui, mais je crois bien que toi aussi tu tiens à lui, alors...

— Je tiens et je ne tiens pas à lui.

— Qu'est-ce que tu veux dire ?

— Tante Rosa, je vais te raconter quelque chose que seules ma mère et Eugénie connaissaient. Tu sais, Clément...

— Encore Clément ! Mais pourquoi as-tu toujours ce nom à la bouche ? fit-elle avec colère.

— Clément n'est pas mort d'accident, il a été tué.

Rosa devint toute blanche, s'appuya contre un muret au fond du chemin et en resta sans voix.

— Il a été tué par Alexandre…

— Par Alexandre !… Mais comment ?

Marion lui fit le récit de « l'accident » qui restait toujours vivant dans sa mémoire et Rosa resta un long moment immobile sans pouvoir proférer une parole. À la fin, elle demanda d'une voix étranglée :

— Tu es sûre de ne pas te tromper ?

— Oh non, je ne me trompe pas. Quand je suis arrivée à la Farelle et que j'ai vu son visage, je l'ai tout de suite reconnu. C'est lui qui levait la hache, c'est bien lui qui l'a tué !

— Tu vois, ça ne m'étonne pas plus que ça… Clément était trop prudent pour qu'il lui arrive un tel accident. Je le connaissais et j'avais été stupéfaite qu'il ait pu se tuer par imprudence.

— C'est pour ça que je résisterai à cet amour. Après tout, cet homme est un assassin…

— Moi aussi, ma petite Marion, je vais te faire une confidence à toi toute seule. Tu sais que j'ai aimé Clément…

Marion fit oui de la tête.

— C'était plus fort que ce que tu croyais. Je voulais me marier avec lui et il était presque d'accord, mais il y avait sa mère et aussi sa manie de courir après une fille qu'il trouvait à son goût… Nous avions de fréquentes disputes et il lui arrivait de bouder pendant de longs jours. Je savais qu'il allait en voir d'autres mais je l'aimais tellement, nous nous réconcilions toujours… Et puis, un jour, je me suis retrouvée enceinte… Quand je le lui ai appris, il s'est mis dans une colère folle. Il ne voulait pas d'un enfant, il était trop jeune ! Qu'allait dire sa mère… Bref, il m'a traitée de tous les noms. Il m'a dit qu'il me quittait, de me débrouiller, qu'il ne voulait plus de moi… J'étais effondrée. C'est alors que j'ai rencontré Louis. Il était beaucoup plus âgé que moi mais il m'aimait depuis toujours. Je lui ai tout raconté en pleurant. Il m'a consolée du mieux qu'il a pu. Il m'a assuré qu'il était prêt à m'épouser et à élever cet enfant comme le sien… J'ai accepté et nous avons bâti un foyer qui en vaut bien un autre. J'ai fini par oublier Clément et aimer Louis. Mais jamais au grand jamais, Louis n'a eu un mot déplacé envers Abel. Il l'a élevé comme son fils…

— C'est pour ça que Clément lui a donné sa montre !

— Oui, et je voudrais tant qu'elle ne lui appartienne pas un jour… Ça ferait trop de peine à Louis et Abel se poserait des questions…

— Il faudra bien que je la lui donne, cette montre…

— Attends encore un peu. On ne sait pas ce qui peut se passer.

Les deux femmes restèrent un moment sans parler. Rosa était prête à continuer sa route et Marion à retourner à la Farelle, la tante reprit :

— Je t'ai raconté mon histoire pour que tu comprennes à quoi tu t'exposes. Tu n'auras peut-être pas un Louis pour sauver ton honneur s'il t'arrive ce qui m'est arrivé... Réfléchis bien, ajouta-t-elle en l'embrassant, et je compte sur toi pour que ce que je t'ai dit reste entre nous.

— T'en fais pas, ma tante, ce secret restera dans mon cœur.

Rosa s'éloigna sur le chemin. Ses sabots claquaient sur les cailloux tandis que Marion retournait songeuse à la Farelle.

XXXIX

Confrontation

Le soir était tombé. La fraîcheur avait remplacé la douce chaleur de la journée. Après être restée longtemps à bavarder avec sa tante, Marion s'était mise en retard pour son travail. Tout d'abord, Fanny qu'elle avait laissée à somnoler tranquillement dans le cantou avait disparu. Quand elle était arrivée, elle l'avait cherchée dans tous les coins de la maison sans la trouver. Elle commençait à paniquer quand elle l'avait vue revenir, à pas lents, sur le chemin de Mende.

— Mais, enfin, où étiez-vous passée ? lui avait-elle demandé d'une voix que la peur rendait aiguë.

La vieille femme s'était arrêtée, l'avait regardée jusqu'au fond des yeux et avait lâché avec un sourire dédaigneux :

— Je suis ici chez moi. La Farelle appartenait à mon mari et ce n'est pas une pièce rapportée qui me dictera la conduite à tenir !

— De quelle pièce rapportée parlez-vous ?

— Ne te fatigue pas, ma fille. J'ai remarqué les regards de mon fils...

Et, sans ajouter une parole, elle marcha vers la maison, laissant Marion pétrifiée. Après un long moment, elle revint elle aussi à la Farelle, totalement désemparée. Même une personne comme Fanny voyait clair dans les sentiments d'Alexandre alors qu'il n'y avait eu pratiquement rien entre eux... Elle n'arrivait pas à le croire.

Quand elle entra, Fanny avait repris sa place face à l'âtre et ne semblait même plus se souvenir de son escapade. Marion s'activa pour que le repas soit prêt à l'heure et ne pensa plus à la vieille femme.

Le souper terminé, les hommes sortirent fumer une cigarette dans la fraîcheur du soir qui apaisait tous les bruits et allumait une à une les étoiles au firmament. La jeune fille aurait bien aimé sortir aussi et s'abîmer dans la contemplation du paysage que la nuit effaçait lentement. Une multitude de bêtes lançaient des cris de chasse ou passaient rapidement dans le noir... Tout cela la tentait fort mais elle y renonça ; il y avait tant de caillé à trier et à mettre à la faisselle qu'elle n'était pas prête à retrouver sa chambre... Henri et Félicien étaient restés avec elle pour terminer leurs devoirs. Après un dernier regard à la nuit tout à fait tombée, les deux garçons étaient allés se coucher. Marion avait accompagné Fanny et, en fermant la fenêtre, avait aperçu Alexandre, le berger et les domestiques revenir vers la maison après leur promenade du soir. Ils discutaient en marchant ; leurs paroles résonnaient et montaient dans l'air serein. Elle écouta un moment avant d'aider la vieille femme à se déshabiller, à se coucher et de la border comme un enfant.

Quand elle descendit, les bruits s'étaient estompés et le caillé l'attendait dans la souillarde. Elle le transporta dans la salle parce que l'éclairage était meilleur et qu'elle pourrait travailler devant le feu. Elle alla chercher tous les ustensiles et se mit au travail, pensant qu'elle avait devant elle encore une bonne heure à passer.

Elle venait de s'installer quand Alexandre entra. Il prit une chaise et s'assit face à elle.

— Tu n'aurais pas un reste de café ? demanda-t-il.

Elle se leva, prit le pot à café et le posa sur les braises. Puis elle se dirigea vers le buffet et sortit une tasse.

— Mets-en une aussi pour toi, je ne vais pas boire seul.

Elle s'exécuta et attendit, debout, face au café qui chauffait lentement. Quand il fut à point, elle prit le pot et servit les deux tasses. Elle remit le café en place et alla chercher le sucre qu'elle posa entre eux deux. Ensuite, elle s'assit, mit un sucre dans son café et commença à le boire. Alexandre, lui, ne toucha pas à sa tasse. Elle n'osa lui demander pourquoi mais posa sur lui un regard étonné.

— Ne t'en fais pas, je le boirai ce café. Je te regardais, tout simplement.

Elle posa sa tasse et rougit violemment.

— Marion, commença-t-il, je ne sais comment te dire…

Il s'interrompit. Elle le regardait, à la fois troublée et anxieuse de savoir ce qu'il avait à lui dire, sur ses gardes aussi comme si elle était en danger... Un silence tomba. Alexandre prit sa tasse et but une gorgée de café. Il l'avala et s'exclama :

— Beurk, il n'est pas sucré !

Il prit un sucre et déclara :

— Mais, Marion, je t'aime...

Elle ne bougea pas, en proie à un malaise grandissant.

— Je t'aime... répéta-t-il. Et toi, m'aimes-tu un peu ?

Elle devint encore plus rouge, baissa les yeux vers sa tasse et répondit si bas qu'Alexandre dut se pencher pour l'entendre :

— Il ne faut pas... Je ne veux pas.

Il la regarda dans les yeux et reprit :

— Je ne te demande pas s'il faut ou faut pas ! Toi, m'aimes-tu ?

— Non, cria-t-elle cette fois, non, je ne vous aime pas !

Il sourit, se cala sur sa chaise et se mit à boire tranquillement son café.

— Vous voyez bien... Je suis votre servante et j'ai...

— Tu as vingt ans, je le sais. Et moi j'en ai trente-huit. Je suis veuf, riche et je suis un salaud de te demander si tu m'aimes...

— Vous n'êtes pas un salaud.

— Ah non ? Tu sais, il y a beaucoup de patrons qui aiment leur servante, et même...

— Je le sais ! On me l'a répété pendant toute mon enfance. Et ces servantes deviennent de pauvres filles perdues, sans réputation et elles finissent pauvrement... Je ne veux pas de ça.

— Mais moi non plus je ne veux pas de ça pour toi. Mes intentions sont honnêtes.

Elle le regarda d'un air sceptique.

— Que pourrais-je faire pour te faire changer d'avis ?

Il se leva et s'apprêtait à contourner la table pour la rejoindre. Marion se leva aussi et l'avertit :

— Ne m'approchez pas ou je crie.

— Mais enfin, Marion, l'autre jour, quand je t'ai embrassée, tu ne m'as pas paru si farouche ; tu avais même l'air de me répondre.

— Non, non et non. Si vous insistez, je quitte la maison sur l'heure.

— Assieds-toi, fit-il en se rasseyant lui-même, je n'ai jamais voulu te forcer. Je croyais que tu m'aimais autant que je t'aime et je me suis trompé... Pourtant, reprit-il après l'avoir observée un moment en silence, quelque chose me dit que tu ne me dis pas la vérité. Tu m'aimes, Marion, et tu ne veux pas me l'avouer.

Marion repoussa le seau de caillé, posa ses bras sur la table et se mit à pleurer. Aussitôt, Alexandre fut debout, la releva et la força à le regarder. Ses yeux étaient baignés de larmes ; son chignon s'était défait et ses cheveux châtains recouvraient ses épaules comme un voile.

— Marion, fit-il, dis-moi en face que tu ne m'aimes pas.

Elle garda le silence.

— ... Si tu m'aimes, pourquoi ne pas me l'avouer ?

— Je ne peux pas... Je ne vous aime pas...

— Non, fit-il, ne regarde pas tes sabots, lève les yeux vers moi et dis-moi : « Non, Alexandre, je ne vous aime pas. »

Elle leva les yeux et commença :

— Non, Alexandre…

Elle s'arrêta. Il l'entoura de ses bras, la serra contre lui et l'embrassa d'une manière si douce qu'elle se sentit devenir toute fragile entre ses bras. Elle se dégagea pourtant et recula d'un pas. Alexandre la contemplait en souriant.

— Bon, maintenant, je sais à quoi m'en tenir ! Tu veux résister mais tu ne peux pas.

— Je vous aime, peut-être, mais je sais qu'entre nous tout est impossible et cela pour beaucoup de raisons.

— Je te préviens tout de suite que, bien que tu sois ma servante, cela ne me dérange pas de te faire la cour.

— Pas vous, non ! Mais ça en dérangera d'autres, et puis il y a autre chose…

— Tu as un amoureux ? C'est Félix ?

Elle eut envie de le lui laisser croire mais pensa qu'il passerait sa colère sur le jeune homme… Alors, elle fit non de la tête.

— Un autre que je ne connais pas ? Tu as laissé quelqu'un à Blachères ?

Elle fit encore non de la tête et insista :

— Il y a autre chose et vous le savez bien.

Alexandre fronça les sourcils, son sourire s'évanouit et il murmura :

— Autre chose ?… Quelle chose ?

— Une chose qui s'est passée il y a longtemps, alors que vous étiez jeune.

— C'est ma mère qui t'a raconté ça ?

— Non. C'est moi qui l'ai vu.

— Tu as vu quoi ? demanda-t-il avec impatience.

— Je vous ai vu en colère, une fois, si en colère que j'en tremble encore.

Alexandre la regarda, ahuri.

— Tu me connaissais avant de venir à la Farelle ?

— Non, je ne vous connaissais pas.

Il se tut et la regarda. Il ne comprenait pas, c'était visible et, pourtant, Marion ne pouvait en douter : c'était bien cet homme qui avait tué Clément... Il était impossible qu'il ne s'en souvienne pas ! Il jouait la comédie et savait très bien de quoi elle voulait lui parler... Il la regardait d'un œil noir et, subitement, elle comprit qu'elle était en danger. Il disait l'aimer mais n'hésiterait pas à la supprimer pour la réduire au silence... Personne n'oserait accuser le riche Alexandre Lacoste, le crime passerait pour celui d'un rôdeur... Elle était devenue toute pâle et il crut qu'elle allait s'évanouir.

— Mon Dieu, Marion, mais qu'est-ce qui t'arrive ? fit Alexandre, inquiet. Tu me racontes une histoire sans queue ni tête : tu me connaissais ou non avant de venir ici ? Et, maintenant, tu trembles de peur devant moi... Ne me dis pas que tu crois que je vais te faire du mal ?

Marion se ressaisissait mais sa peur n'avait pas disparu. Elle murmura :

— Je redoute votre colère...

— Mais je ne suis pas en colère ! Je suis triste seulement. Je suis persuadé que tu m'aimes. Nous pourrions être heureux tous les deux et tu me regardes comme si j'étais le diable…

La jeune fille ne répondit pas. Elle était toujours très pâle et ne savait que penser : s'était-elle trompée ou cet homme était-il un fieffé comédien ? Elle appela tous ses souvenirs à la rescousse : elle revoyait nettement le visage d'Alexandre lorsqu'il avait quitté le pré. Il avait regardé de son côté et c'était bien son visage qu'elle avait aperçu. Elle en était absolument sûre…

Alexandre ne pouvait avoir oublié cette matinée qui avait fait de lui un meurtrier. Il cachait bien son jeu ; il était tellement certain que personne ne l'avait vu en cette journée fatale… Il ne pouvait savoir alors que Marion se trouvait dans les parages. Quand il y réfléchirait, il comprendrait et alors elle devrait partir avant qu'il ne la fasse disparaître à son tour…

— Marion, je t'en supplie, reprit Alexandre, explique-toi. Si j'ai fait quelque chose de mal, dis-le-moi et je te répondrai, je te le jure ! Mais je pense que tu te trompes ; ce n'est pas moi que tu as vu.

Il s'arrêta, contempla la jeune fille un long moment, l'air perplexe, puis, soudain, sortit de la pièce à grandes enjambées tandis que Marion murmurait :

— Non, Alexandre, je ne me trompe pas ! C'est bien vous qui avez tué Clément…

XL

Vers de nouvelles rives

Un été sec et orageux vint perturber la récolte des foins puis juillet commença par une chaleur torride qui éprouvait bêtes et gens. Fanny n'avait même plus la force d'éplucher ses légumes. Elle prenait le panier, s'asseyait à la table, pelait une ou deux pommes de terre et retombait épuisée. Alors, elle abandonnait tout pour se réfugier dans le cantou où elle somnolait une partie de la journée.

François avait définitivement quitté la Farelle pour s'installer avec Abel chez la tante Rosa. Louis qui s'affaiblissait de jour en jour avait contraint son cousin à abandonner les plantations pour aider sa mère. D'ailleurs, le travail des bois avait cessé. Bon nombre de jeunes employés devaient aider leurs parents à la ferme. François avait expliqué à sa sœur qu'il allait travailler avec Abel car la tante Rosa devait s'occuper de l'oncle Louis qui allait de plus en plus mal. Marion avait bien compris qu'il avait sauté sur l'occasion de s'éloigner, persuadé qu'il était qu'Alexandre et Marion avaient une liaison. Il blâmait sa sœur et préférait être loin. Le voir partir avait poignardé le cœur de Marion. Pour elle, François avait toujours été un peu son enfant. Elle l'avait élevé comme l'auraient voulu ses parents, malgré l'opposition de son frère, et était fière du résultat. Jamais elle n'avait été aussi seule...

Depuis qu'elle avait lancé ses accusations à la figure d'Alexandre, celui-ci l'évitait et ne lui adressait plus la parole que lorsque c'était indispensable. Elle en était à la fois soulagée et contrariée.

Tout le monde se reposait, c'était l'heure sacrée de la sieste. Sitôt le repas de midi terminé, le maître montait dans sa chambre, Fanny regagnait le cantou, les domestiques s'étendaient à une ombre et Marion prenait quelques instants de repos, sur ses deux bras, repliés sur la table. Les chiens, eux-mêmes couchés dans le hangar, sous les chars, s'allongeaient de tout leur long et dormaient, frémissant à peine quand une mouche se posait sur leur pelage. Quelquefois, la langue pendante, le flanc haletant, ils rêvaient vaguement en regardant l'horizon.

L'air était calme. Le soleil dardait ses rayons avec une violence telle qu'elle écrasait la terre sous son poids.

Tout à coup, les chiens relevèrent la tête et commencèrent à aboyer furieusement, un aboiement qui se termina en gémissement. Réveillée en sursaut, Marion se demandait ce qui se passait quand la porte s'ouvrit et François entra. Il était rouge de chaleur et de sueur. Son visage était maculé de poussière et ses yeux étaient irrités comme s'il venait de pleurer. Bien que surprise, la jeune fille bondit vers son frère et demanda :

— François ? Mais que t'arrive-t-il ?

— L'oncle Louis est mort.

Marion en resta sans voix, bouche ouverte sans savoir que dire. Elle savait que Louis n'allait pas bien, Rosa le lui avait confié, mais jamais elle n'aurait pensé que cela soit si grave...

— Il est mort hier soir, reprit François, et je suis venu te l'annoncer.

— Je descendrai le signer ce soir, après mon travail.

— Mais ce sera nuit !

Elle le regarda et haussa les épaules.

— Tu ne peux pas rester pour m'attendre ?

Le jeune homme réfléchit.

— Il me faut aller avertir Pierre. Quand je reviendrai, je t'attendrai à la croisée des chemins.

Elle lui offrit à boire et, après s'être un peu reposé, il repartit pour Blachères.

Quand Alexandre descendit, elle l'avertit de la mort de son oncle et l'informa de sa décision de faire la visite mortuaire après son travail.

— Si tu veux, tu peux partir avant le repas ; on se débrouillera.

— Non, je dois retrouver François au croisement. Il est allé avertir Pierre à Blachères.

— C'est quand l'enterrement ?

— Je ne le sais pas, je n'ai même pas songé à le demander ; je le saurai demain.

— Je t'y emmènerai avec la charrette.

Elle n'osa refuser et fut touchée par sa proposition.

Quand Marion retrouva son frère, il était de fort mauvaise humeur :

— Pierre ne m'a pas proposé de venir, pourtant je lui ai dit que toi, tu descendais.

— Il viendra à l'enterrement. Il a lieu quand ?

— Je ne sais pas. Le curé doit venir ce soir.

Ils marchaient en silence ; décidément, François n'était pas bavard. Où était passé le jeune garçon qui aimait tant raconter ses exploits et bricoler des objets en bois ? Elle soupira, son frère se méprit.

— Et toi, fit-il, comment ça se passe à la Farelle ?

Marion s'arrêta et le regarda. La nuit tombait déjà, les champs et les forêts se remplissaient d'ombres. Des oiseaux nocturnes passaient au-dessus d'eux en un vol silencieux. Surpris, François se tourna vers elle.

— Qu'est-ce qu'il y a ? Qu'est-ce que j'ai dit ?

— François, que tu le croies ou non, il n'y a rien entre Alexandre et moi et il n'y aura jamais rien ! Je te dis la vérité, tu peux me faire confiance.

Il la regardait d'un air sceptique. Elle reprit sa marche et cria des sanglots plein la voix :

— Il ne peut rien y avoir entre nous parce que c'est lui qui a tué Clément !

Cette fois, le garçon s'arrêta et la regarda comme si elle avait perdu la raison.

— Clément ? Quel Clément ?

— C'est vrai que tu étais trop jeune, toi. Moi, j'avais huit ans et j'ai tout vu... Maman n'a pas voulu que j'en parle... Je ne connaissais pas l'homme qui avait levé la hache mais son image est restée gravée dans ma mémoire et je l'ai reconnu quand je suis arrivée à la Farelle...

— Et tu es restée ?

— Où voulais-tu que j'aille ? Phrasie ne souhaitait qu'une chose : me voir prendre la porte...

— Quand tu es partie, j'ai cru que tu m'abandonnais, puis j'ai tout compris après en voyant le visage rayonnant de Phrasie.

— Moi ? T'abandonner... Comment as-tu pu penser une chose pareille ?

Le garçon parut ennuyé et reprit :

— Qui était ce Clément ?

— Un homme de Nojaret, pas très intéressant. Tout le monde a cru qu'il avait eu un accident.

— Et c'est Alexandre qui l'a tué ? C'est drôle, je ne l'aurais jamais vu dans la peau d'un assassin...

— Moi non plus, soupira-t-elle, mais je l'ai vu comme je te vois. Je suis sûre que c'était lui... Pourtant, chaque fois que j'y fais allusion, il n'a pas l'air de comprendre.

— Bien sûr, il ne va pas t'avouer son crime, ricana François.

— Ce n'est pas ça, fit Marion en sursautant, non, ce n'est pas ça...

— Tu vois que tu le défends !

Ils continuèrent leur chemin et, quand ils arrivèrent à Nojaret, Marion prévint son frère :

— Pas un mot de tout ça.

— J'avais compris, fit François en ouvrant la porte de la maison de Rosa.

Le jour de l'enterrement de l'oncle Louis, Alexandre dut partir pour un rendez-vous urgent. Marion se rendit à pied à Nojaret d'où elle suivit le cortège avec la famille. Elle était soulagée que son patron ne l'accompagne pas ; elle redoutait les commérages qui n'auraient pas manqué. Elle aperçut Pierre et Phrasie qui vinrent se joindre au deuil. Après la messe, toute la parentèle accompagna Rosa, Abel et Suzon au cimetière. À la sortie, ils s'embrassèrent tous. Fernand Bonnefoy, qui les avait suivis, proposa à Rosa et sa famille de les ramener dans sa jardinière. Phrasie se tourna vers Marion :

— Si tu veux, nous te laisserons à la Farelle en passant.

Elle lui montra une jardinière flambant neuve et un cheval bai qui attendait. En route, Phrasie commenta cet achat indispensable alors qu'ils attendaient leur troisième enfant pour Noël prochain. Elle soupira et ajouta :

— Heureusement que j'ai ma mère pour m'aider !

À sa mine réjouie, Marion sut qu'elle était enchantée de lui montrer leur réussite.

Quand ils arrivèrent à la Farelle, ils entrèrent saluer Alexandre qui venait de rentrer et se tenait auprès de sa mère qui n'allait pas très bien. Elle ne parlait presque plus et ne quittait que rarement le cantou... Le patron les reçut en grand seigneur et les invita à dîner. Pendant qu'ils parlaient, Marion revêtit à la hâte ses habits de tous les jours et courut au jardin chercher une salade ; charcuterie et omelette complétèrent le repas.

Alexandre, Pierre et Phrasie s'entretinrent durant tout le repas des récoltes, des brebis et de la gestion de la ferme. Marion écoutait mais ne se mêla pas à la conversation. Elle essaya de faire manger

Fanny, mais la vieille femme refusa toute nourriture. Sans en avoir l'air, Phrasie regardait de tous côtés et suivait le va-et-vient de Marion. Elle sortit avec les hommes pour admirer la bergerie voûtée.

La jeune fille avait fini la vaisselle et rangeait la cuisine quand elle vit revenir sa belle-sœur.

— Je les ai laissés à leurs discussions. Finalement, tu es comme la patronne, ici.

— Je suis la servante, pas la patronne ! Je suis là pour faire le travail qu'il y a à faire, c'est pas tout à fait pareil...

— Qui te donne des ordres, pas elle ? ajouta-t-elle en jetant un coup d'œil à Fanny.

— Il exige que je fasse à manger pour tous les gens de la ferme, que j'entretienne la maison. Il ne se préoccupe de rien ; il suffit que le travail soit bien fait.

Curieuse, Phrasie se mit à ouvrir les portes qui lui tombaient sous la main. Marion se demanda si elle oserait monter à l'étage pour visiter la chambre du patron ou même la sienne... Elle songea au sac de sa mère qui contenait ses trésors. Sa belle-sœur serait-elle capable de les prendre ? Elle eut envie de lui crier de ne pas monter mais Phrasie, après son inspection en bas, n'osa pas se risquer ailleurs.

— Mon Dieu, que c'est grand ! Le haut est aussi vaste ?

Marion ne répondit pas. Les hommes revenaient et Alexandre réclama du café que la jeune fille s'empressa de servir.

Vers le milieu de l'après-midi, Pierre et Phrasie se décidèrent à partir et récupérèrent cheval et charrette. Quand ils eurent disparu, Alexandre s'exclama :

— Cette femme a été ravie d'inspecter toute la maison !

Marion ouvrit de grands yeux.

— Que tu es naïve ! Elle nous a quittés malgré tout l'intérêt qu'elle prenait à la conversation parce qu'elle voulait voir la ferme, c'est évident. Elle est montée en haut ?

— Elle en avait une forte envie mais je ne me suis pas proposée pour l'accompagner et elle n'a pas osé y aller seule.

— Tu as très bien fait, fit-il en riant. C'est quand même une sacrée bonne femme…

— Votre mère me préoccupe, fit Marion, elle n'a rien mangé et ne fait que dormir.

Le visage d'Alexandre s'assombrit.

— Je sais. Elle n'est pas malade mais on dirait qu'elle n'a plus envie de rester avec nous…

— Ne voulez-vous pas appeler un médecin ?

— J'y ai songé… Mais que fera-t-il ? Elle est usée, elle ne sait plus ni où elle est ni qui elle est…

Ce soir-là, quand Marion borda Fanny, Alexandre vint voir sa mère. Elle le reconnut et lui fit un beau sourire.

— Ta femme est gentille, lui confia-t-elle, je n'ai jamais été aussi bien soignée que depuis qu'elle est là.

Marion rougit violemment et Alexandre sourit.

— Je crois que demain j'irai chercher le médecin pour vous, lui dit-il.

Mais elle était déjà retournée dans son monde.

Le lendemain, le médecin hocha la tête et conseilla à Alexandre d'alerter la famille que sa mère allait vers la fin. Il écrivit à son frère qui lui répondit qu'il exploitait un petit café dont il venait d'épouser la patronne, une femme originaire de l'Aveyron. Il allait essayer de se libérer mais ne pourrait venir qu'en coup de vent...

Après la visite du médecin, Fanny ne se leva plus et ne communiqua plus que pendant de brèves accalmies. Marion passait un temps infini à son chevet pour lui faire avaler quelques cuillerées de soupe ou une purée que la vieille femme refusait pourtant. Les grosses chaleurs de l'été finissaient de l'épuiser. Marion qui devait souvent changer les draps et faire la lessive sentait aussi le poids de la fatigue. Elle avait maigri et se sentait très lasse. Alexandre s'en aperçut.

— Si la maladie de ma mère se prolonge, j'embaucherai une garde-malade, tu n'y tiendras pas.

Marion haussa les épaules et répondit :

— Votre mère ne mange plus et n'avale qu'un peu d'eau. Elle me connaît et a confiance en moi ; attendez encore un peu, si je n'y arrive pas, on verra...

— Merci Marion. Je te serai toujours reconnaissant de ce que tu as fait pour elle...

Il se tourna vers elle et voulut ajouter quelque chose mais les mots s'étranglèrent dans sa gorge et ses yeux se remplirent de larmes... Marion détourna la tête car elle se sentait émue, elle aussi. Elle fit quelques pas et s'éloigna... Alexandre la suivit, la prit dans ses bras et l'embrassa en la serrant contre lui. Puis, sans dire une parole, il retourna au chevet de sa mère. Marion resta debout, à la même place, regardant la porte où Alexandre avait disparu, puis elle soupira et reprit son travail.

Fanny résista trois jours. Une nuit, Marion, qui s'était assoupie à son chevet, entendit un râle. Elle se leva. Fanny luttait de toutes ses faibles forces pour retrouver sa respiration. Tremblante, la jeune fille alla frapper à la porte de son maître. Il comprit tout de suite et courut à la chambre de sa mère qu'il ne quitta plus jusqu'à ce qu'elle eût rendu le dernier soupir.

XLI

Hubert

La mort de fanny amena à la Farelle une quantité de visites comme Marion n'en avait jamais vu. Deux religieuses étaient venues faire la toilette mortuaire. Fanny, revêtue de sa belle robe bleu nuit, les cheveux ramenés en arrière, les mains jointes sur un crucifix, paraissait dormir. Elle était impressionnante et il se dégageait de son cadavre une majesté qui avait dû être la sienne avant que la maladie ne la détruise.

Alexandre restait près de sa mère et recevait les condoléances de tous les visiteurs. Il ne descendait à la cuisine que pour boire du café que Marion ne cessait de faire et de servir avec d'autres boissons à tous ceux que lui amenait son patron.

Les obsèques de la vieille femme devaient avoir lieu dans deux jours. Alexandre demanda à Marion de préparer toutes les chambres disponibles, ne sachant qui resterait à la Farelle à l'issue de l'enterrement. Le lendemain de la mort de Fanny, Hubert, le frère d'Alexandre, avait annoncé sa venue. Le maître était allé l'attendre à la gare de Mende. Il ne savait s'il amènerait sa femme mais recommanda de lui préparer la plus belle chambre.

La nuit tombait quand les voyageurs pénétrèrent dans la cour. Marion distingua un homme de la taille d'Alexandre qui descendit de la jardinière, saisit une valise et attendit qu'Alexandre ait remisé le cheval avant de monter avec lui vers la maison. Dans la pénombre, la jeune fille n'apercevait pas ses traits. Ils pénétrèrent dans la pièce mais ne s'arrêtèrent pas et montèrent, tous les deux, faire une visite à leur mère. Marion ne l'avait qu'entrevu mais un étrange émoi l'avait envahie. Elle attendit de longues minutes avant de voir réapparaître les deux frères et, à leur vue, ne put retenir un cri de surprise. Devant elle, elle avait le même homme en double exemplaire... Ils avaient pleuré tous les deux et leurs yeux portaient les mêmes traces de larmes. La réaction de la jeune fille les fit sourire.

— Marion, je te présente Hubert, mon frère jumeau, fit Alexandre.

Incapable de prononcer une parole, la jeune fille les regarda s'installer à table. Tandis qu'elle les servait, elle examina le nouveau venu. N'eût été son costume, sa cravate et ses souliers vernis, elle n'aurait pu dire lequel était Hubert...

Ce dernier parlait beaucoup plus qu'Alexandre. Il racontait sa vie à Paris, parlait de sa femme... Henri et Félicien descendirent embrasser leur père.

— Oh, mes petits, fit-il en les serrant contre lui, comme vous avez grandi !

Il les regardait avidement et des larmes coulaient sur ses joues. Les deux garçons, un peu intimidés, jetaient des coups d'œil curieux à leur père. Marion se demandait depuis quand ils ne l'avaient pas vu. Ils hésitaient à le reconnaître...

— Père, fit Félicien, le plus audacieux, comment allez-vous ?

— Bien. Je vais bien, fit-il en essuyant ses larmes. Mais de vous voir si grands, si forts, m'a bouleversé... Justement, j'ai beaucoup de choses à vous dire... Vous savez que je suis marié ?

— Oui, vous nous l'avez écrit.

— Ce n'est pas que j'ai oublié votre pauvre mère, Dieu ait son âme... Non, je l'aime toujours...

Il s'arrêta, trop ému pour poursuivre ; les deux garçons le dévoraient des yeux. Après un instant de silence, il reprit :

— La femme que j'ai épousée est des environs de Rodez. Son père est monté jeune à Paris, il portait le charbon chez les gens riches ; sa mère faisait des ménages. Sur le tard, ils ont acheté un café et c'est Georgette, leur fille unique, qui les aidait. Et puis le père est mort ; Georgette et sa mère ont continué. Moi, j'allais souvent dans ce café car j'y rencontrais des gens du pays... Georgette m'a remarqué, je l'ai remarquée aussi et nous nous sommes mariés... On n'a pas fait de fête, juste offert un verre aux habitués. J'ai quitté mon travail de manœuvre pour aider Georgette car sa mère vieillit et ne fait plus grand-chose...

Il regarda ses deux fils et conclut :

— Si vous voulez venir, je vous prendrai avec moi. Vous irez à l'école et, pendant les vacances, vous nous aiderez au café.

Les deux garçons se regardèrent, ils sourirent et Marion comprit qu'ils allaient accepter.

Le soir, quand, épuisée, elle monta dans sa chambre, elle entendit les deux frères causer encore dans la chambre de leur mère. Elle allait s'endormir quand elle revit les deux visages exactement les mêmes… Lequel des deux frères avait tenu la hache au-dessus du bras de Clément ? Se serait-elle trompée ?… Serait-ce Hubert qui avait commis le meurtre ? Une joie immense éclata au fond de son cœur. Se pourrait-il qu'Alexandre soit innocent ? Alors, elle n'aurait plus de raisons pour ne pas répondre à son amour. Une voix intérieure lui souffla : « Méfie-toi, si tu cèdes à ta passion, tu seras une fille perdue, tu ne pourras espérer aucun avenir. – Mais personne ne le saura… – Tu sais très bien que ces amours-là sont secrets de polichinelle !… Et puis, c'est mal, tu ne dois pas fréquenter cet homme. – Que dois-je faire alors ? – Pars, va-t'en au loin… Cherche une autre place… »

C'était la voix de la raison qui parlait mais, mon Dieu, comme c'était difficile d'abandonner un homme qui vous avoue son amour et que vous aimez plus que vous-même !

Marion était prête à sacrifier sa vie pour lui. Or un reste de bon sens la mettait en garde contre une telle attitude. C'est sur elle qu'allait retomber le scandale. Lui, il était riche, considéré, estimé, tout le monde excuserait son incartade mais, pour elle, ce serait l'enfer…

Après la joie vint la détresse que rien ne pouvait apaiser… Entre larmes et fatigue, elle finit par s'endormir, bercée par la conversation qui se poursuivait dans la chambre de la morte.

Le lendemain, qui était le jour de l'enterrement, elle se leva de bonne heure. Alexandre lui avait annoncé que toute la parentèle qui assisterait aux obsèques viendrait dîner à la maison. Il voulait recevoir dans la tradition. Il établit le menu avec elle et rapporta de Mende une énorme quantité de daube qu'elle devrait cuisiner.

Elle était à peine arrivée dans la cuisine qu'Hubert la rejoignit. Il expliqua qu'il avait l'habitude de se lever tous les matins aux aurores et qu'il ne pouvait dormir. Elle lui servit un café qu'il dégusta en petites gorgées et la félicita :

— Il est bon, ton café, et je m'y connais... C'est moi qui le fais tous les matins et les clients l'apprécient...

Il la regarda attentivement et lui demanda :

— Ça te dirait de venir à Paris ?

— Pour quoi faire ?

— Tu viendrais dans le café, il est grand et il nous faut du personnel. Tu es une bonne travailleuse et, nous, c'est ce que nous recherchons. Tu logerais chez nous, on te nourrirait et tu gagnerais autre chose que le misérable salaire que te donne mon frère... Et puis tu verrais Paris ! C'est autre chose que le causse...

Marion fut troublée par cette proposition. Elle tenait l'occasion de partir, faire un travail qui ne lui déplaisait pas et elle finirait par oublier Alexandre. Ne devrait-elle pas suivre Hubert dans la capitale et recommencer une nouvelle vie ? Comme elle hésitait, l'homme insista :

— Je ne te demande pas de répondre tout de suite. J'en parlerai à ma femme ; je t'écrirai et tu me donneras ta réponse. Tu sais lire ? ajouta-t-il en la regardant.

Marion inclina la tête. Elle ne connaissait pas cet homme et, même, elle le soupçonnait d'un meurtre… Pouvait-elle lui faire confiance ?

Elle le laissa à son café et retourna à ses casseroles ; elle n'avait pas de temps à perdre ! Il fallait qu'elle fasse honneur à la famille Lacoste et à la Farelle. Elle examinerait cette proposition à tête reposée… Hubert s'approcha alors qu'elle allait commencer à mettre les morceaux de viande à la poêle et demanda :

— Tu es de par ici ?

— De Nojaret.

Elle observa sa réaction mais lui aussi, comme Alexandre, ne broncha pas.

— Que font tes parents ?

— Ils sont morts, il y a longtemps.

— Tu es seule au monde ?

— Pas tout à fait. J'ai deux frères.

— Et tes frères seraient d'accord pour que tu montes à Paris ?

— Il y en a un qui est plus jeune que moi, l'autre a sa famille et ne s'occupe pas de moi.

Hubert aurait continué s'il n'avait entendu les pas d'Alexandre qui lui aussi était un lève-tôt. Aussitôt, Hubert reprit sa place et murmura :

— Pas un mot à mon frère qui a l'air de bien t'apprécier. Il m'a affirmé que, depuis que tu étais à la Farelle, la ferme était la mieux tenue du causse…

Alexandre apparut les yeux brouillés et la chemise ouverte ; il semblait n'avoir pas beaucoup dormi.

— Bonjour, fit Hubert et, se tournant vers son frère, il ajouta : J'expliquais à Marion que son café était excellent, qu'à Paris je suis le premier levé pour préparer le café. J'ai l'habitude.

— C'est un grand café ?

— Assez, oui. Nous servons aussi des petits pains, du lait, du thé, du chocolat... On est bien placés et on a du monde.

Marion servit Alexandre et Hubert redemanda du café. Il semblait très à l'aise et la jeune fille ne savait que penser : un homme qui en avait tué un autre devrait avoir des remords et ne pas être à l'aise comme l'était Hubert... Les deux hommes se mirent à parler pendant que Marion s'occupait de sa viande. Une bonne odeur de lard rôti envahit la cuisine et Hubert s'écria :

— Marion, c'est des *grotillons* que tu fais ? Tu nous en apportes ? Depuis le temps que je n'en ai pas mangés !...

La jeune fille les apporta en même temps que du pain et le vin qui restaient de la veille. Hubert se tourna vers son frère et déclara :

— Alexandre, c'est une perle cette servante. Fais attention que personne ne te la vole !

Son frère ne répondit pas. Il tendait la main vers les grotillons et se régalait autant qu'Hubert.

Quand ils eurent mangé, ils sortirent tous les deux. Le temps était beau. Une brume s'élevait des vallées et montait à l'assaut du causse.

— Alors, dit Alexandre, tu veux reprendre tes enfants ?

— Oui. Maintenant que j'ai un vrai foyer, je vais les emmener. S'ils le veulent, ils feront des études pour se faire une situation. Je crois que je n'aurai pas d'autres enfants. Georgette, ma femme, est plus âgée que moi. C'est elle qui m'a proposé de les prendre. Ils travailleront au café en attendant la rentrée.

— Tu n'as jamais regretté d'être parti ?

— Écoute, après ce qui s'est passé, je ne pouvais rester. Toi, quand tu as perdu Marianne, comment as-tu fait pour oublier ?

— Je n'ai pas oublié... Quoique...

— Tu as rencontré quelqu'un ?

Alexandre ne répondit pas. Son frère insista :

— Tu as quelqu'un ?

— Peut-être, mais je n'en suis pas sûr... Je pense qu'elle m'aime, mais elle a peur.

— Peur de quoi ?

— Elle pense que j'ai fait quelque chose de mal. Je ne comprends pas quoi et elle insiste pour m'en faire souvenir ; elle ne me fait pas confiance.

— Et tu n'as rien fait ?

— Non, pas que je me souvienne... Ça a l'air d'être sérieux, peut-être un meurtre... Si j'avais commis un meurtre, je m'en rappellerais !

— Qui est cette femme ?

Alexandre sourit :

— Je ne vais pas te dévoiler son nom tant qu'il n'y a rien entre nous. Quand elle aura dit oui, je te promets que tu seras le premier informé. Avant tout, je dois tirer cette affaire au clair et lui prouver que je ne suis pour rien dans ses soupçons.

— Je suis ton frère jumeau, tu pourrais me le confier.

— Justement ! C'est mon secret, n'insiste pas.

Tout en parlant, Alexandre observait son frère : il fronçait les sourcils, serrait les lèvres et paraissait réfléchir profondément. Quelque chose le tracassait… Alexandre songea qu'il avait deviné juste : il s'était passé une histoire autrefois et Marion en avait été témoin. Elle avait cru qu'il s'agissait de lui alors qu'elle concernait Hubert… Il se jura d'obtenir les aveux de son frère. Mais, pour le moment, il fallait penser à leur mère et se préparer à l'amener en sa dernière demeure.

XLII

La mystérieuse fiancée

Quand le cortège funèbre quitta la Farelle, Marion accompagna le cercueil jusqu'au détour du chemin et, lorsqu'il eut disparu, s'en revint tristement à la cuisine où l'attendait son travail. Elle avait vécu deux ans avec la vieille femme et une certaine complicité s'était établie entre elles. Elle allait lui manquer !… Elle ne la verrait plus à la table, en train d'éplucher les légumes de la soupe, elle ne dormirait plus au cantou et ne maugréerait plus quand quelque chose la contrarierait. Marion était peinée comme si c'était quelqu'un de sa famille qui avait disparu…

Mais elle n'avait pas le temps de se morfondre ; il fallait que tout soit prêt avant l'arrivée des parents et amis. Les domestiques allaient arriver en fin de matinée. Elle leur servirait leur repas et ils partiraient avant la venue des charrettes qui ramèneraient les assistants après la cérémonie des condoléances au cimetière.

Marion se mit à l'ouvrage sans entrain. Pour la première fois, depuis son arrivée à la Farelle, elle ne savait quel parti prendre. Sa raison lui conseillait d'étudier sérieusement la proposition d'Hubert : partir à Paris, se perdre dans la grande ville... Pourquoi pas ? Abandonner cette ferme et son amour impossible... Oui, mais son cœur protestait. Maintenant qu'elle avait compris que ce n'était probablement pas Alexandre qui avait tué Clément, mais son frère, elle se disait que cet amour n'était plus condamné et qu'elle pourrait aimer Alexandre en plein jour. Toute la matinée, elle tourna et retourna le problème dans sa tête sans trouver de réponse.

Les domestiques arrivèrent vers midi ; elle les servit et ils partirent avant que les premières voitures n'arrivent. Alexandre, Hubert et les enfants étaient en tête. Ils attendirent que tous les véhicules les rejoignent dans la cour. Alors ils montèrent les marches en silence et se dirigèrent vers la chambre de Fanny. Ils se recueillirent quelques minutes puis un vieux prêtre, grand-oncle des Lacoste, commença un *De profundis* suivi de plusieurs invocations auxquelles répondirent les assistants. Quand il eut terminé, hommes et femmes descendirent et prirent place autour de l'immense table aux rallonges de fortune. Léa Rabier vint saluer Marion et lui demanda si elle se plaisait toujours à la Farelle. Quand tout le monde eut trouvé une place, la jeune fille ajouta quelques couverts et apporta la charcuterie. Tous les convives mangeaient de bon appétit et les conversations battaient leur plein. Il y avait, à part le vieux prêtre, des femmes et des hommes contemporains de Fanny et d'autres bien plus jeunes. Avec un soupçon de jalousie, Marion remarqua que si le curé était à côté d'Alexandre, il y avait à sa table une ribambelle de jolies femmes qui n'étaient pas insensibles à son charme. Quant au patron, face à son frère Hubert, il se mettait en quatre pour que tout le monde se sente à l'aise. Il était attentif et aux petits soins pour ses jolies commensales...

Le repas continuait et la conversation, tendue, discrète et calfeutrée du début, prenait maintenant de la confiance et le ton montait. On entendait même quelques rires étouffés, vite éteints et qui reprenaient à un autre endroit pour repartir ailleurs... Le vin coulait à flots et aidait à se détendre après le refoulement de l'église et du cimetière.

Marion s'activait autour de la table, veillant à ce que personne ne manque de rien et que tout se passe pour le mieux. Tout en allant et venant, elle entendait des bribes de phrases dont elle ne tenait aucun compte jusqu'à ce qu'une question précise posée à Alexandre ne l'interpellât :

— Tu devrais songer à te remarier, disait une jolie brune au minois effronté.

— Oui, renchérit une autre, il y a longtemps que tu es seul. Il te faut quelqu'un pour diriger la Farelle.

Alexandre éclata de rire mais ne répondit pas.

— Regarde Hubert, il s'est bien remarié, lui.

— Oui et j'en suis bien satisfait, répliqua l'intéressé. J'ai bien cherché de nombreuses années avant de trouver quelqu'un qui me comprenne ; maintenant, je suis heureux.

— Et qui vous dit que je ne l'ai pas trouvée ? fit soudain Alexandre.

— C'est vrai ? Tu as quelqu'un et tu nous l'avais caché !

— On la connaît ?

— Tu te maries quand ?

Les questions fusaient. Alexandre leva un bras comme pour arrêter cette vague qui allait le submerger.

— Vous êtes trop curieuses. Je viens de la rencontrer ; on n'a pas parlé mariage, et puis je suis en grand deuil.

— Tu peux te marier discrètement.

— Elle est d'ici ?

— On l'a déjà vue ?

— Elle n'est pas de très loin. Vous ne la connaissez pas très bien mais vous l'avez déjà vue...

— D'où est-elle ?

— Vous le saurez le moment venu.

— C'est peut-être une de nos amies. Elle est veuve ?

— Non, elle n'est pas veuve.

— Alexandre, ne nous fais pas languir, dis-nous son nom...

— Comme vous êtes curieuses ! Je ne vais pas vous dire son nom alors qu'elle n'est pas à notre table... De toute façon, vous l'apprendrez un jour.

Marion s'éloigna ; elle en avait assez entendu... Ah, le traître ! Il avait une promise et lui disait qu'il l'aimait ! Il n'était peut-être pas un assassin mais il était coureur et volage. Elle était décidée : si elle pouvait voir Hubert seule à seul avant son départ, elle lui annoncerait qu'elle était intéressée par sa proposition et partirait à Paris. Elle ferait connaissance avec la grande ville et laisserait Alexandre à ses amours.

Le dîner continua. Marion se raidit ; elle tiendrait son rôle à la perfection jusqu'au bout. Elle le devait à Fanny. Il ne serait pas dit qu'elle aurait démérité… Elle avait confectionné d'énormes îles flottantes que les invités engloutissaient à grands coups de cuiller.

Après le café, certains, habitant assez loin, saluèrent Alexandre et Hubert et se dirigèrent vers leur voiture ; d'autres sortirent dans la cour, firent le tour de la ferme accompagnés par les deux frères. Les plus vieux s'installèrent à l'ombre, au balcon et se mirent à évoquer Fanny, son mari, sa famille et ses enfants… Ils n'étaient pas toujours d'accord sur les ancêtres et leur origine et, parfois, la discussion tournait à la polémique mais, après force élévations de voix, ils arrivaient à s'y retrouver et à rétablir l'ordre des généalogies.

De la souillarde, où elle faisait la vaisselle, Marion suivait leur conversation. Elle s'attendait à ce qu'ils cherchent parmi leurs relations le nom de cette femme mystérieuse qu'Alexandre avait évoquée pendant le repas. Mais les vieilles personnes n'avaient pas la curiosité des jeunes et elles ne l'évoquèrent pas.

Alexandre n'avait pas voulu répondre aux questions insidieuses des invitées mais, quand elle l'avait regardé, elle avait vu le même sourire que le soir de leur unique baiser illuminer son visage et cela lui avait fait très mal… Elle n'aurait jamais cru qu'il soit si pervers… Sans qu'elle s'en aperçoive, des larmes roulaient sur ses joues ; elle les essuya d'un geste rageur.

Elle entendait dans la cour les visiteurs qui revenaient, alors elle passa un mouchoir humide sur sa figure et s'efforça de prendre un air normal. Certains étaient partis mais ils étaient encore un bon nombre qui, à la demande d'Alexandre, réclamèrent du café, du vin frais ou de l'eau de la source. Marion les servit, sourire aux lèvres et le cœur en désarroi... Il y eut encore des conversations, des embrassades et, peu à peu, la pièce se vida de ses invités.

Le vieux prêtre fut le dernier à partir. Il s'entretint longtemps avec les deux frères, d'une voix chuintante, en les encourageant à suivre l'exemple de la défunte et de prier pour elle. Il les assura de son soutien et descendit précautionneusement les marches pour reprendre sa place dans la voiture de son neveu dont les chevaux piaffaient d'impatience. Dans la grande cuisine, il ne resta plus que les deux frères et les deux garçons. Hubert s'entretenait avec ses fils. Il les sentait intimidés. Il voulait refaire leur connaissance et tout savoir de leur vie à la Farelle. Il leur vantait la vie parisienne où ils allaient vivre désormais. Les garçons ne répondaient que par monosyllabes, à la fois ravis et effrayés de devoir quitter la solitude du causse pour se mettre au rythme de Paris. Ils étaient excités, mais un reste de crainte leur faisait tourner les yeux vers leur oncle qui, debout devant la fenêtre, grillait une cigarette, le regard perdu dans le nuage bleuté qui s'élevait de la terre en cette soirée d'été. Un manteau de brume hésitait à envahir le plateau où les herbes se courbaient sous la brise du soir. La lumière avait perdu de son éclat et, déjà, le rossignol, qui chaque soir venait donner sa sérénade devant la Farelle, commençait ses trilles joyeux. Alexandre pensa à sa mère ; elle aimait tant cet oiseau, autrefois… Elle leur faisait faire silence et, un doigt sur les lèvres, murmurait :

— Le rossignol chante pour nous. Ceux qui nous ont quittés le guident pour que nous pensions à eux qui sont à nos côtés mais que nous ne voyons pas… Surtout, mes petits, écoutez cet oiseau et ne le chassez pas : il chante pour nous de la part de nos disparus…

Les deux enfants écoutaient. Ils ne comprenaient pas bien qui étaient ces disparus dont parlait leur mère mais la magie opérait et ils montaient dans leurs chambres bercés par la mélodie du rossignol.

Le soir tombait. La nuit le disputait au jour et l'on sentait que, dans ce combat inégal, elle allait vite gagner… Alexandre rêvait toujours devant la fenêtre ouverte. On entendait, au loin, les sonnailles des troupeaux qui rentraient dans un piétinement continu. Dans la cour, les domestiques vaquaient en silence aux dernières tâches de la journée. Hubert et ses fils, réfugiés sur le balcon, faisaient aussi silence. Comme Alexandre, ils écoutaient mourir le jour et attendaient que la première étoile s'allume dans le ciel. Le soir apportait un peu de fraîcheur et les agneaux en bêlaient de joie. Leur cri tremblotant se mêlait au grincement des portes et aux innombrables appels des bêtes sauvages que la nuit sortait de leur repaire. Des oiseaux au vol lourd frôlaient le toit de la ferme et les chauves-souris coupaient le ciel avec de petits gémissements de bonheur. Alexandre avait rejoint son frère. Assis l'un près de l'autre, ils gardaient le silence, unis dans la communion de cette belle soirée d'été qui leur rappelait leur enfance...

Marion s'était approchée et elle aussi vibrait avec eux, devant la nature qui s'endormait lentement sous les étoiles piquées comme de petites lueurs dans le firmament.

XLIII

Souvenirs

Hubert préparait son départ et celui des garçons. La maison allait être bien vide si toute cette jeunesse l'abandonnait. Alexandre arpentait la ferme en proie à une grande agitation ; ces enfants, c'étaient un peu les siens ! Il les avait élevés comme s'ils étaient vraiment à lui et, d'une simple parole, leur père les reprenait comme un colis. La douleur qui montait en lui se transformait en colère contre Hubert. Il savait bien que, quand son frère avait confié Henri et Félicien à sa mère, il ne pouvait pas faire autrement… Il ne pouvait s'encombrer de deux jeunes enfants pour aller chercher fortune à Paris… Mais aussi, pourquoi était-il parti ? Pourquoi avait-il tout abandonné sur un coup de tête ? Il était blessé et meurtri, c'est vrai, mais était-ce une raison suffisante pour fuir ses enfants, sa maison et tourner le dos à la vie sans histoires qu'il avait menée jusque-là.

Maintenant que la mère était partie, il faudrait parler héritage. La ferme était assez grande pour que deux familles y vivent à l'aise mais Alexandre savait que son frère n'était resté que contraint et forcé par son père qui voulait ses deux enfants avec lui…

Il hésitait à aborder le sujet ; ce fut Hubert, lui-même, qui vint le trouver, la veille de son départ et lui demanda :

— Alexandre, est-ce vrai ce dont tu nous as parlé à table, l'autre jour ? Tu songes à te remarier ?

Son frère haussa les épaules.

— J'aimerais bien mais il y a beaucoup d'obstacles entre nous…

— Pourtant, tu avais l'air sûr de toi.

— Oui, je suis sûr de moi, mais elle, elle me considère comme un dépravé parce qu'elle m'a surpris, autrefois, faisant une action illégale.

Hubert garda le silence. Alexandre soupira : arriverait-il, enfin, à savoir ce qui s'était passé, il y avait presque quinze ans ? Une chose qui avait profondément choqué la petite fille qu'était Marion à l'époque et elle la gardait toujours en mémoire. Hubert le regardait, hésitant entre la peur et l'envie d'être utile à son frère. Il savait, lui, ce qui s'était passé autrefois… Il avait agi sous le coup de la colère et, revenu à la raison, n'avait pas eu d'autre choix que de quitter ce pays qui lui rappelait de si mauvais souvenirs… Il avait fallu revenir à la mort de sa mère et, alors qu'il avait réussi à oublier, voilà que le passé le rattrapait, pire, il allait gâcher le bonheur de son frère ! Il croyait pourtant son secret bien caché. Comment était-il arrivé jusqu'ici et quelle était cette femme qui connaissait cette chose enfouie au plus profond de sa mémoire et qu'il croyait être le seul à savoir ?

Il se tourna vers son frère. Alexandre n'avait pas bougé. Il essaya de gagner du temps :

— Tu sais, lui dit-il, tu peux garder la ferme, je ne te demande rien.

— Ne t'en fais pas, je te donnerai ta part.

Ils avaient quitté la Farelle et leurs pas les avaient portés vers ces rochers déchiquetés où ils venaient jouer au temps de leur enfance malgré la défense des parents. C'était de ces rochers qu'Isabeau autrefois... Mais pourquoi évoquer cette histoire ? Hubert s'était arrêté. Il s'était assis sur un rocher face à la ville de Mende. Elle s'étalait à leurs pieds, perdue dans son écrin de verdure, dominée par ses tours et les clochers de sa cathédrale, pareille à elle-même, comme il l'avait toujours connue.

Alexandre regardait sans le voir le paysage qui, depuis la ville, montait en un moutonnement de champs jusqu'au village du Chastel, posé comme un îlot sur la verdure. Plus loin, dans la brume bleutée, on distinguait de vagues constructions...

Hubert vint se placer à côté de son frère, mit une main sur son épaule et le sentit tressaillir.

— Pardonne-moi, lui dit-il, je n'aurais jamais pensé que cette histoire ancienne ressurgisse aujourd'hui et encore moins qu'elle ne t'éclabousse... Je ne t'en ai jamais parlé parce que ce n'est pas beau et que je croyais être le seul à savoir...

— Pourtant, répliqua Alexandre d'une voix sourde, nous sommes jumeaux et tu m'as toujours tout confié, moi aussi d'ailleurs...

— Je sais, je sais... Mais ça, c'était vraiment très difficile... C'était... c'était impossible...

Ils se turent tous les deux ; le soleil couchant les illuminait de reflets orangés tandis qu'en bas, dans la vallée, les ombres commençaient à s'allonger démesurément et que les bruits s'éteignaient progressivement.

— C'est une longue histoire, reprit Hubert, et il faut remuer tant de boue que je n'ose l'évoquer...

— Il le faut pourtant pour que je puisse comprendre toutes les allusions qu'elle fait sans cesse et qu'elle quitte cette peur que je lis dans ses yeux... Qu'as-tu fait de si grave, Hubert ?

— J'ai tué un homme.

— Quoi ?

— Rappelle-toi, tout a commencé à la naissance de Félicien. J'étais le plus heureux des hommes, tout me souriait, la vie était belle...

— Je me rappelle, soupira Alexandre, alors que nous, nous ne pouvions avoir d'enfants et que Marianne sombrait dans la dépression.

— Excuse-moi, je sais... Je me croyais le plus heureux des hommes et j'avais tort... Isabeau n'était pas heureuse. Elle ne songeait qu'à sortir, à de nouvelles toilettes et à s'amuser. Elle aimait séduire et, un jour, je l'ai surprise dans les bras d'un autre. J'ai chassé l'intrus et nous nous sommes disputés, puis j'ai pardonné et tout sembla rentrer dans l'ordre.

Alexandre ne dit mot. Il savait tout cela. Sa belle-sœur lui avait fait du charme et il avait même failli y succomber... Il est vrai qu'elle était belle, plus belle encore que Marianne avec ses grands yeux bleus, ses cheveux d'or fin, sa taille fine et son air étonné qui donnait envie de la protéger… Pourtant, c'était une redoutable tigresse qui rêvait d'asservir tous les hommes qu'elle rencontrait. Alexandre se rappelait qu'il avait dû bien souvent consoler son frère de cette intrigante qui le rendait à moitié fou…

— Et puis, reprit Hubert faisant sursauter son frère perdu dans ses rêveries, cet automne-là, on a embauché Clément Bruel pour faire les fagots…

— Clément Bruel de Nojaret, qui s'est tué dans un accident…

— Attends, attends… Ce qui devait arriver arriva. Isabeau est tombée folle amoureuse de cet homme. Je m'en suis aperçu dès le début, je l'ai mise en garde contre lui. C'était un coureur et elle le savait !… J'ai tempêté, crié, menacé, rien n'y a fait : elle aimait cet homme et tout ce que je pouvais lui dire la laissait de marbre. Pris d'une colère folle, un matin, je suis parti pour Nojaret signifier à Clément de laisser Isabeau tranquille. On était à la fin de l'automne, les arbres changeaient de couleur ; j'ai rencontré Clément dans un pré avant d'arriver au village. Il venait d'émonder un orme et, avec sa hache, coupait les plus grosses branches, au pied de l'arbre. Je l'ai tout de suite accosté pour lui demander de laisser ma femme tranquille, qu'il y avait assez de filles sans s'attaquer aux femmes mariées… Il m'a ri au nez, m'a traité de pauvre type, d'impuissant et d'autres termes encore… Puis il a déclaré que je n'aurais pas dû prendre la peine de venir, que ma femme n'en valait pas la peine, que c'était une poupée et qu'il les aimait plus piquantes et qu'il allait la laisser tomber… Bref, il m'a dit tant de mal d'Isabeau que je n'ai pas pu me dominer, on s'est battus. À un moment, j'ai pris la hache et je la lui ai lancée dessus... Il m'a jeté un regard que je n'oublierai jamais et, sans réfléchir, je me suis enfui comme un voleur... J'ai appris, par la suite, qu'il était mort et que, pour tout le monde, c'était un accident.

— Eh bien, quelqu'un t'a vu et, même après tout ce temps, se rappelle de ta figure...

— Je regrette, je le regrette... Cette mort m'a poursuivie toute ma vie et, encore maintenant, il m'arrive de faire des cauchemars... Et ce n'était pas fini ; tu sais ce qui est arrivé par la suite...

Alexandre hocha la tête et demanda :

— C'est pour ça que... ?

— Oui. Quand Isabeau a appris la mort de Clément, elle s'est jetée du haut de ces rochers en me laissant une lettre que je n'ai jamais montrée à personne. Elle m'expliquait son geste, affirmant qu'elle ne pouvait vivre sans lui... J'étais puni et bien puni de ma faute. Bourrelé de remords, malheureux, j'ai songé, moi aussi, au suicide. Grâce à vous tous, j'ai résisté mais je ne pouvais pas rester dans cette maison où j'avais été si heureux. En lâche que j'étais, j'ai abandonné mes enfants et je suis parti à Paris...

Il s'arrêta, jeta un œil sur la ville qui s'endormait à ses pieds, puis se retourna vers son frère :

— Voilà toute la vérité. Explique à cette personne qu'elle se rassure, que c'est moi qui ai commis ce crime... Mais quand même, continua-t-il en aparté, où était-elle ? Je n'ai vu personne !

Alexandre ne répondit pas, il n'en savait rien lui-même. Il s'approcha de son frère.

— Je te remercie de m'avoir tout raconté. Je comprends maintenant sa peur et ses accusations. Je vais lui expliquer comment les choses se sont passées. Quant à toi, tu as réussi à oublier et tu as refait ta vie...

— À oublier ? Non, ce n'est pas possible mais j'ai trouvé une certaine paix auprès de Georgette. Elle a promis de s'occuper des enfants. Moi aussi, je me languis d'eux.

— J'ai fait de mon mieux pour eux mais, depuis que maman était malade, cela était difficile pour eux. Ce sont de bons garçons.

— Si tu te maries, je ne te promets pas de venir à tes noces mais je serai avec toi en pensée...

— Il n'y aura pas de noces.

Hubert jeta un regard à son frère et comprit que tout n'était pas encore réglé pour lui.

Ils revinrent, tous les deux, dans le crépuscule mauve qui gardait encore de vagues lueurs au couchant. Dans le silence que troublaient seulement quelques petits cris de chauves-souris qui passaient comme des flèches au-dessus de leur tête, Alexandre revint à leur discussion :

— Je te dois ta part d'héritage, je...

— Ma part d'héritage est payée. Maman m'a donné de quoi m'installer à Paris. Elle avait tout deviné pour Isabeau et comprenait ma décision. Toi, tu as gardé mes enfants pendant des années, tu ne me dois rien.

— Je te dois encore de l'argent. Je vais aller chez le notaire et je t'enverrai ce qui te revient.

Hubert fit un geste, puis se tourna vers son frère.

— Je te souhaite de trouver la paix et le bonheur comme je les ai trouvés avec Georgette.

— Merci. Je crois que maintenant je peux envisager d'être heureux.

— Mais, dis-moi, j'aimerais tant connaître le nom de l'heureuse élue, celle dont tu parlais le jour de l'enterrement avec toutes ces écervelées qui guignent ta fortune.

Alexandre éclata de rire, n'hésita qu'un instant et répondit :

— C'était pour les embrouiller et aussi pour rendre jalouse Marion.

— Marion ? Ta servante ?

— Oui, je sais... Mais je l'aime, vois-tu... Elle vient d'une excellente famille. Ses parents étaient fermiers à Nojaret, chez M. du Rocher, et son frère ne lui a pas fait son droit. C'est une fille comme il faut.

— Ne t'excuse pas. Cela m'étonne mais ne me choque pas. C'est une bonne travailleuse et je lui ai même fait une proposition pour venir travailler à Paris.

— Et qu'a-t-elle répondu ?

— Rien. Elle n'a rien dit... Dans le pays, ça va jaser.

— Je sais, mais je me moque du qu'en-dira-t-on... S'il te plaît, pas un mot de tout ceci à Marion. Je ne lui ai pas encore avoué que je voulais l'épouser.

— Eh bien, dis donc, dis-le-lui vite, sinon elle va t'échapper !

XLIV

Discussions

Les gros travaux apportèrent un surcroît de travail dans une Farelle désertée. Les jours étaient longs sans la présence d'Henri et de Félicien et avec l'ombre de Fanny qui rôdait encore dans la cuisine. Une sécheresse particulièrement rude régnait dans le pays. La source ne coulait plus et les gens de la ferme devaient boire l'eau fade de la citerne. Le soir, les moissonneurs rentraient fourbus et s'asseyaient lourdement sur les marches de pierre en attendant l'heure de la soupe. Les sonnailles des brebis résonnaient dans l'air calme du causse et des vapeurs de chaleur s'allongeaient le long des crêtes et rampaient jusqu'à la ferme.

Alexandre, tout comme les autres, noir de sueur et de poussière, bronzé comme un négrillon, demeurait de longs moments silencieux et Marion se demandait vers quoi voguaient ses pensées. Elle ne pouvait s'empêcher de revivre leur long baiser et se demandait, parfois, si elle n'avait pas rêvé. Des chemins poussiéreux montaient les stridulations d'insectes invisibles qui se terraient dans des trous et se taisaient au moindre passage.

Une lune large et blafarde éclairait tout le causse où les buissons devenaient des ombres mystérieuses…

Ces soirs d'été, après le souper, la jeune fille sortait sur le perron et écoutait les moissonneurs raconter les légendes d'autrefois. Quelquefois, c'étaient leurs exploits qu'ils étalaient avec de grands sourires carnassiers. Malgré la fatigue du jour, ils rivalisaient entre eux ; c'était à qui raconterait l'histoire la plus terrifiante, la blague la plus drôle ou décrirait le plus beau village ou la plus belle fille qu'il avait rencontrée… Marion se laissait prendre à la magie de ces étrangers et Alexandre ne disait mot. La mort de sa mère et le départ de ses neveux semblaient l'avoir anéanti. Dans la fraîcheur du soir qui ragaillardissait les hommes, il était le premier à partir se coucher. Souhaitant le bonsoir à chacun, il se dirigeait tristement vers sa chambre solitaire. Marion aurait aimé le consoler et, sans le dire, le trouvait trop réservé. Certes, elle savait qu'il l'aimait et, maintenant qu'elle avait compris qu'il n'était pas l'assassin qu'elle avait imaginé, elle aurait bien voulu qu'il revienne vers elle… Chaque soir, à la souillarde, elle guettait sa venue mais jamais elle ne l'apercevait à la porte… Pourtant, s'il était venu, elle l'aurait repoussé car elle était une fille honnête et elle en aurait été désespérée…

Et puis les moissons se terminèrent et vinrent les battages, toujours sans une goutte d'eau. La citerne baissait et, tous les soirs, les hommes scrutaient le ciel qui demeurait obstinément bleu.

Pourtant, à la fin août, de gros nuages survinrent brusquement. Le tonnerre gronda d'un côté à l'autre du causse. Des roulements sourds escortés d'éclairs semblaient vouloir faire brûler la terre.

Bientôt, un orage, d'une violence inouïe s'abattit sur le causse, noyant chemins, champs et ferme, tout cela durant quelques heures...

Quand le soleil réapparut, les petites herbes sèches relevaient la tête, heureuses d'avoir été abreuvées. La terre rouge du causse absorba rapidement l'eau et les seaux, remplis à ras bord, contenaient une eau claire et bonne à boire. Chacun se désaltéra, se lava de la poussière accumulée et se sentit revivre... Il faisait encore chaud mais la canicule était finie. La source était revenue, la citerne s'était remplie et bêtes et gens respiraient mieux.

Et l'automne revint. Les arbres virèrent au jaune et au rouge et un vent, encore timide, commença sa ronde sur le causse aux éteules jaunies. Par un après-midi ensoleillé, Marion qui travaillait au jardin se sentit observée. Elle releva la tête et aperçut François sur le chemin. Abandonnant son plantoir, elle courut vers lui, heureuse de le revoir.

— François, dit-elle, comment vas-tu ?

— Je vais bien. Et toi ?

Tout en marchant vers la maison, ils se mirent à parler de diverses choses. Le jeune homme travaillait chez Rosa avec Abel. Il s'assit face à sa sœur, tous deux dégustaient un café. Ils savouraient la joie d'être ensemble. Marion restait silencieuse. François lui dit :

— Je suis venu t'annoncer une nouvelle : je vais m'engager.

— T'engager ? Tu es trop jeune...

— Mais non, j'ai dix-huit ans. Je veux faire ma carrière dans l'armée.

— Alors je ne te verrai plus, fit Marion ne pouvant retenir ses larmes.

— Ne dis pas ça. J'aurai des permissions et je viendrai te voir. Que veux-tu que je fasse, ici ? Que j'aille me louer ?

— Tu as raison, convint-elle à contrecœur, mais on va être séparés...

— Je sais, mais j'ai envie de voir du pays et, comme j'ai le certificat d'études, j'ai une chance de plus d'être pris. Tu as eu raison, finalement, d'insister pour me le faire passer...

Marion sourit ; au moins, elle était payée de sa peine.

— Tu pars quand ? demanda-t-elle.

— Je n'ai pas encore fait les démarches, je voulais t'en parler avant.

— Tu as averti Pierre ?

— Je n'ai rien à lui dire.

— Tu es mineur et c'est ton tuteur légal...

— Toi aussi tu es majeure et tu pourrais être ma tutrice.

Marion resta muette : fallait-il que ce soit elle qui décide de l'avenir de son frère ?

Ils étaient encore attablés quand Alexandre entra. Il rentrait de ville, détela le cheval et monta rapidement les marches.

— Bonjour, fit François en se levant.

— Ah, bonjour François, tu viens voir ta sœur.

Il se tourna vers Marion et remarqua son visage bouleversé.

— Qu'y a-t-il ? Tu as pleuré ?

— C'est François, il veut s'engager...

Les larmes qui s'étaient taries recommencèrent à couler...

— Il veut s'engager dans l'armée...

— Eh bien, si c'est son idée, laisse-le faire. Il sera sûrement mieux que derrière un patron.

La jeune fille ne paraissait pas convaincue, elle restait abattue, sans réaction ; il fallut que son maître lui rappelle :

— Il n'y a pas de café pour moi... ?

Confuse, Marion se leva et se précipita vers ses casseroles. Alexandre se tourna vers François :

— Alors, tu veux t'engager ?

— Oui. J'ai envie de bouger, de voir du pays et ce n'est pas en restant ici que je vais pouvoir le faire.

— C'est vrai, répondit Alexandre en riant, tu as tout à fait raison et je t'approuve !

Marion servit le café et reprit sa place. François la regardait. Elle lui sourit machinalement.

— Si c'est pour ton bien, tu as raison bien sûr, mais...

— Mais tu as du mal à le laisser partir comme une poule qui voit s'éloigner son poussin !

— Je te laisse seule, c'est vrai, balbutia François, et si vraiment tu ne veux pas que je parte...

— Ce n'est pas ça ! Je veux bien que tu partes mais tu es tout ce qui me reste de ma famille. Je ne peux plus compter sur Pierre ni Phrasie et...

— Pourtant, Marion, tu n'es pas seule… Je suis là, moi.

C'était Alexandre qui venait de lancer cette phrase et la jeune fille devint rouge comme une pivoine. Elle lança un regard affolé à son frère avant d'éclater en sanglots sans savoir si c'était de joie ou de honte.

— Mais… balbutia-t-elle avant de s'arrêter.

François ne savait que penser. Il ouvrait de grands yeux et se demandait ce que voulait insinuer Alexandre. Marion était-elle sa maîtresse ? Était-il en train de le proclamer au grand jour ? Le maître coupa court à ses réflexions en s'adressant à lui. Il vint se placer près de Marion, posa une main sur son épaule et, se tournant vers François, lui dit :

— François, je suis bien content que tu sois venu. Comme Marion te l'a expliqué, tu es toute sa famille, aussi je veux que tu sois le premier averti : j'aime ta sœur et je vais l'épouser.

De saisissement, le frère et la sœur le regardèrent sidérés.

— Eh bien quoi, fit Alexandre en riant, vous n'êtes pas d'accord ?

Les larmes de Marion avaient séché et François finit par murmurer :

— Ben, si je m'attendais à ça !… Vous, vous allez épouser Marion ?

— Pas tout de suite, mais je te promets qu'au printemps elle deviendra ma femme. Tu peux partir tranquille, je m'occuperai d'elle.

— Je… je croyais… J'avais peur, reprit le jeune homme.

— Oui, tu pensais que j'allais la déshonorer ! D'abord, Marion n'avait pas accepté, et puis je l'estime trop pour profiter d'elle. Mais, pardon, Marion, je ne t'ai pas demandé ton avis... Est-ce que tu veux vraiment devenir ma femme ?

Marion tremblait de tous ses membres. Elle était incapable de répondre. Elle leva seulement sur Alexandre des yeux qui brillaient comme des étoiles et murmura un oui si timide que les deux hommes éclatèrent de rire. Alexandre la serra contre lui en disant :

— Alors, maintenant, tu n'as plus peur de moi ?

— J'ai compris, finit-elle par répondre devant le regard étonné de François.

— Voilà, reprit Alexandre, pars tranquille. Au printemps, nous nous marierons dans l'intimité et, quand tu auras une permission, nous serons très heureux de te recevoir.

En retournant chez sa tante, François sautait comme un cabri. La nouvelle qu'il venait d'apprendre et qu'il devait tenir secrète le rendait le plus heureux des hommes... Il était rassuré et partirait le cœur léger : sa sœur était entre de bonnes mains !

XLV

Confession

Marion courait plus qu'elle ne marchait. Le froid vif de janvier lui glaçait le visage et la neige, que le pâle soleil n'avait pas complètement fondue, crissait sous ses pieds aux endroits mal exposés. Elle allait présenter ses vœux à sa tante Rosa et, en même temps, son prochain mariage pour le 10 avril.

À part François, personne n'était au courant ; pourtant, Marion avait surpris plusieurs fois des regards intrigués quand Alexandre lui parlait. Il avait une façon pleine de tendresse pour s'adresser à elle qui ressemblait à une déclaration d'amour.

Tout en avançant avec précaution sur le chemin, Marion ne pouvait s'empêcher de penser à Alexandre. Elle l'aimait tellement qu'elle tremblait chaque fois qu'elle pensait à lui : il était fort, généreux, plein d'attentions et, en plus, il la respectait. Elle savait que beaucoup de patrons, veufs ou pas, faisaient de leurs servantes leurs maîtresses. Sans aucun scrupule. Mais, à la Farelle, Alexandre l'avait informée que rien de tel ne se produirait. Pour donner plus de poids à sa promesse, et, peut-être pour ne pas succomber à la tentation, il avait embauché une nouvelle servante qui dormait dans la chambre de Marion et qui deviendrait la nouvelle servante quand elle serait devenue Mme Lacoste... Elle s'appelait Victorine, venait de Lanuéjols, d'une nombreuse famille. Elle avait tout juste quinze ans et était avide d'apprendre. Elle faisait de son mieux et Marion s'efforçait de la guider dans l'apprentissage des tâches ménagères qu'elle avait dû apprendre toute seule.

Quand elle s'asseyait à la place de Fanny pour éplucher les légumes, la jeune fille ne pouvait s'empêcher de penser à la vieille femme et à ses propos décousus qui lui avaient fait comprendre qu'il y avait un secret de famille soigneusement caché à la Farelle.

Lors d'une discussion avec Alexandre, il lui avait parlé de la confession de son frère au sujet du meurtre de Clément. Marion lui avait avoué s'être cachée derrière la haie, avoir vu partir Hubert et s'être précipitée vers Clément...

— Quand je suis arrivée à la Farelle et que je vous ai vu – elle n'arrivait pas à le tutoyer –, j'ai eu la plus grande peur de ma vie. J'aurais juré que c'était vous que j'avais vu, ce jour-là !

Alexandre avait secoué la tête :

— J'ai mis longtemps à comprendre qu'il s'était passé quelque chose et je ne voyais pas pourquoi tu m'accusais ni pourquoi tu paniquais quand je me mettais en colère... Te rappelles-tu le jour où, à propos de Félix, tu as crié : « Ne lui faites pas de mal » ? J'avoue que j'ai été blessé ; tu me prenais pour l'un de ces malotrus qui se battent dans les foires...

— Pardon, murmura Marion, mais je ne savais pas…

Il la serra contre lui et reprit :

— Il faut te dire que nous avons vécu des drames, à la Farelle… Et dire que je n'ai rien deviné, rien vu venir… Ce Clément que tu connaissais, c'était un drôle de bonhomme ; il lui fallait toutes les filles et, même, il s'attaquait aux femmes mariées. On l'embauchait pour les moissons et les fagots. C'est par un soir d'été, aux moissons, qu'il a rendu Isabeau folle amoureuse de lui. Isabeau était la femme d'Hubert. C'était une belle femme blonde et douce. Elle aimait plaire, attirer l'attention et Clément n'était pas le premier à succomber à ses charmes. Hubert l'adorait et lui pardonnait toujours. À part quelques travaux de broderie, elle ne s'occupait pas de la ferme. Elle trouvait que les brebis sentaient mauvais, le lait à cailler lui donnait des nausées et la cuisine était réservée à ma mère… Marianne, ma femme, en était exaspérée, elle s'en plaignait souvent, mais ma mère défendait Isabeau. Elle avait un énorme avantage sur Marianne : elle avait deux fils alors que nous n'en avions pas… Je ne te raconterai pas ce que ma femme en a souffert… Bref, Isabeau chouchoutée par tout le monde, toujours prête à sortir, à se promener sans s'apercevoir que les autres faisaient sa part de travail, Isabeau s'ennuyait sur le causse… Elle commença par organiser des veillées, à courir d'une ferme à l'autre. Dans ces réunions, elle devenait une autre femme : elle riait, elle dansait, elle chantait, elle charmait tous les assistants.

Et puis elle demanda à Hubert de lui apprendre à conduire le cheval et la jardinière. Quand elle sut, elle partait pour Mende trois ou quatre fois par semaine. Pour y faire quoi ? Mystère. Qu'on soit à la période des gros travaux ou que les chemins soient gelés n'y changeait rien… Donc, cet été-là, au temps des moissons, Clément et Isabeau tombèrent amoureux l'un de l'autre. Ni Hubert ni moi, accablés de travail, n'y prîmes garde. Après les moissons, elle se mit à sortir tous les jours. Au bout de quelque temps, Hubert se rendit compte qu'il se passait quelque chose. Il l'interrogea ; elle lui rit au nez et lui déclara qu'elle n'allait pas passer sa vie prisonnière sur le causse : elle voulait vivre sa vie ! Hubert lui rappela l'existence de ses enfants qui avaient deux et quatre ans… Elle lui répondit que Marianne s'en occuperait. Mon frère lui demanda si elle avait un amant. Elle ne dit ni oui ni non mais ne voulut en aucun cas révéler le nom de cet homme. Mon frère pouvait avoir de terribles colères mais, pour une fois, il resta calme… Il fit une enquête. Je ne sais comment il y parvint mais il arriva à savoir que cet amant était Clément. Il garda le secret pour lui et n'en parla jamais. Je n'ai appris le fin mot de l'histoire que lorsqu'il est venu à la mort de notre mère. S'il m'en avait parlé, je ne sais si j'aurais pu le raisonner, mais, au moins, j'aurais essayé… Un matin d'automne, il partit avec la ferme intention d'aller trouver Clément et de lui demander de laisser sa femme tranquille. Il alla donc à Nojaret et aperçut Clément en train d'émonder dans un pré. La suite, tu la connais…

— Je les ai entendus se disputer mais je n'ai rien compris. À l'époque, j'étais une enfant... Clément riait...

— Oui. Il l'insultait, le traitait d'impuissant et s'est moqué d'Isabeau, alors Hubert a vu rouge, a saisi la hache et s'est jeté sur Clément... Il m'a assuré qu'à peine son geste achevé il l'a regretté, mais c'était trop tard.

— Pourquoi n'a-t-il pas essayé de le bander comme je l'ai fait ?

— Je me demande s'il ne l'a pas cru mort sur le coup. Alors il a eu peur et s'est enfui. Le soir, Isabeau est rentrée hagarde : elle avait appris la mort de Clément. Elle a prétendu qu'elle était malade et est montée se coucher. Elle avait de la peine à parler et on voyait qu'elle avait pleuré. Le lendemain et les jours suivants, elle a refusé de quitter sa chambre et de se nourrir malgré les insistances de toute la maisonnée. Cela a duré une semaine. Elle faisait de brèves apparitions à la cuisine, s'appuyait à la table, regardait ses enfants sans les toucher ni leur parler, s'approchait de la fenêtre et restait à rêver face à l'horizon... Elle avait maigri et n'était plus que l'ombre d'elle-même... Et puis arriva le jour du drame...

— Ta mère y a fait allusion une ou deux fois, de façon confuse. J'ai compris qu'il s'était passé quelque chose.

— Quand je t'ai embauchée, j'ai fait allusion à des secrets de famille ; je pensais bien qu'elle t'en parlerait. Cette tragédie l'a tellement marquée qu'après cela elle n'a plus jamais été la même... Donc, ce matin-là, Isabeau paraissait mieux.

Le temps était beau. L'après-midi, elle a dit qu'elle voulait aller prendre l'air du côté des rochers. C'est un endroit qui domine la ville de Mende. À la belle saison, les gens aiment se promener sur les rochers abrupts en admirant le panorama de la ville vue d'en haut. Elle est partie luttant contre le vent qui s'était levé. Ma mère l'a avertie : « Attends demain, aujourd'hui, il fait trop de vent. » Elle a souri, haussé les épaules et lui a dit : « Ça ira très bien comme ça. » On était en octobre. La nuit tombe tôt à cette époque. Quand, le soir, Hubert vit qu'Isabeau n'était pas rentrée, il s'affola. On est partis tous les deux vers les rochers. Dans l'obscurité environnante, depuis le haut, on a vu la tache blanche de sa robe, en bas, dans le précipice… Je ne sais pas comment on ne s'est pas tués en descendant. Hubert voulait croire qu'elle serait toujours en vie ; moi, je savais qu'il n'était pas possible d'avoir survécu d'une chute de cette hauteur… On est allés chercher des secours et, avec des cordes et des sacs, on l'a remontée et on l'a ramenée à la maison. On a dit partout que son pied avait glissé et que c'était un accident mais, moi, j'étais persuadé qu'elle s'était suicidée, ma mère et Marianne aussi… À sa dernière visite, Hubert me l'a confirmé. Elle lui avait laissé une lettre expliquant qu'elle ne pouvait pas vivre sans Clément… Mon frère, bourrelé de remords, a quitté la ferme et est parti à Paris, bien décidé à ne jamais revenir au pays. Par chance, ma mère avait un frère qui tenait un magasin, elle y envoya Hubert qui y travailla. Je n'ai plus revu Hubert jusqu'à la mort de ma mère, récemment... Bien sûr, des rumeurs ont circulé dans le pays, des gens ont évoqué un suicide... Voilà, tu connais maintenant tous les secrets de la famille...

Pendant tout le trajet, Marion avait revécu en détail la confession d'Alexandre et, maintenant qu'elle approchait de Nojaret, elle en était encore émue... Elle se secoua : tout ça était de l'histoire ancienne, elle devait revenir au présent et penser à son avenir.

XLVI

Attente

Quand elle frappa à la porte, Rosa se leva pour l'accueillir. Toute vêtue de noir, une coiffe sur la tête, elle paraissait avoir vieilli de vingt ans.

— Tante Rosa, bonjour et bonne année.

— Bonjour et bonne année à toi, ma petite Marion. Entre vite, il fait froid dehors.

Marion s'approcha du feu et tendit ses mains aux flammes. Elles parlèrent de la famille, d'Abel qui avait tiré un bon numéro et qui ne ferait pas d'armée, de Suzon qui était devenue une jeune fille et qui aidait à tuer le cochon chez Bonnefoy. Rosa évoqua Louis, puis sa sœur Martine et des larmes vinrent à ses yeux.

— Ne pleure pas, ma tante, tu n'es pas seule, tu as tes enfants et, si Abel ne s'en va pas, tu n'as pas de soucis à te faire !...

— Je le sais bien mais je suis seule, maintenant.

— Tu as tes enfants.

— Oh, les enfants, ça va ça vient, ça se marie... Moi, c'est mon Louis qui me manque. Et toi, tu es contente, là-haut ?

— Ma tante, il faut que je t'annonce une grande nouvelle : je vais me marier.

— Très bien. Avec qui ?

— Avec mon patron, Alexandre Lacoste.

Rosa jeta sur sa nièce un regard incrédule.

— Il va t'épouser, tu es sûre ?

— Oui. On se marie le 10 avril. On ne fait pas de noce, juste les témoins, François pour moi, son frère pour Alexandre…

— Tu es bien sûre ?

— Mais oui, fit Marion en riant, et je pense t'inviter toi aussi.

— Non, ma fille. J'ai trop de peine à marcher, je ne peux pas venir… Mais j'en reste bouleversée : toi, maîtresse à la Farelle après y avoir été servante !

Sa tante n'en revenait pas…

Tout à coup, elle sursauta :

— Mais tu ne peux pas habiter à la Farelle !

Marion se mit à rire.

— Et pourquoi donc ?

— C'est interdit ; les fiancés ne doivent pas vivre sous le même toit ; ils risquent de se voir refuser le mariage.

— Et où veux-tu que j'aille ? J'ai mon travail là-haut.

— Si tu dois te marier avec le patron de la Farelle, n'y reste pas. Viens chez moi, tu y vivras jusqu'à ton mariage.

Marion fut très affectée par cette visite et elle en parla à Alexandre :

— Ma tante me certifie qu'on ne doit pas vivre sous le même toit avant le mariage.

Il hocha la tête.

— Je le sais aussi. J'y ai pensé mais je croyais que ce n'était qu'une semaine avant les noces…

C'est pour ça que j'ai demandé à Victorine de venir, mais où iras-tu si tu pars d'ici ?

— Tante Rosa s'est proposée pour m'accueillir.

Alexandre parut soulagé.

— Dans ce cas, tu iras chez elle à la fin du mois.

— Tu me chasses ?

— Que tu es sotte !... Je prends soin de ta réputation, tout simplement. Je sais que des bruits vont courir sur nous dès que nos projets seront connus. Ce n'est pas la peine d'apporter de l'eau au moulin des médisants.

C'est donc la mort dans l'âme que Marion quitta la Farelle. Alexandre la conduisit chez sa tante à la fin janvier, il faisait sec et froid. Emmitouflée dans une grande cape qui avait appartenu à Fanny et qu'Alexandre lui avait donnée, Marion avait de la peine à retenir ses larmes.

— Allons, allons, dit l'homme, deux mois, ce n'est pas si long... J'ai commencé les démarches et, c'est sûr, le 10 avril, nous nous marierons, alors tu reviendras à la Farelle, mais en maîtresse...

La tante Rosa les reçut avec empressement mais exigea que Marion sorte pour parler librement avec Alexandre. La jeune fille sortit et fit quelques pas dans ce village de son enfance qu'elle n'avait pas oublié. Le chemin était désert. Le froid tenait les gens chez eux. Seule une fumée bleue s'élevait des cheminées et montait dans le ciel gris. Elle se dirigea vers la fontaine où elle était venue si souvent puiser de l'eau. En passant, elle jeta un regard curieux vers la maison de la tante Reine qui sentait l'abandon. Elle s'avança jusqu'à la ferme de M. du Rocher, la ferme où elle était née et où elle avait été si heureuse… Là aussi, il n'y avait pas âme qui vive. Elle revint tristement, se disant qu'on se croyait dans un village mort, exception faite de la fumée… Quand elle se trouva devant la maison de Clément, elle songea à sa mère, la vieille Séraphine, qui était morte il y avait déjà quelques années… Dire qu'elle aurait tant voulu retrouver la montre de Clément… De la fumée montait aussi du toit de la maison, elle se demanda qui l'habitait à présent puis songea à la montre : elle l'avait oubliée, celle-là, avec tous les événements qui étaient arrivés dans sa vie… Il faudrait bien pourtant qu'elle tienne sa promesse, elle n'avait que trop tardé !

Perdue dans ses pensées, elle faillit heurter un jeune homme qui marchait vite, les mains dans les poches.

— Oh ! fit-elle, les yeux écarquillés en reconnaissant Abel.

— Marion !… Pas possible, qu'est-ce que tu fais là ?

Elle lui raconta sa venue et le souhait de sa mère. Il se mit à rire :

— Ah oui, je reconnais bien ma mère… Elle doit tester ses intentions ; gare à lui si elles ne sont pas à son goût. Mais, dis donc, tu te places bien.

Marion haussa les épaules : Abel résumait ce que tout le monde allait constater en apprenant le mariage. Ils la prendraient tous pour une opportuniste qui profitait de la situation. Et encore ce n'était pas le pire. Quels bruits n'allaient-ils pas courir sur Alexandre et sur elle ! Tous penseraient qu'ils régularisaient un état de fait, qu'elle avait été assez maligne pour se faire épouser ; ils allaient les déchirer à belles dents. Et que la tante Rosa la prenne chez elle n'y changerait rien... Mais elle secoua la tête : elle aimait Alexandre et il l'aimait, le reste, elle s'en moquait...

— Tu es bien soucieuse, tout à coup ? reprit Abel en la regardant sans comprendre son silence.

— Je réfléchissais. Tu sais que je vais vivre chez vous jusqu'à mon mariage ?

— C'est aujourd'hui que tu viens ? François va être content.

— Il n'est pas avec toi ?

— Si. On coupait un arbre et je venais chercher une hache.

Il se dirigea vers la maison et elle le suivit.

Quand ils entrèrent, Rosa et Alexandre discutaient tranquillement autour d'une tasse de café. Alexandre se leva et déclara :

— Il est temps pour moi de partir ; il y a du travail à la Farelle.

Il salua Rosa, toucha la main d'Abel et se contenta d'effleurer la joue de Marion qui le regardait avec désespoir.

— À bientôt, ma mie, lui murmura-t-il à l'oreille.

Quand la porte se fut refermée sur lui, un sourire triste éclaira le visage fermé de Rosa.

— Bien ! C'est un homme honnête. Il aurait pu faire comme beaucoup d'autres et tu aurais perdu ta réputation, mais non. Il a des sentiments pour toi et c'est tant mieux.

— Ma tante, il faut que je te remercie de me recevoir et...

— Ta ta ta ! Tu es ma nièce, la fille de ma sœur, pas de chichis entre nous.

— Il est vrai que tu as aussi François, c'est la maison du bon Dieu, ici ! termina-t-elle en riant.

— Oui, il est ici mais il travaille. Abel a de la chance de l'avoir, pourtant il va nous quitter.

— Je sais, espérons qu'il attendra le mariage.

— Ne l'empêche pas surtout, il n'aime pas la terre. C'est son idée, laisse-le faire et sois heureuse. Maintenant vous pourrez vous écrire ; autrefois, quand un soldat partait à la guerre, on attendait, on attendait et on ne savait rien... Aujourd'hui, il y a les lettres...

Rosa se mit à parler de son père, le grand-père de Marion, qui avait fait les campagnes de l'Empire et qui avait été blessé en Russie. Marion l'écoutait, l'esprit ailleurs. Elle pensait qu'Alexandre devait approcher de la Farelle et que ce serait Victorine qui préparerait la soupe, ce soir... Quand les hommes rentreraient, ils seraient étonnés de ne pas la voir ; le maître leur expliquerait ce qui se passait. Elle sourit en imaginant leur stupéfaction. Leur beau secret allait être éventé bientôt et tout le pays jaserait...

— Tu ne m'écoutes pas, lui fit remarquer sa tante, te voilà toute rêveuse.

— Je pensais que, quand le pays apprendra notre mariage, Alexandre et moi, on va avoir les oreilles qui sifflent...

— Ça c'est sûr. On va en dire des choses sur vous ! Vraies ou fausses, on va en dire... Heureusement que tu es ici, ç'aurait été pire.

Rosa regarda sa nièce et se lamenta :

— Et tu n'as pas de trousseau ! Une fille ne se marie pas sans trousseau.

— Il le faudra bien pourtant, je n'ai pas d'argent. Ne te tracasse pas, tante Rosa, Alexandre m'achètera des habits et, à la Farelle, il y a bien assez de draps et de couvertures, inutile d'en apporter d'autres...

— Ton frère m'a raconté ce que vous avait fait Pierre... Je n'aurais jamais cru qu'il ne vous ferait pas votre droit !

Marion haussa les épaules. Elle n'aimait pas évoquer cet épisode de sa vie. Elle résista à la tentation de rendre Phrasie coupable de cela car elle savait bien que Pierre avait sa part de responsabilité.

Marion proposa de faire le souper et prévint Rosa :

— Tant que je serai là, c'est moi qui ferai le travail, je te dois bien ça...

Elle se mit à l'ouvrage tout en discutant jusqu'à ce qu'Abel et François reviennent en avertissant :

— Nous sommes invités à la charbonnade de Bonnefoy, nous ne mangerons pas là.

Les deux femmes éclatèrent de rire à l'étonnement des garçons.

XLVII

Amour filial

Le temps passa vite. Marion, qui avait cru mourir d'ennui, se sentait à son aise auprès de sa tante. Quand elles eurent épuisé tous les sujets de conversation, Marion aidée de Suzon nettoya toute la maison du grenier à la cave. Suzon, qui allait avoir dix-huit ans, désirait aller travailler au reboisement comme son frère mais sa mère n'était pas emballée par cette idée.

Le dimanche, en allant à la messe à Badaroux, ils entrèrent à l'auberge que tenait Augustine, la tante de Marion et de François. Cette tante, la sœur de son père, avait beaucoup vieilli et ne faisait plus grand-chose, laissant le service des clients à sa fille. Assise à la table, elle préparait le repas et Marion ne put s'empêcher de penser à Fanny. Augustine fut heureuse d'embrasser ses neveux et leva les bras au ciel à l'annonce du mariage de Marion.

— Dieu du ciel, s'exclama-t-elle, si le pauvre Vincent te voyait, comme il serait heureux !

Elle invita la jeune fille à lui rendre visite en compagnie de son promis.

— Je suis ta seule famille du côté de ton père, s'excusa-t-elle.

Marion promit. La conversation dévia ensuite sur le travail. Augustine expliqua qu'elle et sa fille cherchaient une servante vaillante et honnête car Marie, la fille, n'arrivait pas à tout faire. Suzon, qui écoutait, s'exclama :

— Si vous voulez, je pourrais venir, je cherche à travailler.

— Mais tu es trop jeune !... lança sa mère.

— J'ai dix-huit ans.

— À son âge, je travaillais, fit Marie. Si ta mère est d'accord, je te prends. Rassurez-vous, fit-elle en se tournant vers Rosa, ici, c'est une maison honnête. Je veillerai sur Suzon comme si c'était ma fille.

Rosa, un peu abasourdie, finit par donner son accord et Suzon fut embauchée pour le début mars. En s'en retournant à Nojaret, Rosa regrettait déjà sa décision au grand désespoir de Suzon.

— Laisse-la travailler, tante Rosa, intervint Marion. Tu n'en as pas besoin à la maison, et, si Abel se marie, elle devra partir comme je l'ai fait à Blachères. À Badaroux, elle sera bien, tu la verras tous les dimanches et tu seras tranquille...

La vie continua et, au début mars, Suzon s'envola ravie de quitter le nid. Rosa finit par l'accepter et la présence de Marion l'y aida beaucoup.

De temps en temps, Marion s'en allait chercher des pissenlits. Ses pas la portaient vers les chemins du causse et il arrivait qu'elle rencontre la jardinière d'Alexandre qui, lui aussi, prenait souvent cette route. On n'aurait pu dire lequel était le plus heureux de la rencontre. La jeune fille rentrait alors à Nojaret, assise près de son promis, des étoiles plein les yeux.

Au cours d'une de ces sorties, elle lui montra le pré où s'était passé le drame qui l'avait tant perturbée. Alexandre hocha la tête et lui dit :

— Tu devrais oublier cette histoire, maintenant que tu sais qu'elle ne nous concerne plus.

— Il me reste encore cette montre à donner à Abel... J'ai bien trop attendu, je ne sais plus comment faire...

Quelques jours plus tard, elle alla chercher sa salade dans un champ où labourait Abel. Quand il la vit arriver, le jeune homme arrêta ses bœufs et vint vers elle.

— Alors, cousinette, le temps te pèse à Nojaret. Ce n'est pas la Farelle, ici !

Elle haussa les épaules.

— Je n'ai pas à me plaindre. Ta mère m'a reçue comme une reine.

— Oui. Mais il te manque l'essentiel, fit-il en clignant de l'œil.

Elle rit avec lui et lui fit remarquer :

— Tu étais trop petit pour t'en souvenir mais c'est dans le pré d'en bas que Clément s'est blessé et c'est moi qui l'ai trouvé.

— Ah oui. J'ai souvent entendu raconter cette histoire mais je me rappelle pas de lui.

— Quand même, tu le voyais souvent, vous étiez presque voisins.

— Oui, mais quel âge j'avais ? Quatre, cinq ans !... À cet âge-là, tu sais... Et puis, à ce que j'ai entendu dire, cet homme n'était pas très recommandable, c'était un coureur de jupons...

— Qui t'a raconté ça ?

— Oh, tu sais, j'ai toujours été un peu à droite et à gauche et, partout où je suis passé, il avait laissé cette réputation bien que, par ailleurs, ce soit un très bon travailleur.

Marion se tut. Elle n'osait lui parler de la montre… Son cousin reprit :

— Tu sais, il y a beaucoup de célibataires dans les villages mais ils savent se tenir… Lui, on disait qu'il courtisait tout ce qui lui plaisait, même des femmes mariées…

Ils se turent tous deux. Marion contemplait les sillons dont la terre fraîchement remuée exhalait une odeur d'humidité et d'humus…

— Je ne croyais pas ce champ si grand, fit-elle.

— Ah, c'est mon père qui a acheté la parcelle contiguë au père Bros. On a tombé la haie et ça fait un bon champ… Tu sais, mon père ne pensait qu'à agrandir la propriété. Il me disait : « Essaie d'avoir le plus de terre possible ; c'est comme ça qu'on arrive à nourrir sa famille. » Ils sont partis de peu avec ma mère et ils sont arrivés à travailler, à agrandir la ferme et à être non pas riches mais à l'aise…

— C'était un brave homme, oncle Louis…

— Ça, tu peux le dire ! Je ne le vante pas parce que c'est mon père, mais c'était l'homme le plus droit, le plus honnête et le meilleur que j'ai connu… Quand ma sœur ou moi, on faisait des bêtises, il ne nous battait pas ni ne criait ; il nous expliquait qu'il ne fallait pas faire cela parce que c'était mal… Il avait une façon d'exprimer les choses que cela nous faisait monter les larmes aux yeux… Quand j'y pense, aujourd'hui, je sens mes yeux se mouiller…

— Je ne te croyais pas si attaché à ton père.

— C'est normal. Toi, tu ne gardes pas un souvenir du tien ?

— Si.

— Alors !... Et, en plus, je crois que je n'ai pas connu un autre homme qui lui arrive à la cheville.

Marion s'en retourna songeuse : avait-elle le droit de détruire l'image de Louis ? Devait-elle donner cette montre à Abel ? Il comprendrait tout de suite pourquoi Clément lui avait fait cadeau d'un tel présent... Pourtant, la promesse faite à un mourant était sacrée, elle se devait de la tenir... Fallait-il la tenir même aux dépens de la santé morale d'Abel ? Clément aurait-il souhaité cela ?

Elle décida d'en parler à Alexandre et rejoignit la maison.

Le soir, la tante Rosa se sentant fatiguée se coucha tôt. Abel, Marion et François sortirent et s'assirent sur la dernière marche de l'escalier. Les étoiles, au ciel, scintillaient de toute leur lumière et les trois jeunes gens s'amusèrent à les contempler. Dans le silence que rompait de temps à autre l'aboiement d'un chien ou le coassement d'une grenouille, ils se sentaient détendus et heureux d'être ensemble.

— Le soir, avec mon père, on sortait souvent pour admirer les étoiles, déclara Abel à voix basse. Je ne sais pas où il l'avait appris mais il les connaissait toutes par leur nom... Il m'avait appris à reconnaître l'étoile Polaire, celle qui indique le nord... Là, vous la voyez ?... Si on la prolonge, on trouve le Grand Chariot. Il y a aussi Bételgeuse, cette étoile brillante ici… Et la première qui apparaît, le soir, c'est Vénus… Il y en a d'autres que j'ai oubliées… Il ne savait ni lire ni écrire mais il connaissait les étoiles…

— Eh bien, il en savait des choses, ton père ! s'étonna François les yeux perdus dans le firmament.

— J'en parlais, cet après-midi, avec ta sœur, si je suis ce que je suis, je le dois à mon père… C'est lui qui m'a inculqué ses valeurs et je ne l'oublierai jamais…

Marion se taisait mais, au fond d'elle-même, elle pensait qu'elle n'avait pas le droit de détruire les valeurs auxquelles croyait le jeune homme en ternissant l'image de celui qu'il prenait pour son père. Elle laissa les jeunes gens en contemplation devant les étoiles et rentra tristement à l'intérieur. Cette première soirée de printemps apportait de faibles senteurs venues des bords de l'eau et des haies où les timides violettes pointaient leur robe veloutée et exhalaient un parfum qui se mêlait à celui des jeunes pousses et des feuilles toutes neuves encore chiffonnées dans le carcan des bourgeons…

Quand elle rejoignit la chambre de Rosa, la jeune fille se déshabilla en silence et s'allongea dans le noir.

— De quoi parliez-vous, demanda sa tante, je vous entendais ?

— C'est Abel qui nous montrait les étoiles. Il paraît que c'est oncle Louis qui les lui a fait connaître.

Rosa ne répondit pas tout de suite. Elle soupira et finit par réciter d'une voix étrange comme si elle faisait une incantation :

— Regarde Rosa, la plus belle étoile du ciel, la plus lumineuse, elle appartient à la constellation du Bélier ; mieux que Vénus, c'est l'étoile des amoureux… C'est notre étoile, souviens-t'en, Rosa… Les étoiles sont au ciel pour les gens qui s'aiment et la Voie lactée qui trace un chemin là-haut, c'est une goutte du lait d'Héra qui allaitait son fils…

Elle s'arrêta et termina dans un murmure :

— C'était sa passion, ces étoiles au ciel… Il en parlait à tout le monde. Certains se moquaient, d'autres l'écoutaient mais tous l'admiraient et moi je m'y suis laissé prendre aussi… Vois-tu, Marion, Louis, c'était un homme exceptionnel et je ne pourrai jamais l'oublier…

XLVIII

Conclusion

Le cheval trottait paisiblement, soulevant la poussière du chemin. Assis côte à côte, Alexandre et Marion restaient silencieux. Ils avaient attendu la dernière limite pour aller rendre visite à Pierre et à Phrasie afin de les convier à leur mariage. Il avait fallu se décider, tarder encore aurait été indécent.

Alexandre n'approuvait pas du tout la façon dont Pierre avait dépossédé ses cadets et il se méfiait de Phrasie qu'il devinait hostile et jalouse de Marion. Cependant, il respectait les convenances et il aurait été mal vu qu'une jeune fille n'invitât pas le frère qui l'avait élevée à la mort de ses parents…

Marion, elle, avait encore dans les oreilles les propos malveillants dont Phrasie et sa mère l'avaient abreuvée un dimanche de Pâques où elle était allée rendre visite à son frère en pensant naïvement qu'il serait de bon conseil face à ses problèmes… Mais, ce jour-là, son frère l'avait laissée se débattre avec deux femmes qui, devinant avant elle l'amour naissant d'Alexandre, avaient tenté par leurs sarcasmes et leur méchanceté de la décourager et de la déstabiliser. Marion n'avait jamais compris leur acharnement à l'inciter à quitter la Farelle et Alexandre : de la jalousie probablement !... Il n'y avait pas d'autres explications. Quoi qu'il en soit, ils étaient en route vers Blachères et tous deux, sans se l'avouer, se demandaient quel accueil les attendait. Comme ils approchaient du village, Marion s'écria :

— Qui sait comment ils vont nous recevoir !...

Alexandre se tourna vers elle, posa une main apaisante sur son bras et répondit :

— Qu'ils nous reçoivent bien ou mal ne changera pas grand-chose ; je suppose qu'ils auront assez d'intelligence pour nous recevoir comme ils le doivent...

Quand ils entrèrent dans la pièce que Marion avait tant aimée autrefois, toute la famille y était réunie. Pierre venait de rentrer et s'était reposé un moment en compagnie de Phrasie et des enfants. S'ils furent surpris, ils ne le montrèrent pas et reçurent les futurs époux avec des démonstrations de joie. Phrasie leur offrit le café et le servit dans ses belles tasses filetées d'or qu'elle avait reçues en cadeau de mariage et qu'elle ne sortait que pour les grandes occasions. Alexandre et Pierre discutèrent comme de bons amis tandis que Marion s'informait des enfants auprès de sa belle-sœur. Élie, Léonie et Édouard paraissaient vifs et intelligents. Un peu timides au début, ils s'apprivoisèrent vite et Léonie ne mit pas longtemps à grimper sur les genoux de Marion.

Quand ils en vinrent à l'invitation pour le mariage, les époux se regardèrent en hochant la tête.

— Il nous faudra prendre les enfants, fit Phrasie, ma mère se fait vieille et eux sont turbulents... Encore Édouard, mais les deux autres... C'est possible.

— Nous ne faisons pas de fête, expliqua Alexandre, je suis veuf et en grand deuil mais vous et vos enfants serez toujours les bienvenus.

— Votre famille y sera ? demanda Phrasie avec une pointe de moquerie dans la voix.

— J'espère que mon frère pourra venir de Paris avec femme et enfants. Je n'ai pas invité d'autres personnes.

— De mon côté, fit Marion, il n'y aura que vous, François et tante Rosa.

Sur le chemin du retour, Alexandre et Marion paraissaient aussi soulagés l'un que l'autre.

— J'aimerais bien, fit Marion, si tu es d'accord, aller dire bonjour à Yvonne. Il y a si longtemps que je ne l'ai pas vue...

— Allons voir Yvonne, répondit Alexandre en riant.

La vieille demoiselle, toujours assise à sa fenêtre, essaya maladroitement de se lever à leur arrivée.

— Restez assise, fit Marion. Yvonne, ajouta-t-elle, je vais me marier et je viens vous présenter Alexandre.

— Il y a longtemps que je le connais, répliqua Yvonne.

Elle le regarda fixement et lui dit :

— J'espère que vous la rendrez heureuse. C'est la meilleure des filles du pays ; vous ne pouviez pas tomber mieux.

— Je sais, ma bonne Yvonne, c'est pour ça que je l'épouse.

Elle ne voulut pas les laisser partir avant qu'ils aient goûté à sa liqueur de coing. Elle leur souhaita beaucoup de bonheur des larmes dans la voix.

— Ne soyez pas triste, Yvonne, lui confia Marion, je viendrai vous voir et je ne vous oublierai pas.

Un soir, à la veillée, une délégation de jeunes, un peu embarrassés, se présenta à la Farelle. Ils expliquèrent à Alexandre qu'il était d'usage, quand un veuf se remariait, de lui faire un charivari. Le maître de la Farelle s'attendait à une telle visite car il connaissait cette vieille coutume. Il fit asseoir les jeunes et leur demanda ce qu'ils attendaient de lui. Ils répondirent qu'ils voulaient aller boire à sa santé et à celle de sa promise à l'auberge du village.

Alexandre se montra généreux et leur donna assez d'argent pour boire à sa santé mais aussi leur dit-il :

— Payez-vous un bon souper à l'auberge et n'oubliez pas de bien l'arroser.

Marion vivait toujours chez Rosa et comptait les jours qui la séparaient du mariage. La tante Rosa l'avait accompagnée à Mende le jour où, avec Alexandre, ils étaient allés s'habiller. Rosa fut très étonnée quand elle vit l'homme commander pour sa future femme tout un assortiment de chemises et de dessous. Voyant sa stupéfaction, Alexandre lui glissa à l'oreille :

— Marion a travaillé toute sa vie, mais n'a jamais pu se payer un trousseau ; c'est moi qui vais le lui faire, aujourd'hui.

— Dieu du ciel, répliqua Rosa, vous êtes encore mieux que ce que je croyais ! Si ma pauvre sœur Martine vous voit, elle doit vous bénir…

Marion n'entendit rien de cette conversation mais elle devina au regard extasié de Rosa qu'Alexandre s'était fait une amie pour la vie…

Toujours anxieuse de tenir sa promesse, Marion ne savait que faire de la montre de Clément, maintenant qu'elle avait décidé de ne pas perturber Abel. Elle demanda la permission à sa tante de la donner à François. Soulagée, Rosa y consentit tout de suite. Le jeune homme s'était engagé et devait partir, une semaine après le mariage, rejoindre son régiment à Montpellier.

Quelques jours avant les noces, la jeune fille entraîna son frère dans le chemin qui de Nojaret s'élevait vers le causse. Le chemin qu'ils avaient emprunté tous les trois, le jour où ils avaient quitté le village sans espoir de retour…

— François, lui dit-elle, je vais te raconter une histoire dont tu ne dois parler à personne ; je vais te faire un cadeau qui ne t'était pas destiné mais qui pèse sur ma conscience…

Le jeune homme la regarda sans comprendre et elle commença à parler sans rien lui cacher depuis le meurtre de Clément et ses tentatives pour le sauver jusqu'à la remise de la montre mais n'alla pas jusqu'à lui dévoiler le nom du destinataire.

— Je ne peux pas la lui donner, expliqua-t-elle, car ce serait briser les liens qui l'unissent à son père et à sa mère, jamais il ne s'en remettrait… Toi, tu n'as pas de montre, je te la donne. Fais-en un bon usage.

— Mais celui à qui elle était destinée, il sera lésé !

— Non, François, l'amour qu'il porte à ses parents n'en sera pas empoisonné par le doute. Je ne veux pas qu'il se pose des questions du genre : « Était-ce Clément qui était mon père ? » Même si c'est le cas, il vaut mieux pour lui qu'il ne le sache pas...

— Et moi ? Est-ce que je dois me poser les mêmes questions ?

— Non. Comme je te l'ai expliqué, cette montre ne t'était pas destinée ; je te la donne pour préserver quelqu'un. Je te donnerai aussi les deux pièces d'or qui te reviennent et j'y ajouterai celle que j'avais prise pour moi dans la boîte de maman ; l'autre, je la garderai en souvenir...

François, ému, embrassa sa sœur et lui confia :

— Marion, il n'y a que toi qui m'as aimé et que je regretterai en partant. Je m'excuse pour t'avoir dit des choses qui t'ont blessée mais, à ce moment-là, je ne connaissais pas bien Alexandre et j'avais tellement peur qu'il abuse de toi... Finalement, je suis content pour vous deux, j'espère que vous serez heureux et que vous ne m'oublierez pas... J'attendrai tes lettres avec impatience.

— Comment peux-tu me dire une chose pareille ! s'exclama Marion. Tu sais bien que je ne te laisserai jamais tomber !

Le matin du mariage, Alexandre vint la chercher après avoir posé son frère, sa femme, Henri et Félicien devant la mairie de Blachères. Suzon était venue aider sa mère à préparer Marion pour le grand jour. Abel et François, en costume, paraissaient différents. Tous se retrouvèrent devant la mairie, puis à l'église. Marion, souriante, avançait au bras de Pierre tandis que Phrasie donnait la main à ses deux aînés. En entrant, Marion eut la joie de voir Yvonne installée sur une chaise, tout à côté de l'autel. Près d'elle, Marie-Rose, vêtue de sa plus belle robe, les regardait avancer en souriant. Suzanne, tenant le petit Édouard, était là aussi.

Toute pâle dans ses voiles blancs, Marion osait à peine avancer. Elle ne prit confiance que lorsqu'elle vit Alexandre venir occuper le prie-Dieu à ses côtés. Comme dans un rêve, elle prononça le oui qui la liait à celui qu'elle aimait et elle sortit à son bras tout à la fois émue et émerveillée.

Congratulations et félicitations la réconfortèrent avant que tout le monde ne prenne le chemin de la Farelle où les attendaient la tête de veau et les rôtis qu'une cuisinière avertie était venue préparer avec l'aide de Victorine. La journée passa comme dans un rêve. Les invités quittèrent la ferme ; seuls Hubert et sa famille restèrent mais se retirèrent de bonne heure pour laisser les époux à leur intimité.

Alexandre entraîna sa jeune épouse vers la chambre nuptiale et lui murmura à l'oreille :

— Enfin !... Tu ne peux pas savoir comment j'ai dû lutter en te voyant toujours près de moi, si proche et si lointaine. Mais, maintenant, tu es tout à moi...

Marion éclata de rire, un rire qui se termina par des larmes. Mais Alexandre les chassa d'un baiser et l'entraîna vers des rivages inconnus...

XLIX

Cinq ans après

Le temps avait passé. Année après année, la Farelle avait changé. Alexandre et Marion avaient continué leur vie de paysans aisés, jalousés par Phrasie qui regrettait d'avoir, un jour, par dépit, envoyé sa jeune belle-sœur vers son destin.

Au cours de ces cinq années, bien des événements avaient bouleversé le petit monde du causse et de la vallée. D'abord, la tante Rosa était morte subitement, partie rejoindre son Louis qu'elle avait épousé par nécessité et qui était devenu son grand amour. Chez Pierre et Phrasie, d'autres enfants étaient nés. Ils étaient maintenant six. Élie et Léonie étaient ceux que Marion connaissait le mieux. Ils montaient quelquefois à la Farelle, quand leurs parents le leur permettaient, souhaiter un bonjour à cette tante qu'ils admiraient. Ils venaient aussi jouer avec leurs cousins car deux enfants étaient nés à la Farelle. D'abord Françoise qui allait vers ses quatre ans. Bavarde comme une pie, elle amusait parents, domestiques et berger et promettait de devenir une jeune personne délurée. C'était la filleule de François dont elle portait le nom, même s'il n'avait pu se déplacer pour le baptême. C'était aussi la favorite de son père qui restait sans voix devant ses reparties et fondait en admirant ses manières de petite femme. Marion devait sévir pour que la petite ne se prenne pas pour le centre du monde. Elle lui donnait une éducation stricte qu'elle n'avait pas eu la chance de recevoir. Le petit dernier, Vincent, qui portait le prénom de son père, venait d'atteindre ses deux ans. C'était un garçon rondelet, placide et patient face au feu follet qu'était sa sœur.

— Il est reposant, souriait Marion en le regardant jouer calmement assis sur l'escalier.

Victorine avait quitté la Farelle pour se marier et une certaine Marcelle l'avait remplacée. C'était une veuve d'un certain âge, sans enfants, qu'Alexandre avait ramenée un jour alors que les héritiers de son mari menaçaient de la mettre à la rue. On l'avait gardée, d'abord, par pitié. En la regardant, Marion revoyait toute la détresse de sa mère quand M. du Rocher l'avait priée de quitter sa ferme.

Elle s'était attachée à Marcelle et la considérait un peu comme faisant partie de la famille.

Ce jour-là, le soleil rayonnait, illuminant le paysage. Il était déjà chaud et les marguerites pointaient leurs têtes jaunes et blanches dans un champ, tout proche de la ferme. Depuis quelques jours, Françoise voulait aller en cueillir pour faire un bouquet pour son parrain.

En effet, ce soir, Alexandre allait chercher à la gare le parrain François pour une permission, la première depuis son départ. Marion s'efforçait de n'en rien laisser paraître mais elle était aussi impatiente que sa fille. Elle avait recommandé à Marcelle de mettre les petits plats dans les grands et était partie avec sa fille et Vincent cueillir les fameuses marguerites. Alexandre avait sellé son cheval et venait de partir pour la gare.

Tout en écoutant le babillage de ses enfants, Marion revivait le chemin parcouru. Elle se revoyait sur la route de Badaroux, un soir de Noël, elle assistait à la messe de minuit et revenait avec son père... Et puis c'était la mort de Clément, celle d'Eugénie, celle de sa mère... L'installation à Blachères et enfin son arrivée à la Farelle... Elle n'aurait jamais cru que son destin la conduirait jusqu'à ce causse où elle rencontrerait l'amour...

Et voici que son petit frère, presque son enfant, revenait après cinq ans d'absence ! Certes, ils s'étaient écrit de fréquentes lettres. Mais comment allait-elle le retrouver ? Elle ne pouvait s'empêcher de se poser des questions...

Ils étaient arrivés au champ et les enfants attrapaient les fleurs et les tiraient, s'étonnant de trouver, dans leurs mains, une bouillie jaunâtre. Elle leur expliqua la technique de la cueillette et, bientôt, ils eurent des brassées de fleurs que Françoise voulut porter. Ils revinrent lentement et Marion hérita du bouquet alors que les deux enfants couraient sur le chemin. Ils allaient arriver quand ils entendirent les pas lourds du cheval et le grincement des roues de la charrette.

— Il arrive, mon parrain ! Il arrive ! cria Françoise.

— Parrain arrive ! répéta Vincent.

— Non, c'est pas le tien, c'est le mien ! corrigea la fillette.

Marion était debout, au bord du chemin, plus émue que si sa vie était en jeu… Bientôt, la carriole apparut et un grand jeune homme revêtu de l'uniforme garance en descendit. Vincent se cacha derrière sa mère et Françoise se tint en retrait, muette pour une fois… François s'avança vers sa sœur en disant :

— Et alors ? Tu ne me reconnais pas… J'ai tant changé que ça ?

Ah, pour avoir changé, il avait changé ! Il ne restait rien de l'adolescent qui avait quitté le pays un matin d'avril ; c'était un homme que Marion avait maintenant devant elle et qui lui rappelait sa mère d'une façon frappante…

— François… ne put-elle que balbutier tandis qu'il la serrait contre lui, à lui faire mal.

Quand il la lâcha, elle faillit tomber alors que des larmes roulaient sur ses joues. François se tourna vers ses neveux qui le regardaient, un peu désorientés en voyant pleurer leur mère.

— Mais c'est Françoise !… fit l'oncle en soulevant la fillette pour avoir son visage face au sien.

Il la posa et saisit Vincent. Celui-ci tendit les mains vers son père en un geste désespéré…

Tout se termina bien pourtant et c'est main dans la main que François et Françoise partirent à pied vers la ferme. Vincent se consola en tenant les rênes sur les genoux de son père et retrouva son sourire. Marion, assise près d'eux, regardait avancer son frère et sa fille sans pouvoir prononcer une parole.

Après le souper, quand les enfants furent couchés, François voulut savoir des nouvelles de tous puis raconta sa vie à l'armée : une vie qu'il aimait et il ne regrettait pas sa décision. Il était tout de même heureux de revoir le pays, de connaître ses neveux et de retrouver sa famille, Alexandre et Marion.

Le printemps rayonnait de toute sa splendeur, les jeunes feuilles s'aguerrissaient et prenaient des couleurs plus dures tandis que de minuscules fruits apparaissaient sur les cerisiers et les pruniers.

Ils avancèrent tous les trois vers la lisière du causse. Le crépuscule hésitait encore à ensevelir la vallée dans les voiles de la nuit. On apercevait, en bas, la longue chevelure des peupliers que le vent balançait doucement. Les villages semblaient se tasser sur eux-mêmes, attendant la venue des ténèbres. Des cheminées montaient de longs panaches de fumée qui se dispersaient dans le ciel clair...

François, ému, les yeux tournés vers Blachères, s'écria :

— Tu te rappelles, Marion, notre traversée du causse avec les chats dans leur cage et Médor qui courait devant ? Tu te rappelles notre arrivée et la découverte de la ferme ?...

Marion opinait de la tête mais ne pouvait prononcer une parole.

— Ah Marion, reprit François, tu étais si raisonnable ! Tu as tenu bon pour me faire passer le certificat. Tu nous as aidés, Pierre et moi, et on t'a bien mal récompensée !... Tu as dû quitter la maison, ton baluchon sur l'épaule comme une pauvresse... Je me rappelle le jour où tu es partie... Je pleurais et toi tu luttais contre les larmes... Heureusement que tu as rencontré Alexandre...

— Oh, reprit ce dernier, ému malgré lui, je ne l'ai pas apprivoisée tout de suite ; c'est un bouquet d'épines, ta sœur, ajouta-t-il en riant.

— Menteur, s'écria Marion, je t'ai toujours obéi !

Les deux hommes éclatèrent de rire. Alexandre mit un bras protecteur autour des épaules de sa femme tandis que François posait sa main sur celle de sa sœur. Rêveusement, il murmura :

— Il me faudra bien aller voir Pierre...

— Vas-y, il sera content de te voir... Ils viennent de temps en temps avec Phrasie.

Alexandre sourit de la naïveté de sa femme ; s'ils venaient, c'était par intérêt et par gloriole : ils étaient alliés au maître de la Farelle et cela les comblait... Mais il ne dit rien. Marion toucha la montre de son frère.

— Tu l'as toujours ?

— Oh oui, et tu sais que beaucoup me l'envient... Et il paraît qu'elle n'était pas pour moi.

— Non. Et je te dirai un jour à qui elle aurait dû revenir... C'est une longue histoire, ajouta-t-elle, devant le regard interrogatif de son frère, je te la raconterai, peut-être, un jour...

— Oui et elle a failli nous séparer... ajouta Alexandre.

— J'ai longtemps cru que je ne pourrais jamais t'aimer, fit-elle en jetant un regard amoureux à son mari, et pourtant…

— Le premier jour où je suis venu à la Farelle, dit François, j'ai vu tout de suite que vous étiez amoureux l'un de l'autre, ça crevait les yeux, même pour quelqu'un d'aussi inexpérimenté que moi.

Un oiseau de nuit poussa un long hululement en se jetant vers la vallée, les frôlant de ses ailes étendues. La nuit descendait lentement, recouvrant toute chose de son manteau de velours. Ils revinrent à pas lents vers la Farelle alors que les étoiles s'allumaient une à une et que la Voie lactée déroulait sa route claire dans le firmament…

Table des matières

Achevé d'imprimer par GGP Media GmbH, Pößneck
en novembre 2014
pour le compte de France Loisirs,
Paris

N° d'éditeur : 79361
Dépôt légal : décembre 2014
Imprimé en Allemagne

Composition et mise en pages réalisées
par Text'oh ! - 39100 Dole